最后的獒王 ②

ZUIHOU DE AOWANG AOLANG XUEZHAN

獒狼血战

杨志军 著

青海人民出版社

图书在版编目（CIP）数据

最后的獒王．獒狼血战 / 杨志军著．-- 西宁：青海人民出版社，2021.10（2022.10 重印）
ISBN 978-7-225-06227-3

Ⅰ．①最… Ⅱ．①杨… Ⅲ．①长篇小说—中国—当代 Ⅳ．① I247.5

中国版本图书馆 CIP 数据核字（2021）第 202314 号

最后的獒王：獒狼血战

杨志军 著

出 版 人	樊原成
出版发行	青海人民出版社有限责任公司
	西宁市五四西路 71 号 邮政编码：810023 电话：（0971）6143426（总编室）
发行热线	（0971）6143516 / 6137730
网　　址	http://www.qhrmcbs.com
印　　刷	陕西龙山海天艺术印务有限公司
经　　销	新华书店
开　　本	890 mm × 1240 mm　1/32
印　　张	13.75
字　　数	270 千
版　　次	2022 年 1 月第 1 版　2022 年 10 月第 2 次印刷
书　　号	ISBN 978-7-225-06227-3
定　　价	66.00 元

版权所有　侵权必究

序

我·父亲·藏獒

一切都来源于怀念——对父亲，也对藏獒。

在我七岁那年，父亲从三江源的玉树草原给我和哥哥带来一只小藏獒，父亲说，藏獒是藏族人的宝，什么都能干，你们把它养大吧。

小藏獒对我们哥俩很冷漠，从来不会冲我们摇头摆尾。我们也不喜欢它，半个月以后用它换了一只哈巴狗。父亲很生气，却没有让我们把它换回来。过了两天，小藏獒自己跑回来了。父亲咧嘴笑着对我们说："我早就知道它会回来。这就叫忠诚，知道吗？"

可惜我们依然不喜欢不会摇头摆尾的小藏獒，父亲叹叹气，把它带回草原去了。

一晃就是十四年。十四年中，我当兵，复员，上大学，然后成了《青海日报》的一名记者。第一次下牧区采访时，走近一处牧民的碉房，远远看到一只硕大的黑色藏獒朝我扑来，四爪敲打着地面,敲出了一阵震天动地的鼓声。我吓得不知所措,死僵僵地立着,连发抖也不会了。

但是,黑獒没有把我扑倒在地,在离我两步远的地方突然停下,屁股一坐,一动不动地望着我。随后跑来的旦正嘉叔叔告诉我,黑獒是十四年前去过我家的小藏獒,它认出我来了。

我对藏獒的感情从此产生。你仅仅喂了它半个月,十四年以后它还把你当作亲人;你做了它一天的主人,它都会牢记你一辈子。就算它是狗,也足以让我肃然起敬。

黑狮子一样威武雄壮的黑獒死后不久,我成了三江源的长驻记者,一驻就是六年。六年的草原生活,我遭遇过无数的藏獒,无论它们多么凶猛,第一眼见我,都不张牙舞爪,感觉和我已经是多年的故交。它们的主人起初都奇怪,知道我的父亲是谁以后,才恍然大悟:你身上有你父亲的味道,它们天生就认得你!

那六年里,父亲和一只他从玉树带去的藏獒生活在城市里,而在高原上的我,则生活在父亲和藏獒的传说中。父亲在草原上生活了将近二十年,做过记者,办过学校,搞过文学,也当过领导。草原上流传着许多他和藏獒的故事,虽不完全像我在小说里描写的那样,却同样传奇迷人。

有个藏族干部对我说,"文革"中他们这一派想揪斗父亲,研究了四个晚上没敢动手,就是害怕父亲的藏獒报复他们。

在长驻三江源的六年里,父亲的基因一直发挥着作用,使我不由自主地像他那样把自己完全融入了草原,完全像一个真正的藏族人那样生活着。

我那个时候的理想就是:娶一个藏族姑娘,和父亲一样养一群藏獒，冬天在冬窝子里吃肉，夏天在夏窝子里放牧，偶尔再带着藏獒去森林里雪山上打打猎冒冒险。我好像一直在为实现我的理想努力着，几乎忘了自己是一个长驻记者。

有一次在曲麻莱喝多了青稞酒，醉得一塌糊涂，半夜起来解手，凉风一吹，吐了。守夜的藏獒跟过来，二话不说，就把我吐出来的东西舔得一干二净。结果它也醉了，浑身瘫软地倒在了我身边。我和它互相搂抱着在帐房边的草地上酣然睡去。第二天早晨迷迷糊糊醒来，摸着藏獒寻思：身边是谁啊，是这家的主人戴吉东珠吗？他身上怎么长出毛来了？

这件事儿成了我的笑话，在草原上广为流传。姑娘们见了我就哧哧地笑，孩子们见了我就冲我喊："长出毛来了，长出毛来了。"牧民们请我去他家做客，总是说："走啊，去和我家的藏獒喝一杯。"

很不幸，不久我结束了三江源的长驻生涯，回到了我不喜欢的城市。在思念草原思念藏獒的日子里，我总是一有机会就回去的。雪山、草原、骏马、牧民、藏獒、奶茶，对我来说这是藏地六宝，我的精神上一生都会依赖它们，尤其是藏獒。我常常想，我是因为父亲才喜欢藏獒的，父亲为什么喜欢藏獒呢？我问父亲，父亲不假思索地说："藏獒好啊！藏獒精忠报主，见义勇为，英勇无畏。藏獒一生都为别人而战。藏獒以道为天，它们的战斗是为忠诚，为道义，为职责。"在一本《公民道德准则》的小册子上，父亲还郑重其事地批注了几个字：藏獒的标准。

可惜在父亲生前，藏獒已经开始衰落，尽管有"藏獒精神"

支撑着父亲的一生，年迈的他，也只能蜗居在城市的水泥格子里，怀想远方的草原和远方的藏獒。每次注视父亲寂寞的身影，我就想，我一定要写一本关于藏獒的书，主人公除了藏獒就是父亲。

藏獒是由一千多万年前的喜马拉雅巨型古鬣犬演变而来的高原犬种，是犬类世界唯一没有被时间和环境所改变的古老的活化石。它曾是青藏高原横行四方的野兽，直到六千多年前，才被驯化，开始了和人类相依为命的生活。作为人类的朋友，藏獒得到了许多当之无愧的称号：古人说它是"龙狗"，乾隆皇帝说它是"狗状元"，藏族人说它是"森格"（狮子），藏獒研究者们说它是"国宝"，是"东方神犬"，是"世界罕见的猛犬"，是"举世公认的最古老、最稀有、最凶猛的大型犬种"，是"世界猛犬的祖先"。公元1275年，意大利探险家马可·波罗这样描写了他所看到的藏獒："在西藏发现了一种从未见过的怪犬，它体形巨大，如同驴子，凶猛声壮，如同狮子。"其实在之前的公元1240年，成吉思汗的后裔已横扫欧洲，把跟着他们南征北战的猛犬军团的一部分——三万多只藏獒留在了欧洲，这些纯种的喜马拉雅藏獒在更加广阔的地域杂交繁育出了世界著名的大型工作犬马士提夫犬、罗特威尔犬、德国大丹犬、法国圣伯纳犬、加拿大纽芬兰犬等等。这就是说，现存于欧亚两陆的几乎所有大型凶猛犬种的祖先都是藏獒。

父亲把这些零零星星搜集来的藏獒知识抄写在一个本子上，百看不厌。同时记在本子上的，还有一些他知道的传说。这些传说告诉我们，藏獒在青藏高原一直具有神的地位。古代传说中神勇的猛兽"狻猊"，指的就是藏獒，因此藏獒也叫苍猊。在藏族英雄格萨尔的口传故事里，那些披坚执锐的战神很多都是藏獒，而曾经帮助二郎神勇战齐天大圣孙悟空的哮天犬，也是一只孔武有力的喜马拉雅藏獒。

所有这些关于藏獒的知识和传说，给了父亲极大的安慰，从玉树草原带回家的那只藏獒老死以后，它们便成了父亲对藏獒感情的唯一寄托。我曾经从报纸上剪下一些关于藏獒集散地、藏獒繁殖基地、藏獒评比大会和藏獒展示会的消息，送给父亲，希望能带给他快乐，没想到带给他的却是忧虑。父亲说，那还是藏獒吗？那都是宠物。

在父亲的心中，藏獒已经不仅是家兽，不仅是动物，而是一种高贵的生命，是游牧民族借以张扬游牧精神的一种形式。藏獒不仅集中了草原的野兽和家兽应该具备的最好品质，而且集中了草原牧民应该具备的优秀品质。藏獒的风骨，不可能在人们无微不至的关怀中延续，只能在青藏高原的凌厉风土中磨砺。如果不能让它们奔驰在缺氧至少百分之五十的高海拔原野，不能让它们啸鸣于零下四十摄氏度的冰天雪地，不能让它们时刻警惕十里二十里之外的狼情和豹情，不能让它们把牧家的全部生活担子扛压在自己的肩膀上，它们的敏捷、速度、力量和品行的退化，都将不可避免。

所以，当城市中先富裕且闲暇时间日益增多的人们对藏獒的热情日渐高涨之时，当藏獒的身价日渐昂贵之时，父亲的孤独也在日渐加深。

就在对藏獒的无尽怀想中，父亲去世了。

我和哥哥把父亲关于藏獒知识的抄写本和剪贴本一页一页撕下来,连同写着"千金易得,一獒难求"八个字的封面,和着纸钱一起在父亲的骨灰盒前烧了。我们希望,假如真有来世,能有藏獒陪伴着他。

第二年春天,我们的老朋友旦正嘉的儿子强巴来到我家,捧着一条哈达,里里外外找了一圈,才知道父亲已经去世了。他把哈达献给了父亲的遗像,然后从旅行包里拿出了他给父亲的礼物。我们全家人都惊呆了,那是四只小藏獒。这个像藏獒一样忠诚厚道的牧民,在偌大的三江源地区千辛万苦地寻找到了四只品系纯正的藏獒,想让父亲有一个充实愉快的晚年。可惜父亲已经走了,再也享受不到藏獒带给他的快乐和激动了。

母亲和我们赶紧把它们抱在怀里,喜欢得都忘了招待客人。我问强巴,它们有名字了吗,他说还没有。我们立刻就给它们起名字,最强壮的那只小公獒叫冈日森格,它的妹妹叫那日;小的那只母獒叫果日,它的比它壮实的弟弟叫多吉来吧。这些都曾经是父亲的藏獒的名字,我们照搬在了四只小藏獒身上。而在写这部小说的时候,我又用它们命名了书的主人公,也算是对父亲和四只小藏獒的纪念吧。

送来四只小藏獒的这天,是父亲去世以后我们家的第一个节日,让我们在忘乎所以的喜悦中埋下了悲剧的种子。两个星期后,我们家失窃了,其他东西都没丢,就丢了四只小藏獒。

寻找是不遗余力的,全家都出动了。我们就像丢失了自己的孩子,疯了似的在城市的大街小巷一声声地呼唤着:"冈日森格,多吉来吧,果日,那日。"我们托人,我们报警,我们登报,我们悬赏，我们用尽了所能想到的一切办法。整整两年过去了，我们才愿意承认，父亲的也是我们的四只小藏獒恐怕已经找不到了。偷狗的人一般是不养狗的，他们很可能是几个狗贩子，用损人利己的办法把四只小藏獒变成了钱。能够掏钱买下小藏獒的，肯定也是喜欢藏獒的，他们不至于虐待它们吧？他们会尽心尽力地喂养好它们吧？

现在，四只小藏獒早该长大，该做爸爸妈妈了。我想告诉那些收养着它们的人，请记住它们的名字：冈日森格是神山狮子的意思，多吉来吧是善金刚的意思，果日是草原人对以月亮为表征的勇健神母的称呼，那日是他们对以乌云为表征的狮面黑金护法的称呼；另外，果日还是圆蛋，那日还是黑蛋，都是藏族人给最亲昵的孩子起乳名时常用的名字。

还请记住，要像高原牧民一样对待它们，千万不要随便给它们配对。冈日森格、多吉来吧以及果日和那日，只有跟纯正的喜马拉雅獒种生儿育女，才能在延续血统、保持身材高大魁伟的同时，也保持精神的伟大和品格的高尚，也才能使它们一代又一代地威镇群兽，卓尔不群，铁铸石雕，钟灵毓秀，一代又一代地成为人类生活的一部分。

还请记住，它们身上凝聚了草原牧民对父亲的感情，还凝聚了一个儿子对父亲的无尽怀念。

2017 年 9 月 1 日

目录

第一章 狼来了
1. 大黑獒那日死了 — 001
2. 加油，多吉来吧 — 011
3. 孩子们危险了 — 017
4. 獒与狼的智慧较量 — 025

第二章 小母獒卓嘎
1. 直面狼群 — 033
2. 诡计啊，诡计 — 036
3. 上兵伐谋，獒王完胜 — 043
4. 好样的，卓嘎 — 050

第三章 护人魔怪
1. 狼吃狼 — 055
2. 冈日森格的慈悲 — 060
3. 救了只狼崽 — 067
4. 多吉来吧绝望了 — 074

第四章 命主敌鬼
1. 獒王要去救孩子们了 — 081
2. 咬不死的多吉来吧 — 089
3. 救命的糌粑 — 094
4. 一定要为孩子们报仇 — 101

第五章 屋脊宝瓶沟
1. 命主敌鬼的美餐 — 111
2. 一个人的战场 — 114
3. 父亲睡着了 — 121
4. 单挑獒王的战狼 — 129

第六章 癞痢头公狼	1. 天上掉下了糌粑	139
	2. 新的獒王	145
	3. 两匹癞痢头的饿狼	152
	4. 违背天性的选择	155

第七章 千恶一义	1. 是玩伴还是仇敌	161
	2. 父亲差点儿成了狼的美餐	168
	3. 母狼的报恩	174
	4. 狼崽和小母獒成了朋友	179

第八章 雪坑深深	1. 獒王单挑八只猞猁	187
	2. 先救汉扎西	194
	3. 父亲活过来了	197
	4. 多吉来吧走了	204

第九章 江秋帮穷	1. 一场惨烈的厮杀	209
	2. 营救头人索朗旺堆一家	217
	3. 新獒王争夺战一触即发	224
	4. 江秋帮穷逃跑了	229

第十章 徒钦甲保	1. 江秋帮穷的选择	235
	2. 冈日森格哭了	240
	3. 战胜白爪子头狼	248
	4. 大黑獒那日的葬礼	253

第十一章 白爪子狼

1. 空气中飘来獒王的味道 — 259
2. 獒王回归 — 264
3. 奔赴十忿怒王地 — 270
4. 温泉湖里发现了美食 — 272

第十二章 护狼神瓦恰

1. 信？谁的信？ — 279
2. 救活一个是一个 — 284
3. 营救大灰獒 — 289
4. 让我们一起并肩作战 — 294

第十三章 十忿怒王地

1. 兵分两路 — 301
2. 悲愤的上阿妈狼群 — 307
3. 喂狼的人 — 310
4. 所有的人必须都救出来 — 317

第十四章 飞翔的领地狗群

1. 不依不饶的抵抗 — 323
2. 三路人马终于集中到了一起 — 329
3. "舍命"霹雳王 — 334
4. 悲伤而温情的故事一个接着一个 — 344

第十五章 多猕头狼

1. 各个击破 — 351
2. 螳螂捕蝉，黄雀在后 — 356
3. 反客为主 — 363
4. 暗中出击 — 368

第十六章
獒王的哭泣

1. 獒王救母狼　　　　　　　　373
2. 永远的大力王神　　　　　　376
3. 再见了，小卓嘎　　　　　　381
4. 回来吧，多吉来吧　　　　　389

第十七章
心如激雷而面如平湖者

1. 赤膊的父亲吓退了狼群　　　393
2. 神鬼莫测的伏击　　　　　　397
3. 生死对峙　　　　　　　　　405
4. 后会有期　　　　　　　　　416

第 一 章
Chapter 1

狼来了

1. 大黑獒那日死了

　　从来没有见过这么大的雪，下了半个月还在下，天天都是鹅毛飘洒。草原一片沉寂，看不到牛羊和马影，也看不到帐房和人群，人世间的一切仿佛都死了。但此刻的野兽们却格外活跃起来，到处都是在饥饿中寻找猎物的狼群、豹群和猞猁群，到处都是紧张愤怒的追逐和打斗。荒野的原则就是这样，当你必须把对方当作唯一的食物而奋不顾身时，你就只能是一个暴虐而玩命的杀手，一个用自己的生命做抵押的凶悍的赌徒。

　　西结古草原的领地狗群在獒王冈日森格的率领下，扑向了大雪灾中所有的狼群、所有的危难。

　　大黑獒那日终于闭上了眼睛，长眠对它来说的确来得太早太早了。它不想这么快就离开这个让它有那么多牵挂的世界,眼睛一直睁着,扑闪扑闪地睁着。但是它毫无办法,所有围着它的领地狗都没有办法,生命的逝去就像大雪灾的到来,是谁也拦不住的。獒王冈日森格陪伴在大黑獒那日身边,它流着泪,自从大黑獒那日躺倒在积雪中之后,它就一直流着泪。它一声不吭,默默地,把眼泪一股一股地流进了嘴里:你就这样走了吗?那日,那日。跟它一起默默流泪的,还有那日的同胞姐姐大黑獒果日,还有许许多多跟那日朝夕相处的藏獒。

　　雪还在下,越来越大了。两个时辰前,它们从碉房山下野驴河的冰面上出发,来到了这里。这里不是目的地,这里是前往狼道峡的途中。狼道峡是狼的峡谷,也是风的峡谷。当狂飙突进的狼群出现在峡谷时,来自雪山极顶的暴风雪就把消息席卷到了西结古的原野里:狼灾来临了。狼灾是大雪灾的伴生物,每年都有,并不奇怪,奇怪的是今年最先成灾的不是西结古草原的狼,而是外面的狼,是多猕草原的狼,是上阿妈草原的狼。它们都来了,都跑到广袤的西结古草原为害人畜来了。为什么?从来没有这样过。獒王冈日森格不理解,所有的领地狗都不理解,但对它们来说,理解事情发生的缘由,永远不重要,重要的是行动,是防止灾难按照狼群的愿望蔓延扩展。堵住它们,一定要在狼道峡口堵住它们!

　　出发的时候,大黑獒那日就已经不行了,腰腹塌陷着,眼里的光亮比平时黯淡了许多,急促的喘息让胸脯的起伏显得沉重而无力,舌头外露着,已经由粉色变成黑色了。冈日森格用头顶着它不让它去它不听，它知道这是一个非同寻常的日子，狼来了，而且是领地外面的狼，是两大群穷凶极恶的犯境的狼。而它是一只以守护家园为天职的领地狗，又是獒王冈日森格的妻子，它必须去，去定了，谁也别想阻拦它。

冈日森格为此推迟了出发的时间，用头顶，用舌头舔，用前爪抚摸，用眼睛诉说，它用尽了办法，想说服大黑獒那日留下，最充分的理由便是：小母獒卓嘎不见了，你必须在这里等着，它回来找不见我们就会乱跑，在冬天，在大雪灾的日子里，乱跑就是死亡。小母獒卓嘎是大黑獒那日和冈日森格的孩子，出生还不到三个月，是那日第六胎六个孩子中唯一一个活下来的，其他五个都死了，那日身体不好，奶水严重不够，只有最先出世也最能抢奶的小母獒叼住了那只唯一有奶的乳头。六个孩子只活了一个，那可是必须呵护到底的宝贝啊。有那么一刻，大黑獒那日决定听从冈日森格的劝告，在它们居住的碉房山下野驴河的冰面上等待自己的孩子。

可是，当獒王冈日森格带着领地狗群走向白茫茫的原野深处，无边的寂寞随着雪花瑟瑟而来时，大黑獒那日顿时感到一阵空虚和惶惑，差一点倒在地上。大敌当前，一只藏獒本能的职守就是迎头痛击，它违背了自己的职守，就只能空虚和惶惑了。而藏獒是不能空虚和惶惑的，那会使它失去心理支撑和精神依托，母性的儿女情长、身体的疲病交加，都不能超越一只藏獒对职守的忠诚，藏獒的职守就是血性的奉献。狼来了，血性奉献的时刻来到了。大黑獒那日遥遥地跟上了冈日森格。獒王冈日森格一闻气味就知道妻子跟来了，

停下来，等着它，然后陪它一起走，再也没有做出任何说服它回去的举动。

冈日森格已经知道大黑獒那日不行了，这是陪妻子走过的最后一段路，它尽量克制着自己恨不得即刻杀退入侵之狼的情绪，慢慢地走啊，不断温情脉脉地舔着妻子，就像以前那样，舔着它那只瞎了的眼睛，舔着它的鼻子和嘴巴，一直舔着。大黑獒那日停下了，接着就趴下了，躺倒了，眼巴巴地望着丈夫，泪水一浪一浪地涌出来，眼睛就是不肯闭实。冈日森格趴在了那日身边，想舔干妻子的眼泪，自己的眼泪却哗啦啦落了下来：你就这样走了吗？那日，那日。

也是一场大雪。西结古草原的大雪一来就很大，每年都很大，去年的大雪来得格外早，好像没到冬天就来了。大雪成灾的日子里，正处在第五胎哺乳期的大黑獒那日带着自己的两个孩子，来到了尼玛爷爷家。他家的家畜群不知被暴风雪裹挟到哪里去了，两只大牧狗新狮子萨杰森格和鹰狮子琼保森格跟着畜群离开了帐房，一直没有回来。畜群肯定死了，它们是经不起如此肃杀的饥寒之灾的，说不定连新狮子萨杰森格和鹰狮子琼保森格都已经死了。尼玛爷爷、尼玛爷爷的儿子班觉、儿媳拉珍、孙子诺布与看家狗瘸腿阿妈、斯毛阿姨以及格桑和普姆，一个个蜷缩在就要被积雪压塌的帐房里，都已经饿得动弹不得了。

大黑獒那日立刻意识到自己应该干什么，它先是走到尼玛爷爷跟前，用流溢着同情之光的眼睛对他说：吃吧，吃吧，我正在喂奶，我的身体里全是奶。说着它骑在了躺倒在毡铺上的尼玛爷爷身上，把自己的奶头对准了尼玛爷爷的嘴。尼玛爷爷哭了，他边哭边吃，他知道母獒用奶水救活饥饿之人的事情在草原上经常发生，也知道哺乳期的母獒有很强的再生奶水的能力，不吃不喝的时候也能用储存的水分和身体的脂肪制造出奶水来，但他还是觉得母獒给人喂奶就是神对人的恩赐，是平凡中的奇迹，他老泪纵横，只吃了两口，就把大黑獒那日推给了身边的孙子诺布。诺布吃到了那日的奶，看家狗瘸腿阿妈、斯毛以及格桑和普姆也都依次吃到了那日的奶，下来是拉珍，最后是班觉，大黑獒那日的奶水，让他们从死亡线上走回来了。

一连五天都是这样，大黑獒那日自己无吃无喝，却不断

滋生着奶水,喂养着尼玛爷爷一家四口人和四只狗以及它自己的两个孩子。但体内的水分和脂肪毕竟是有限的,奶水很快枯竭了,它似乎不相信自己的奶水这么快就会枯竭,还是不厌其烦地喂了这个再喂那个。十张饥饿的嘴在那种情况下失去了理智,拼命的吮吸让枯竭的奶水再一次流出,但那已经不是奶水,而是血水。血水汩汩有声地流淌着,那么多,那么多,开始是白中带血,后来是血中带白,再后来就是一股红似一股的纯粹血水了。

大黑獒那日扑通一声倒了下去,倒在了尼玛爷爷身边,尼玛爷爷拖着它,哭着说:"你不要再喂,不要再喂,我们不吃你的奶了。"但是奶水,不,是血水,还在流淌,就像大黑獒那日哺育后代的本能、吃肉喝水的本能、为人排忧解难的本能那样,面对一群不从它这里汲取营养就会死掉的人和狗,血水不可遏制地流淌着,你吃也好不吃也好它都在流淌。那就只好吃了,尼玛爷爷吃了,班觉吃了,拉珍吃了,诺布吃了,瘸腿阿妈吃了,斯毛吃了,格桑吃了,普姆吃了,还有那日自己的两个孩子,又都吃了一遍那日的血水。他们一吃就挺住了,挺了两天,獒王冈日森格和几只领地狗就叼着吃的用的营救他们来了。

叼来的是军用的压缩饼干和皮大衣,是政府空投在雪灾区域的救援物资,大概是白茫茫的雪原上找不到人居的痕迹吧——火,或者帐房的影子,救援物资都投到昂拉雪山中去了,那是个雪狼和雪豹出没的地方,是个只有藏獒才敢和野兽抢夺空投物资的战场。獒王冈日森格带着它的领地狗群抢回来了一部分空投物资，分送给了牧民们。牧民们不知道这是政府的救援，虔诚地膜拜着说：多么了不起的藏獒，它们是神和人之间可以空行地祇，把天堂里的东西拿来救我们的命了。

冈日森格来了以后，发现妻子大黑獒那日已经站不起来了，那日皮包骨头，似乎把自己的血肉全部变成汁液流进了人和狗的嘴里。它给那日叼去了压缩饼干，那日想吃，但已经咬不动了。它就大口咀嚼着，嚼碎了再嘴对嘴地喂给那日。那一刻，冈日森格流着泪，大黑獒那日也流着泪，它们默默相望，似乎都在为对方祈祷：好好的，你一定要好好的。

就是这一次用奶水和血水救活尼玛爷爷一家的经历，让大黑獒那日元气大伤，精神再也没有恢复到从前，身体渐渐缩小着，能力不断下降着，第六胎孩子虽然怀上了，也生出来了，却无法让它们全部活下来：乳房的创伤一直没有痊愈，造奶的功能正在消失，奶水断断续续只有一点点，仅能让一个孩子吃个半饱。大黑獒那日哭着，眼看着其他五个孩子一个个死去，它万般无奈，只能以哭相对了。孩子死了之后，獒王冈日森格曾经那么柔情地舔着自己的妻子，似乎在安慰它：会有的，我们还会有的，明年这个时候，我们的孩子，就又要出世了。大黑獒那日好像知道自己再也不会有孩子，呜呜地哭着，丈夫越是安慰，它的哭声就越大越悲切，而且一直在哭。好几个月里，每当夜深人静，它都会悄悄地哭起来。

谁能想到，大黑獒那日伤心的不光是孩子，还有自己，它知道自己就要走了，就要离开它的草原它的丈夫了。而对獒王冈日森格来说，一切都是猝不及防的，大黑獒那日走得这么仓促，这么不是时候，都没有给它一个从从容容伤心落泪的机会，它只能在心里呜呜地叫，就像身边的风，在呜呜的鸣叫中苍茫地难受着。

大黑獒那日死了，它死在前往狼道峡阻击犯境之敌的途中。獒王冈日森格泪汪汪地站起来，就在那日身边用四条腿轮番刨着、刨着。所有的领地狗都泪眼蒙眬地围起来看着獒王，没有谁过去帮忙，包括那日的姐姐大黑獒果日。它们都知道獒王是不希望任何一只别的狗帮忙的。獒王一个人在积雪中刨着，刨下去了一米多深，刨出了冻硬的草地，然后一点一点把那日拱了下去。掩埋是仔细的，比平时在雪中土里掩埋必须储存的食物仔细多了。埋平了地面它还不甘心，又用嘴拱起了一个明显的雪包，然后在雪包边撒了一泡尿，这是为了留下记号，更是为了留下威胁：藏獒的味道在这里，哪个野兽敢于靠近！所有的领地狗——那些藏獒，那些不是藏獒的藏狗，都流着眼泪撒出了一泡尿，强烈的尿臊味儿顿时氤氲而起，在四周形成了一个无形的具有巨大威慑力的屏障。

冈日森格用眼泪告诉埋在下面的那日：我还会来看你的，我不能让狼和秃鹫把你刨出来吃掉，等着啊，我一定会来的。然后它来到大黑獒果日身边，用鼻子碰了碰对方的脸，意思是说：你能不能留下来？你留下来吧，现在是大雪灾的日子，狼群是疯狂的，是无所顾忌的，光有气味的守护恐怕不保险。大黑獒果日立刻卧下了，好像是说：你不说我也会留下的，不能让狼把它吃掉，人会找它的，人比我们还需要它，要是看不到它的尸体，人会一直找下去。

獒王冈日森格走了，头也不回地走了。在这个狼情急迫的时刻，与生俱来的藏獒的使命感完全左右着它的想法和行动：狼来了，多猕草原的狼，上阿妈草原的狼，都来了，都跑到广袤的西结古草原为害人畜来了，而它作为称霸草原的一代獒王，如果不能带着领地狗群以最快的速度赶到狼道峡口，挡住汹汹而来的狼群，那就等于放弃职责，等于行尸走肉。

冈日森格走着走着就跑起来。它的奔跑如同一头金色狮子在进行威风凛凛的表演，鬣毛挓挲着，唰唰地抖，粗壮的四肢灵活而富有弹性，一种天造神物最有动感的兽性之美跃然而出，让漫天飞舞的雪花都相信，它那健美的肌肉在每一次的伸缩中，都能创造出如梦如幻的速度和力量。但就是这样一只山呼海啸的藏獒，它的眼睛是含泪的，它全力奔向了自己的敌人却没有忘记自己的爱人大黑獒那日：走了，永远地走了。

像一只鹏鸟在飞翔，飒爽飘舞的毛发如同展开的翅膀，獒王冈日森格不知疲倦地奔跑着，身边是疾驰而过的景色，是呼啸吼叫的暴风雪。而在暴风雪看来，獒王冈日森格和它的领地狗群才是真正挥洒不尽的暴风雪。紧跟在獒王身后的，是一只名叫江秋帮穷的大灰獒。它身形矫健，雄姿勃勃，灰毛之下，滚动的肌肉松紧适度地变奏着力量和速度，让它的奔跑看起来就像水的运动，流畅而充沛、有力而柔韧。下来是徒钦甲保，一只黑色的铜铸铁浇般的藏獒，大力王神的化身。

它的奔跑就像漫不经心的走路，看起来不慌不忙，但速度却一如疾风卷地。它黑光闪亮，在一地缟素的白雪中，煞是耀眼。离徒钦甲保不远，是它的妻子黑雪莲穆穆，穆穆的身后，紧跟着它们的孩子——出生只有三个月的小公獒摄命霹雳王。它也是那样挟电携雷的疾驰，也是那样威武雄壮的风姿。无论是公的，还是母的小的，都在按照草原和雪山亘古至今的塑造，自由地展示着生命的拼搏精神和阳刚而血性的气质，不可遏制地展示着野性的美丽和原始的烂漫。

很快就要到了，狼道峡口开阔的山塬之上，狼影幢幢，已经可以闻到可以看到了，那么多的狼，为什么是那么多的狼？所有的领地狗百思不得其解：往年不是这样的，往年再大的雪灾，都不会有这么多外来的狼跑到西结古草原来。狼群分布在雪冈雪坡上，悄悄地移动着，不是为了逃跑，而是为了应战。这个多雪的冬天里，第一场獒与狼的战斗，马上就要开始了。

2. 加油，多吉来吧

多吉来吧站在雪道上用粗壮的四肢轮番刨挖着雪，一会儿用前爪刨，一会儿把屁股掉过去用后爪刨，雪粉烟浪似的扬起来，被风一吹，落到雪道两边的雪坎上去了。两道雪坎夹峙着一条雪道从寄宿学校的帐房门口延伸而去，已经到了五十米外的牛粪墙前。牛粪墙是学校的围墙，将近一米的高度，已经看不见了，但是多吉来吧知道雪里头掩埋着一堵墙，它用前爪一掏就掏出了一个洞，三掏四掏墙就不存在了。它曾经被送鬼人达赤囚禁在三十米深的壕沟里，天天掏挖坚硬的沟壁，爪子具有非凡的刨挖能力，在一米多厚的积雪里刨出一条雪道对它这样的藏獒来说不是什么难事儿。它想把雪道开通到很远很远的地方去，远方有更多的人，有充饥的食物和暖身的皮衣皮褥，还有救命的藏医喇嘛和那些神奇的藏药，这一点它和父亲一样清楚。

　　雪道继续延伸着，多吉来吧刨啊刨啊，就像一个硕大的黑红色的魔怪，在漫无际涯的白色背景上，疯狂地扬风搅雪。父亲站在寄宿学校学生居住的帐房门口，抬头看了看依然乱纷纷扬雪似花的天空，哈着白气对刨挖不止的多吉来吧大声说："我知道你能把雪道开到狼道峡那边去，但是来不及了，真的来不及了，多吉来吧你听我说，我不能再等下去，我应该走了。"多吉来吧的回答就是更加拼命地刨雪，它不愿意父亲一个人离开这里，离开是不对的，离开以后会怎么样，它似乎全知道。但是父亲想不了这么多，他只想到现在，现在他必须挽救帐房里的人。帐房里躺着十二个孩子，十二个孩子是十二条人命，其中一条人命已经昏迷不醒了，昏迷不醒的孩子叫达娃。

　　三天前达娃想离开学校回家去，父亲不让他走，说："达娃你听话，你离开这里就会死掉的，你知道你家在哪里？你家在野驴河的上游，很远很远的白兰草原。"达娃不听话，他为什么要听话？学校已经断顿，听老师的话就等于饿死在这里。他悄悄地走了，三天前的积雪还没有这般雄厚，只能淹没他的膝盖,他很快走出去了四五百米。等多吉来吧发现他时,他已经在危险中尖声叫唤了。

危险来自狼。狼在大雪盖地的冬天总会出现在离人群最近的地方,而且一出现就是一大群,这一点多吉来吧比谁都清楚。它很后悔自己没有早一点发现达娃。它刚才睡着了,为了守护父亲和父亲的十二个学生,它已经好几个昼夜没有睡觉了。它发出一阵沉雷般穿透力极强的吼声,裹挟着刨起的雪浪飞鸣而去,几乎看不清是什么在奔跑。围住达娃的饥饿的狼群,你争我抢准备扑向食物的狼群,哗的一下不动了,静默了几秒钟,又哗的一下转身纷纷撤走,只有一匹额头上有红斑的公狼似乎不甘心狼群就这样一无所获地被一只藏獒吓退,扑过去咬了达娃一口才匆匆逃命。多吉来吧远远地看见了,盯着红额斑公狼追了过去,一副不报仇雪恨不罢休的样子,追着追着停下了,似乎意识到这个时候最要紧的是救人而不是追杀,它用一种响亮而短促的声音喊叫着,把父亲从帐房里喊了出来。

父亲紧紧张张地跑了过去,心想夏天死了一个孩子,秋天死了一个孩子,都是一个人离开寄宿学校后被狼咬死的,多少年都没有发生的事情突然发生了,牧民们已经在嘀咕:"吉利的汉扎西怎么不吉利了?不念经的寄宿学校是不是应该念经了?让孩子们学那些没用的汉字汉书,神灵会不高兴的,昂拉山神、砻宝山神、党项大雪山仁慈的雅拉香波山神已经开始惩罚学校了。"现在是冬天,狼最多的时候,可不能再死孩子了。父亲看了看远远遁去的狼群,又看了看坐在雪中捂着大腿上的伤口吸溜着鼻涕的达娃,立刻埋怨地拍了多吉来吧一下:"你是怎么搞的?居然让达娃离开了学校,居然让狼扑到了他身上。"多吉来吧委屈地抖了一下,扬起脖子想声辩几句,看到父亲抱起达娃一副心疼难耐的样子,顿时把委屈和声辩全都丢弃了,赶紧跳过去,用眼神示意着,让父亲把达娃放在了自己身上。

多吉来吧把达娃驮回到了帐房,达娃躺下了,躺下后就再也没有起来,一是惊吓,二是饥饿,更重要的是红额斑公狼牙齿有毒,达娃中毒了,伤口肿起来,接着就是发烧,就是昏迷。

这会儿,父亲从帐房门口来到达娃跟前,跪在毡铺上,摸了摸他滚烫的额头,毅然决然地说:"走了走了,我必须走了,你们不要动,尽可能地保持体力,一点点也不能消耗。"十二个孩子躺满了毡铺,父亲望着满毡铺滴溜溜转动的眼睛,恋恋不舍地说:"你们挨紧一点,互相暖一暖,千万不要出去,听到任何声音都不要出去,外面有多吉来吧,多吉来吧会保护你们的。"孩子们嗯嗯啊啊答应着。父亲说:"不要出声,出声会把力气用掉,点点头就行了。"说着脱下自己的皮大衣,盖在了孩子们身上。那个叫作平措赤烈的最大的孩子突然问道:"汉扎西老师你什么时候回来?"父亲说:"最迟明天。"平措赤烈说:"明天达娃就会死掉的。"父亲说:"所以我得赶紧走,我在他死掉以前回来他就不会死掉了。"

父亲要走了,就在这个冬天的第一场大雪下了整整半个月,被雪灾围困的十二个孩子和多吉来吧以及他自己三天没有进食，让狼咬伤的达娃高烧不醒的时候，他犹豫再三做出了离开这里寻找援助的决定。他知道离开是危险的，自己危险，这里的孩子也危险。但是他更知道，如果大家都滞留在这里，危险会来得更快，就像平措赤烈说的，说不定明天达娃就会死掉。为了不让达娃死掉，他必须在今天天黑以前见到西结古寺的藏医喇嘛尕宇陀。再说如果他不出去求援，谁也不知道寄宿学校已经三天没吃的了。

父亲想起了央金卓玛，如果是平常的日子，不是今天，就是明天，央金卓玛一定会来这里。她是野驴河部落的牧民贡巴饶赛家的小女儿，她受到头人索朗旺堆的差遣：每隔十天，来寄宿学校送一趟酸奶子。酸奶子是送给父亲的，也是送给孩子们的。在草原人的信条里，不吃酸奶子的孩子，是长不出智慧来的。可现在是大雪灾，马是上不了路的，怎么驮运酸奶子？当然她也可以步行，但是有狼群，有豹子，有猞猁，有许多意想不到的危险，她一个姑娘家怎么敢出现在险象环生的雪原上。

父亲走出帐房，拿起一根支帐房的备用木杆把帐房顶上的积雪仔细扒拉下来，然后把木杆插回门口的积雪里，从门楣上扯下两条黄色的经幡，沿着雪道走向了多吉来吧。多吉来吧依然用粗壮的四肢刨扬着雪粉，看到父亲走过来，突然警觉地停下了。父亲说："我走了，这里就交给你了。我知道你是想开出一条雪道好让大家一起走，但这是不可能的。孩子们已经饿得走不动了，更要紧的是，我明天不把藏医喇嘛叫来，达娃就会死掉。你希望达娃死掉吗？不希望是吧？"

多吉来吧似乎不想听父亲说什么，烦躁地摇了摇硕大的獒头，又摇了摇蜷起的尾巴，看着父亲朝前走去，一口咬住了父亲的衣襟。父亲说："什么意思啊？你是不想让我走吗？那好我不走了，你走吧，你去把吃的给我们找来，把藏医喇嘛尕宇陀给我们叫来。"说着父亲挥了挥手。多吉来吧明白了，跳起来朝前走去，走了几步停下来，回头若有所思地望着父亲，好像是说："我走了你们怎么办？"父亲立刻看懂了多吉来吧的眼神，说："是啊，你走了我们怎么办？狼会吃掉我们的，可要是你在这里，狼就没办法了。"父亲来到它身边，重托似的使劲拍了拍它，把一条黄色经幡拴在了它的鬣毛上："这十二个学生就靠你了，多吉来吧，你在，他们在，知道吗？多吉来吧。夏天死了一个学生，秋天死了一个学生，可不能再死学生了。"说罢，父亲踩着没腿的积雪缓慢地朝前走去。

多吉来吧不由自主地跟上了他。父亲挥动另一条经幡说："放心吧，我有吉祥的经幡，经幡会保佑我。再说野驴河边到处都是领地狗，冈日森格肯定会跑来迎接我的。"一听父亲说起冈日森格，多吉来吧就不跟了，好像这个名字是安然无恙的象征，只要提到它，所有的危害险阻就会荡然无存。多吉来吧侧过身子去，一边警惕地观察着帐房四周的动静，一边依依不舍地望着父亲，一直望到父亲消失在弥漫的雪雾里，望到狼群的气息从帐房那边随风而来。它的耳朵倏然一抖，阴鸷的三角吊眼朝那边一横，跳起来沿着它刨出的雪道跑向了帐房。多吉来吧知道周围有狼，三天前围住达娃的那样饥饿的狼，那匹咬伤了达娃的红额斑公狼，一直埋伏在离帐房不远的雪梁后面，时刻盯梢着帐房内外的动静。但是它没想到狼群会出现得这么快，汉扎西刚刚离开，狼群就以为吃人充饥的机会来到了。

多吉来吧呼哧呼哧地冷笑着：这些狼的眼睛里居然只有汉扎西没有我，居然狼们也敢蔑视一只曾经是饮血王党项罗刹的铁包金公獒，那你们就等着瞧吧，到底是汉扎西厉害，还是我厉害。它看到三匹老狼已经抢先来到帐房门口，便愤怒地抖动火红如燃的胸毛和拴在鬣毛上的黄色经幡，嗡嗡嗡地叫着冲向了它们。

3. 孩子们危险了

其实集结在这里的狼没有一只是敢于蔑视多吉来吧的。它们有的先前曾远远地看见过这只凶神恶煞般的藏獒，有的虽然第一次看见，但一闻它那浓烈刺鼻的獒臊味儿，一看它那悍然霸道的獒姿獒影，就知道那是一个能够吞噬狼命豹命熊命的黝黑无比的深渊。但是所有来这里的狼都没有办法放弃。蜷缩在帐房里的十二个孩子，是冬天的莽原上雪灾的地狱中狼群无法抗拒的诱惑。许多狼已经很多天没吃到东西了，冬天来临之后，那些能够成为狼食的野物冬眠的冬眠，迁徙的迁徙，生机盎然的原野一下子变得荒凉无比，而大雪纷飞的日子又把狼群的饥荒推向了极致。通常情况下，它们走向人群是为了咬杀属于人的牛羊，但这次它们把目标直接对准了人——寄宿学校的十二个孩子。它们只能这样：冒着死亡的危险走向人群。

谁也不知道这是为了什么：为什么狼群不去咬杀它们习惯于咬杀和更容易咬杀的羊和牛，而把果腹的欲望投向了最难吃到口也很少吃到口的人？为什么这么多的狼突然集结到了这里？一开始是一群几十匹，一天之后又来了一群，又来了一群，等到父亲离开的时候，寄宿学校的周围已经有两百多匹荒原狼了。父亲不知道四周埋伏着这么多的狼，多吉来吧也不知道，他们只感到狼害的气息越来越浓，却无法预测那种血腥残忍的结果：这么多的狼要是一起扑过来，十二个孩子和他们的保护者多吉来吧将会是一种什么样的情形呢？

好在荒原狼们没有一起扑上来，它们正在商量和试探，似乎还没有形成一起扑上去的决定。或者它们很难做到一起扑上去，因为跑来围住寄宿学校的不是一股狼群，而是三股狼群。虽然三股狼群的领地都属于野驴河流域，但它们各有各的地盘，从来没有过一起围猎的记录，无论在散居的夏天，还是在群居的冬天。只是今年它们不同了，就像事先协商好了一样，它们从野驴河的上游和下游来到了中游，从东、西、南三面围住了寄宿学校。

三匹老狼抢先来到了帐房门口，它们来干什么？它们明明知道仅靠它们的能耐万难抵挡多吉来吧的撕咬，为什么还要冒险而来？三匹老狼一匹站在雪道上，两匹站在雪道两边踩实的积雪中，摆成了一个弯月形的阵势，好像帐房里十二个孩子的保护者是它们而不是多吉来吧。多吉来吧最生气的就是这种带有蔑视意味的喧宾夺主，它愤怒得一边嗡嗡嗡地叫着，一边呲呲呲地吐气。这是一种表达，翻译成人的语言就应该是：哎呀呀，你们的蔑视就是你们的丧钟，你们是狼，你们永远不明白藏獒的另一个名字就是忠于职守，更不明白为什么你们动不动就会死在藏獒的利牙之下。

多吉来吧在冲跑的途中忽地一个停顿，然后又飞腾而起，朝着站在雪道上的那匹老公狼扑了过去。老公狼一动不动。藏獒扑向它的时候离它还有五米多，它完全可以转身跑掉，但是它没有，它似乎等待的就是多吉来吧对自己的扑咬。多吉来吧心里一愣：它为什么不跑？眼睛的余光朝两边一扫，立刻就明白了：老不死的你想诱杀我。以它的经验它不难看出三匹老狼的战术：让老公狼站在雪道上引诱它，一旦它扑向老公狼，雪道两边的两匹老母狼就会一左一右从后面扑向

它。多吉来吧不屑地"嗤"了一声,眼睛依然瞪着老公狼,身子却猛地一斜,朝着右首那匹老母狼耆然蹬出了前爪。这是三匹老狼没有想到的,更没有想到的是,多吉来吧的一只前爪会快速而准确地蹬在老母狼的眼睛上。老母狼歪倒在地,刚来得及惨叫一声,多吉来吧就扭头扑向了还在雪道上发愣的老公狼,这次是牙刀相向,只一刀就扎住了对方的脖子,接着便是奋力咬合。老公狼毕竟已到生命的暮年,机敏不够,速度不快,连躲闪也显得有心无力。它想到自己已是非死不可,便浑身颤抖着发出了一阵告别世间的凄叫。多吉来吧一口咬断了老公狼的喉管,也咬断了它的凄叫,然后扑向了左首那匹老母狼。

老母狼已经开始逃跑,但是它那老朽的身体在这个生命攸关的时刻显得比它诅咒的还要迟钝,它离开踩实的积雪跑向疏松的积雪,刚扑跳了两下,就被多吉来吧咬住了。死亡是必然的,眨眼之间,老母狼的生命就在多吉来吧的牙刀之间消失了。多吉来吧舔着狼血,一条腿搭在狼尸上,余怒未消地瞪视着自己的战利品——两具狼尸和一匹被它蹬瞎了一只眼的老母狼。

瞎了一只眼的老母狼趴卧在原地,痉挛似的颤抖着,做出逃跑的样子却没有逃跑。多吉来吧咆哮一声,纵身跨过雪道,扑过去一口叼住了独眼母狼的喉咙。但是它没有咬合,它的利牙、它的嘴巴、它的咬狼意识突然之间停顿在了一个茫然无措的雪崖上——它听到了一阵别致的狼叫,那是狼崽惊惧稚嫩的尖叫,是哭爹喊娘似的哀叫。多吉来吧愣住了,嘴巴不由得离开了独眼母狼的喉咙,一个闪念出现在脑海里:那或许是独眼母狼的孩子,正在凝视母亲就要死去的悲惨场面,感到无力挽救,就叫啊,哭啊。

多吉来吧哆嗦了一下,作为曾经是饮血王党项罗刹的它,天性里绝对没有对狼的怜悯,用不着同情一只伤残的老狼而收敛自己的残杀之气,但它毕竟是一只驯化了的狗,它时刻遵循着这样一条规律:跟着阎王学鬼,跟着强盗学匪。后天的教化曾把它扭曲成了送鬼人达赤的化身,又把它改造成了父亲的影子。它在父亲身边的耳濡目染,使得内心深处不期然而然地萌动着对弱小、对幼年生命的怜爱。

多吉来吧抬头看着洋洋洒洒的雪花,想知道那匹哀叫着的狼崽到底在哪里,但是它没有看到,只看到眼前的独眼母狼在狼崽的哀叫声中挣扎着站了起来,用一只眼睛惊恐万状地瞪着它,一步一步后退着。多吉来吧轻轻一跳,却没有扑过去,眼睛依然暴怒地凹凸着,奓起的鬣毛却缓缓落下了,一条前腿不停地把积雪踢到独眼母狼身上,好像是不耐烦地催促:快走吧,快走吧,你是狼崽的阿妈你赶紧走吧,再不走我可要反悔了,毕竟我是藏獒你是狼啊。独眼母狼读懂了多吉来吧的意思,转身朝前走去,走了几步又停下,望了望隐蔽着狼群也隐蔽着狼崽哭声的茫茫雪幕,突然掉过头来,朝着多吉来吧挑衅似的龇了龇牙。多吉来吧疑惑地"哦"了一声:它为什么不逃跑?孩子在呼叫它,它居然无动于衷,非要待在这里等着送死。突然又"哦"了一声,意识到独眼母狼原本就是来送死的,为什么要逃跑?来到帐房门口的三匹老狼都是来送死的，不是送死它们就不来了。这么一想，多吉来吧就惊讶得抖了一下硕大的獒头，举着鼻子使劲嗅了嗅北来的寒风。

寒风正在送来父亲和狼群的气息，那些气息混杂在一起，丝丝缕缕地缠绕在雪花之上。它伸出舌头舔了一下雪花，感到一根火辣辣的锋芒直指心底：父亲危险了！父亲的气息里严重混杂着狼群的气息，说明狼群离父亲已经很近很近了。而三匹老狼之所以前来送死，就是为了用三条衰朽的生命羁绊住它，使它无法跑过去给父亲解围。多吉来吧高抬起头颅，生气地大叫一声，心脏就像被滚烫的阴谋过了一遍，烧疼烧疼地催促着它：主人危险了，快去啊，主人危险了。它跳了起来，看到独眼母狼朝它一头撞来，知道这匹视死如归的老母狼想继续缠住它，便不屑一顾地从老母狼身上一跃而过。多吉来吧狂奔着，带着鬣毛上的那条黄色经幡，跑向了狼群靠近父亲的地方，这时候它还不知道，出现在学校原野上的，是三股狼群，一股狼群跟踪父亲去了，剩下的两股依然潜伏在寄宿学校的周围。学校是极其危险的，帐房里的十二个孩子已经是狼嘴边的活肉了。

饥饿难耐的狼群就在多吉来吧跑出去两百多米后，迫不及待地钻出隐藏自己的雪窝雪坎，密密麻麻地拥向了帐房。帐房里，十二个孩子依然躺在毡铺上。他们刚才听到了多吉来吧撕咬三匹狼的声音，很想起来看个究竟，但是最大的孩子平措赤烈不让他们起来。平措赤烈学着父亲的口吻说："你们不要动，尽可能地保持体力，一点点也不能消耗。"调皮的孩子们这个时候变得十分听话，已经饿了三天了，没有力气调皮了。他们互相搂抱着紧挨在一起，平静地闭着眼睛，一点儿也不害怕，外面有多吉来吧，多吉来吧让他们天不怕、地不怕、狼豹不怕。

可是谁会想到，多吉来吧已经走了，它为了援救它的主人居然把十二个孩子抛弃了。狼群迅速而有秩序地围住了帐房，非常安静，连踩踏积雪的声音也没有。它们是多疑的，尽管已经偷偷观察了好几天，知道里面只有十二个根本不是对手的孩子，但它们还是打算再忍耐一会儿饥饿的痛苦，搞清楚毫无动静的帐房里孩子们到底在干什么。一种默契或者说狼群之间互为仇敌的规律正在发挥着作用，带领两股狼群

的两匹高大的头狼在距离二十米远的地方定定地对视着。片刻，那匹像极了寺院里泥塑的命主敌鬼的头狼用大尾巴扫了扫雪地，带着一种哲人似的深不可测的表情，谦让地坐了下来，属于它的狼群也都谦让地坐了下来。另一匹断掉了半条尾巴的头狼转身走开了，它在自己统辖的狼群里走出了一个S形的符号，又沿着S形的符号走了回来。

仿佛断尾头狼的走动便是命令，就见三天前咬伤了达娃的红额斑公狼突然跳出了狼群，迅速走到帐房门口，小心地用鼻子掀开门帘，悄悄地望了一会儿，幽灵一样溜了进去。红额斑公狼首先来到了热烘烘、昏沉沉的达娃身边，闻了闻，认出他就是那个被自己咬伤的人，却没有意识到正是它的毒牙才使这个人又是昏迷又是发烧的。它觉得一股烧烫的气息扑面而来，赶紧躲开了。狼天生就知道动物和人得了重病才会发烧，发烧的同伴和异类都是不能接近的，万一传染上了瘟病怎么办？它想搞清楚是不是所有人都在发烧，便一个一个闻了过去，最后来到了平措赤烈跟前。它不闻了，想出去告诉狼群："孩子们都睡着了，赶快来吃啊，只有一个发烧的孩子不能吃。"又忍不住贪婪地伸出舌头，滴沥着口水，嘴巴迟疑地凑近了平措赤烈的脖子。

一根细硬的狼须触到了平措赤烈的下巴上，他感觉痒痒的，抠了一下，还是痒，便睁开了眼睛，先是愣了，接着就大喊一声："狼，狼！"

4. 獒与狼的智慧较量

敞开的狼道峡口形如一弯巨大的白色新月，在漫天雪花的掩映下，依然透露出豪迈的气势。天空中寒风呼啸，雪原上浩茫一片，而此刻那最悄无声息的，却是本应该闹腾起来的狼群。南边是来自多猕草原的狼群，北边是来自上阿妈草原的狼群，它们井水不犯河水，冷静地互相保持着足够的距离。因为对它们来说，这里既不是本土，也不是疆界，不存在行使狼性中固有的领地保护权的问题。更重要的是，当它们不约而同地穿越狼道峡，来到这里面对陌生草原的险恶和未知时，就已经意识到，它们的目的是一样的，敌人是共同的，犯不着一见面互相就掐起来，至少现在犯不着，因为现在是大敌当前——藏獒来了，西结古草原的领地狗群来了。

静悄悄的，两股狼群在雪雾的掩蔽下一声不吭地完成了各自的布阵。这样的布阵既是古老狼阵的延续，也是头狼智慧的体现，也就是说，虽然狼姓种族的许多阵法传了一代又一代，是约定俗成的，但也往往体现着头狼对事态的判断和它采取的应对方式，其中不乏创意，不乏灵活机动的改变，所以两股狼群的狼阵在大致相同的布局中，又有着一些不同。

相同的是，多猕狼群和上阿妈狼群的布阵用人类的语言都可以概括为散点式阵法，就是壮狼、弱狼、公狼、母狼、大狼、小狼插花分布，远远看上去，零零散散一片全是狼，到处都是弱狼小狼，到处又都是壮狼大狼。它的好处是，如果敌手想要擒贼先擒王，或者采取凌强震弱的战法，它一时根本无法判断哪个是王,哪个是强,如果敌手想从虚弱的地方寻找突破口进入狼阵,或者先吃掉弱的来他个下马威,它也不知道哪儿是弱的,哪儿是突破口。散点式阵法里,狼与狼前后左右的间距大致是五米,五米是个双保险的距离,既可以在进攻时一扑到位,又可以保证逃跑时不至于你挤我撞,自相踩踏。还有一点就是,散点式阵法可以让攻入狼阵的敌手在任何一个地方受到壮狼大狼的猛烈反击,而把狼群的损失减少到最低程度。

不同的是,多猕狼群的布阵里,中间基本上是空的,方圆二十步只有一匹狼,远远一看它就是头狼,多猕头狼在这个危险时刻一反常态地显示了自己的中心地位。上阿妈狼群的布阵里,中间也是空的,但没有头狼,头狼在什么地方?仔细观察,就会发现狼阵北缘的一角,狼的分布不是五米一匹,而是密集到两米一匹,那儿有头狼,上阿妈头狼是隐而不蔽的。

多猕头狼傲立在它的群体中昂起头观望着,它已经看清楚了狼道峡口的北边上阿妈狼群的布阵,心里一阵不快。对方摆成的显然是一种向北倾斜的阵势,北缘一角密集的狼影和头狼所处的位置说明,它们随时都想逃跑。在面迎领地狗群,南靠多猕狼群,又绝对不能退进狼道峡的情况下,它们只能往北逃跑。多猕头狼冷笑一声:还没有开始厮杀,就已经想到逃跑了。那就跑吧,北去的山上,那里虽然有可能是牛羊成群的牧地,但也有可能是藏獒众多的战场,要想立足这片陌生的草原并且实现报复人类的目的而不付出代价,那是不可能的。

但从上阿妈头狼的立场来说，它的布阵一点也没错。在獒与狼的对阵中，狼永远是被动的，是防守的。个体的狼和小集群的狼要是遇到领地狗群，毫无疑问是要溜之大吉；大集群的狼面对领地狗群时，首选的仍然是逃跑，除非领地狗群里没有藏獒，或者只有少量的藏獒。作为一股外来的身处险境的狼群，上阿妈狼群的布阵并没有超越狼的惯常思维和一般行为——无论报复人类的愿望多么强烈，狼群首先得有一片生存的空间。你不能指责它贪生怕死，因为在贪生怕死的背后，隐藏着一匹头狼老辣而周全的考虑，这样的头狼一定是一匹历经沧桑而又老成持重的头狼。

多猕头狼远远地看了一眼上阿妈狼群的头狼，再次审视了一番自家狼群的布阵，固执地摇了摇头。虽然它也可以老辣而周全地设置一个便于逃跑的狼阵，但便于逃跑的狼阵往往又是容易遭到攻击的狼阵，它不能还没有看清对方就逃之夭夭。作为一匹身经百战的头狼，它必须知道西结古草原的领地狗群到底是什么样的——是以藏獒为主，还是以藏狗为主？单打独斗的本领如何？集群作战的能力怎样？尤其是至关重要的獒王，到底是怎样一只藏獒，它有超群的勇敢吗？有超狼的智慧吗？这种知己知彼的事儿，是生存的需要，也是报复人类的需要，是宜早不宜迟的。

更重要的是，它必须按照祖先的遗传和自己的经验行事：狼群应该在失败中逃跑，而不能没有失败就逃跑。留下几具狼尸再逃跑，一逃就脱，因为同样处在饥饿中的领地狗群一定会像狼一样扑向食物而放弃追撵；不留下几具狼尸就逃跑，领地狗群就会一直追下去，追得狼群筋疲力尽，然后多多地咬死狼，一鼓作气把狼群撵出西结古草原。

多猕头狼研究着狼阵，又看了看飞驰而来的西结古草原的领地狗群，走动了几下，便尖锐地嗥叫起来，向自己的狼群发出了准备战斗的信号。所有的多猕狼都竖起耳朵昂起了头，眼睛喷吐着虽然惊怕却不失坚定顽强的火焰，乍起的狼毛波浪似的掀动着，掀起了阵阵死灭前的阴森之风。雪花胆怯地抖起来，还没落到地上就悄然消逝。兽性的战场已经形成，原始的暴虐渐渐清晰了。多猕头狼继续嗥叫着。似乎是为了引起领地狗的注意，它把自己的叫声变成了响亮的狗叫，叫声未落，席卷而来的领地狗群就哗的一下停住了。

是獒王冈日森格首先停下来的。它跑在最前面，它一停下身后的大灰獒江秋帮穷和大力王徒钦甲保就戛然止步，接着所有的领地狗也都停了下来。大力王徒钦甲保闷闷地叫着，左右两翼和獒王身后的领地狗们也跟着它闷闷地叫着，似乎是说：怎么了？眼看就要短兵相接了，为什么要停下？按照狗群进攻狼群的惯例，这个时候是不应该停下的，就像一股跑动中劲力十足的风，一停下就什么也不是了。

但獒王冈日森格宁肯让领地狗群失去劲力和锋锐，也要停下来搞明白为什么面前的狼群是不跑的，是故意用狗叫挑衅的。它用雄壮的吼声回答着徒钦甲保和所有领地狗们的询问，以无可置疑的威严让它们安静下来，从容地昂起硕大的獒头，把穿透雪幕的眼光从南边横扫到北边，仔细听了听，闻了闻，然后用两只前爪轮番刨着积雪，似乎在寻找答案：

为什么多猕狼群要用狗叫吸引领地狗群的注意？难道它们会希望领地狗群首先进攻它们？难道它们愿意牺牲自己，给上阿妈狼群创造一个逃跑的机会？

一直站在獒王身边的大灰獒江秋帮穷用一种发自胸腔的声音提醒它：不不，狼不是獒，两股互不相干的狼群，从来不会有帮助对方脱险的意识和举动。冈日森格哼哼了两声，仿佛是说：你是对的。它朝前走去，走到一个雪丘前，把前腿搭上去，昂起头望了望上阿妈狼群的布阵。它一眼就看出那是一个随时准备逃跑的狼阵，领地狗群一旦进攻多猕狼群，上阿妈狼群肯定会伺机向北逃跑，而藏獒以及藏狗的习性往往是咬死扑来的，追撵逃跑的，放弃不动的。上阿妈狼群一跑，领地狗群必然会追上去，这样多猕狼群就会伺机摆脱领地狗群的袭扰，快速向南移动。南边是昂拉雪山绵绵不绝的山脉，在那里隐藏一群狼就像大海隐藏一滴水一样容易。狡猾的多猕狼群，它们的布阵给领地狗群的感觉是既不想进攻，也不想逃跑，实际上它们是既想着进攻，又想着逃跑的。既然这样，那就不能首先进攻多猕狼群了。

但是不首先进攻多猕狼群，并不意味着首先进攻上阿妈狼群。獒王冈日森格明白，如果自己带着领地狗群从正面或南面扑向上阿妈狼群，上阿妈狼群的一部分狼一定会快速移动起来，一方面是躲闪，一方面是周旋，就在领地狗追来追去撕咬扑打的时候，狼阵北缘密集的狼群就会在上阿妈头狼的带领下乘机向北逃窜，这时候领地狗群肯定分不出兵力去奔逐追打，北窜的狼群会很快隐没在地形复杂的西结古北部草原。不，这是绝对不可以的，北部草原牛多羊多牧家多，决不能让外来的狼群流窜到那里去。更重要的是，在它们进攻上阿妈狼群而不能速战速决的时候，多猕狼群就会悄然消失，等你明天或者后天再追上它们的时候，它们就已经是吃够了牛羊肉喝够了牛羊血的胜利之狼了。狼的胜利永远意味着藏獒的失败，而藏獒的失败又意味着畜群的死亡和牧家的灾难。这是不能接受的，永远不能。

獒王冈日森格掉转身子，看了看大灰獒江秋帮穷和大力王徒钦甲保，又扫视着大家，似乎在询问：你们说说，到底怎么办？又是大力王徒钦甲保着急地带头，领地狗们此起彼伏地叫起来：獒王你怎么了？你从来都是果敢坚毅的，从来没有像今天这样拿不定主意过。大灰獒江秋帮穷跨前一步，吐着舌头用一种呵呵呵的声音替獒王解释道：今年不同于往年，往年我们见过这么多外来的狼吗？冈日森格嗡嗡嗡地叫着，好像是说：是啊，是啊，也不知多猕草原和上阿妈草原到底发生了什么，居然迫使这么庞大的两股狼群，不顾死活地要来侵犯我们西结古草原了。

　　这么深奥的问题，自然不是领地狗们所能参悟的，它们沉默了。獒王冈日森格晃了晃硕大的獒头，沉思片刻，转身朝前走去，走着走着就跑起来，那从容不迫、雍容大雅的姿态，正在无声而肯定地告诉它的部众：它已经想好办法了，而领地狗们要做的，就是紧紧跟着它，不要掉队，也不要乱闯。大灰獒江秋帮穷和大力王徒钦甲保互相比赛着跟了过去，领地狗们一个个精神抖擞地跟了过去，排列的次序好像是提前商量好了的，先是能打能拼的青壮藏獒和那些命中注定要老死于沙场的年迈藏獒，再是小喽啰藏狗，最后是小獒小狗。

　　这时小公獒摄命霹雳王生气地喊叫起来，它觉得像自己这样一只骄傲的小公獒居然不被重视，落在了队伍后面，简直就是耻辱，想得到允许跟着阿爸阿妈去前面冲锋陷阵。但是它喊叫了半天也没有人理睬，就着急地跑起来。它撞开挡路的小獒小狗，又撞开队伍中间的小喽啰藏狗，直接跑到了獒王冈日森格身边。冈日森格突然停下了，严肃地望着小公獒，呼呼地叫着，仿佛说：不行，这不是平时闹着玩，你赶紧回到后面去。小公獒倚小卖小，梗着脖子不听话。它的阿爸大力王徒钦甲保跳了过来，大吼一声：回到后面去。小公獒求救地望着獒王，还是不听。就见一向对它温柔体贴的阿妈黑雪莲穆穆忽地扑过来，一口叼起它，转身就走。

小公獒绝望了，在阿妈嘴上哭着喊着，直到被阿妈放回到领地狗群后面的小獒小狗群里。阿妈黑雪莲穆穆厉声警告它：领地狗群自古就有服从命令听指挥的规矩，你要是乱来你就得死，知道吗？说罢就匆匆忙忙回到前锋线上去了。小公獒望着阿妈跑远的背影，委屈地哭了。而后，它又突然意识到周围的小獒小狗正在嘲笑它，便怒叫一声，朝着一只比自己大不了几天的小雪獒扑了过去：你敢嘲笑我？我是摄命霹雳王！

领地狗群跑向了上阿妈狼群，跑向了狼道峡口的北边，越跑越快，以狼群来不及反应的速度拦截在了狼阵北缘狼影密集的地方。獒王冈日森格停下来，目光如炬般扫视着十步远的狼群：头狼？头狼？上阿妈狼群的头狼在哪里？冈日森格的眼光突然停在了一匹大狼身上，那是一匹身形魁伟、毛色青苍、眼光如刀的狼，岁月的血光和生存的残酷把它刻画成了一个满脸伤痕的丑八怪，它的蛮恶奸邪由此而来，狼威兽仪也由此而来。冈日森格跳了起来，刨扬着积雪，直扑那个它认定的隐而不蔽的头狼。

第二章 Chapter 2

小母獒卓嘎

1. 直面狼群

　　原野就像宇宙般漫无边际，坦坦荡荡地散布着白色的恐怖。风是鬼，雪是魔，天上地下到处都被隆冬的凶暴占据着。冷啊！父亲把手中那条黄色的经幡使劲系在了棉袄领子上，这一来可以防止风雪往脖子里灌，二来可以保佑自己。他知道经幡上的藏文是《白伞盖经》里的咒语，这里的人都相信，念诵这样的咒语，毒不能害，器不能伤，火不能焚，寒不能坏。可现在他念诵不了，他的嘴唇差不多就要冻僵了，只能把经幡系在脖子上，让路过嘴边的风替他去念诵："哔啦啦啦，钵逻嗦噜娑婆柯。"

　　父亲吃力地行走着，一脚插下去，雪就没及大腿。使劲拔出来，再往前插。这样一插一拔，不是在走，而是在挪。有时候他只能在雪地上爬，或者顺着雪坡往前滚，心里头着急得直想变成一股荒风吹到碉房山上去，吹到西结古寺的藏医喇嘛尕宇陀跟前去。但事实上他是越走越慢，慢到不光他着急，连等在野驴河边的狼都着急了。跟踪他的狼群已经分成两拨，一拨继续跟在后面，截断了他的退路，一拨则悄无声息地绕到前面，堵住了他的去路。狼的意图是，既要让他远离寄宿学校以及多吉来吧，又不让他靠近碉房山，就选定在野驴河畔，神不知鬼不觉地吃掉他。

父亲浑然不知，他全神贯注于身下的积雪，根本就顾不上抬头观察一下远方。等他走累了停下来喘息的时候，他就低着头一阵阵地哆嗦。他把皮大衣脱给了他的学生，只穿着一件棉袄，棉袄在冬天的西结古草原单薄得好比一件衬衫，好在他胸前戴了一块藏医喇嘛尕宇陀送给他的热力雷石，那是可以闪烁荧光、产生热量、具有法力的天然矿石。当然更大的威胁还是饥饿，他和孩子们一样，也是三天没吃东西了。哆嗦够了继续往前走，父亲看到自己已经来到一座卧驼似的雪梁前，不禁长吁了一口气。他知道翻过这道雪梁就是一面慢坡，顺着慢坡滚下去，就是野驴河边了。他伸出舌头舔了舔脖子上的经幡，心说我这就是念经了：猛厉大神保佑，非天燃敌保佑，妙高女尊保佑，吃的来，喝的来，藏医喇嘛快快来，达娃好好的，十二个孩子都给我好的……父亲就像一个真正的牧人，念了经，做了祷告，心里就踏实起来，浑身似乎又有力气了。

在心念的经声陪伴下，父亲终于爬上了雪梁。他跪在雪梁之上，眯着眼睛朝下望去，一望就有些高兴；一览无余的皓白之上，夹杂着星星点点的黑色，不用说，那是来迎接他的领地狗群。他揉了揉眼睛，再次让眼光透过了雪花的帷幕，想看清獒王冈日森格在哪里。这一看之下，他不禁倒吸一口冷气：哪里是什么领地狗群，是狼，是一群不受藏獒威慑的自由自在的狼！

狼是跑来跑去的，看到他之后，跑动得更加活跃了，明显是按捺不住激动的样子。父亲又开始哆嗦，是冷饿的哆嗦，也是害怕的哆嗦，心里一个劲地咕哝着：完蛋了，完蛋了，今天要把性命交待在这里了。他深知雪灾中狼群的穷凶极恶是异常恐怖的，饥饿的鞭子抽打着它们，会让它们舍生忘死地扑向所有可以作为食物的东西。前去碉房山寻找食物的他，就要变成狼群的食物了。

父亲看到狼群朝他走来，就像军队进攻时的散兵线。二十多匹狼错落成了两条弧线，交叉着走上了雪梁。一匹显然是头狼的黑耳朵大狼走在离他最近的地方，不时地吐出长长的舌头，在空中一卷一卷的。父亲哆嗦着用下巴碰了碰脖子上的经幡，嘴唇一颤一颤地祷告着："猛厉大神保佑啊，非天燃敌保佑啊，妙高女尊保佑啊……"他心里越害怕，声音也就越大，渐渐地就把祷告变成了绝望的诅咒："狼我告诉你们，你们今天可以吃掉我，但即便是我用我的肉体喂饱了你们，你们也活不过这个冬天去。獒王冈日森格饶不了你们，我的多吉来吧饶不了你们，西结古草原的所有藏獒都饶不了你们。"狼近了，二十多匹狼的散兵线近在咫尺了。黑耳朵头狼挺立在最前面，用贪婪阴毒的眼光盯着父亲，似乎在研究面对一个大活人应该从哪里下口。父亲一屁股坐到积雪中,低头哆嗦着,什么也不想,就等着狼群扑过来把他撕个粉碎。

2. 诡计啊,诡计

就像我们大家都知道的,奇迹是命运的转折点。父亲没有想到,就在他已经绝望,准备好了以身饲狼的时候,他的祷告居然起了作用:保佑出现了,猛厉大神降临了。就像他后来说的,神是冬天的温暖,只要你虔诚地祷告,就不会不起作用。一阵尖锐的狗叫凌空而起。父亲猛地抬起了头,惊喜得眼泪都出来了,心说我早就说过,野驴河边到处都是领地狗,冈日森格会跑来迎接我的。说完了马上发现自己高兴得太早了,因为沿着拐来拐去的硬地面扑向狼群和跑向他的,并不是冈日森格和它的领地狗群,甚至都不是一只成年的藏獒或者成年的小喽啰藏狗,而是一只出生肯定超不过三个月的小藏獒。小藏獒是铁包金的,黑背红胸金子腿,奔跑在雪地上就像滚动着一团深色的风。

一直待在冰上雪窝子里的小藏獒其实早就看到那些狼了,它非常生气,狼群居然敢到野驴河边藏獒的雪窝子跟前来。但是它没有出来干涉,也没有发出任何声音,家里就它一个,它本能地知道雪天里狼群的险恶,而自己还是个毫无威慑力的小孩子,一旦暴露,顷刻就会成为饿狼肚子里的肉。它静静地趴在雪坎后面死死地盯着狼群,盯着盯着就忍不住了,在看到父亲出现在雪梁上之后,看到滴沥着口水的狼群的散

兵线逼向父亲之后，它突然跑出来了。它忘了雪天里狼群的险恶和自己的孤单弱小，忘了它作为一只小藏獒根本不可能从这么多狼的嘴边救出父亲，更忽视了它自己会被狼牙撕碎的后果，朝着狼群吠叫着奔跑而去。

父亲呆住了。他认识这只小藏獒，小藏獒是冈日森格和大黑獒那日的孩子，是个女孩，名叫卓嘎。卓嘎一个人跑来了，出生不到三个月的小母獒卓嘎勇敢无畏地跑向了二十多匹狼的散兵线。父亲用惊异的眼光连连发问：怎么就你一个人？你的阿爸阿妈呢？你的那么多叔叔阿姨呢？

逼近着父亲的狼群停了下来，转头同样吃惊地望着小母獒卓嘎：原来这里是有藏獒的，不过是小的，是母的。这么小的一只母藏獒，也想来威胁我们吗？真是不知天高地厚了。吃掉它，吃掉它，首先吃掉这只藏獒，然后再吃掉人。黑耳朵头狼用爪子刨了几下积雪，似乎是一种指挥，狼群的散兵线顿时分开了，五匹大狼迎着小母獒跑了过去。

　　危险了，危险了，小母獒就要被吃掉了。父亲大喊一声："卓嘎快过来！"喊着就站了起来，就跑了过去。他也和小母獒一样把什么都忘了，忘了雪灾中狼群的恐怖和人的危险，忘了一旦二十多匹饿狼发威，他根本就不可能从那么多利牙之下救出小母獒。他跑了两步就翻倒在地，沿着雪坡滚了下去。现在的情形是，小母獒卓嘎正在不顾一切地朝着父亲这边跑来，父亲正在不顾一切地朝着小母獒卓嘎滚去，他们的中间是二十多匹饥饿的狼。

　　狼是多疑的，从它们的习性出发，它们决不相信小母獒的狂奔是为了援救父亲，父亲的翻滚是为了援救小母獒，也不相信孤孤单单的一个人和一只小母獒在援救别人时会有这么大的胆量，它们觉得在人和小母獒的大胆后面一定隐藏着深深的诡计——许多藏獒和许多人一定会紧跟着他们夹击而来，而避免中计的唯一办法就是赶快躲开。黑耳朵头狼首先躲开了，接着二十多匹饥饿的狼争先恐后地躲开了，速度之快是小母獒卓嘎追不上的。

　　小母獒停了下来，看到狼群已经离开父亲，就如释重负地喘息着，朝着父亲摇摇昆晃地走来。父亲已经不滚了，坐在雪坡上朝下溜着，一直溜到了小母獒卓嘎跟前，张开双臂满怀抱住了它，又气又急地说："怎么就你一个？别的藏獒呢？

冈日森格呢？大黑獒那日呢？果日呢？它们怎么不管你了，多危险啊！"小母獒卓嘎听懂了父亲的话，一下子就把刚才朝着狼群勇敢冲锋时的大将风度丢开了，变成了一个小女孩，蜷缩在父亲怀里，"呜呜呜"地哭起来。它舔着父亲的手，舔着父亲胸前飘飘扬扬的经幡，用稚嫩的小嗓音哭诉着它的委屈和可怜：阿妈大黑獒那日不见了，阿爸冈日森格也不见了，所有的叔叔阿姨都不见了。它是自己跑出去玩的，玩累了就在暖融融的熊洞里睡了一夜，今天早晨回到野驴河的冰面上时，看到所有的雪窝子都空了，所有的领地狗都不知去哪里了。

父亲当然听不懂小母獒卓嘎哭诉的全部内容，只猜测到了一个严峻的事实：野驴河边没有别的藏獒，领地狗们都走了，獒王冈日森格不会来迎接他了。他仰头望了望聚集在雪梁上俯视着他们的狼群，问道："冈日森格和领地狗群到底去了哪里？它们会不会马上就回来？"小卓嘎知道父亲说的是什么，却不知道如何回答，汪汪了几声，便跳出父亲的怀抱，朝前走去。小母獒卓嘎拐来拐去的，准确地踩踏着膨胀起来的硬地面。父亲踩着它的爪印跟了过去，顿时就不再大喘着气，双腿一插一拔地走路了。

很快他们来到野驴河的冰面上，走进了獒王冈日森格和大黑獒那日居住的雪窝子。小母獒卓嘎细细地叫着，好像是说：你看你看，它们没有马上回来。父亲蹲下来抚摸着小卓嘎说："那你就带着我赶快离开这里，这里很危险。"小卓嘎没有听懂，父亲就指了指碉房山，用藏语说："开路，开路。"小卓嘎明白了，转身就走。

他们走出了雪窝子，走过了野驴河，正要踏上河滩，小母獒卓嘎突然停下了。它举着鼻子四下里闻了闻，毫不犹豫地改变了方向，带着父亲来到了一座覆满积雪的高岸前。父亲打着哆嗦说："走啊，你怎么不走了？"看它不听话，就假装生气地说："那你就留在这里喂狼吧，我走了。"说着朝前走去。小母獒卓嘎扑过来一口咬住了他的裤脚，身子后退着不让他走。父亲弯腰抱起了它，正要起步，就见狼影穿梭而来，五十步开外，飞舞旋转的雪花中，一道道刺眼的灰黄色无声地闪耀着。

已经不是二十多匹狼了，而是更多。父亲不知道除了在野驴河畔堵截他的二十多匹狼，还有二十多匹狼一直跟踪着他。这会儿五十匹狼会合到了一起，就要对他和小母獒卓嘎张开利牙狰狞的大嘴了。父亲绝望地说："小卓嘎我知道你为什么来到了有高岸的地方，你是不想让我们四面受敌对不对？但是没有用，这么多的狼，我们只有一大一小两个人，肯定是保护不了自己的。"说着他紧紧抱住了小卓嘎，好像只要抱紧了，可爱的小母獒就不会被狼吃掉了。

狼群快速而无声地靠近着，三十步开外，二十步开外，转眼之间，离他们最近的黑耳朵头狼和另外三匹大狼已经只有五步之遥了。小母獒卓嘎挣扎着，它想挣脱父亲的搂抱，完全按照一只藏獒的天赋本能，应对这个眼看人和藏獒都要遭受灭顶之灾的局面。但是父亲不松手，在父亲的意识里，只要他不死，就不能让小母獒卓嘎死，小卓嘎急了，细嗓门狂叫着，一口咬在了父亲的手背上。父亲哎哟一声禁不住松开了手。小卓嘎跳出了父亲的怀抱,扑扬着地上的积雪,做出俯冲的样子,朝着狼群无知无畏地吠鸣了几声,转身就跑,跑了几步,就把头伸进高岸下的积雪里使劲拱起来,拱着拱着又把整个身子埋了进去,然后就不见了,如同消失了一样,连翘起的小尾巴也看不到了。父亲心说它这是干什么呢?是害怕了吧?到底是小女孩,它终于还是害怕了,害怕得把自己埋起来了。

父亲朝着高岸挪了挪,用身子挡住了小卓嘎消失的地方,瞪着狼群死僵僵地立着。他已经不再哆嗦了,冷也好,饿也罢,都已经不重要,他现在唯一能感觉到的就是恐惧,而恐惧的表现就是僵硬,僵硬得他什么表示也没有,连舔舔脖子上的经幡,祈求猛厉大神、非天燃敌、妙高女尊保佑的举动也没有了。

但是在黑耳朵头狼和团团围着他的狼群看来,父亲的毫无表示是不对劲的,他不哭不喊不抖不跑就意味着镇静,而他凭什么会如此镇静呢?是不是那个一直存在着的深深的诡计直到这个时候才会显露杀机?更重要的是,那只小母獒不见了,从来就是见狼就扑的藏獒居然躲到积雪里头去了,这是为什么?如果不能用诡计来解释,就不好再解释了。就在重重疑虑之中,狼群犹豫着,离父亲最近的黑耳朵头狼和另外三匹大狼在一扑就可以让对方毙命的时候,突然又把撕咬的冲动交给了随时都会到来的耐心。狼是世界上最有耐心的动物,耐心帮助它们战胜了不少本来不可战胜的对手,也帮助它们躲过了许多本来不可避免的灾难,现在耐心又来帮助它们了，它们强压着饥饿等待着，观察着。父亲也就一直恐惧着，僵硬着。

狼群等待的结果是，诡计终于显露了。而对父亲来说，这又是藏獒带给他的一个奇迹、一个命运的转折点。父亲万分惊讶地看到，消失了的小母獒卓嘎会突然从掩埋了它的积雪中蹿出来，无所畏惧地吠鸣了几声后，一口咬住了父亲的裤脚，使劲朝后拽着。这是跟它走的意思，父亲僵硬地走了几步，又走了几步。黑耳朵头狼和另外三匹大狼跟了过来，始终保持在一扑就能咬住父亲喉咙的那个距离上。垂涎着一人一獒两堆活肉的整个狼群随之动荡了一下，就像凝然不动的一片黑树林在大雪的推动下猛地移动起来。

接着就是静止。狼群静止着，它们盯死的活肉我的父亲静止着，连小母獒卓嘎也悄然静止了。静止的末端是一声巨响，覆满高岸的积雪突然崩溃了，哗啦啦啦。雪崩的同时，出现了一个棕褐色的庞然大物，嗷嗷地吼叫着，又出现了一个庞然大物，也是嗷嗷地吼叫着。小母獒卓嘎悄悄地，悄悄地，父亲也学着它的样子。而狼群却抑制不住地骚动起来，它们用各种姿态互相传递着消息：诡计啊，果然是诡计！不可战胜的对手、死亡的象征原来隐藏在这里！

雪大了，不知不觉又大了，大得天上除了雪花再没有别的空间了。

3. 上兵伐谋，獒王完胜

风吹着，乱纷纷的雪花从天上下来，又从地下上去，无论是上去，还是下来，雪花的情绪都是那么欢快、饱满，这是草原的冬天最伟大的饱满和最自由的欢快。就在永恒的大雪饱满欢快的时候，血雨腥风出现了。

上阿妈狼群所有的狼都没有想到，打斗会是这样开始的：从北端开打，从头狼开打，从防止逃跑开打。这对一门心思准备向北逃跑的上阿妈狼群来说，无疑遭遇了当头棒喝，用人类的战术形容就是上兵伐谋。上阿妈头狼不免有些心惊肉跳，看到领地狗群在一只金黄色狮头公獒的带领下奔扑而来，立刻意识到獒王来了。上阿妈头狼觉得这獒王伟岸、挺拔、高贵、典雅，就像一座傲视万物的雪山，有一种来自天上的宏大气势，但让它感到恐怖的还不是外形上的不凡，而是那看不见的智慧的火花：这獒王不仅识破了上阿妈狼群和多猕狼群准备分道扬镳、各奔南北的意图，而且采取了唯一能够同时打击两股狼群的办法，那就是来到上阿妈狼阵的北缘，断然堵住它们的逃跑之路。一眨眼工夫，它的老辣而周全的布置就成了必须立刻改变的愚蠢之举。来得及吗，立刻改变？恐怕来不及了。但上阿妈头狼毕竟是一匹历经沧桑而又老辣成性的头狼，即便来不及改变战术，它也要尽最大可能挽救它自己，挽救它的狼群。

上阿妈头狼短促急切地嗥叫着，狼阵北缘的一角，密集到两米一匹的狼突然靠得更近了，身贴身，肩靠肩，张大嘴巴，飞出牙刀，从嗓子眼里发出呼呼的嘶叫声，保护着自己，也保护着头狼，头狼立在它们身后，瞪视着横冲过来的冈日森格，差不多要把眼珠子瞪出来了，一副立刻就要跳起来迎接撕咬同时也要撕咬对方的架势。冈日森格本来打算凌空跃过最前面的一排狼，把牙刀的第一次切割留在头狼的脖子上，跑近了才意识到，这是不可能的，这匹头狼看上去体大身健，不可小视，且满眼都是诡诈，便迅速改变主意，低下头颅，蹭着地面猛烈地撞了过去。没有哪匹狼能经得起獒王的撞击，倒地了，一倒就是两匹，一匹是被头撞倒的，一匹是被爪子扑倒的，接着哧的一下，又是哧的一下，两匹狼的脖子几乎同时开裂了。死去吧你们。冈日森格吼了一声，这才一跃而起，直扑上阿妈头狼。

上阿妈头狼噌地跳了起来，凶恶的神情和尖利的牙齿都好像是扑上前去撕咬对方的样子，柔韧的狼腰却明智而弹性地弯过去，忽地一下掉转了身子，等冈日森格的牙刀飞刺而来时，它的喉咙已经安然无恙地离开了獒王攻击的锋芒。这时一匹身材臃肿的尖嘴母狼疯跑过来挡住了獒王扑跳的线路，上阿妈头狼蹭着母狼的身子跳起来，一头扎进了前面密集的狼群，只让冈日森格锋利的牙刀飞在了它的大腿上。嗨，我怎么咬在了狼的大腿上？冈日森格愤怒地想着，跃过那匹身材臃肿的尖嘴母狼，眼光像钢针一样盯着头狼，再次扑了过去。

头狼混迹在狼群里，东窜西窜地把自己的部众当作了挡箭牌。冈日森格紧追不舍，忽而腾空，忽而落地，每一次落地都会让一匹做了头狼挡箭牌的狼受伤或者毙命，几次扑跳之后眼看就要咬住对方的喉咙了，突然又收回牙刀停了下来，"汪汪汪"地叫着，好像是说：好棒一匹狼，不愧是头狼，居然躲过了我的六次扑咬。它寻思这么棒的一匹头狼是不能死的，它死了谁来和多猕头狼对抗？生生死死的草原法则告诉它，制约狼群的，除了藏獒和藏狗，还有狼群本身，有时候狼群对狼群的制约往往比藏獒和藏狗更有效。尤其是头狼之间的争斗，从来就是你死我活的，在狼的世界里，它是超越了一切仇恨的最高仇恨。獒王这么想着，吼叫着放跑了上阿妈头狼，眼睛里刀子一样的寒光左右一闪，跳起来"哗哗哗"地开始扫荡别的狼。它的身边，一左一右，是大灰獒江秋帮穷和大力王徒钦甲保，两个训练有素的獒界杀手，把扑打撕咬的技艺发挥得淋漓尽致，每一个动作都利落而精确，如同精心设计的一道杀戮流水线，倒在地上的壮狼大狼身上，不是脖子上血流如注，就是肚子上洞口大开。

拥挤在狼阵北缘的狼大约有七十四，而跟着獒王冈日森格抢先扑向狼群的藏獒，至少有三十多只，七十多匹狼哪里是三十多只藏獒的对手，很快就是狼尸遍地了，好像天上飞的、地下铺的，都是雪一样零碎、雪一样厚重的狼血。藏獒也有受伤的，獒血一落地，就和狼血分不清楚了，唯一的区别是，对狼来说，流血是亡命奔跑的理由；对藏獒来说，流血是更加生猛的借口。准备北窜的上阿妈狼群这个时候不得不在头狼的带领下朝南跑去，没跑多远就碰到了多猕狼群的狼阵。

按照狼的世界永远不变的古老习惯，狼阵是决不允许冲撞的，不管是作为异类的藏獒藏狗，还是作为同类的外群之狼，谁闯进狼阵就咬谁。溃散中的上阿妈狼群本来是想绕过多猕狼阵的，但领地狗群尤其是那些藏獒追得太急，扑得太猛，它们慌不择路，就像来到了河岸边，扑通扑通跳进了深不可测的水里，接着就是浪起波涌，多猕狼群和上阿妈狼群打起来了。

好啊，好啊，打起来就好啊。獒王冈日森格希望的就是狼跟狼打起来，只是没想到它们的内讧会来得这么快。追撵中的獒王停下了，沉沉地叫了几声，让紧随其后的领地狗群也都停了下来。领地狗们看着狼跟狼的混战，叫着，喊着，多少有点惊诧地互相询问着：照这样打下去，还要我们藏獒

干什么?

　　同样惊诧的还有上阿妈头狼,以它的经验,它知道宁肯让追上来的藏獒咬死,也不能闯入多猕狼阵。狼阵是利牙的汪洋,它们会从四面八方刺向你,刺得你遍体鳞伤,然后让你死掉,而藏獒咬你,只要是面对面的,往往会一口咬死,让你少受许多痛苦。上阿妈头狼嗥叫起来,告诉闯入多猕狼阵的部众赶快出来,没有闯入多猕狼阵的部众跟着自己迅速绕过这里。它边叫边跑,不断回头看着,发现自己的妻子,那匹身材臃肿的尖嘴母狼就在自己身后,没有闯入多猕狼阵的狼正在快速跟来,而那些不小心闯入多猕狼阵的狼却已经无法出来,只能是死无葬身之地了。

　　上阿妈头狼心里恨恨的：好啊,多猕狼群,居然咬死了我的狼,咱们走着瞧。它越想越恨,越恨就越希望绕开这里,因为只有绕开这里,才会把多猕狼群暴露在藏獒面前,也才能保证自己的狼群安全南逃。上阿妈头狼越跑越快,尽管它的大腿已经被獒王冈日森格的牙刀戳了一下,但并不影响它在自己的狼群危难存亡之际,履行一个头狼的职责。绕过去了,马上就要绕过去了,绕过去就是胜利,当上阿妈狼群和领地狗群之间横亘着一个多猕狼群时,往南就不再是逃跑,而是行进了。

　　上阿妈狼群的举动立刻引起了多猕头狼的注意,它依然处在狼阵中间方圆二十步的空地上,不停息地嗥叫着,一边指挥自己的狼群坚守阵地,咬死一切闯入狼阵的野兽,一边警告上阿妈狼群不要绕过多猕狼阵向南逃跑,规则在领地狗群到来之前就已经确定了，多猕狼群向南报复人类，上阿妈狼群朝北雪恨畜群，可现在你们怎么不遵守了呢？多猕头狼完全明白，如果上阿妈狼群跟它们一起向南逃跑，那就意味着两股狼群要互相竞争着把危险留给对方，把安全留给自己，这样的竞争肯定是要打起来的，而且会一打到底。两股外来的狼群一旦摆脱前来堵截的领地狗群，就会把占领一片属于自己的领地当作首要目标，这时候唯一要做的，就是彻底战胜并最后吃掉同类而不是报复人类了。多猕头狼不希望出现这样的局面，一再地警告着，很快就发现它的警告毫无作用，上阿妈头狼不仅不听它的，反而带着自己的狼群跑得更快了。

绕过去了，马上就要绕过去了，绕过去就是它们的胜利。多猕头狼仰头观望着，呼呼地吹了几口粗气，把飘摇的雪花吹得活蹦乱跳。它再次嗥叫起来，声音颤颤悠悠的，已不是鼓吹坚守，而是撺掇逃跑了。哗的一声响，就像浪潮一般朝着一个方向奔涌，多猕狼群整齐划一地丢下了闯入狼阵没有来得及咬死的上阿妈狼，丢下了狼阵中所有的狼都必须至死坚守的岗位，撤退了，逃跑了，去和上阿妈狼群比赛亡命的速度了。都是朝南，在两条平行线上，都是朝向昂拉雪山的生命的野性展示，迷迷茫茫的平行线无尽地延伸着，上阿妈狼群想跑到多猕狼群前面去，多猕狼群想跑到上阿妈狼群前面去。跑啊，跑啊，不光是狼群的疯狂，而是整个草原的疯狂，是冬日大雪上天入地的疯狂。疯狂的逃跑后面，是藏獒以及所有领地狗更加疯狂的追撵。

追上了，眼看就要追上了。獒王冈日森格把追兵分成了三路，一路由大灰獒江秋帮穷率领，追撵上阿妈狼群，一路由大力王徒钦甲保率领，追撵多猕狼群，另一路由獒王自己率领，处在两条平行线的中间，作为两路追兵的接应。最先被追上的是上阿妈狼群，毕竟它们的头狼是受了伤的，整个狼群也在和藏獒和多猕狼群的厮打中消耗了体力。

领地狗群的扑咬开始了，谁跑得慢谁倒霉，眼睛伤了，喉咙穿了，被咬出血窟窿后跑不动的狼就要死了。大灰獒江秋帮穷一连扑倒了三匹殿后的狼，又大吼一声，吓得一匹母狼和一匹幼狼栽倒在地浑身颤抖着再也站不起来了。江秋帮穷让开了母狼和幼狼，所有的领地狗都让开了母狼和幼狼，它们是兽中的君子草原的王者，不屑于也不习惯以雄性的骠勇悍烈面对年轻的母狼和孱弱的孺子。但是外来的母狼不了解西结古草原的王者之风，望着一个比一个凶悍的领地狗从自己身边践踏而过，脑子轰然一响，肚子一阵剧痛，哀号了一声，便口吐鲜血闭上了眼睛。母狼死了，惊吓让它的苦胆砉然迸裂，只留下幼狼依偎在母亲的尸体上瑟瑟发抖。

小公獒摄命霹雳王跑到幼狼身边，好奇而愤怒地吠叫着，一口咬住了幼狼的脖子，它是多么想咬死这匹幼狼，多么想使自己跟它的父辈们那样，勇敢而激动地让舌头沾满狼血。但是它很快松口了，只咬下几根狼毛粘连在自己嫩生生的虎牙上。毕竟规则比欲望更强大，欲望是来自心理和生理的，是实现的需要，规则是来自遗传和骨血的，是祖先的支配，祖先的遗传规则正在告诉它：你要是咬死小的，等你长大了，你就再也无狼可咬了，而无狼可咬的藏獒也一定是衰落迟暮的藏獒。小公獒用吠叫发泄着对狼天然生成的愤怒，渐渐后退着，突然转身，追逐别的狼去了。

就在部众纷纷倒下的时候，上阿妈头狼采取了一个引敌向邻的办法，它带着自己的狼群迅速向多猕狼群靠拢，好像这样就能把追兵全部甩给多猕狼群。冈日森格心想如此也好，三路追兵就可以合为一路了。獒王吼起来，吼了三声，大灰獒江秋帮穷和大力王徒钦甲保就率领自己的队伍，迅速横斜过来，跑在了獒王的两翼和身后。

冈日森格步态稳健地奔跑着，潇潇洒洒就像鹰的飞翔，没费多少工夫就追上了上阿妈头狼和它身边的身材臃肿的尖嘴母狼，只差一步就可以咬住头狼的喉咙了，但就是这一步的距离似乎永远不能缩短，固定着，追了那么长时间仍然固定着。不是獒王追不上，而是它还在思考那个问题：好棒的一匹头狼，它要是被我咬死了谁来和多猕头狼对抗？可它毕竟是一匹危害极大的壮狼，不咬死它对西结古草原对牧民的牛羊乃至对领地狗都会是巨大的威胁。獒王冈日森格就在这样的犹豫中追啊追啊，突然不再犹豫了，决定立刻咬死它。距离陡然缩小，不是一步，而是一寸，一寸的距离就要消失，上阿妈头狼毙命的时刻已经来到了。

4. 好样的，卓嘎

小母獒卓嘎早就知道这里有个藏马熊冬眠的洞穴，洞穴被干草和积雪覆盖着，它曾经不止一次钻进去，趴卧在沉睡不起的藏马熊身边，感受它们的体温散发出的暖融融的气息。它觉得这是好玩的，是一种值得褒奖的勇敢冒险的行为。凭着它对藏马熊气味的神经质的反应，它知道身边这两个睡死过去的大家伙是极其凶悍的，而在它和所有藏獒的性格里，挑战凶悍便是最基本的特征。但是小母獒卓嘎也知道，自己还太小太小，小得只能挑战睡着的凶悍，而不能挑战醒着的凶悍，所以当它在阿爸冈日森格和阿妈大黑獒那日以及所有的领地狗都离去的时候，当它遇到父亲，又遇到狼群，必须按照一只藏獒的职守保护父亲，撵走狼群的时候，它是那么自然地依靠着父母遗传的聪明，想到了自己的无能，也想到了一个解救父亲的好办法。它带着父亲来到了河边的高岸前，又钻进一公一母两只藏马熊一起冬眠的洞穴，用吃奶的力气咬它们的肉，撕它们的皮，看到它们惊醒后愤然而起，便赶紧跑出来，机敏地把父亲拽离了洞口。

两只藏马熊一前一后冲出了洞穴，它们生气啊，恼怒啊：谁搅扰了我们的睡眠？要知道我们在冬天是不醒来的。它们看见了狼群，也看见了父亲和小母獒卓嘎。小母獒卓嘎悄悄静静的，也启示父亲悄悄静静的，因为它天然就知道悄然不动的结果一定是藏马熊对他们的忽略。而狼群还没有来得及意识到这一点，它们毫无理智地骚动着，为了想象中父亲与小母獒的诡计而激愤而沮丧得放声大叫，一公一母两只高大的藏马熊气得呼哧呼哧直喘息，以为咬醒它们的肯定就是这伙骚动不宁的家伙，便扬起四肢冲撞而去。黑耳朵头狼首先后退了，接着所有的狼都四散而去，等它们摆脱两只藏马熊的追撵，重新聚拢到一起，寻找猎逐了大半天的父亲和小母獒卓嘎时，发现他们早已离开被狼群追逐的危险之地，走到碉房山上去了。

父亲在小母獒卓嘎的带领下，准确地踩踏着膨胀起来的硬地面，朝着碉房山最高处的西结古寺走去。野驴河边，五十匹狼透过飞扬的雪花绝望地看着他们，此起彼伏地发出了一阵阵尖亮悠长的嗥叫。它们依然忍受着饥饿的折磨，嘶叫里充满了凄怆动人的苦难之悲、命运之舛。但这并不意味着它们会就此罢休，它们在悲哀中承认着失败，而承认失败的目的，却是为了下一次的不失败。

父亲不走了，站在半山坡的飞雪中听了一会儿狼叫，然后坐下来抱起了小母獒卓嘎，动情地说："是你救了我的命小卓嘎，这辈子我是忘不掉你了，我会报答你的，我也希望救你一次命。"父亲的眼睛泪汪汪的，他一想到小卓嘎出生不到三个月就能救人的命，胸腔就有些热，鼻子就有些酸。他从头到尾抚摸着小母獒卓嘎，突然长叹一声说："可惜你太小了，你要是一只大藏獒，就能把你阿爸冈日森格和你阿妈大黑獒那日找回来了，我现在需要它们，寄宿学校的十二个孩子需要它们。你看这阵势，雪灾恐怕一时半会儿过不去，狼只会越来越多，多吉来吧一个人是顾不过来的。"小母獒卓嘎仰脸望着父亲的嘴，认真地听着，它当然听不懂父亲的全部意思，但是有几个词汇它是熟悉的：阿爸冈日森格、阿妈大黑獒那日以及多吉来吧。它眨巴着眼睛想了想就明白了：父亲在想念它的阿爸和阿妈以及多吉来吧，自己应该去寻找它们，先找到阿爸和阿妈，再找到多吉来吧，多吉来吧？不就是寄宿学校那个冷漠傲慢不理人的大个头藏獒吗？

父亲放开了小母獒卓嘎，跟着它继续往上走，心里着急地说：到了，到了，西结古寺马上就要到了。他发现，狼已经不叫了，原野轰隆隆的，风声和雪声恣情地响动着，仿佛是为了掩护狼群的逃去。狼群去了哪里？不会是去了寄宿学校吧？那儿本来就有狼，加上这一群，多吉来吧可怎么办哪？寄宿学校已经死了两个孩子，千万不能再死人了。牧民们说，吉利的汉扎西已经不吉利了，不念经的寄宿学校应该念经了，昂拉山神、奢宝山神、党项大雪山仁慈的雅拉香波山神已经开始惩罚学校了。谁说我不吉利了？我要是不吉利多吉来吧会跟着我？獒王冈日森格会常来看我？谁说寄宿学校没有念经？学校里是学生跟着我学文化，我跟着学生学念经。谁说山神开始惩罚学校了？我们又没做错什么，为什么要惩罚？丹增活佛保佑，整个西结古寺保佑，千万不要再有什么莫名其妙的惩罚。

父亲这时候还没有意识到，他所担忧的，也正是跟踪围堵他的狼群急切想做到的。狼群迅速回去了，回到寄宿学校去了，在吃掉父亲的希望破灭之后，它们把更大的希望寄托在了十二个孩子身上。它们并不担心多吉来吧的保护，多吉来吧再强横也只是孤零零的一个，狼群要是一哄而上，那就是山崩地裂，谁也无法阻挡。它们担心的倒是别的狼群已经成了这次围猎的胜利者，十二个孩子已经被命主敌鬼的狼群或者断尾头狼的狼群吃掉，连渗透着人血的积雪都被舔食得一干二净。

　　狼群跑啊,疯狂地跑啊,带着饥荒时刻吃肉喝血的欲望,沿着膨胀起来的硬地面,跳来跳去地跑啊,黑耳朵头狼一直跑在最前面,它身材修长,四肢强壮,步幅大得不像是狼跑,而像是虎跳,即使饿得前胸贴着后背,依然保持着狼界之中卓越不凡的领袖风采。

第 三 章
Chapter 3

护人魔怪

1. 狼吃狼

寄宿学校的帐房里，躺在毡铺上的平措赤烈刚喊了一声"狼"，用一根细硬的狼须触醒了他的红额斑公狼就跑出了帐房。倒不是这声喊让它受到了惊吓，而是断尾头狼并没有给它首先撕咬和首先吃肉的权力，它是前来侦察动静的：帐房里的孩子们到底在干什么？侦察完了，它就应该出去向断尾头狼报告了。断尾头狼看着红额斑公狼，从它扭来扭去的姿势中，明白了它的意思，正要向自己的狼群发出扑进帐房的信号，就见对面不远处，那匹像极了寺院里泥塑的命主敌鬼的头狼，那匹始终带着一种深不可测的哲人表情坐在雪地上的头狼，没有任何过渡地一跃而起，直扑帐房，一直环侍在命主敌鬼身后的属于它的狼群哗的一下动荡起来，向着帐房包围而去。

断尾头狼愣了一下：不是刚才说好了吗？由我们首先行动，我们吃够了你们再吃，怎么你们不信守约定了？它连连咆哮着，想提醒命主敌鬼似的头狼不要乱来，看对方丝毫不听它的，便厉叫一声，朝着命主敌鬼横扑过去。转眼之间，两匹头狼扭打在一起了，它们身后的两群狼也对撞过去，一个对一个地撕打起来。其实荒原狼是不应该这样的，尽管这两群狼从来没有一起合围过猎物，但如果需要，它们并不在乎打破这种老死不相往来的习惯。可这次不行，当父亲和十二个孩子以及多吉来吧被绵延不绝的大雪灾锁定为孤立无援的猎物时，冥冥之中的指令，那个只允许强者生存的自然法则，让它们无比清晰地获得了这样一个启示：变化就要出现了，野驴河流域只需要一股狼群，只需要一个头狼，而这股狼群和这个头狼，只能是这次围猎的胜利者。本来断尾头狼以为，黑耳朵头狼已经带着它的狼群追逐着父亲远远地去了，命主敌鬼也已经代表它的狼群公开表示了谦让，这个胜利者笃定是它和它的狼群了。万万没想到，就在猎物马上就要到手的瞬间，谦让的突然不谦让了，战争首先爆发在了狼与狼之间，而不是狼与敌手之间。

狼群和狼群的打斗其实就跟古老的人类战争一样，决定胜负的并不是那些兵卒，而是将军，头狼对头狼的胜利，才是最后的胜利。但是现在谁也没有胜利，断尾头狼和命主敌鬼势均力敌的打斗没有一天一夜是不会结束的。狼血正在濡染着雪地。命主敌鬼的肩膀烂了，断尾头狼的肩膀也烂了；命主敌鬼的脸上有了牙齿深深的划痕，断尾头狼的脸上也有了划痕。分开了，扑过去，再一次分开，再一次扑过去。地面上，血色越来越灿烂，有两匹头狼的血，也有狼群的血，源源不断的，一片片积雪正在变成一堆堆红色的晶体，难分难解的打斗还在继续，突然从天上传来一个金属般坚硬的声音，所有的狼，包括断尾头狼和命主敌鬼，一个个都竖起耳朵，倏然不动了，那是一声狼嗥，来自狼群的边缘、哨兵的口中，紧张而恐怖。没有一匹狼不明白这是什么意思：出现藏獒了，一只藏獒朝这里跑来了。

　　狼群愣怔着，似乎大家都在想，一场凶吉难测的厮杀已是不可避免，饥寒交迫的狼群靠什么和藏獒打斗？体力呢？精神呢？按理说，体力和精神都在食物上，可是食物看不清楚了，已经来到嘴边的食物突然又远去了。酷似命主敌鬼的头狼恨恨地朝前看着，看到了被多吉来吧咬死的两具狼尸，深不可测的表情一下子变得浅显易懂了：还等什么？早就应该吃掉它们了。它扑了过去，它的狼群紧跟着它，以同样的速度扑向了同类的尸体。

　　断尾头狼尖叫一声，似乎是后悔的样子：晚了，我怎么晚了？它带着自己的狼群迅速冲上去，没命地抢夺着，抢到一口是一口，决不能让别的狼群独吞了本该属于它们的肉。三匹老狼是它这个狼群的，它派它们首先来和多吉来吧对阵，除了试探对方的凶狠程度、打斗能力，更重要的是为了让它们在这个关键时刻做出牺牲。三匹老狼已经很老很老了，它们一死就变成了食物，就能补充活狼衰弱的体力，有了体力才能保证狼群打败藏獒，吃掉寄宿学校的人。想不到的是，自己安排的食物却被命主敌鬼一伙抢先了，它怒不可遏，又毫无办法，狼本来就是为抢夺食物而生的，草原上没有一种生活会让它们变得温文尔雅。

两具狼尸转眼被撕碎了，狼群不是撕肉，而是在咔吧咔吧地断骨扯筋，等撕抢到了骨肉的狼跑向远方，躲在雪坑雪洼里大口吞咽的时候，那儿已经什么也没有了，连渗透了狼血的积雪也被舔食干净了。狼多肉少，很多狼急红了眼，却连一滴狼血也没有舔到，气得它们来回直跳。断尾头狼更是怒不可遏，它虽然抢到了肉，但远远不够它填饱肚子，它觉得这是不能容忍的，死狼出自它的狼群，第一个满足的只应该是它。它气急败坏地踱着步子，看到独眼母狼坐在地上，用鼻子不无同情地指着它，便暴怒地叫了一声：你怎么没死啊？我是要你去死的，你却活得比我都安闲自在。它边叫边靠了过去，一口咬住独眼母狼已经被多吉来吧咬伤的喉咙。

独眼母狼痛苦地扭曲了身子，却没有挣扎着逃脱，它知道自己不死是不行了，头狼和疯狂的狼群已经把它看成是一具活着的尸体了，它现在唯一要做的，就是少受一些痛苦的折磨，快快地死掉，断尾头狼似乎知道它的心思，迅速换了一下口，锉动着牙齿，飞快地咬断了它的喉管，鲜血顿时滋满了断尾头狼的脸。许多狼扑了过去。断尾头狼丢开还在无助地蹬踢着腿的独眼母狼，眯着眼睛，向所有扑过来的狼发起了攻击，不管是自己这一群的，还是命主敌鬼那一群的。

一声惊怕到极点的稚嫩的狼嗥颤颤悠悠地响起来，那是狼崽的哭声，仿佛也是它对这个世界的质疑：为什么呀？为什么对我好的，给我爱的，让我感到温暖的，就要这么快这么惨地死掉呢？独眼母狼不是狼崽的阿妈，狼崽的阿爸阿妈都死了，是被断尾头狼咬死的，断尾头狼咬死了这群狼的前任头狼，又咬死了对它一直愤恨不已的前任头狼的妻子，现在又咬死了阿爸阿妈去世后一直抚养着狼崽的独眼母狼。狼崽觉得世界或许就应该是这样：身强的吃掉体弱的，年轻的吃掉年老的，但狼崽不明白自己为什么会对这样的事情感到悲伤和痛楚，它总是不由自主地想哭，想喊，总是一遇到流血和死亡心脏就咚咚大跳，身子就瑟瑟发抖，它觉得流血和死亡就像一片水，给别人的是狂喜和渴望，给它的却是窒息和悲痛。

狼崽悲痛的哭叫一直持续着，却丝毫没有影响狼群抢食独眼母狼的行动。狼越聚越拢，越抢越猛，甚至命主敌鬼都用上了和藏獒打斗的技巧和力量来抗衡断尾头狼的攻击。断尾头狼看到自己的攻击毫无作用，便回过头来，一口咬破了独眼母狼柔薄的肚腹，奋不顾身地把嘴伸进去，在热烘烘的肚子里又吃又喝，那里没有骨头，没有皮毛，连韧性的筋条都没有，有的只是血液浸泡着的绵软的五脏，不用牙齿，仅靠吮吸和吞咽就可以饕餮一番。命主敌鬼眼馋了，嫉妒了，忍不住扑过去，叼住断尾头狼的半个尾巴使劲往外拽着。断尾头狼回身就咬，两匹头狼又扭打在一起，打了一阵再去抢食独眼母狼时，独眼母狼已经不见了，连骨头也不见了，只剩下一些狼毛在风中和雪花一起飞扬飘舞。

断尾头狼用凶狠的目光扫视着狼群，好像是在追查谁吃掉了独眼母狼,最后眼光落在了依然哭叫不已的狼崽身上。似乎它认为是狼崽的哭叫破坏了它的狼尸之宴,它伸着脖子低着头,把鼻子撮成四道棱,迈着滞重的步伐,以一种惩罚内贼的姿势乖谬地逼向了狼崽。气氛顿时凝重了,狼们都知道,断尾头狼要咬死并吃掉狼崽了。谁也不敢跟过去,跟过去就意味着你想和断尾头狼抢食,或者你想阻止它这种乖谬之举,而此刻的狼们既不想吃掉一个弱小的同类,也不想冲撞了断尾头狼,就那么冷漠地眼睛直勾勾地看着:近了,近了,断尾头狼和狼崽之间的距离眼看就要消失了。

狼崽不哭了,它盯着断尾头狼凶狠的眼睛,知道对方是来惩罚自己的,反而不怎么害怕了,心脏不再咚咚地跳,身子也不再瑟瑟地抖,奇怪地想:我就要死了吗?我就要被它吃掉了吗?难道我们这些狼活着,就是为了让它们这些狼吃掉?回答它的是命主敌鬼哲人似的一阵鼻息,似乎是在意味深长地告诉狼崽:是啊,是啊,有些狼来到这个世上,就是为了吃掉别人,有些狼来到这个世上,就是为了被别人吃掉。鼻息完了又是一声嗥叫,它带着金属般坚硬的力量告诉所有的狼:藏獒来了,已经来到眼前身边了,危险的时刻、血战的时刻来到了。

2. 冈日森格的慈悲

就在獒王追上上阿妈头狼,准备立刻咬死的时候,蓦然一股黄风吹来,那匹身材臃肿的尖嘴母狼身子一歪,揳进獒王和上阿妈头狼之间，凄厉地叫了一声，唰地停下，横挡在了冈日森格面前。獒王冈日森格一头撞过去，把母狼撞翻在地上，张口就咬。但是它没有咬住对方的喉咙，而是咬在了对方的肩膀上——獒王口下留情了，甚至可以这样说，如果不是来不及刹住撕咬的惯性，它都不想咬伤对方的肩膀，只想吓唬吓唬，让它逃走。獒王寻思，它是母狼，已经怀孕，眼看就要生了。作为一个心智超群、生理健全的雄性的藏獒，它对所有的母性包括宿敌狼族的母性尤其是妊娠的母性都抱有一种发自骨髓的怜爱之情。

獒王冈日森格用两只前爪死死地踩住母狼，不让它跑掉。它觉得母狼的丈夫那匹上阿妈头狼一定会来救它的妻子，就故意用爪子揉动着母狼的胸脯，让它发出了阵阵凄厉的叫声。很失望，獒王冈日森格对狼太失望了，上阿妈头狼居然逃跑得更快，任凭救了它的命的妻子如何惨叫，它都丝毫没有试图返回来营救妻子的意思，甚至连回头看一眼的举动也没有，只顾自己逃命去了。

獒王吐着舌头仰头观望，领地狗群对两股狼群的追杀正在进入最猛烈的状态，雪粉就像迷雾，升腾在西结古草原的大雪灾中。飞雪似乎小了，一片白色之上，狼影和獒影的奔腾叫嚣，就像山洪暴发，能够冲毁一切的，是生命骄横恣肆的灵韵，是物种豪放不羁的神采，藏獒们即将胜利，以少胜多的领地狗群很快就要把两股外来的狼群赶进绵延不绝的昂拉雪山了。那儿没有牛羊，没有牧家，那儿只有狼群和豹群，只要守住昂拉山口，不让它们出来，就等于把它们赶进了一

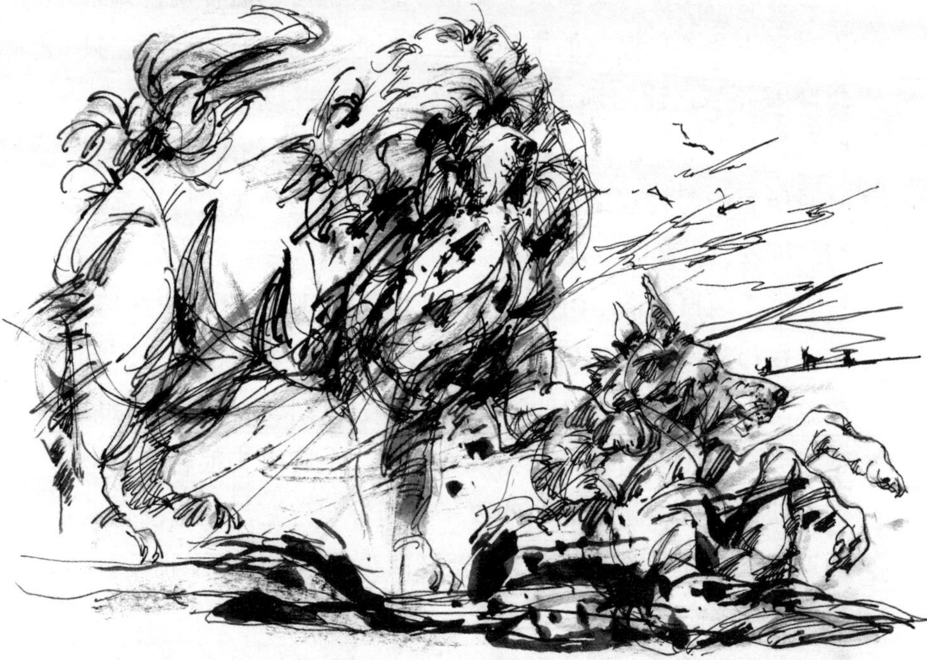

个死亡之地。狼与狼的战争马上就会到来，多猕狼群和上阿妈狼群的你死我活，外来狼群和本地狼群的你死我活，还有狼和豹子的你死我活，都将变成一种有利于牲畜和牧民，有利于藏獒和藏狗的结果。冈日森格这么想着，突然意识到自己怜悯一匹怀孕的母狼是不明智的，因为它很快就会死掉，与其以后让它的同类把它杀死吃掉，不如今天此刻就结果了它的性命，让它少受些饥饿、冷冻、仇恨、惊悸的折磨。它舔了舔母狼的脖子，再一次望了望前方，似乎还在期盼那个被妻子营救而去的丈夫回来营救它的妻子。但是没有，荒凉的雪原上依然是朝前奔逐跳跃着的狼群和领地狗群。

　　身材臃肿的尖嘴母狼在獒王冈日森格强劲有力的爪子下面拼命挣扎着，冈日森格张开了嘴，很讲究姿势地摆动着脖子咬了下去，动作不仅一点也不凶猛，反而显得十分优雅大方。就是这优雅大方的动作，给了母狼一个被救的机会。一道闪电出现了，一匹大狼出现了，一次营救出现了。那匹大狼肯定是蹭着厚实的积雪悄悄地匍匐而来的，等它出现的时候，机敏如獒王冈日森格者也大吃一惊：都这样近了，自己居然没看见！

　　冈日森格本能地护住猎物，甩头就咬。大狼似乎只想营救母狼而没有考虑自己的安危，并不躲闪，露出狼牙接住了对方的犬牙，只听"咔吧"一声响，电光石火喷溅，大狼身子一歪倒了下去，这样的硬拼再健壮的狼都不是藏獒的对手。獒王张嘴再咬，不禁哎哟一声，飞出的牙刀倏然收回了。它眨了眨眼睛，瞪着大狼呆愣着，甚至让跳起来的大狼在它肩膀上咬了一口，它还是呆愣着：这是怎么回事儿啊？前来营救的居然是多猕头狼。

是的，是多猕头狼。冈日森格一来到狼道峡口就注意到它并记住它了。它闻了闻，气味分明是不一样的，母狼是上阿妈狼群的气味，大狼是多猕狼群的气味。多猕狼群的头狼怎么会来营救上阿妈狼群的母狼呢？或许在神秘的豺狼世界里，为了种的延续，有一个暗中起着巨大作用的天然法则，在这个法则里保护后代是超越现实和超越界线的，不管后代是哪一股狼群哪一片草原的。或许什么法则也没有，它就是多猕头狼的独立行动，就像獒王毫无原则地天然同情着所有的母性包括宿敌狼族的母性尤其是妊娠的母性一样，多猕头狼也天生柔情地怜爱着怀了孕的母狼，而不管它属于自己的狼群还是敌对的狼群。

獒王冈日森格一直呆愣着，多猕头狼轻而易举地又咬了它一口。这一次是咬在了前腿上，因为它刚劲的前腿仍然踩踏在母狼身上。冈日森格疼得吸了一口冷气，却没有反咬一口，一瞬间甚至都没有了丝毫对狼的愤怒，不仅没有愤怒，还按照多猕头狼的愿望，抬起前腿，放开了母狼，用嘴一拱：走吧。身材臃肿的尖嘴母狼跳了起来。这匹因为营救自己的丈夫上阿妈头狼而被獒王抓住的母狼，这匹正在为一个只管自己逃逸不管妻子死活的丈夫而满脸羞愧的母狼，这匹有孕在身却得不到丈夫的保护自己还要舍命保护丈夫的伟大而可怜的母狼，它被獒王冈日森格放跑了。

惨烈的战伐之中，死亡的血泊之上，震怒的獒王、厮杀成性的冈日森格，厚道地放跑了一匹怀孕的母狼。这是一种超越物种和超越仇恨的表达，是一只气魄惊人的藏獒对一匹敢在刀刃之下营救丈夫的母狼的致敬。母狼跑了。跑离的瞬间，它好像非常留意地看了一眼多猕头狼，眼里充满了感激、提防和疑虑：怎么是你救了我呀？母狼跑向了上阿妈狼群，那是它活着就得依附的群体，是神圣的不可脱离的生命之所系。多猕头狼也跑了，边跑边冲着尖嘴母狼的背影严厉地叫了一声，仿佛是说：告诉你丈夫，让它保护好你。獒王冈日森格望着母狼，又望着多猕头狼，默默的，凭着一切伟大生命都应该具备的对高尚与勇敢的钦佩，克制了自己追上去杀死多猕头狼的欲望。它舔了舔腿上的伤口，静立着，直到看见母狼和多猕头狼都绕开领地狗群，回到了自己的群落，才闷闷地叫着，恢复了自己对狼的深仇大恨，又开始奔跑起来。

冈日森格很快追上了领地狗群，追上了两股挨得很近的狼群，心里一再重复着刚才那个决定：咬死它，咬死上阿妈头狼，这种忘恩负义的头狼要它活着干啥？它眼光流萤般飞走，很快发现了体大身健的上阿妈头狼，便加快速度追了过去。上阿妈头狼狐疑地盯着回到狼群里来的妻子：你居然死里逃生了，为什么那獒王没有咬死你？母狼不理它，叉开后腿，尽量保护着下坠的肚子，用一种看上去很别扭的姿势奔跑着。上阿妈头狼忌妒地吼起来，意思是说：为什么？为什么它不咬你？它连我都咬伤了，凭什么不咬死你？回头一看，只见气势雄伟的獒王正朝着自己奔扑而来，便横斜过去，拦在尖嘴母狼前面，龇出利牙威胁地命令道：你给我挡住，挡住。

说罢撇下妻子转身就跑,一溜烟地跑到狼群前面去了。尖嘴母狼委屈地流着眼泪,声音细细地嗥叫着。

獒王冈日森格看到了母狼的眼泪,仿佛也听懂了对方的心声,它绕过母狼,在狼群中杀出一条血路,直奔上阿妈头狼。紧随身后的大灰獒江秋帮穷和大力王徒钦甲保以及别的领地狗立刻意识到,獒王是要放过这匹母狼的,也都从母狼身边纷纷闪过,扑向了另外的目标。上阿妈头狼一看不好,知道自己已经成了獒王确定要杀死的对象,恐惧而绝望地嗥叫一声,身子一倾,离开狼群奔西而去。西边是一道雪冈,缓慢的雪坡匀净得就像刚刚擦洗过。这样的雪冈对上阿妈头狼是有利的,因为狼比藏獒更能爬高就低,只要雪冈那边有陡坡,它就有把握摆脱追撵。它朝着雪冈跑去,獒王追撵着,一前一后,它们跑上了雪冈。

上阿妈头狼大失所望,雪冈那边没有陡坡,只有牙长一点缓坡,然后就是一马平川。它在失望中跑下缓坡,知道自己死期已到,跑着跑着就不跑了,疲惫不堪地趴在积雪中,告别世间似的凄声叫唤起来。它叫了半晌也不见獒王冈日森格扑过来咬它,扭头一看,不禁大为迷惑:獒王根本就不在自己身后,也不在雪冈上。再一看,獒王跑到那边去了,那边什么也没有,只有雪花在飘舞。上阿妈头狼倏地站起,也不想追究獒王为什么不来咬死它的原因了,撒腿就跑,很快绕过雪冈,朝着自己的狼群追奔而去。这时它听到了獒王的吼叫,那吼叫滚雷似的轰鸣着,让奔驰在雪野里的所有狼、所有领地狗都听到了。

狼们依然在逃命，领地狗们却纷纷停下了，呼哧呼哧地喘着粗气。大力王徒钦甲保和獒王一样轰隆隆地叫着，似乎在遗憾地询问为什么不追了？眼看狼群就要跑不动了。大灰獒江秋帮穷二话不说朝着雪冈那边的獒王跑了过去。徒钦甲保犹豫了一下，跳起来跟了过去，领地狗们也都纷纷跟了过去，它们知道：又有别的事情了，獒王在召集它们呢，什么事情会比追杀入侵领地的外来的狼群更重要呢？

獒王冈日森格继续吼叫着，看到自己的部众一个个跑来，便把吼叫变成了悲凄哀痛的哭声。领地狗们一听也哭起来。苍茫无际的雪原上，藏獒们的身影就像远处昂拉雪山的造型，绵绵地陡峻着。漫天的雪花纷纷把纯洁的问候落向它们：獒王怎么了？领地狗群怎么了？

3. 救了只狼崽

和以往许多次一样，一直待在狼群边缘的哨兵，并不是看见了藏獒，而是闻到了藏獒风卷而来的浓烈气息，所以在它发出紧张而恐怖的警告之后，总得过一段时间藏獒才能到来。但是这一段预期中的时间在今天会是如此短暂，没等两股狼群把自己的事情处理好，藏獒的身影就在飞雪中翩翩而至了。还是那只硕大的黑红色藏獒多吉来吧，它是这个地方的守护神，它去追撵它的主人我的父亲，父亲危险了，狼就要把他吃掉。追着追着它突然停了下来，因为它比谁都清楚，只要它离开，帐房里的十二个孩子就必死无疑，而父亲，父亲真的就会被狼吃掉吗？多吉来吧看了看拴在自己鬣毛上的黄色经幡，想起父亲离开它时手里也挥动着一条经幡，想起父亲说到了领地狗群，还说到了獒王冈日森格。冈日森格和领地狗群都在野驴河边，它们怎么可能容忍狼群对父亲的侵害呢？这么一想，十二个孩子就显得比父亲更需要它了。它转身就跑，边跑边后悔：我怎么离开了呀？我这个笨蛋。

多吉来吧穿过蜂拥在寄宿学校四周的狼群，跑向了学生住宿的帐房，它在门口一站，放眼一扫，便狂叫着奔扑而去。谁也无法理解在那么多狼影之中，它怎么一眼就看到了断尾头狼，一眼就明白了对方正打算咬死并吃掉狼崽，更无法理解它的勇猛的奔扑竟是为了营救狼崽。为什么？为什么它要营救狼崽？父亲后来对我说：藏獒总有一些举动是我们无法解释的，在它们复杂而幻变的天性里，仿佛有一种神秘的力量，引导着它们的表现，使它们往往显得出人意料，有些本该属于人类而人类又很难做到的举动，也就通过这样的表现变成了藏獒天赋的智慧。

多吉来吧扑过去吓跑了断尾头狼，一口叼起狼崽，迅速回到帐房门口，把狼崽放在了门边的积雪中。狼崽又开始哭叫了，它不愿意离开自己的群体，更不愿意来到一只藏獒的身边。藏獒是狼的克星，狼是藏獒的天敌，而现在它却瑟缩在克星的身边，一边仇恨着，一边害怕着。它朝前爬去，知道一回到狼群自己就会被断尾头狼咬死并吃掉，但还是想回去，它是狼，它必须要回到狼的群体当中去。多吉来吧用唬声威胁着不让它走，看它不听，就用嘴轻轻一拱，把它拱进了帐房门口。

帐房里，除了昏迷的达娃，所有的孩子都起来了。他们挤成一团，紧张地看着门外狼群之间的打斗和狼吃狼的血腥场面，直到多吉来吧出现在门外的雪雾中，才松了一口气，正准备回到毡铺上躺下，就见一匹灰色的狼扑了进来。他们叫唤着互相抱在了一起，仔细一瞅，才看清是一匹狼崽。平措赤烈挺身而出，一脚把狼崽踢出了门外。狼崽打着滚儿，疼痛得尖叫着。多吉来吧回头冲着帐房里面"汪"了一声，似乎表示了它的反对：为什么要残害一个幼小的生命呢？多吉来吧走过去，再次把狼崽拱进了帐房。这一次平措赤烈没有踢，而是一把从脊背上揪起了它，到处摸了摸，发现它的气息是温热的，肚腹也是温热的，就把它搂在了怀里，告诉别的孩子："我要用狼温暖我的身子，我不消耗体力了，我要睡啦。"

孩子们都跟着平措赤烈躺在了毡铺上。狼崽哭着叫着，与其说是害怕，不如说是吃惊，它太不习惯这样被人紧紧搂着。但是平措赤烈搂着它不放，它意识到哭叫挣扎是没用的，就安静下来不动了。一丝温暖从它的皮毛和人的怀抱接触的那个地方升起，很快袭遍了全身。它感觉昏昏沉沉的，打了个哈欠，就把自己的危险处境抛在了脑后。它闭上眼睛，睡着了。毕竟它太小，还处于懵懂无知的阶段，一睡就睡出了一个美好境界：断尾头狼死掉了，阿爸阿妈活过来了，一直抚养着它的独眼母狼也活过来了。它们轮番在它身上舔着，那个舒服和甜美，是饥餐血肉的时候没有的。

但搂着狼崽取暖的平措赤烈是睡不着的，别的孩子也睡不着，冷啊，饿啊，还有声音，外面的声音大起来了，风声、雪声、多吉来吧攘斥狼群的吠鸣声。噗啦啦啦，是藏獒扑过去了，还是狼群扑过来了？孩子们猜测着，却没有谁强挣着起来看个究竟，饥饿引起的乏力让他们连孩童的好奇也没有了。唯一能够让他们爬起来的，大概只有汉扎西老师的脚步声，汉扎西老师什么时候才能带着吃的回来呢？此刻，多吉来吧也和孩子们一样，肚子瘪瘪的，咕噜噜直响。它看到被它咬死咬伤的三匹狼不在原地，就知道它们已经被狼群吃掉了，突然就后悔起来：自己刚才为什么不吃它几口狼肉呢？三匹老狼是来送死的，它们视死如归地把自己变成了食物，又进入狼的肚子变成了它们的力气，这样的力气是专门用来对付它的。它很生气，以为是自己的失误造成了狼对自己放肆的觊觎，就觉得它必须挽回失误，而挽回失误的唯一办法，就是再咬死几匹狼，不，咬死所有的狼。多吉来吧朝着狼群狂躁地厮杀而去。

狼群已经准备好了，多吉来吧一回来，它们就按照最初聚集在这里的目的，自动调整好了心理，那就是一致对外，先干掉这只悍勇的藏獒，再吃掉那些被困在帐房里的孩子。狼影快速移动着，很快以东南两个半月状的队形，围住了帐房，东边是断尾头狼的狼群，南边是命主敌鬼的狼群，两股狼群的队形都是四层的布局，最前面一层都是老狼，中间两层分别是壮狼和青年狼，后面一层是幼狼和正处在孕期或哺乳期的母狼。这样的布局很明显是要牺牲一些老狼的，老狼是自愿的，还是逼迫的？父亲告诉我，人有多复杂，动物就有多复杂，那些在狼群中必须冲锋陷阵的老狼，肯定有自愿的，也有不自愿的，更有在自愿和不自愿之间徘徊的，但不管哪一种，它们都是一些积累了无数打斗经验的老奸巨滑的狼，一定会让对手遭受沉重打击。等它们牺牲够了，无论怎样悍勇的藏獒就都不可能保持最初的锐气，对接下来蜂拥而至的壮狼和青年狼的攻击也就无能为力了。

然而来到这里的所有狼都没有想到，在它们十二分地畏惧着魁伟剽悍的多吉来吧时，仍然低估了对方的能力。对方绝不是一只按照狼的安排进行打斗的藏獒，它曾经是饮血王党项罗刹，它向来不懂得避重就轻、欺软怕硬、柿子拣软的捏等等，它已经杀死杀伤了三匹老狼，它现在不想再跟老狼斗，只想咬翻最强壮最厉害的。谁啊？谁是最强壮最厉害的？那就是头狼，多吉来吧眼光一扫，就认出谁是头狼了。它朝着南边狼群的月牙阵厮杀而去。南边狼群的头狼是命主敌鬼，它处在中间一层壮年狼的簇拥里，正瞪着眼睛期待着前锋线上老狼和藏獒的厮杀，没想到一眨眼老狼的阵线就出现了豁口，多吉来吧直冲过来，眼睛的寒光刺着它，出鞘的牙刀指着它。命主敌鬼本能地缩了一下身子，想回身躲开，意识到自己已是躲无可躲，便惊叫一声，趴伏在地，蹭着积雪像一条大蟒一样溜了过去。

多吉来吧已经凌空而起了，按照它扑跳的规律，无论对方逃跑，还是跳起来迎击，在它落地的刹那，它都会用前爪摁住对方的肩胛，然后用牙刀一刀挑断对方的喉咙。但它没想到命主敌鬼会来这一手：反方向溜爬，一溜就从它巨大的阴影下面溜过去了。多吉来吧大为恼火，觉得自己居然被对手戏弄了，戏弄是一百倍的侮辱，它决不允许自己容忍这样的侮辱，尤其是来自狼的侮辱。它没有让自己落地，就像长了翅膀一样，在空中扭歪了身子，伸出前腿斜岔里一蹬，蹬在了另一匹狼的脊背上。那是一匹紧靠着命主敌鬼的壮狼，壮狼有壮狼的结实，这一蹬没有蹬飞它，只是把它蹬趴了下来，而多吉来吧需要的就是这种结实，就像蹬在了坚硬的地面上，它借此在空中来了一个九十度的转弯，横扑过去，一爪踩住了眼看就要溜掉的命主敌鬼。这是运足了力气的一踩，击石石烂、夯铁铁碎，只听嘎巴一声响，命主敌鬼的屁股烂了，胯骨裂了，整个身子扑腾一声卧在了地上。

命主敌鬼痛苦地皱起脸上的皮肉，扭过脖子来，闪烁着利牙唰唰撕咬，但它挺不起身子来，利牙全部咬在了空气里。多吉来吧一副不屑于对咬的架势，踩着命主敌鬼，昂着头颅，睥睨着四周，似乎想用自己威风凛凛的仪表朝着狼群炫耀一番后，再咬死和吃掉它们的头狼。狼群窜来窜去的，没有一匹狼敢冲过来营救它们的首领，但也没有一匹狼就此乱了阵脚，或者望风而逃。它们的窜来窜去似乎是一种语言的交流，商量着到底怎么做才能打败这只藏獒。突然它们不商量了，所有的狼都停下来，血红的狼眼齐刷刷地瞪着多吉来吧。

多吉来吧依然克制着吞食血肉的欲望，望了望狼群中一匹离自己很近的大个头公狼，确定它就是自己下一个扑咬的目标后，才傲慢地晃动着头，哼哼了两声，吐出血红的舌头，

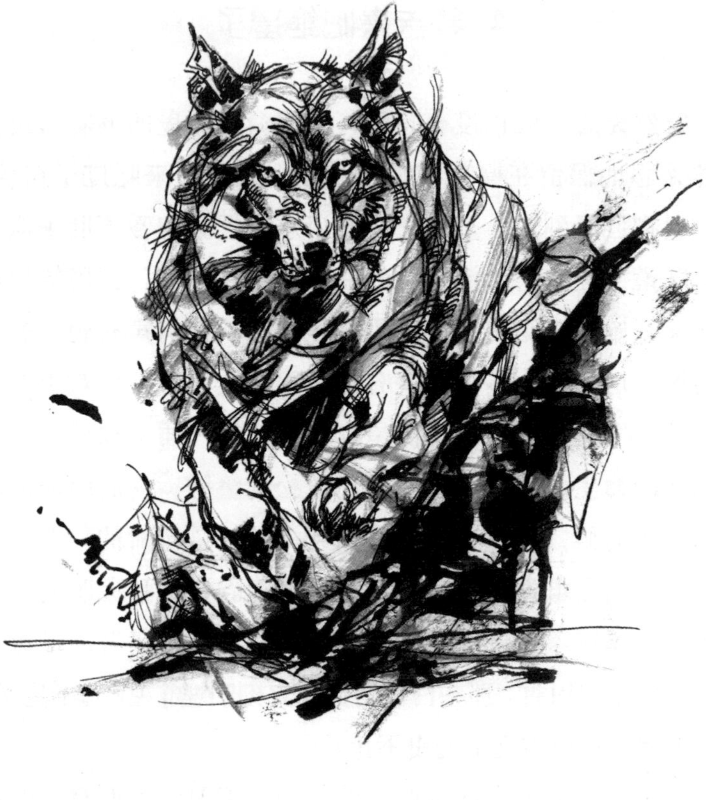

从容地滴沥着口水，准备牙刀伺候了。喉咙，喉咙，藏獒的牙刀和胃肠共同呼唤着头狼的喉咙，头狼命主敌鬼的喉咙马上就要被撕裂被吮血了。

4. 多吉来吧绝望了

安然无恙，谁也没有想到，头狼命主敌鬼的喉咙最终会安然无恙地保留在原来的地方。原因是多吉来吧过于自信，以为食物已经到口，多分泌一些口水再把狼肉吞下肚子似乎更有味道、更有助于消化。就在这样的自信里，四周的狼群突然又开始窜来窜去了，比刚才更加迅疾而有声有色。多吉来吧警惕地看着，多少有些分神，不禁放松了踩住对手的爪子。爪子下面的对手，不愧是一匹在精神气质上像极了寺院里泥塑的命主敌鬼的头狼，利用放松的缝隙，在屁股流血胯骨断裂的时候，竟然还能奔跃而起。就是这玩命的一跃，让它逃脱了在狼群看来已经死定了的命运。命主敌鬼聪明地意识到自己是跑不远的，便放弃逃离，一头扎进了身前不远处虚浮而深厚的积雪。那些白色的晶体立刻陷埋了它，它不见了，只剩下尾巴在白雪之上摇曳不止。

多吉来吧愤恨它的逃脱，跳过去，正要刨雪而食，就见狼群潮水一样哗地一下朝它涌过来。它知道吃掉头狼已是不可能了，睁圆了吊眼，横斜着一扫，立刻盯上了刚才被它确定的那个目标——一匹大个头的公狼。它毫不迟疑地扑了过去，这是在它幼年时代由送鬼人达赤用非人的手段逼迫出来的魔鬼似的一扑，几乎是所向无敌的，狼们都没有看清楚是怎么回事，就听大个头的公狼惨叫一声，倒在了地上。多吉来吧牙刀一闪，一口咬在了对方的喉咙上，獒头奋力一晃，喉咙立刻变成了一个血洞。命没了，升天了，一匹鲜活灵动的大狼转眼就变成一堆食物了。

多吉来吧来不及吞咽一口，再一次奔扑而去，狼群有点乱了，但仍然没有逃离此地的意思。它们跑动着，既不远去，也不靠近，是躲命，也是牵制，或者说躲命就是牵制，这个也牵制，那个也牵制，让多吉来吧不得不采取一种斗折蛇行的奔扑路线，扑倒了这个，再扑倒那个，牙刀是决不惜用的，扑倒一个咬它一口，每每都在一刀致命的喉咙上。那速度仿佛取消了时间，快得让狼们眼花缭乱，脑子也失去了反应，好几匹逃命的狼反而撞进了多吉来吧的怀抱，一撞之下，立刻变成了刀下鬼。

聚拢在一起的狼群渐渐散开了，一匹匹惊恐无度的狼毋庸置疑地传递着离开的信号。多吉来吧哼哼了几声，仿佛是得意的冷笑，舞蹈一般腾挪跌宕的扑杀也渐趋停止了。它吼喘着，挺身在血泊之上，看到十三匹已死或将死的狼横陈在地上，地上已经没有白色了，积雪变成了一片污迹，无声地昭示着战争的残酷和激烈。

天上的雪小了一些，向晚时分的光线似乎比中午更明亮，风还在鼓动，帐房被掀动得呼啦呼啦响。东面以断尾头狼为首的狼群静悄悄的，本来它们是可以趁机袭击帐房里的人的，但是没有。多吉来吧感到很奇怪，它们居然没有趁火打劫。

多吉来吧拉长了舌头,在凉风中散发着胸腹里的火气,低下头,撕了一嘴狼肉,连毛带皮吞了下去,它想迅速填饱肚子,然后回到帐房门口,它觉得只有站在那儿,心里才是踏实的。遗憾的是,多吉来吧还没有来得及实现自己的想法,渐渐散开的命主敌鬼的狼群就又开始往一起聚拢,传递过来的信号也已经不是惊恐无度和离开这里了。多吉来吧立马吐掉了嘴里的狼肉,它要继续让自己饿着,要让极度饥饿的感觉成为它杀狼护人的巨大动力。它专注地观察着,发现那匹被自己一爪击烂了屁股、击裂了胯骨的头狼命主敌鬼又出现在了狼群里。

命主敌鬼头狼重伤加身但权威犹在,它蹲踞在地上,用红亮的眼睛狠毒地盯视着多吉来吧,也盯视自己的同伴,不时地发出几声痛苦而焦急的嗥叫。大概它的盯视和嗥叫就是它的命令,聚拢过来的狼群迅速调整着队形,由原来四层的布局,变成了两层,靠近多吉来吧的一层是老狼和壮狼,外面一层是青年狼和幼狼以及正处在孕期或哺乳期的母狼。更重要的是,老狼和壮狼形成了好几拨,一拨差不多八九匹,好比人类军队中战斗班的建制。

多吉来吧从胸腔里发出一阵低沉的呼噜声,警告似的朝前走了两步,看到狼的阵线居然一点也不慌乱,便朝后一蹲,狂躁地扑了过去。就像一石击水,狼群顿时骚动起来,但却骚动得富有章法,就像在表演一种排练有序的集体舞,惊而不乱地跑动在广场上。多吉来吧自然是不会扑空的,身体的速度、前爪的力量和牙刀的锋利依然如前,很轻松地又使一匹壮狼毙命了。然而这一次扑杀并不是值得称赞的一次，它那舞蹈般的腾挪跌宕还没有出现，八九匹狼就从前后左右一哄而上。它们要破釜沉舟了，不打算要命了。八九匹狼中有老狼，也有壮狼，老狼从前面扑来，壮狼从两侧和后面扑来，当多吉来吧用牙刀和前爪对付几匹老狼的时候，两侧和后面的壮狼也正好可以飞出自己的牙刀来对付多吉来吧。

多吉来吧受伤了，好几匹狼的牙刀同时扎在了它的屁股、大腿和腰腹之间。这是它第一次被荒原狼咬伤，它不相信似的扭头看了看咬伤它的几匹狼，又忽左忽右地看了看自己的伤口，惊诧地眨了眨眼，獒头高昂着，跳起来，朝着狼群俯冲而去，边冲边叫，仿佛是说：有本事你们别逃。狼群哗地散开了，在多吉来吧俯冲之前就散开了。它的俯冲虽然没有落空，但跑来和它较量的已不是刚才那一拨狼，而是另一拨。它们的战术和刚才那一拨一样，也是八九匹狼围住多吉来吧，老狼从前面迎击，壮狼从两侧和后面围攻。

又是一阵激烈残酷的撕咬，一匹老狼死掉了，它用自己的生命给同伴创造了一个牙刀出手的机会，同伴们紧紧抓住这个机会，再一次让多吉来吧付出了忠诚于人类的代价。多吉来吧的伤口成倍增加着，鲜血在周身滴沥，都能听到下雨一样的响声了。它再一次惊诧万分地看了看自己的伤口，悲愤地吠叫着，毫不怜惜自己地开始了新一轮的进攻。狼又变了，第三拨狼代替了第二拨狼，八九匹狼按照事先商量好的，围绕着多吉来吧，准确地站到了各自的位置上。但这次多吉来吧并没有首先理睬跑到嘴边来送死的老狼，而是不停地旋转着,让围住它的狼搞不明白它到底要扑向谁。于是狼们也开始旋转,狼们始终想让老狼对准多吉来吧的利牙,就随着它的旋转而旋转。

天上地下忽忽忽地响,风大了,雪急了,飘风骤雪在狼群和藏獒的搅拌下变成了一个巨大的涡流,光影奔驰着,飞起一片惊天动地的喧嚣。狼们晕了,但还是在旋转,似乎越晕越要旋转。而多吉来吧却已经腾空而起,越过了狼影旋转的包围圈,扑向了簇拥在圈外观战的另一些老狼和壮狼。狼群措手不及,顿时乱了,密集的狼影奔来突去,攻又不能,逃又不肯,只能闪来闪去地躲避对方的扑咬。多吉来吧亢奋地吼叫着,只要狼群没有形成阵线,它就可以随心所欲了。只见它眼睛放电似的闪烁着,以快如流星的速度左扑右杀,漆黑如墨的脊影连成了一条线,火红如燃的胸脯连成了另一条线,矫健有力的四腿连成了第三条线,三条线并行着,就在黑压压一片狼群之间忽东忽西,时南时北。不时有狼的惨叫,不时有皮肉撕裂和鲜血迸溅的声音,不时有狼倒下,倒下就起不来了,就只能死了。

来到这里的荒原狼完全没有想到多吉来吧会是这样一个狰狞可怕的护人魔怪,现在遭遇了,见识了,就有些后悔:为什么要来这里呢?但既然已经来了,就不能半途退却,死了这么多的同伴,付出了这么惨重的代价,而依然饥肠辘辘,那就显得太不是狼了。头狼命主敌鬼叫起来,它躲在一个多吉来吧看不到的雪洼里,用一阵尖厉的叫声传达了它的意思。它的狼群听明白了,所有的狼,那些还活着的有伤和没伤的老狼和壮狼，那些直到现在还没有靠近过多吉来吧的青年狼和幼狼以及正处在孕期或哺乳期的母狼，都知道一个背水一战、拼死求胜的时刻来到了。

戛然而止，所有的狼都站着不动了，都用阴鸷的眼光盯着多吉来吧。多吉来吧感觉到有什么不对，却没有停下，依然扑打着，扑倒了一匹狼，又扑倒了一匹狼。它现在都顾不上用利牙割断狼的喉咙了，它不再使用牙齿，只用岩石一样坚硬的前爪，迅雷般地打击着对方——捣烂这匹狼的鼻子，捣瞎那匹狼的眼睛。命主敌鬼的尖叫再次响起来。狼动了，所有的狼都动起来了，这一动就是铺天盖地，奔扑啊，跳跃啊，厮杀啊，也不管自己的牙齿和爪子能不能够着对方，所有的狼都扑向了多吉来吧。

多吉来吧咆哮了一声，想看清到底有多少狼朝它扑来都来不及了。它奋力反击着，牙刀和前爪依然能够让靠近它的狼遭受重创，但它自己也是受伤，受伤，一再地受伤。甚至有两匹狼把牙刀插在它身上后，就不再离开，切割着，切割着，任它东甩西甩怎么也甩不掉。扑向多吉来吧的狼还在增加，一匹比一匹沉重地压在了它身上。它根本就无法施展威力，唯一的想法就是站着不要倒下。它用粗壮的四条獒腿支撑起身体，也支撑起身体上面的一座狼山。

狼山移动着，那是多吉来吧在移动。多吉来吧突然明白过来，它不能再这样厮杀下去，它得回到帐房门口，帐房这个时候很可能已经危险了，里面的十二个孩子、那个几乎被断尾头狼吃掉的狼崽，很可能已经危险了。它驮着一座狼山，想着十二个孩子和一个邂逅沙场的狼崽，忍受着鲜血满身、牙刀满身的疼痛，吃力地挪动着步子，一步比一步艰难。但是仿佛帐房已经离它远去，它怎么努力也走不到跟前去了。更惨的是，它听到了一个声音，那是命主敌鬼的嗥叫，是那种带着颤音的满足的欣喜的嗥叫。它心想完了，这样的满足欣喜是吃到了食物的表示，是饱足的意思。头狼吃到了什么？是孩子们，还是狼崽？这么一想，它就觉得孩子们已经死了，它没有尽到责任致使主人的学生一个个都成了狼的食物。它不走了，拼命地挺立着，突然一阵颤抖，软了，软了，心劲没有了，四腿乏力了，扑通一声响，它倒了下去，它背负着的整个狼山倒了下去。

　　狼们从它身上散开，围绕着它看了看，那无尽的悲伤遗恨，就在这一刻变成了欢欣鼓舞，它们嗥叫着，一个个仰着脖子，指着雪花飘扬的天空，呜哦呜哦地宣告着死亡后的胜利。多吉来吧一动不动，血已经流了很多，现在还流着，无数伤口积累着难以忍受的疼痛，更重要的是，它觉得孩子们已经死了，它也就没有必要活下去了。它看到两匹健壮的公狼抢先朝着它的喉咙龇出了钢牙，便把眼睛一闭，静静地等待着那种让它顷刻丧命的狼牙的切割。

第 四 章
Chapter 4

命主敌鬼

1. 獒王要去救孩子们了

獒王冈日森格和领地狗的哭声让雪花收敛了欢快的飘舞，沉重地直落而下。风和雪花都知道：藏獒死了。死去的两只藏獒被大雪覆盖着，平地升起的雪丘是它们的坟墓，那么高，好像天公格外同情逝去的草原精灵，尽把雪花朝这里堆积了。闻味而来的獒王冈日森格又是用鼻子拱，又是用爪子刨，好像只要刨出来，两只藏獒就能复活。当大灰獒江秋帮穷和大力王徒钦甲保带着领地狗群蜂拥而来时，獒王已经把积雪的坟墓刨开了，死去的藏獒赫然裸露，獒王和领地狗们一看就认出来了，一只是大牧狗新狮子萨杰森格，一只是曾经做过看家狗现在也是大牧狗的瘸腿阿妈。它们死了，它们是尼玛爷爷家的帮手，在大雪灾的日子里，死在了远离帐房的高山牧场。它们的四周是一片高低不平的积雪，积雪下面埋葬着饿死冻死的羊群,有一百多只,或者两百多只。

完全能够想象两只藏獒是怎么死在这里的,就跟去年一样,当大雪灾降临的时候,尼玛爷爷家的羊群被突如其来的暴风雪吹散了。羊是最没有定力的牲畜,风往哪里吹它们就往哪里跑,风的速度几乎就是它们的速度,人是看不见也跟不上的,只有藏獒既看得见也闻得着。它们随羊而去,开始是想把羊群赶回到帐房旁边,赶不回来就只好跟着羊群跑,也不知会跑向哪里,直到积雪厚实起来,羊群再也跑不动了的时候才会停下。对羊群来说,停下来就是等死,不是冻死就是饿死。这样的命运牧羊的藏獒是无法改变的,它们只能眼看着羊一只只死去,一只只被大雪掩埋,它们坚定地守护着,就像守护活着的畜群那样,尽职尽责地不让狼群和别的野兽靠近。藏獒是从来不会吃掉自己看护的牛羊的,哪怕牛羊已经冻死饿死,这是世代相传并且渗透在血液里的规矩,是它们至死不变的自律原则,而坚守这个原则的结果却是让它们自己也像羊一样冻死饿死。许多藏獒就这样死掉了,在冬天,大雪灾的日子里,许多牧羊的藏獒就这样死掉了,去年尼玛爷爷家死掉了鹰狮子琼保森格,今年又死掉了新狮子萨杰森格和瘸腿阿妈。宁肯自己饿死也不吃一口自己看护的已经死掉的牛羊的藏獒,就这样在用生命的代价换来声誉之后,悄悄地死去了。

天上,是大雪的叹惋。獒王冈日森格呆愣着,已经不再发出任何声音了,无声的哭泣让眼泪变成了滚烫的热流,顺着脸颊流下来,很快在嘴边的獒毛上结成了冰。领地狗们悄

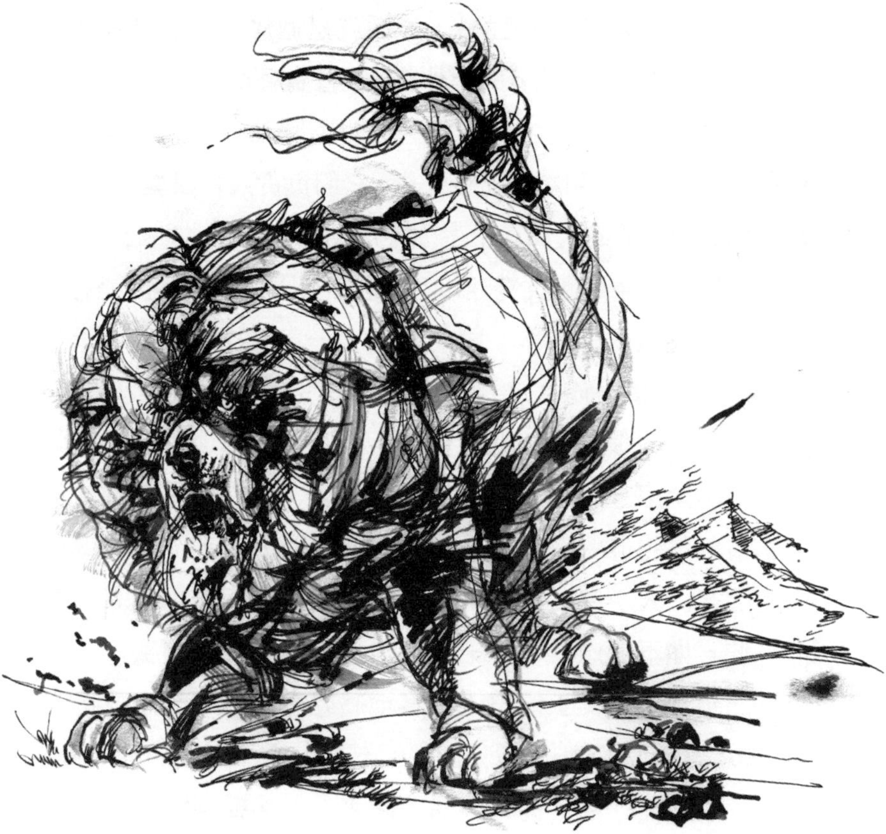

悄的，有的在流泪，有的在一口一口地舔去同伴脸上的泪。它们是悲情的动物，它们对两种死亡有着天然敏感的伤痛，一种是主人的死，一种是同伴的死。一遇到这样的死亡它们就会情不自禁地哭泣和凭吊，然后就是撒尿——把獒臊味留下来，不让狼豹吃掉死者的尸体，只等着鹰雕和秃鹫前来送葬。鹰雕和秃鹫是不怕獒臊味的，甚至对獒臊味充满了欢喜。它们是天上的动物，和藏獒无冤无仇，它们负责人和藏獒的天葬，负责把人和藏獒的灵魂送上生生不息的轮回之路。

尿撒了，鹰雕和秃鹫还没有来。獒王冈日森格甩了甩头，甩掉了糊满眼眶的泪水，闷闷地叫了一声，掉转身子，示意大家该走了，情势危急，更重要的事情不是哭泣，而是战斗——还是要去追撵狼群的，把上阿妈头狼咬死吃掉，再把两股外来的狼群全部赶进绵延不绝的昂拉雪山，让它们在狼群与狼群、狼群与豹群的无情争斗中自然消亡。大力王徒钦甲保首先跑起来。大灰獒江秋帮穷追过去拦住它，轻轻地叫着，好像是说：你不能这样，獒王冈日森格应该跑在最前头。徒钦甲保回头看了看獒王。獒王大度地喷吐着气雾，有意放慢了脚步，意思是说：跑吧跑吧，追杀狼群要紧，并不是所有的时候，我都应该跑在前面。徒钦甲保跳起来，一头撞开江秋帮穷的阻拦，朝前疯跑而去。大灰獒江秋帮穷生怕徒钦甲保抢了头功似的紧紧跟上了它。

狼群已经不见了，浩渺的雪海起伏着，和远方的山浪连在了一起。正北风变成了西北风，空气中的狼味已经很淡很淡，似乎立刻就要消失了。大力王徒钦甲保停了下来，迷惑地摇晃着獒头：狼呢，狼呢，哪儿去了？身后传来大灰獒江秋帮穷的叫声，似乎是一种嘲笑，又似乎是一种提醒：叫你别往前跑，你非要往前跑，迷失了目标是吧？你看獒王是怎么做的。说着，朝着獒王冈日森格靠了过去，獒王冈日森格并没有停止跑动，只是略微改变了一下方向，地形的起伏和风向的改变并不影响它的判断，它知道狼群并没有跑远，就在前面不远处的雪浪后面。它超过了大力王徒钦甲保，来到领地狗群的最前面，放慢速度，四肢弯曲，身子低伏着，用自己的形体语言告诉部众：悄悄地跑啊，就像我这样，别发出声音来。

多猕狼群和上阿妈狼群都以为领地狗群已经放弃了追击，便不狂奔，渐渐停下来，一边喘息，一边咆哮。这是一种互不相让的吵，多猕头狼的意思是：这是我们的逃跑路线，凭什么你们要来啊？上阿妈头狼的意思是：谁抢先就是谁的，我们已经抢先了，你们就不能再和我们争了。争吵持续了一会儿，接着就是厮打，多猕头狼直扑上阿妈头狼：你连你妻子都敢抛弃，你有什么资格跟我说话？在祖先遗传的规则里，两匹头狼的打斗是绝对不允许别的狼参与的，谁失败就得带着自己的群体离开这里，去寻找新的生存之地。上阿妈头狼立刻应战，扑上去，张嘴就咬。

都有同样的暴虐和狡诈，都有同样的力量和技巧，多猕头狼和上阿妈头狼的打斗没有几十个回合是分不出输赢的。雪花飞扬的原野上，两匹凶悍的头狼你一嘴我一嘴地撕咬着，激烈得就像水流碰到了石头，一会儿一个浪花，一会儿一个浪花。就在这时，獒王来了，领地狗群来了，等狼群发现的时候，已经离得很近很近了。两匹头狼的打斗倏然停止。几乎在停止打斗的同时，上阿妈头狼长嗥一声，转身就跑。它的狼群迅速跟上了它，哗的一下，狼影鼠窜而去。多猕头狼仇恨地望了一眼獒王冈日森格，咆哮了一声，似乎是说：我们为逃命而来，更为报复而来，走着瞧啊。然后紧张而不慌乱地跑了起来，它的狼群似乎有意要保护它，等它跑出去几米才跟了过去。

又一场疯狂的逃命和追逐开始了，逃命和追逐的双方都抱定了不进入昂拉雪山不罢休的目的。似乎喜欢游荡在冰天雪地里的凶暴赞神和有情赞神突然显灵了，它们不愿意獒王冈日森格和领地狗群就在这个时候把狼群赶进冰封雪罩的昂拉山脉，更不愿意领地狗群只管抵御外来的狼群而不去管管本地的狼群。风大了，呜呜地大了，从西北方向吹来的风突然把很多内容都包括了进来，除了寒冷和雪花，还有了远方的信息，那就是血腥的味道、好几股本地狼群的味道，仿佛依稀还有多吉来吧和孩子们的味道。獒王冈日森格打了个愣怔：怎么会是这样？好几种味道交织在一起，就说明它们来自同一个地方，那是什么地方呢？一想就明白了。哎呀不好，寄宿学校很可能出事了，那是个有许多孩子的地方，是它的恩人汉扎西居住的地方，是多吉来吧应该舍生忘死地守卫的地方。

獒王冈日森格惊叫了一声，奔逐的脚步没有停下，身子却倾斜着拐了一个弯，朝着和狼群的逃逸大相径庭的方向跑去。大灰獒江秋帮穷首先跟上了它。大力王徒钦甲保打了个愣怔，刚想问一声为什么，鼻子一抽立刻就明白了。身后的领地狗群远远近近地跟了过去，那些藏獒是知道獒王为什么改变方向的，它们也闻到了西北风送来的消息，那些藏狗暂时还不知道为什么，但是它们服从了，它们一贯的做法就是无条件地服从獒王。

只有一只藏獒没有跟着领地狗群改变方向往回跑，那就是小公獒摄命霹雳王。它仍然追撵着狼群，全然不顾身边同伴的纷纷离去，一副不达目的不罢休的样子。这一刻，天然生成的刚毅顽强性格就在它苦累艰辛的奔逐中彰显了不朽的风采，生命中最优良的素质被它演绎成了宁肯累死也不放弃追杀的冲刺，似乎游荡在冰天雪地里决定着生物命运的凶暴赞神和有情赞神，也无法抗衡一只幼小藏獒表现力量、意志、精神和气质的信念，也不能阻拦这只小公獒在抵御外来狼群时舍生忘死的最平凡最自然的举动。

小公獒的阿妈黑雪莲穆穆首先意识到孩子没跟上来，停下来，严厉地吼叫着：过来，过来。接着小公獒的阿爸大力王徒钦甲保也停下了，獒王冈日森格也停下了，所有的领地狗群都停下了。徒钦甲保气地叫嚣着，就要跑过去把小公獒赶过来，却被獒王冈日森格跳起来拦住了。獒王的举动似乎在告诉大家：也许小公獒摄命霹雳王是对的，两股狼群眼看就要被赶进昂拉雪山了，现在放弃，那就是功败垂成。怎么办？獒王的大吊眼在长毛之中忽闪忽闪地望着领地狗群，在提出问题的同时，立刻由它自己的吠叫做了回答。吠叫是两种不同的声音，分别指挥着不同的领地狗，也就是说，它们要兵分两路了。

分工瞬间完成：獒王冈日森格带着大力王徒钦甲保等二十多只奔跑和打斗俱佳的藏獒，继续追杀多猕狼群和上阿妈狼群，直到把它们赶进昂拉雪山；大灰獒江秋帮穷则带领大部分领地狗，去救援寄宿学校。獒王用碰鼻子的方法告诉江秋帮穷：我们把狼群赶进昂拉雪山后就去追你们，我们一定会赶上你们的。然后闷雷般地叫了一声，朝着狼群，也朝着小公獒摄命霹雳王奔驰而去。

两个多小时后，獒王冈日森格带着二十多只顽强超群的藏獒，终于把多猕狼群和上阿妈狼群赶进了昂拉雪山深邃幽静的山林，又有几匹狼惨死在了逃跑的路上。这时候獒王已经从狼的情绪和语言中知道，两股外来的狼群来到西结古草原的目的，绝不仅仅是为了吃掉些牲畜，填饱自己的肚皮，也不仅仅是为了谋取一片领地，固执而顽梗地生存下去，它们有着更加凶险毒辣的目的，那就是报复，它们要把多猕草原的人和上阿妈草原的人强加给它们的灭顶之灾，报复在西结古草原。既然这样，两股外来的狼群就一定还会出现在领地狗群面前，因为狼群对人的报复，必然会引发藏獒对狼群的报复，刻骨的仇恨和残酷的搏杀不过是刚刚拉开序幕。好在两股外来的狼群都是死伤惨重，饥饿难忍，劳乏得就像抽了筋断了骨，它们需要休整，需要过几天才能恢复足够的胆量和力气。也就是说，狼群暂时还不会有大的报复行动，作为必须扼制外来狼群的獒王，它可以走了，可以去追赶大灰獒江秋帮穷，去解救寄宿学校的危难了。

獒王冈日森格和大力王徒钦甲保默契地扭转了身子，朝回跑去。另外二十多只藏獒紧紧地跟了过去。獒王边跑边想：汉扎西的寄宿学校，寄宿学校的汉扎西，还有孩子们，可要好好的，好好的。夏天被狼咬死了一个孩子，秋天又被狼咬死了一个孩子，现在可不能再被狼咬死孩子了。多吉来吧，你是一只勇猛无敌的藏獒，一定要保护好他们，我来了，我们来了，所有的领地狗都来了。

2. 咬不死的多吉来吧

帐房东面，以断尾头狼为首的狼群一直静悄悄的，这样的坐山观虎斗自然是一种默契的体现，而默契来源于我们此前说过的那个也许就要出现的变化：未来的野驴河流域的草原上，只需要一股狼群、一个头狼，而不是像现在这样由三股狼群、三个头狼各领风骚。哪股狼群是这次围猎的胜利者，哪股狼群就应该是未来狼群的主力。从这个默契出发，断尾头狼决不会率众去帮助命主敌鬼，因为实际上它们并不希望自己的同类取得对多吉来吧的胜利，地球上的生存法则就是这样，你首先不是跟你的敌人争抢，而是跟你的同类争抢。现在，不希望胜利的已经胜利，断尾头狼和它的狼群就更需要沉默了。沉默之后就是离开，它们要远远地离开，而且已经迈开了步子。但是且慢，情况好像正在发生变化，有一群野兽正在朝这边跑来，转眼就近了，都可以看到它们沿着膨胀起来的硬地面扭曲奔跑的身影了。

它们是黑耳朵头狼率领的狼群。它们一来就直奔帐房，闻出十二个孩子还在里面，就把帐房挤挤蹭蹭地围住了。断尾头狼发出了一阵狗一样的吠鸣，两个意思：一个是告诉自己的狼群先别走，你看你看它们居然要抢了；另一个是警告黑耳朵头狼不要胡来，谁付出了惨重的代价食物就应该属于谁。但它马上意识到自己的警告是无益而可笑的，它们此时唯一应该做的，就是和黑耳朵头狼的狼群一样扑过去。它虽然不知道鹬蚌相争渔人得利这个人类的典故，却本能地意识到别人的两败俱伤一定是自己得逞的最好机会。断尾头狼的叫声突然变得尖锐起来，仿佛是对自己人的怂恿：我们为什么要放弃呢？走啊，走啊，别人能抢，我们也能抢啊。它叫着，率领自己的狼群扑了过去。

这是什么意思？我们在这里前仆后继地打，凭什么你们要来抢肉吃？帐房南面的狼群里，首先做出反应的是命主敌鬼，它烂了屁股，裂了胯骨，疼痛得都走不成路了，却还在那里用嗥叫指挥着它的狼群：打败多吉来吧并不是最后的胜利，吃掉十二个孩子才是最后的胜利，快啊，快去吃掉啊。但是命主敌鬼没想到，这一次它的指挥绝对是一个失误，它的狼听到了它的声音，就都把头抬了起来，包括那两匹健壮的公狼。

两匹健壮的公狼已经朝着多吉来吧的喉咙龇出了利牙，眼看就要你争我抢地扎进去奋力切割了，突然抬起了头，望了一眼头狼命主敌鬼和它身后的帐房，顿时就怒火中烧：不得了了，我们用数十条性命换来的食物，就要被别人吃掉了。

它们盯了多吉来吧一眼，看它浑身的獒毛已经被鲜血染透，闭实了眼睛，一副气息奄奄的样子，便跳起来，在头狼不断嗥叫的催促声中，朝着帐房奔跑而去。围绕多吉来吧的所有狼都朝着帐房跑去。它们以为多吉来吧已是盘中之餐，吃完了人还可以回来再吃它，哪里会料到，对方是一只历经九死一生的藏獒，难以想象的艰难早在它的童年时代就已经给它的生命锻造出了难以想象的皮实坚韧，死里逃生对它来说不过是一次寻常经历。

多吉来吧睁开了眼睛，骨碌一转，看到身边没有一匹狼，便站了起来。它这一站，抵抗命运的意志、厮杀搏斗的能量就又回来了，因为它看到帐房居然是完好无损的，甚至连门也是原来的样子，环绕着帐房挤满了狼，狼们正在自相残杀，这说明直到现在帐房里的十二个孩子依旧安然无恙。多吉来吧大义凛然地走了过去，张着大嘴，龇着虎牙，喷吐着由杀性分泌而出的野兽的黏液，夯着鲜血压不倒的头毛、鬃毛和体毛，旁若无狼地走了过去。这时候它并不主动出击，只是用它的磅礴气势、它的熊姿虎威震慑着群狼，它高昂着大头，微闭了眼睛，似乎根本就不屑于瞅狼群一眼，只用一身惊心动魄的创伤和依然滴沥不止的鲜血蔑视着狼群，健步走了过去。狼群让开了，按照多吉来吧的意志给它让开了一条通往帐房门口的路。

多吉来吧站在了帐房门口，面对着厚重的原野和一天傲慢的飞雪，比原野更厚重、比飞雪更傲慢地岿然独立着，凝神不动。三股狼群依然纠缠在一起，不打出个一佛升天二佛出世绝不罢休似的。但是透过雪帘能看清多吉来吧的狼不打了，断尾头狼和黑耳朵头狼以及它们身边那些健壮聪明的狼也已经不打了。命主敌鬼忍着伤痛，蹭着积雪爬过来，对自己的狼群拼命嗥叫着。狼们听明白了，不光它这股狼群的狼，所有的狼都听明白了：死尸复兴了，活鬼出现了，大敌当前狼跟狼就不要死掐了。那个藏獒是咬不死的吗？有了咬不死的藏獒，咱们狼就别想活了。

狼们突然安静下来，互相张望着，一会儿又开始走动，回到各自的群落中去了。一片寂静，什么声音也没有，就连狼的喘息也消失了，除了风雪的脚步声还在飒飒地爬过天地的缝隙。多吉来吧依旧屹立着，心里比远方的冰山还要明白：狼群在密谋，在越蓄越多的仇恨的推动下，积蓄着一种前所未有的集体残暴，群起而攻之的时刻又要来到，更加艰难残酷的打斗就要开始了。

悄悄地，狼群动荡起来。断尾头狼带着它的狼群从帐房东面包围过来，黑耳朵头狼带着它的狼群从帐房后面包围过来，属于命主敌鬼的狼群从帐房南面包围过来。这就是说，在野性和生存需要的推动下，从来没有同心协力围杀过猎物的三股狼群，现在要一起出击了，尽管这样的出击并不意味着彼此配合，互相关照，但它们绝对会一起扑向这只比世界上最凶猛的野兽还要凶猛一百倍的藏獒，一起扑向它们既定的目标——帐房里毫无反抗能力的十二个孩子。

多吉来吧仰天长喘了一口气，感觉到那种从未有过的巨大危险已经从天上地下纷争而来，便看了看鬣毛上的黄色经幡，不由自主地迈开了步子。它疲倦地走着，走着，张着大嘴，吐着舌头，沿着帐房缓慢地走了一圈，然后就跑起来。它其实已经跑不动了，但作为曾经是饮血王党项罗刹的多吉来吧，它奔跑的意义就是在极端的困厄之中表现出超越自己的能力和体力。它环绕着帐房跑了一圈，又跑了一圈，似乎就要这样跑下去了，直到把浑身的鲜血全部洒落在环绕着帐房的雪地上。红了，红了，鲜血把帐房圈起来了，那是浩浩大雪淹没不掉的藏獒之血，是堵挡狼群扑向十二个孩子的防卫之血。

狼们愣怔着，四面八方的三股狼群三百多匹狼都愣怔着，星星一样密集的狼眼呆望着多吉来吧环绕帐房的奔跑。本来它们可以从任何一个地方冲过去，撕裂帐房，扑到孩子们跟前，但是它们没有，它们对这样一只勇猛无比的藏獒有着与生俱来的敬畏，或者它们喜欢沉浸在愣怔之中，喜欢把愣怔演化成非凡的耐心，等待一个更加适合扑咬的机会。这个机会终于被断尾头狼首先捕捉到了，那一刻，就在它的前面，多吉来吧打了个趔趄，一个骁勇得超过了激雷超过了蛮力金刚的藏獒，一个有万夫不当之勇的英雄，差一点摔倒在血色灿烂的雪地上。断尾头狼立刻嗥叫了一声，向自己的狼群发出了准备扑杀的命令。

多吉来吧愣了一下，马上挺住了，它稳了稳身子，也稳了稳意识，歪头舔了舔那条依然飘摇不止的黄色经幡，再次顽强而蹒跚地跑起来。这次它跑进了帐房，它知道自己已经到了几乎无血可流的地步，再也没有力气用魔鬼似的跑动来威慑狼群了，只能来到孩子们身边，用最后的坚韧和勇猛之力咬死第一个也是最后一个敢于把牙刀龇向孩子们的狼。它卧在了饿得没有一点热量和力气的平措赤烈身边。平措赤烈睁开眼睛看了看它，吃惊地想问：你怎么进来了？外面是不是太冷了？但是他问不出来，张张嘴，又把眼睛闭上了。而被他搂着用来取暖的狼崽却依然沉睡在他的怀抱中，做着那个似乎永远做不完的美梦：断尾头狼死掉了，阿爸阿妈和一直抚养着它的独眼母狼活过来了，它们轮番在它身上舔着，舔着。

帐房哗啦哗啦响起来，先是断尾头狼率领自己的狼群越过了獒血淋漓的防卫线，从帐房门口鱼贯而入。接着黑耳朵头狼的狼群和命主敌鬼的狼群也都扑了过去，一个个奋勇争先地趴在帐房上，用利牙撕咬着牛毛擀制的帐壁帐顶，撕咬着支撑帐房的几根木杆。帐房烂了，接着就塌了，密密麻麻的狼影乌云一般覆盖过去。孩子们惊恐万状地喊起来，但已经晚了，多吉来吧死命挣扎着咬起来，但已经无济于事了。

3. 救命的糌粑

小母獒卓嘎带着父亲，一路躲闪着虚浮陷人的雪坑雪洼，顺利来到了碉房山最高处的西结古寺。父亲来到照壁似的嘛呢石经墙前，聆听着从一片参差错落的寺院殿堂上面传来的胜乐吉祥铃的声音，赶紧趴倒在匀净的积雪中，一连磕了好几个等身长头。进入寺院后一直跟在父亲后面的小母獒卓嘎突然跑到了父亲前面，叫了几声便往前走，不断地回过头来，

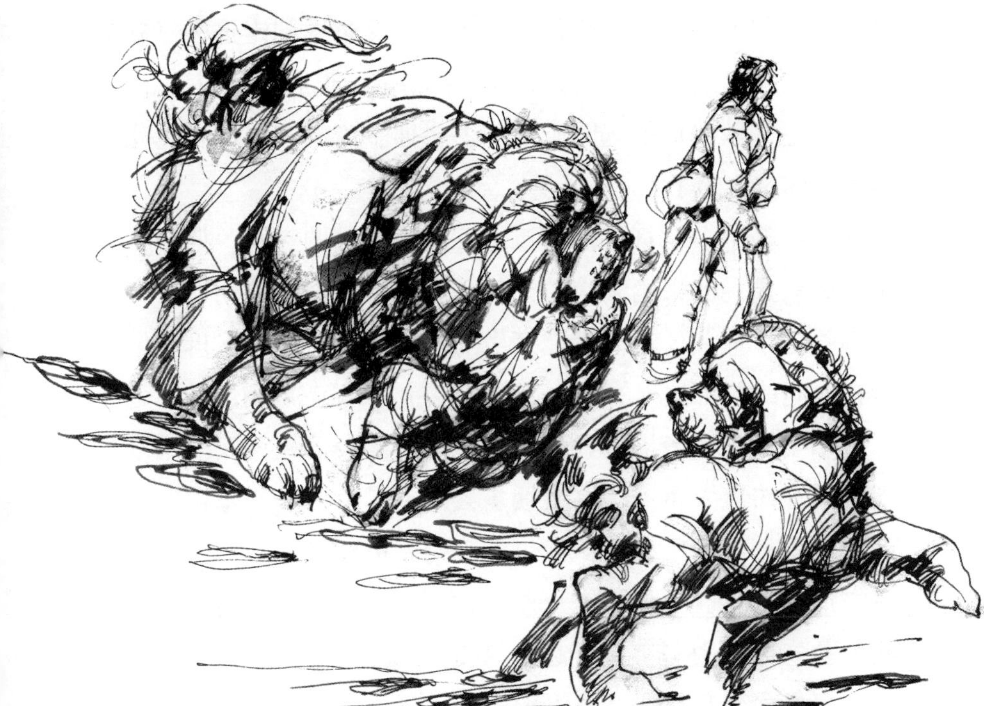

用眼睛招呼着。父亲跟了过去。他们绕过飘着经旗、护卫着箭丛的八座佛塔,来到了西结古寺最高处的密宗札仓明王殿前。父亲从门缝里瞅进去,果然看到里面摇晃着几袭红色袈裟,丹增活佛的身影在唯一一盏酥油灯昏暗的灯光下显得十分模糊,好像都不是人,而仅仅是影子了。父亲推门走进去,立刻就有人喊起来:"汉扎西来了。"老喇嘛顿嘎殷切地说:"汉扎西你是来救我们的吗?听说天上会掉下吃的来,你看见吃的了?你有吃的了?"

父亲打了个愣怔,他万万想不到,神佛的寺院,他一心求助的对象,倒来抢先求助于他了。他神情木然地朝着老喇嘛顿嘎摇了摇头,走向盘腿打坐的丹增活佛,本想告诉这位活在人间的救苦救难的神:"我是找吃的来了。丹增活佛你可千万不要吝啬,多接济我们一些,寄宿学校已经三天没吃没喝了,谁知道大雪灾还会持续多久,十二个孩子和多吉来吧的饭量大着呢,还有我,我也得吃啊。更要紧的是,药王喇嘛得跟我走一趟,他去念一遍《光辉无垢琉璃经》,用一点豹皮药囊里的药,达娃就会好起来,我的学生就一个也不会死了。"

但是父亲最终什么也没说,因为打坐念经的丹增活佛站了起来,对他严肃地说:"我知道寄宿学校没有吃的了。都一样啊,碉房山下的牧民没有吃的了,整个西结古草原的牧民都没有吃的了。很多人来到寺院找吃的,我说了,你们等着,我给你们好好念经。我已经念了一天一夜的经,念着念着你就来了。汉扎西你告诉我,寄宿学校除了学生还有谁?多吉来吧?冈日森格不在你那里?领地狗没有一只在你那里?怪不得我预感不好了,越来越不好了,我想念一遍默记在心的《八面黑敌阎摩德迦调伏诸魔经》,可是怎么也想不起来了,这可不是好兆头啊。"父亲听着,心里一惊,身子不禁哆嗦了一下,抬脚就走。丹增活佛紧跟了几步,问了一个莫名其妙的问题:"西工委的人不会现在就回来吧?"父亲牵挂着寄宿学校,着急得不想回答,支吾了几声,走人了。丹增活佛跨前几步,一直目送着他,不停地念诵着祝福平安的经咒。

还是小母獒卓嘎在前面带路,他们沿着来时的方向,朝山下走去。突然父亲摔倒了,他走得很急,没踩到小卓嘎踩出来的硬地面上,一脚插进浮雪的坑窝,便沿着山坡一路滑下去。小母獒卓嘎连滚带爬地扑过来,从后面一口咬住了他的衣服,蹬直了四条腿,使劲往后拽着。它当然是拽不住的,自己跟着父亲往下滑去。父亲回头看了一眼,喊道:"小卓嘎你松开我,快松开我。"小母獒卓嘎就是不松口,滚翻了身子也不松口。幸好碉房山的路是"之"字形的,父亲滑到下面的路上就停住了。他回身一把抱起小母獒卓嘎,疼爱地说:"小卓嘎你这么小,出生还不到三个月,怎么能拽得住我呢?以后千万别这样,如果下面是悬崖,会把你拖下去跟我一起摔死的。"小卓嘎不听他的,这样的唠叨在它看来绝对多余,它是一只藏獒,它天生就是护人救人的,这跟年龄大小没什么关系。它挣扎着从父亲怀里跳到地上,晃着尾巴飞快地朝前跑去。

前面是一座碉房,碉房的白墙上原来糊满了黑牛粪,现在牛粪已经没有了,只剩下了几面和雪色一样干净的白墙,但在父亲的语言里,它仍然是西结古工作委员会的牛粪碉房。父亲望着小母獒卓嘎,喊了一声:"别乱跑,回来。"小卓嘎"汪汪汪"地叫着不听他的。父亲突然愣住了,意识到小卓嘎不是在乱跑,它很可能闻到食物的味道了。又想起刚才丹增活佛那个莫名其妙的问题:"西工委的人不会现在就回来吧?"活佛的这句话肯定不是随便问的,很可能是想提醒他:如果西工委的人不回来,牛粪碉房里的吃的就不一定要留着了。

牛粪碉房里真的会有吃的?

父亲知道,西工委的班玛多吉主任和两个工作人员半个月前就离开西结古草原去了州府。如今发生雪灾了,班玛多吉主任他们肯定回不来了。他们在牛粪碉房里生火做饭,不可能一点吃的也不留下吧?小母獒卓嘎经过牛粪碉房下面的马圈,沿着石级走到了门前,冲着厚实的门,又是用头顶,又是用爪子抠。父亲用手拨拉着石级上的积雪,几乎是爬着走了上去,发现门是上了锁的,那是一把老旧的藏式铜锁。父亲先是用手掰,冻僵了的手使不出力气来,只好用脚踹,冬天的铜是松脆的,踹着踹着锁齿就断了。小母獒卓嘎抢先跑了进去,径直扑向了灶火旁边装着糌粑的木头匣子,然后激动地回过头来,冲着父亲"汪汪汪"地呼唤着。父亲用同样激动的声音问道:"真的有吃的呀?"扑过去,哗的一下打开了木头匣子。

糌粑啊,香喷喷的糌粑,居然还有半匣子。好啊,好啊,父亲的口水咕咚咕咚往里流着,小母獒卓嘎的口水滴答滴答往外淌着,好啊,好啊,父亲和小母獒卓嘎都已经好几天没吃东西了，都有一种把头埋进木头匣子里猛舔一阵的欲望。但是谁也没有这样做，当父亲想要舔时，看到小母獒卓嘎以克制的神态冷静地坐在那里；当小母獒卓嘎想要舔时，也看到父亲以克制的神态冷静地坐在那里。他们两个就这样互相观望着，感染着，好一会儿一动不动。父亲突然决定了：这糌粑自己不能吃，一口也不能吃，要吃就和孩子们以及多吉来吧一起吃。他望着小母獒卓嘎，于心不忍地捏起一小撮，递到了小母獒卓嘎的嘴边。小母獒卓嘎顿时伸出舌头，舔了过来，但它没有舔在父亲的手上，而是舔在了地上，地上洒落了一小点，那是几乎看不见的一小点，小卓嘎知道，要是不舔进嘴里，那肯定就浪费了。

接着，小卓嘎做出了一个让父亲完全没有想到的举动，这个举动很简单，那就是假装不屑一顾地走开。父亲看着它毅然转身、迈步离去的身影，眼泪差一点掉下来：多好的小藏獒啊，出生还不到三个月，就这么懂事。父亲揉了揉眼睛，把那一小撮糌粑搁到鼻子上闻了闻，小心翼翼地放回了匣子，然后关好匣子盖，抱起来就走，还没走出门去，就想到了丹增活佛。这糌粑自己是不能全部带走的。他又把木头匣子放下，到处翻了翻，找出一个装酥油的羊皮口袋，用一只埋在糌粑里的木碗把糌粑分开了。羊皮口袋里是多的，木头匣子里是少的，少的自己带走，多的送给西结古寺。要紧的是，谁去送呢？父亲觉得自己是不能去了，他必须赶快回到十二个孩子和多吉来吧身边去，丹增活佛说他预感不好，父亲的预感也不好，越来越不好了。他喊起来："小卓嘎，小卓嘎。"

小母獒卓嘎没有走远,就在石级下面等着父亲。父亲蹲下来,搂着小母獒卓嘎,亲热地舔了舔它冰凉的鼻子说:"现在只能靠你了小卓嘎,你把糌粑,送到西结古寺,交给丹增活佛,知道吗?西结古寺,丹增活佛。"父亲把羊皮口袋放到它面前,指了指山上面,山上面什么也看不见,整个寺院都处在雪罩雾锁之中。父亲又说了一遍,又指了指山上面,小卓嘎好像懂了,一口叼起了羊皮口袋。小母獒卓嘎走了,它叼着羊皮口袋,几乎是翻滚着来到了石级下面,抖了抖身上的雪,回望了一眼父亲,吃力地迈动步子,走了。父亲恋恋不舍地目送着它,直到它消失在雪雾中,才毅然回身,抱着装糌粑的木头匣子,踏雪而去。

父亲没走多远就离开了路,他想顺着雪坡滑下去,滑下去就是野驴河边,比走路快多了。他坐在地上,朝下轻轻移动了几米,然后就飞快地滑起来。滑呀,滑呀,扬起的雪尘就像升起了一堵厚实的墙,父亲什么也看不清楚,只觉得雪涛托举着他,一股向下的力量推动着他,让他腾云驾雾一般毫不费力地运动着。突然他看清楚了,看清楚了身边眼前的一切,发现自己已经不知不觉改变了滑翔的路线,来到面前的不是野驴河边平整的滩头,而是一个巨大的看不见底的雪坑。他来不及刹住自己,"哎哟"一声,便一头栽了下去。

小母獒卓嘎其实已经很累很累了,一离开父亲的视线它就放下了羊皮口袋。它坐在地上喘息着,直到力气重新回来,才又叼起羊皮口袋朝碉房山上走去。每一次停下来,小卓嘎都要把两只前爪搭在口袋上，流淌着口水，闻一闻糌粑散发出来的香味。它要是人，一定会说："真想吃一口啊。"但它不是人，也就比人更自觉地信守着一只藏獒的承诺：把糌粑送上西结古寺，送到丹增活佛面前。至于它自己的饥饿，那是不能用咬开口袋吃掉糌粑的办法来解决的，尽管藏獒跟藏族人一样喜欢吃炒熟的青稞磨成的糌粑。

小母獒卓嘎幻想着像阿爸冈日森格和阿妈大黑獒那日那样，勇敢地扑向野物填饱肚子的情形，越来越艰难地沿着山路往上移动着，停下来多少次，就要重新起步多少次，终于不起步了，也就来到西结古寺了。这时候，它已经累得挺不起腰来，趴在地上，呼哧呼哧地喘息着，似乎再也起不来了。而它面前的羊皮口袋，除了完好无损之外，上面结了一层厚厚的冰，那是小母獒卓嘎的口水，它把自己的口水都流尽了。

西结古寺最高处的密宗扎仓明王殿的门前，就要黑下去的天色里，五个老喇嘛围住了小母獒卓嘎，大眼瞪小眼地互相看了看，不知道它怎么了。老喇嘛顿嘎问道："你为什么回来了？汉扎西呢？你不给他带路他怎么回寄宿学校去？"小卓嘎不吭气，它连"汪"一声的力气都没有了。老喇嘛顿嘎蹲下身子爱怜地摸了摸它，又捧起羊皮口袋闻了闻，惊叫一声："糌粑。"起身走向了丹增活佛。

4. 一定要为孩子们报仇

已经晚了，来不及援救了，獒王冈日森格用悲惨的叫声

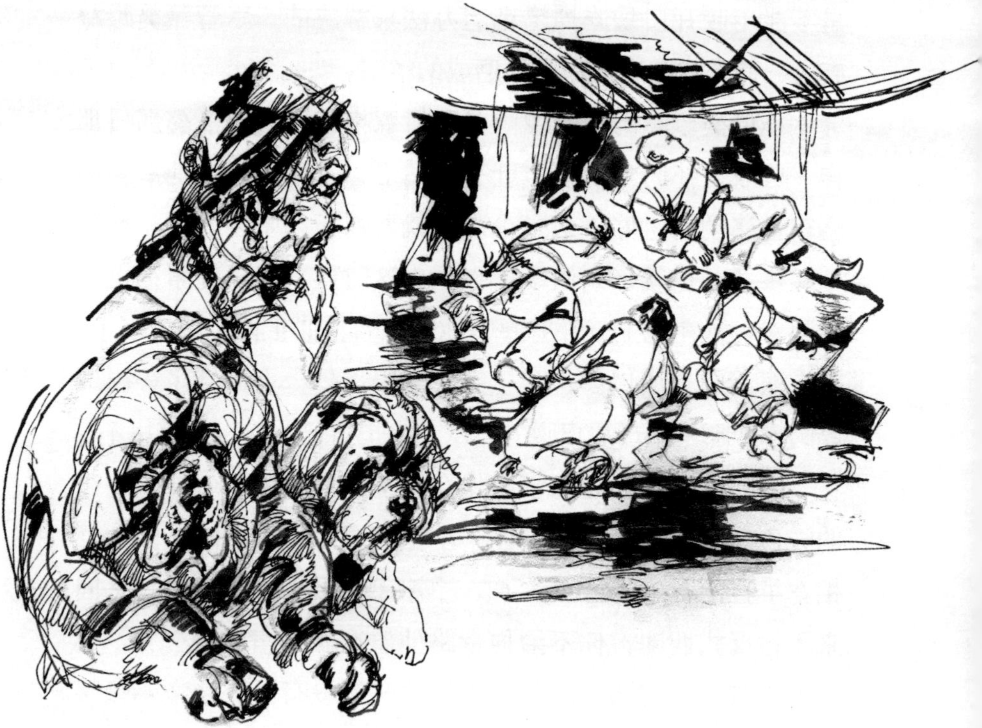

表达了它极其复杂的情绪：对自己的失望与指责，对狼群的愤怒与仇恨。它追上了大灰獒江秋帮穷一行，然后带着领地狗群风驰而来，一刻不停，几乎累死在路上，但还是晚了，帐房已经坍塌，死亡已经发生，狼影已经散去，什么也没有了，保护的对象没有了，撕咬的对象也没有了。呜呜呜的哭嚎响起来，回荡着，是獒王和所有领地狗对人类死亡的悲悼，也是对藏獒自身的检讨：多吉来吧，你是最最勇敢顶顶凶猛的藏獒，你怎么没有保护好寄宿学校？学校的孩子死了，而你自己却活着。

多吉来吧还活着，它活着是因为狼群还没有来得及咬死它，獒王冈日森格和领地狗群就奔腾而来了。狼群仓皇而逃，它们咬死了十个孩子，来不及吃掉，就夺路而去。它们没有咬死达娃，达娃正在发烧，而它们是不吃发烧的人和动物的，它们本能地以为发烧是瘟病的征兆，吃了发烧的人和动物，自己就会染病死掉。但不知为什么，狼群也没有咬死平措赤烈，平措赤烈是唯一一个没有发烧而毫发未损的人。平措赤烈坐在血泊中瑟瑟发抖，他被疯狂的狼群咬死同伴的情形吓傻了，没有眼泪，没有声音，只有极度的恐惧深陷在眸子里。而对着跑来救命的领地狗群，他只管呼呼地哈着白气，似乎忘了怀里依然搂抱着那个用来取暖的狼崽。

狼崽乖觉地闭着眼睛，似乎也闭住了呼吸。它知道所有的狼已经离开这里了，离开的时候它本来是要跳出人的怀抱跟它们去的，想了想没去，去了就是死啊，断尾头狼一定会咬死它，这个咬死了它的阿爸阿妈，咬死了一直抚养着它的独眼母狼的恶魔，不咬死它是不罢休的。它不想死，当它意识到自己如果进入别的狼群也难免一死的时候，就假装不知道狼们正在撤离，留在了平措赤烈的怀抱里。它已经想好了，只要三股狼群一跑远，它就跳出人怀，离开这里，去野驴河边那个阿爸曾经跟它嬉戏、阿妈曾经给它喂奶的地方。那儿有它出生的窝，还有阿爸阿妈埋藏起来的食物。

可是它没想到，三股狼群还没有跑远，许许多多藏獒和藏狗就来了。它蜷缩着身子一动不动，心里的害怕就像一只鸟飞进了一个黑暗的深洞，越飞越深，深到地狱里去了。好在獒王冈日森格和领地狗群早已是泪眼蒙眬，它们沉浸在极度的自责和悲愤之中，根本没有心思走到平措赤烈身边来，仔细看看他怀里揣的是什么东西。狼崽还活着，在它以为自己马上就要死掉的时候，它吃惊地意识到自己居然还活着。

到处都是帐房的碎片，被咬死的十个孩子横七竖八地躺在地上。积雪是红色的，有紫红色和深红色，也有浅红色，偌大一片积雪都被染红了，整个雪原整个冬天都被染红了。獒王冈日森格一个一个地看着死去的孩子，不断地抽搐着。都是它认识的孩子啊，他们怎么就死在狼牙之下了呢？悼亡的悲哀和失职的痛苦折磨得獒王几乎晕过去，它趴下去，再站起来，接着又趴下去，都不知道如何立足，不知道自己还是不是藏獒了。略让它欣慰的是，它没有看到它的恩人寄宿学校的校长汉扎西，没看到就好，就说明他还活着。可是活着的汉扎西现在到底在哪里呢？獒王冈日森格卧下来哭着，站起来哭着，后来又边闻边哭。狼群留下来的味道浓烈到刺鼻刺肺，它一闻就知道来到这里的狼至少有三百匹，怪不得多吉来吧伤成了那样，爬都爬不起来了，连眼睛都睁不开了。

多吉来吧知道自己还活着，也知道獒王带着领地狗群来到了这里。但它就是不睁开眼睛，它觉得自己是该死的，那么多孩子被狼咬死了，自己还活着干什么？快死吧，快死吧，无边的大地、饱满的天空，每一片雪花都是它的耻辱。一只藏獒，要么死在胜利的血泊中，要么死在失败的耻辱中，反正是不能苟活，不能在无脸见江东父老的时候还去见江东父老，所以它闭着眼睛，一直闭着在血水里浸泡着的眼睛。

獒王冈日森格甩着眼泪，四处走动着，好像是在视察战场，清点狼尸，一边清点一边佩服着：不愧是多吉来吧——曾经的饮血王党项罗刹，孤胆对垒，单刀争衡，竟然杀死了这么多狼，十五匹，二十匹，那边还有五六匹。它边数边走，渐渐离开了寄宿学校，沿着狼群逃遁的路线，咬牙切齿地走了过去。根据三种不同的气味，獒王冈日森格已经知道来到这里的是三股狼群，三股狼群都朝着同一个方向逃跑了。它们是西结古草原野驴河流域的狼群，它们从来不会出现在一个地方，今年怎么都来到了寄宿学校？是大雪灾的原因吗？不是，不是，好像不是，往年也有大雪灾，往年它们可都是各自为政，从来不远离自己的领地。

獒王冈日森格加快了脚步。大灰獒江秋帮穷和大力王徒钦甲保还有黑雪莲穆穆和小公獒摄命霹雳王，用同样的速度跑过去，几乎同时超过了獒王。獒王用眼神鼓励着它们：跑啊，跑啊，谁首先追上狼群，谁就是好样儿的。江秋帮穷和徒钦甲保顿时像利箭一样奔跃而去。领地狗群新的一轮奔跑又开始了，涌荡胸间的大悲大痛让它们已经顾不得长途奔驰的疲倦，顾不得去寻找獒王的恩人汉扎西，也顾不得去抚慰重伤在身的多吉来吧和恐怖未消的平措赤烈。报仇的冲动雪恨的欲望鼓动着它们，就像冬天鼓动着暴风雪，所向披靡地流淌在无边的雪原上。它们抱定了一拼到底的决心，攒足了灭敌杀狼的力量，一个个狂奔狂叫着：狼群在哪里？凶手在哪里？风雪正在告诉它们：就在前面，和它们相距十千米的地方。

要消除十千米的距离，对獒王冈日森格和领地狗群来说并不轻松，因为狼群也在奔跑。狼群知道，有仇必报的獒王必然会带着领地狗群追撵而来，就把逃跑的路线引向了野驴河以南的烟障挂，那儿是雪线描绘四季的地方，是雪豹群居的王国，那儿有一条迷宫似的屋脊宝瓶沟，狼群唯一能够逃脱复仇的办法，就是自己藏进沟里，而让雪豹出面迎战领地狗群。獒王冈日森格觉得很奇怪：这么大的草原，四通八达的西结古，三股狼群聚集到寄宿学校共同咬狗吃人，已经不好解释，朝着一个方向共同逃跑，就更不可思议了。一定有一个不可抗拒的原因，迫使它们不得不违背狼界的习惯，去做一件连它们自己都不知道结果好坏的事情。到底是什么原因呢？獒王冈日森格一直觉得奇怪，又寻思这样也好，要是三股狼群逃往三个不同的地方，那还得一股一股地收拾，等你咬杀了这一股，再去寻找另一股，说不定人家早就不见踪影了。

獒王冈日森格步态稳健地奔跑着，渐渐超过了跑在它前面的黑雪莲穆穆和小公獒摄命霹雳王，又超过了跑在最前面的大灰獒江秋帮穷和大力王徒钦甲保。它不时地朝后看看，每看一次都会放慢一些脚步，等着后面的队伍全部跟上来。领地狗群已经十分疲倦了，连续的打斗和连续的奔跑让它们又累又饿，体力严重下滑，生理上的每一种需要都在提醒它们：必须即刻找个地方好好吃一顿，美美睡一觉。但使命是至高无上的驱动，藏獒藏狗的天然禀赋不允许它们放弃追逐，让狼群咬死了那么多孩子，就已经算是彻底的丢脸彻底的失职，如果再放弃报仇那就等于是"活死人"了。藏獒是世界上最不愿意成为"活死人"的那种动物。它们即使顷刻死掉，也不会在仇恨面前保持沉默。

獒王冈日森格始终保持着最快的速度，它是奔跑的圣手，是藏獒世界里的"神行太保"，它也有点累，但不要紧，四条腿上强健的肌肉每一棱每一丝都是力量的息壤。它跑着，不时地抬头看看四周，就像欣赏风景那样，神态怡然地浏览着雪色的山源和漫天的飘风骤雪，不时地从胸腔里滚出一阵雷鸣般的叫声，那仿佛是宣言，是早已有过的祖先对狼的宣言。

领地狗群的前面，被追逐的狼群并没有因为听到了獒王的宣言而乱了阵脚。黑耳朵头狼率领自己的狼群跑在最前面，下来是断尾头狼的狼群，最后是命主敌鬼的狼群。被多吉来吧扑成重伤的命主敌鬼已经跟不上自己的狼群了，殿后的这股狼群暂时没有头狼，但它们的逃跑一点也不凌乱，大狼在前，母狼和小狼在中间，所有的老狼和一些壮狼跑在最后面。老狼是用来做出牺牲以延缓追剿的，壮狼是用来和强劲的追兵拼死一搏的。狼是这样一种动物，在一个群体里，它们有自相残杀的习惯，又固守着协同作战、共同抵御外敌的规矩，谁先死，谁后死，谁该死，谁不该死，似乎是早已由狼群法则确定好了的。

烟障挂已是遥遥在望，狼群放慢了移动的速度，渐渐停了下来，先是黑耳朵头狼的狼群停了下来，接着是断尾头狼的狼群停了下来，命主敌鬼的狼群好像不想停下来，却被红额斑公狼用严厉的叫声喝止住了。红额斑公狼属于断尾头狼的狼群，但这一路却时刻关注着命主敌鬼的狼群的行动，并不时地冲它们吆喝几声，告诉它们要这样不要那样，好像要代替受了重伤而没有跟上来的命主敌鬼履行头狼的职责似的。所谓狼子野心啊，从来就是迫不及待的，是不会掩饰的。三股狼群静静地等待着，这里是屋脊宝瓶沟沟口巨大的覆雪冲积扇，再往前，就是雪豹的王国了。过早地靠近迷宫似的屋脊宝瓶沟，雪豹的攻击就会对准狼群，等领地狗群到了再冲进屋脊宝瓶沟，雪豹的攻击就是藏獒而不是狼了。真的会这样吗？黑耳朵头狼认为肯定会这样，断尾头狼认为也许会这样，想取代命主敌鬼成为头狼的红额斑公狼认为未必会这样。但不管是怎么认为的，这都是狼的想法，藏獒是怎么想的，獒王冈日森格是怎么想的呢？

獒王冈日森格和它的领地狗群已经看到烟障挂了。烟障挂就像它的名字那样，即使在大雪纷飞的日子里，那山脉高耸的脊顶上，也是烟蒸雾绕的。这烟气让獒王冈日森格蓦然明白，它们已经进入了一个危机四伏的地方。它放慢脚步走

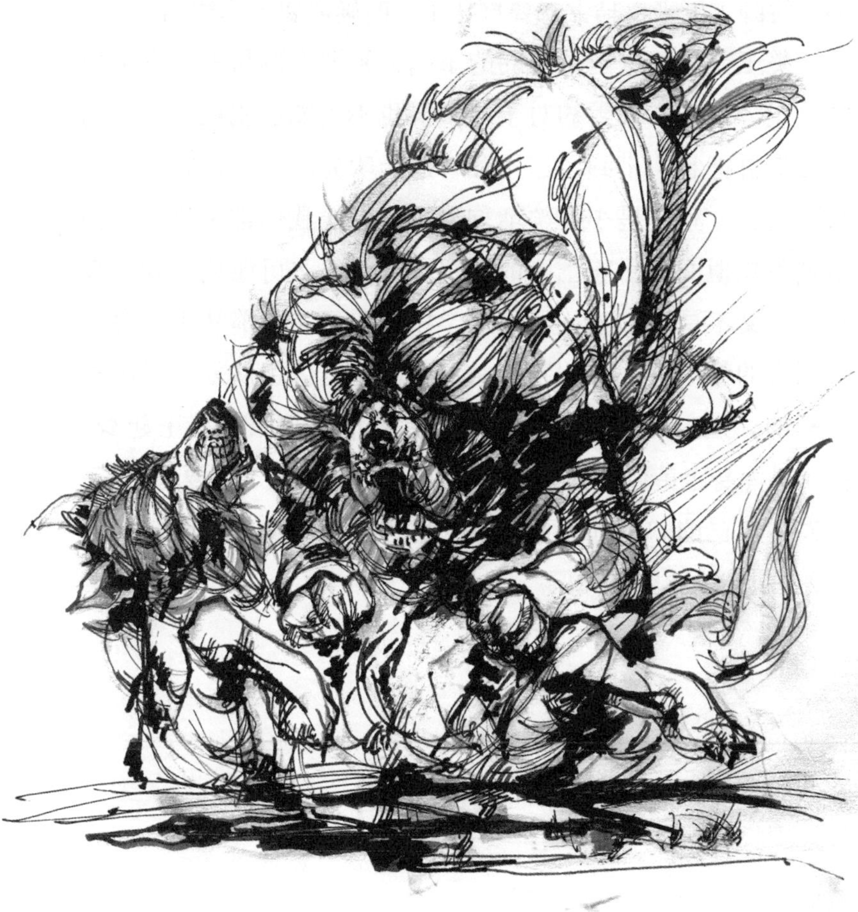

了一会儿，渐渐停下了，回头望了一眼领地狗群，突然卧了下来，似乎是说：休息吧，大家都累了。喘气不迭的领地狗们纷纷卧了下来，马上就要打斗了，的确需要休息片刻。

獒王寻思，这里是雪豹的王国，领地狗群从来没有进犯过这里，根本不是雪豹对手的狼群也不可能进犯这里，可为什么狼群把它们带到了这里呢？过于明显的意图让它在心里哼哼直笑：狼真是小看领地狗群了，好像我们都是傻子，根本就不知道闯入雪豹王国的厉害。我们怎么可能和雪豹打起来呢？又不是雪豹咬死了寄宿学校的孩子。藏獒从来不会跑进别人的领地跟人家胡乱咬杀，我们的复仇也从来不是漫无目标的。走着瞧吧，看到底雪豹会跟谁打起来。獒王起身，抖了抖浑身金黄色的獒毛，威武雄壮地朝前走去。它要行动了，要发挥自己的聪明才智，让雪豹代替领地狗群去为西结古草原死去的孩子报仇雪恨了。

第五章 Chapter 5

屋脊宝瓶沟

1. 命主敌鬼的美餐

领地狗群转眼离去了,平措赤烈依然枯坐在血泊中。他已经不再发抖,傻呆呆的脸上渐渐有了表情,那是悲戚,是喷涌的眼泪糊在脸上的痛苦和惊悸。狼崽这时睁开了眼睛,发现搂着它的那双手已经离开它,正在一把一把地揩着眼泪,便悄悄地挺起身子,小心翼翼地爬出了平措赤烈的怀抱,又爬到了他身后。

狼崽停下来四下看了看,感觉腥风血雨正在扑面而来,受不了似的赶紧转过脸去,飞快地跑了。狼崽一口气跑出去了两百米,翻过一座低矮的雪梁便停了下来,它辨别着它要去的地方:野驴河上游的方向在哪里?那个阿爸曾经跟它嬉戏、阿妈曾经给它喂奶的狼窝在哪里?它转着圈翘起小鼻子呼哧呼哧地闻着,觉得四面八方都是野驴河的气息,就不知道往哪里走了。它徘徊着，发现不远处的雪丘上突然冒出的一双眼睛正在牢牢地盯着它。那是一双狼眼，狼被雪花盖住了，变成了一座雪丘，只露出一双黄色的眼睛毒箭似的闪射着。狼崽浑身一阵哆嗦，惊惧地转身就走。

雪丘动荡着，银装纷纷散落，狼站了起来，用一种暗哑短促的声音叫住了狼崽。狼崽停下了，回过身去，警惕地望着狼。狼一瘸一拐地走过来，看狼崽害怕地后退着，就晃了晃脑袋，似乎是说：我知道你是谁，你是断尾头狼的人，但断尾头狼不喜欢你，想要吃掉你是不是？你不要害怕，它已经跑远了，这个地方只有我，我不会吃掉你的。狼崽点了点头，表示相信它的话，扑闪着眼睛奇怪地问它：你在这里干什么？你为什么不跑？那么多藏獒刚才来过了，你不害怕它们咬死你？狼挪了挪身子，把屁股上的血迹亮给了狼崽，好像是说：我的屁股负伤了，我的胯骨断裂了，我是一匹伤残之狼，我怎么跑啊？说着又朝狼崽靠近了些。狼崽这才看清楚，它就是那匹名叫命主敌鬼的头狼，也是一匹分餐了它的义母独眼母狼的狼。它吓得连连后退，就要逃开，却听命主敌鬼声音哀哀地乞求起来：你不要把我撇下，我就要死了，明天就要死了，我想死在野驴河的上游我自己的领地，你能不能带我去啊？狼崽犹豫着：我为什么要带你去野驴河的上游？野驴河的上游在哪里连我自己都不知道。命主敌鬼用鼻子指着说：就在那边，那边，你到我跟前来，我告诉你。狼想说：你已经告诉我是那边了，我为什么还要走到你跟前去？

狼崽朝着野驴河上游的方向走去，命主敌鬼跟上了它。

它们一前一后慢腾腾地走着。狼崽显然害怕跟它在一起,但又觉得自己一个人走路也会害怕——害怕孤独,更害怕别的野兽,就不时地停下来,等着一瘸一拐的命主敌鬼。命主敌鬼对它很客气,每次看它停下来等自己,就殷勤地点点头,全然没有了头狼那种悍然霸道的样子,这让幼稚的狼崽感到舒服,心里的害怕慢慢消散了。

它们走了差不多一天,随着黑夜的来临,狼崽和命主敌鬼之间的距离渐渐缩小着,眼看就要挨到一起了。

命主敌鬼不禁在心里狞笑起来:得逞了,得逞了,自己立刻就要得逞了。它的诡计就是这样:骗狼崽跟着自己一起走,再骗狼崽消除所有的警惕靠近自己,然后一口咬死这个活生生的食物。是的,狼崽是食物,而且是唯一的食物。命主敌鬼知道自己伤势很重,已经失去了捕猎的能力,如果不能想办法把食物骗到自己嘴边,就只能等死了。

幼稚的狼崽哪里会想到这些?还觉得这样挺好,它那失去依靠的心灵期待着的不就是一匹大狼吗?苍茫的雪原苍茫的日子里,有一匹和蔼可亲的大狼陪伴着自己,比什么都踏实。

它们继续互相靠近着,距离只剩下微不足道的几寸了。狼崽还不知道,自己在命主敌鬼眼里早就不是一个狼崽,而是一堆嫩生生的鲜肉了。名副其实地成为鲜肉的时间就在下一秒钟,命主敌鬼正在咧嘴等待,只要狼崽再靠前半步,哦,半步。

2. 一个人的战场

当獒王冈日森格决定一定要想办法让雪豹去为十个死去的孩子报仇的时候，同样的想法也出现在了大灰獒江秋帮穷的脑子里。江秋帮穷疾步过去，想把自己的想法告诉獒王，却见冈日森格也朝自己快步走来。两只藏獒碰了碰鼻子，会心地笑了，真是英雄所见略同。獒王冈日森格欣赏地咬了大灰獒江秋帮穷一口，用甩头踱步的姿势告诉对方：我去前面拦住狼群，不让它们进入屋脊宝瓶沟，你带着大家从后面追赶，一定要迫使狼群跑上烟障挂的雪线。知道吗？雪线是雪豹王国的界限，只有越过了这个界限，才能引来雪豹的攻击。大灰獒江秋帮穷嗡嗡嗡地叫着，好像是说：獒王你多带几只领地狗去吧，毕竟狼太多太多，连多吉来吧都被它们咬得半死不活了。

獒王冈日森格本来是打算带几只藏獒去的，听大灰獒江秋帮穷这么一说，就断然决定一只藏獒也不带。我是西结古草原的獒王，我怎么可能不如多吉来吧呢？它被咬得半死不活，不等于我也会被咬得半死不活。它豪气十足地走来走去，哼哼哼地叫着，好像是说：还是让我去单打独斗吧，如果我不能一个人把狼群堵挡在屋脊宝瓶沟外面，我就不做獒王了。说着抬腿就走，突然又回来，审视着江秋帮穷，再次和它碰了碰鼻子，意思仿佛是这样的：江秋帮穷你听着，在西结古草原的领地狗群里，我下来就是你了，万一我出了事儿，万一我没有把狼群堵挡在屋脊宝瓶沟外面，你就要多多承担责任，你就是獒王。江秋帮穷吓得朝后一跳，浑身的獒毛抖颤着，似乎是说：你是在嘲笑我吧伟大的獒王？我一没有你的智慧，二没有你的勇敢，三没有你的威望，我要是能当獒王，所有的领地狗就都是獒王了。冈日森格眼睛里充满了对同伴的温情，信任地用鼻子指着它：听我的江秋帮穷，你是一只了不起的藏獒，你不能太小看自己。

这时大力王徒钦甲保走了过来，嫉妒地望了一眼大灰獒江秋帮穷，用一种沉郁不爽的眼神询问獒王：你们在说什么？为什么还不出击？獒王冈日森格也用眼神简单回答着它：你们听江秋帮穷的，它让你们什么时候出击你们再出击。说罢转身迅速离开了那里。它无声地奔跑着，在朦胧雪幕的掩护下，沿着冲积扇的边缘，低伏着身子，绕过狼群，来到了屋脊宝瓶沟的沟口。

屋脊宝瓶沟是一道布满风蚀残丘的沟，也就是雅丹地貌，奇妙的是，所有的残丘都是一种造型，就像耸立在寺院殿堂脊顶上的金色宝瓶，组成了一片望不到边际的迷宫，不光地形复杂，连能够传递味道的风也是东南西北乱吹乱跑的。狼群只要进入迷宫，就会消失得无影无踪。獒王警觉地站在耸立沟口的第一座宝瓶前，沟里沟外地观察了一番，然后飞快地深刨了一个雪洼，跳进去藏了起来。

这时在狼群的后面，大灰獒江秋帮穷已经带着领地狗群及时冲了过去。狗的吠叫声响成一片，扬风搅雪的集体奔驰让雪原变成了一片沸腾的海，沙啦啦的喧嚣就像狂风里的潮水奔着高岸汹涌而去。三股狼群动荡起来，按照一路跑来的次序逃向了屋脊宝瓶沟。沟口两侧的雪线上，错落叠加着许多如牛如象的冰石雪岩，一片累累凹凸的洁白之上，什么也看不到，看不到雪豹的影子，看不到生命的任何迹象，但是奔跑的狼和追撵的藏獒都很清楚，雪豹是不会忽略任何闯入者的，它们一定躲在冰石雪岩的缝隙里，惊讶地望着狼群和狗群的到来，随时准备跳出来和闯入者厮杀一番。

所有的狼都知道，它们必须在雪豹准备出击而尚未出击的瞬间，躲进屋脊宝瓶沟，否则不仅不会达到引诱雪豹袭击领地狗群的目的，反而会陷入被雪豹和藏獒前后夹击的局面，那样就完了，就死无葬身之地了。狼群疯狂地奔跑着，马上就要到了，屋脊宝瓶沟的沟口就像一个巨大的佛掌，伸展开来，只要跳上去就能安全脱险。但是狼群没想到，安全脱险的机会在离它们只有一步之遥的时候，突然消失了。

獒王冈日森格从雪洼里猛地跳了出来，狂叫一声，疾扑过去，准确地扑向了跑在最前面的黑耳朵头狼。黑耳朵头狼大吃一惊，刹又刹不住，躲又躲不开，一头撞进了冈日森格的怀抱。冈日森格摇晃着头颅，牙刀一飞，顿时在狼脸上划出了一道深深的血痕。黑耳朵头狼惨叫一声，以头狼的敏捷滚倒在地，滚向了自己的狼群。狼群呼啦啦停下了，瞪着自己的头狼，也瞪着从天而降的獒王冈日森格。冈日森格龙腾虎跃，闪烁不定，一次次的扑击使它变成了一道忽东忽西的金色闪电，谁也不知道它会射向哪里。转眼之间，七匹大狼滚倒在地了，有死的，有伤的，也有不等对手扑过来就提前倒地的。但死伤几匹狼并不能说服狼群放弃目标，随着黑耳朵头狼一声声的催促，狼群又开始朝前奔跑。

獒王冈日森格像一只猫科动物，敏捷地跳向了沟口的高地，两道阴寒的目光探照灯似的扫视着冲锋而来的狼群，突然转过身去，用屁股对着白花花的狼牙，朝着屋脊宝瓶沟宝瓶林立的沟脑，用发自肺腑的声音咕噜噜地叫起来。这是藏獒招呼同伴的声音，谁都听得出来，狼也听得出来，而且格外敏感。冲锋而来的狼群急刹车似的停下了，传出一片哧哧声，蹭起的雪粉一浪一浪地冲上了天。高地上的冈日森格冲着空洞无物的屋脊宝瓶沟激动地摇着尾巴，那穿透力极强的声音变得亲切而柔情，好像许多领地狗，那些早就埋伏在屋脊宝瓶沟里的激动而好战的藏獒，正在朝它跑来。

好厉害的领地狗群，居然早就算计好了狼群的逃跑路线。反应最快的是已经受伤的黑耳朵头狼，它把划出深深血痕的狼脸埋进积雪中蹭了蹭，然后嗥叫一声，跳起来就跑。它是这样想的：既然獒王亲自带着藏獒在这里设伏，那就绝对不可能进入屋脊宝瓶沟了，不如抢占先机，趁雪豹还没有反应过来，逃出这个很可能要被前后夹击的危险境地。黑耳朵头狼一跑，它的手下就一个不剩地跟着它跑起来。它们沿着沟口东侧风中颤动的雪线，尽量和那些隐藏着雪豹的冰石雪岩保持着距离，一路狂颠而去。紧跟在它们身后的是断尾头狼的狼群。断尾头狼早就看到了出现在屋脊宝瓶沟沟口的獒王冈日森格，也正在怀疑是否有重兵埋伏，一看前面的狼群改变了方向，马上意识到黑耳朵头狼已经把最危险的处境留给了它们。现在自己的狼群首当其冲，既暴露在獒王的伏兵面前，又暴露在雪豹的觊觎之下。它心里愤愤不平：好阴险的黑耳朵头狼，往屋脊宝瓶沟逃跑的时候，你抢在最前面，现在遇到了埋伏，却要把我们亮出来承担危险，不行，绝对不行，你们能逃跑我们也能逃跑，看谁跑得快。断尾头狼带着它的狼群，以分道扬镳的姿态，沿着沟口西侧风中颤动的雪线，躲开那些雪豹藏身的冰石雪岩，一路风驰而去。

现在，暴露在獒王冈日森格面前的只有命主敌鬼的狼群了。这是一股失去了头狼之后还没有来得及产生新头狼的狼群，是一股被一匹野心膨胀的红额斑公狼视为麾下之卒的狼群。它们停了下来，一瞬间有些茫然：是跟着黑耳朵头狼的狼群往东跑，还是跟着断尾头狼的狼群往西跑？身后就是紧追不舍的领地狗群，容不得它们三思而行，得赶快决定。大家互相瞪来蹬去，不知道该由谁来拿主意，谁的主意是最好的。

这时红额斑公狼呜哇呜哇地叫起来，仿佛是说：听我的，你们听我的。它朝前走了几步，狠狠地盯了一眼不远处的沟口高地上威风凛凛的獒王冈日森格，疑惑地用前爪刨弄着积雪：不对啊，两股狼群都跑掉了，埋伏在这里的领地狗群怎么不追？獒王用发自肺腑的咕噜噜的叫声招呼着它的部下，它的部下，那些早就埋伏在沟里的凶悍而霸道的藏獒怎么一个也不露出沟口？更不好解释的是，身后追撵而来的领地狗群这么多，看不出狗员减少的样子，怎么可能又会在面前的屋脊宝瓶沟里冒出一大群藏獒呢？

红额斑公狼再次呜哇呜哇地叫了几声，大概是说：快啊，领地狗群就要追上来了，你们跟着我，往屋脊宝瓶沟里跑，沟里没有埋伏，我保证，沟里没有埋伏，只有獒王一只藏獒。红额斑公狼率先跑了过去。命主敌鬼的狼群犹豫着，看到身后追兵已至，便纷纷乱乱地跑起来。跟人群一样，狼群是由许多个家族组成的，在紧急慌乱之中，在没有了头狼，而又不可能绝对信任红额斑公狼的情况下，每个家族都会做出自己的选择，有的家族朝东去了，有的家族往西跑了，只有三个家族三十多匹大小不等的狼跟在红额斑公狼的后面，朝着沟口，朝着獒王冈日森格奔跑而来。

獒王冈日森格吃了一惊：你们不要命了？这么一点兵力就想冲破我的防线？它跳下高地，横挡在了狼群面前，做出随时都要扑过去的样子等待着。近了，近了，透过弥漫的雪片，已经可以看清为首那匹狼额头上的红斑了。先咬死它，一定要先咬死它，而且必须一口咬死，让它和敢于冲过来的狼都知道，谁忽视了獒王的存在，谁就要流失鲜血，丢掉性命。

奔跑中的红额斑公狼从獒王冈日森格的姿势和眼神里看到了死神的咆哮，知道再跑前一步就是肝脑涂地，也本能地戛然止步。它身后的三十多匹狼也都停了下来，惊恐地望着冈日森格，又不时地朝后看看。后面，追撵而来的领地狗群突然分开了，它们在大灰獒江秋帮穷的指挥下，一部分由江秋帮穷率领，朝东去追撵黑耳朵头狼的狼群；一部分由大力王徒钦甲保率领，朝西去追撵断尾头狼的狼群。照江秋帮穷的意思，只有把狼群逼上雪线，逼到撂上山顶的冰石雪岩上去，才会真正激怒隐藏在石洞岩穴里的雪豹，引得它们疯狂出击。更重要的是，大灰獒江秋帮穷还记得冈日森格的话——

如果我不能把狼群堵挡在屋脊宝瓶沟外面，我就不做獒王了。江秋帮穷以为作为獒王，冈日森格是唯一的，谁也不能代替，所以它不能带着领地狗群继续追撵跑向沟口的狼，追急了狼就会疯跑，三十多匹狼要是不顾死活地往沟里乱撞，冈日森格说不定就来不及一一堵挡了。

冈日森格看到狼停了下来，又看到领地狗群在大灰獒江秋帮穷的指挥下，兵分两路去追撵跑向沟口两侧的狼群，不禁微微一笑。它知道江秋帮穷是为了它好，让它实现自己的诺言——一个人把狼群堵挡在屋脊宝瓶沟外面，也知道只要它冈日森格愿意，它永远都会是西结古草原的獒王。但它更知道领地狗群中宽厚谦让的可贵，大灰獒江秋帮穷是宽厚谦让的，难道它獒王冈日森格就不应该是宽厚谦让的？

红额斑公狼看到后面已经没有了追兵，胆气顿时大了一倍，后退着进入身后的狼群，用鼻子碰碰这个又碰碰那个，仿佛是说：一起上，咱们一起上，一起咬死它，咬死这个獒王。三十多匹大小不等的狼中有十二匹壮狼，体大身长，凶狠生猛，在草原上也算是风骚卓异的壮士，如果不是跟藏獒比，那也是威武不凡的一代天骄。尽管它们还不习惯听从红额斑公狼的话，但也不会坚决反对，共同的仇恨和共同的求生欲望促使它们认同地点着头：对，一起上，只有一起上，才能咬死这个身为獒王的藏獒。十二匹壮狼跟着红额斑公狼慢腾腾走向了獒王冈日森格，在离对方一扑之遥的地方哗地散开了，散成了一个半圆的包围圈。

冈日森格卧低了身子，用钢锥一样的眼光一匹一匹地盯着狼，仿佛从镜子一样明亮的狼眼里看到了鲜血淋漓的孩子的尸体。一共十个，十个孩子都死了，都是断裂的脖子，都是满身的血窟窿。它们咬死牛羊马匹倒也罢了，为什么还要咬死人呢？作为獒王它饶不了它们，所有的藏獒都饶不了它们，咬死它们，咬死它们，只要它们不是一起朝它扑来，它就能首先咬死领头的狼，再一匹一匹咬死别的狼。獒王冈日森格不希望对手一起扑来，但对手琢磨的恰恰是一起扑过去。也就是说，一旦扑撞发生，就在冈日森格一口咬住一匹狼的同时，另外十二匹壮狼的所有虎牙，也会齐头并进地扎在獒王身体的各个部位。那是密集的利刀，是切割皮肉的最好武器，獒王就是当场不死，也会因为全身皮开肉绽和失血过多而疼死、气死、晕死。冈日森格似乎意识到了危险的程度，朝着显然是领头的红额斑公狼警告似的吼了一声：你小子注意了，就是我自己死掉，我也要首先咬死你。

显然獒王的警告没有起到任何作用，红额斑公狼撮了撮鼻子，龇了龇牙，身子朝后一倾，招呼自己的同伴：上啊，上啊，我们一起上啊。

3. 父亲睡着了

小母獒卓嘎走了，走的时候它没有声张。它并不是不知道什么叫告别，藏獒与藏獒之间，藏獒与人之间，离开的时候，总是要打一声招呼的，用声音，或者动作，或者眼神，但这次它没有，它想尽快见到阿妈大黑獒那日和阿爸冈日森格。

阿妈阿爸一看它的表情就知道它多长时间没吃东西了，它们一定会想办法搞到吃的，搞不到就会把自己肚子里的东西吐出来。对它们来说，就是自己饿死，也得喂饱孩子，这是天经地义的。

就这样，小母獒卓嘎强忍着冷冻和饥饿，走向了雪野深处。以它的阅历和小小年纪，它绝不会想到，凶险的雪野、狰狞的深处，到处都是虎口。死神的眼睛正瞪着它，在所有的路段，所有的雪丘之巅，设下了掳夺性命的埋伏。而它的寻找，与其说是寻找亲人，不如说是寻找死亡。它走着，闻着，沿着膨胀起来的硬地面，踏上了一条它自认为走下去就能见到阿妈阿爸的路，很快走远了，远得连碉房山上的亮光也看不见它了。能够看见它的是另外一些亮色，是虚空里飘然而来的阴森森的蓝光，蓝光一闪一闪的，靠近着它，突然熄灭了，什么也没有了。

黯夜的天空，隐藏了落雪，大地在一尘不染的白色中无极地荒茫着，那些旷世的寂寥，以无声的恐怖塞满了无所不在的空间。唯一的动静应该来源于狼，但是现在，狼们屏住了呼吸，闭上了眼睛，利用嗅觉摸索着走来，不让小母獒卓嘎看见和听见。它们蹑手蹑脚，移动着，移动着，九匹荒原狼从两个方向，朝着一个束手待毙的小天敌，鬼鬼祟祟地移动着。它们聪明地占据了下风，让处在上风的小卓嘎闻不到刺鼻的狼臊，而它们却可以闻到小卓嘎的气息并准确地判断出它的距离：一百米了，七十米了，五十米了。它们匍匐行进。

只剩下十五米了。白爪子的头狼停了下来，所有的狼都停了下来。而迎面走来的小母獒卓嘎没有停下，它还在走，懵懵懂懂地径直走向了白爪子头狼。哗的一下，亮了，雪原之上，一溜儿灯光，都是蓝幽幽的灯光，所有的狼眼刹那间睁开了。小母獒卓嘎倏然停止了脚步，愣了，连脖子上的毛都愣怔得奓起来了。

父亲顺着碾房山的雪坡栽进了一个巨大的看不见底的雪坑。那雪坑虽然看不见底，但并不是没有底，是因为天地都是白色，坑壁也是白色，坑底也就看着跟天空一样深远了。落底的刹那，雪粉飞溅而起，就像沉重的岩石掉进了水里。好在坑底的积雪是松软的，栽下去的父亲无伤无痛，扒拉着身边的积雪站起来，什么也不想，就想找到已经脱手的木头匣子。

雪光映照着坑底，坑底光洁一片，几步远的地方，一个黑色的圆洞赫然在目，一看就知道是砸出来的。父亲从圆洞一米多深的地方挖出了木头匣子，看到里面的糌粑好好的，这才长舒一口气，昂起头朝上看了看。这是一个漏斗形的雪坑，感觉是巨大的，其实也不大，只有十米见方，坑深是不等的，靠山的一面有十四五米，靠原的一面有七八米。对一个栽进坑里的人来说，这七八米的深度，差不多是高不可攀的。

父亲把木头匣子放到雪地上，走过去用手摸了摸，发现直上直下的白色坑壁上覆盖着一层雪，雪里面是坚固的冰和更加坚固的岩石，这就是说，他很难刨开一条雪道爬上去，至少在这里是不行的，他沿着坑壁走去，不时地摸一摸，瞪起眼睛看一看，觉得希望不大，便下意识地捋着脖子上的黄色经幡，嘴里轻声念叨着："猛厉大神啊，非天燃敌啊，妙高女尊啊，你们这些大神大仙可要保佑我呀。"这些神祇是他在西结古寺里朝拜过的，丹增活佛告诉他，它们原先都是西结古草原喜怒无常、善恶无定的地方神，被护法神吉祥天母和大威德怖畏金刚降伏后成了如意善良的随护神，祈求它们是很灵的，佛菩萨、金刚神们管不过来的事情它们都管。

　　父亲在坑底走了一圈，借着雪光到处看了看，没发现可以爬上去的地方，只在靠山的一面，十四五米高的坑壁上，看到了一道裂隙。裂隙看上去不足一人宽，弯弯曲曲不知道是通向哪里的。裂隙的中间裸露着一片黑色，说明那是土石，有土石就好，就可以踩着往上爬了。但是父亲有点疑惑，那土石怎么是长了毛的，毛在风中沙沙地抖。父亲正要伸手去摸，突然惊叫一声，发现那不是土石，那是一只野兽。

　　野兽为了不让人发现自己而眯起的眼睛倏然射出两束光芒，照亮了父亲。父亲一连打了三个寒战，寒战未止，那野兽便呼啦一声扑过来，一口咬在了父亲的肩膀上。父亲一个趔趄倒在积雪中，爬起来就跑，可是他能跑到哪里去呢？他处在一个漏斗形的雪坑里，十米见方，到处都是阻挡，抬脚就是绝路。他站住了，回过头去大吼一声："什么东西咬了我？"吼完了他就不怎么害怕了，就准备面迎攻击了。父亲就是这样，他和所有人一样害怕野兽，但他又从来不是一个胆小怕死的人，一想到大不了死掉，他就显得遇事不慌，处变不惊了。这点几乎和藏獒一样，父亲有时候其实就是一只藏獒。

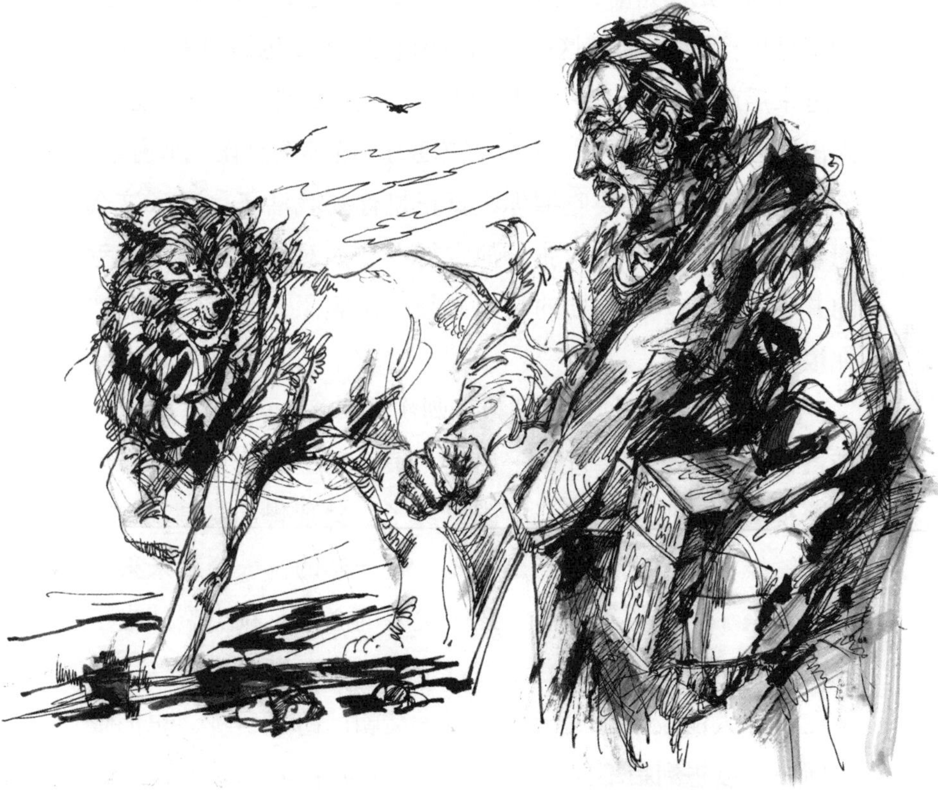

父亲攥起拳头望着前面，又一次看到了裂隙，看到了裂隙中间的黑色——野兽回去了，回到了裂隙里，把自己变成了土石的模样。父亲知道那是狼。狼的眼睛闪着幽蓝的光，一拨一拨的，如针如箭，成了最阴毒的威胁，正要穿透他的胸膛。父亲寻思：狼怎么会在这里，难道和自己一样,也是掉进来的？掉进来后就出不去了，可见这是一个连狼都跳不出去的地方。人出不去，狼也出不去，这么一点地方，就等于是在一个窗里，你不吃掉它，它就要吃掉你，真正是你死我活了。父亲这么想着，心里并不特别紧张，他觉得一个人对抗一匹狼，吃亏的并不一定是人，重要的是人必须拿出胆量来，让狼感觉到你根本就不怕它。

父亲隔着棉袄揉了揉被狼牙刺伤的肩膀，朝前跨了一步，威慑似的咳嗽一声，吐了一口痰。狼抖动了一下身子，警惕地瞪视着父亲眼里的蓝光更幽更毒了。父亲想，要是我的眼睛也能发光就好了，最好是红光，火一样的，一烧起来狼就不敢过来了。狼似乎马上看透了父亲的心思，跳出裂隙走了过来。它是歪着身子横着走的，走得很慢，磨磨蹭蹭的，好像在试探人的反应。父亲大着胆子又朝前跨了一步，想把狼吓回去，没想到狼不仅没有停下，反而摆正身子，冲了过来。父亲吓了一跳，正要后退，就见狼又停下了，停在了离他五六步远的地方，这才看到在他和狼之间的雪地上，放着那个木头匣子。狼是冲向木头匣子的,匣子里的糍粑被它闻到了。

狼一边警惕地瞄着父亲，一边紧张地啃咬匣子，咬了几下咬不开，就想叼起来回到裂隙里去。父亲瞪起了眼睛，那是十二个孩子的口粮，是多吉来吧的口粮，我都舍不得吃，怎么还能让你吃？他大喊一声，不假思索地跑过去，抬脚就踢。狼似乎没想到父亲的反应会这么勇敢这么快捷，丢下木头匣子，忽地转身，一蹦子跳进了裂隙，好像对它来说，木头匣子里的糌粑并不是非抢不可的，占住裂隙才是最重要的。父亲抱起木头匣子，退到了紧靠坑壁的地方，站了一会儿，看狼贴在裂隙中一动不动，便疲倦地坐在了雪地上。一坐下就感到奇冷难忍，开始一阵阵地哆嗦，他放下木头匣子，刨出一个雪窝子坐了进去，顿时感觉好多了，不再哆嗦了。

他想静下来，琢磨出一个爬上雪坑的办法，被狼咬伤的肩膀却又火烧火燎地疼起来。他解开棉袄扣子，手伸进去摸了摸，摸到一把又黏又湿的东西，知道自己流血了，赶紧从脖子上的那条黄色经幡上撕下来一绺，扎在了伤口上。他心说保佑我，保佑我，天佛地神都来保佑我，狼牙是有毒的，达娃中了红额斑公狼的牙毒，伤口肿了，发着烧昏迷不醒了，你们千万不要让我中毒呀。他用手焐了焐冻僵的嘴，使劲念起了经幡上的咒语："钵逻嗦噜娑婆柯，钵逻嗦噜娑婆柯。"

和草原上的牧民一样，父亲是个遇事容易往好处想的乐观主义者，念了几遍咒语，心就放下了，就觉得自己已是金刚不坏之身，一时半会儿不会受到恶煞、碍神、非时、夭寿的危害了。父亲活动了一下肩膀，感觉已经不疼了，一点也不疼了，好像从此再也不会疼了。

父亲坐在雪窝子里，头露在外面，为了不让嘴陷进疏松的积雪，他把木头匣子支在了下巴上，然后忍着肩膀的疼痛望着十步远的狼，心里恨恨的：居然咬了我，要是让多吉来吧或者冈日森格知道你居然咬了我，那你就没命了，就是有十个护狼神瓦恰也保佑不了你了。狼你听着，你是个癞痢头，我记住了，我一定会告诉它们是你咬了我，一定会让它们咬住你的后颈把你的灵魂憋死在躯壳里，只要我能出去，我一定要想办法出去。父亲这么想着，发现已经看不见狼了。雪又开始纷纷飘落，而且很大，厚重的雪帘拉满了夜空，两步之外什么也看不见。他想：这样下去我会不会被雪埋掉啊？不能这样坐着，要起来，起来。但他在心里越是叫唤"起来"，就越懒得起来，他很饿，很困，身上一点力气也没有，还有冷，他知道一站起来自己就会哆嗦，哆嗦几下寒气就哆嗦到骨头缝里去了，那样他很快就会小冻僵，就会冻死。

　　父亲没有起来，冷冻威胁着他，困乏缠绕着他，更不妙的是，在雪帘遮去了狼影之后，他不由自主地渐渐松懈了，甚至有一个瞬间他忘记了狼，也忘记了自己为之负责的十二个孩子和多吉来吧，这样的忘记直接导致了他的闭眼，一闭上眼睛他就睡着了。雪花在他身上洒着洒着，漫不经心地埋葬着他，很快他就没了。漏斗形的雪坑里，一片皓白，除了那个裂隙，除了那匹狼。狼跳出了裂隙，它那双能够穿透夜色的眼睛此时穿透着雪花的帘幕，已经看到父亲被大雪掩埋的情形了，父亲纹丝不动。狼撮着鼻子，龇着牙，鬼魃一样走过来，站在了父亲跟前。父亲的头就在它的嘴边，那已经不是头了，是一个鼓起的雪包。狼用鼻子吹着气，吹散了雪粉，吹出了父亲的黑头发。狼知道，离黑头发不远，那被雪粉依然覆盖着的，就是致命的喉咙。狼的肚皮在颤抖，那是极度饥饿的神经质反应，一匹为了活下去的饿狼，马上就要把它与生俱来的凶狠残暴演绎成利牙的切割了。

而即将被利牙切割的父亲一点觉察也没有，他还在沉睡，甚至有了一点鼾声，好像在做梦，梦到自己正在吃肉喝酒，面前是一堆篝火，暖烘烘的，多吉来吧卧在自己脚前，獒王冈日森格和大黑獒那日以及它们的领地狗群环绕在四周。太阳冉冉升起，蓝天无比高远，草新花艳，百灵啁啾，原野奢侈地和平着，宁静着。央金卓玛朝他走来，她牵着驮了两桶酸奶子的大白马，嘻嘻哈哈地朝他走来。白花花的酸奶子啊，在央金卓玛的笑声中变成了享不尽的温暖和惬意。狼似乎看到了父亲的梦，伸出舌头，在他那一堆乱草一样的头发上舔了几下，好像先要舔掉他那美妙如歌的梦，再一口咬向他的喉咙。

4. 单挑獒王的战狼

当红额斑公狼招呼跟随自己的十二匹壮狼在同一时刻一起举着牙刀刺向獒王冈日森格的时候，公狼已经做好了首先扑上去牺牲掉自己的准备。在它看来，用自己的一条狼命换来西结古草原獒王的命，这样的同归于尽太合算了。红额斑公狼一边招呼，一边用碰鼻子的方式一一叮嘱十二匹壮狼：当獒王咬住我的时候，你，咬住它的脖子，你，咬住它的头皮，你，咬住它的右前腿，你，咬住它的左前腿，你，咬住它的右肋，你，咬住它的左肋，你，咬住它的右后腿，你，咬住它的左后腿，你，咬住它的右屁股，你，咬住它的左屁股，你，咬住它的尾巴，你，躺下去咬住它的肚子，你们咬住以后就拼命撕扯，撕烂一切能够撕烂的，撕掉一切能够撕掉的。叮嘱完了，便喊一声：上啊，大家一起上啊。然后就义无反顾地扑了过去，所有的狼都扑了过去，从不同的方向扑向了它们既定的目标。

獒王冈日森格愣了一下：狼群果然采取了自己最不愿意看到的极狠极毒的群殴式战法。面对这样的战法，它不得不退后几步。就在这退后几步的时间里，它明智地意识到，它首先应该做到的并不是自己咬住扑来的狼，而是不让扑来的狼咬住自己。它迎敌而上，跳了起来，一跳就很高，高得所有的狼都不知道目标哪里去了。狼们纷纷抬头仰视，才发现獒王正在空中飞翔，已经和下面的它们交错而过。而对獒王冈日森格来说，真正的能耐还在于和狼群交错而过的同时，完成了空中转向的动作。当它落地的时候，它面对的已经不是十三匹壮狼那直戳而来的阴寒彻骨的牙刀，而是一片灰色的侧影。冈日森格大吼一声，不失时机地再次跳起，直扑红额斑公狼。

红额斑公狼身经百战，就在獒王高跳而起的瞬间，它就已经知道狼群的这一次进攻失败了，及至獒王在空中和狼群交错而过，它又马上估计到了侧面受敌的危险。藏獒是那种最懂得擒贼先擒王的动物，只要它们进攻，首先受到攻击的自然是对方的领袖。不，它不想承受这样的攻击，因为在它看来，如果不能换来獒王的死，自己的任何牺牲都是不合算的。它拼命朝前蹿去,一下子蹿出了一只优秀藏獒的扑跳极限。獒王冈日森格扑到了狼群中间,却没有咬住它想咬的,只好顺势一顶,从肚腹上顶翻了一匹壮狼,一口咬过去,正中咽喉,獒头一甩,刺啦一声,一股狼血飞溅而起。接着又是一次扑咬,这一次冈日森格把利牙攥进了一匹壮狼的屁股,壮狼还在朝前奔跑,等于是獒王的拽力和壮狼的拉力一起撕开了屁股上的血肉。壮狼疼得惨叫一声,跌跌撞撞地朝前跑去,一头撞在了沟口高地下硬邦邦的冰岩上,撞得它眼冒金星,歪倒在地。

转眼就是一死一伤,狼群乱了,四散开去。獒王冈日森格停了下来,把叼在嘴里的一片狼屁股肉吞了下去,然后回到它应该把守的地方,用满脸的凶鸷张扬着自己的愤怒,盯着狼群,气势磅礴地走来走去。离獒王二十步远的地方,红额斑公狼发出一阵威严的叫声,迅速稳住了狼群。散去的狼纷纷回来,重新聚拢在了它身边。红额斑公狼和它们碰着鼻子,告诉它们:我们还有十一匹精明强悍的狼,绝对的优势仍然在我们这边,不要气馁啊,咬死它,咬死它,我们一定会咬死它。精壮的狼们做出很受鼓舞的样子,迈动矫健的步伐,迅速排列出一条弧形的攻击线,堵挡在了獒王冈日森格面前。攻击线上居中的和最突出的自然还是红额斑公狼。冈日森格冷静地望着红额斑公狼,也像对手那样琢磨着:咬死它,咬死它,我一定要咬死它。

新一轮打斗开始了,又是准备做出牺牲的红额斑公狼首先义无反顾地扑了过去,所有的狼都扑了过去,从不同的方向扑向了獒王冈日森格。这就是说,狼群的战术没有变,依旧抱定了最初的企图：在獒王咬住红额斑公狼的同时，别的狼迅速咬住獒王，即使不能当场置獒王于死地，也要让它在皮开肉绽和失血过多之后疼死、气死、晕死。

似乎冈日森格也没有改变战术，它狂跳而起，一跳就很高，如同在空中飞翔。吃过亏的狼群突然刹住了，意识到獒王会在空中转向然后从侧后攻击它们，便一个比一个迅速地扭转了身子。但是它们没有看到獒王冈日森格的影子，当落地的声音从它们侧后砸起一阵雪浪时，狼们才发现獒王并没有像上次那样在空中和它们交错而过，而是高高地跳起之后，原地落下了。落地的时候，狼群恰好挪开了它们那阴寒彻骨的牙刀，来到冈日森格嘴巴前面的，又是一片灰色的侧影。

咬啊，尽情地咬啊，想咬谁就咬谁。獒王冈日森格锲而不舍地直扑狼群中间的红额斑公狼。红额斑公狼立刻意识到进攻又一次失败了，它们的敌手不愧是獒王，不仅有超凡的

勇猛，更有超凡的智慧。它就像上次那样，拼命地朝前蹿去，以一匹最优秀的狼的逃窜速度，蹿出了獒王的扑咬距离。没有扑到红额斑公狼的冈日森格，借惯性扑翻了另一匹壮狼，一口咬在了后颈上。狼的后颈是护狼神瓦恰寄住的地方，也是狼的灵魂逃离躯壳的通道，獒王冈日森格不让护狼神瓦恰寄住，也不让狼的灵魂逃离，只让粗大的血管激射出一股狼血滋进了它欲望的喉咙。獒王舒畅地咽了一口，又咽了一口，然后从狼身上跳起来，扑向了另一匹离它最近的黑脊毛壮狼。

狼散了，除了那匹黑脊毛壮狼被獒王压在粗壮的前爪之下，正在将死而未死之间挣扎之外，别的狼都踏雪而去。但是所有的狼都没有跑远，它们转身从不同的方向看着黑脊毛壮狼被獒王冈日森格咬死的惨景，悲愤地齐声嗥叫。叫着叫着，它们走到了一起，是红额斑公狼再一次把它们召集到了自己身边。有一匹狼在红额斑公狼面前不安地跑来跑去，似乎在询问：到底怎么办？红额斑公狼阴森森地瞪了它一眼，哈着白雾告诉它：你说怎么办？总不能就此跑掉吧，我们还有几匹壮狼，优势还在我们这一边。然后又用昂头向敌的姿势对大家说：绝对不能放弃，也许就在下一刻，我们就能咬死獒王了。

獒王冈日森格从死狼的血泊中抬起了头，喘了一口气，轻蔑地望着九匹壮狼哼哼了一声：又凑到一起干什么？还不快跑啊？两个回合就死了四匹狼，你们都不想活了？回答它的是狼群对抗到底的决心。九匹狼排成了两列纵队，一队四匹狼，两队的中间靠前是红额斑公狼。红额斑公狼还是一副不牺牲掉自己不罢休的架势，带着两列纵队，一步比一步沉稳有力地走了过来。冈日森格一边深长地呼吸着雪沫濡染的空气，一边研究着狼群进攻的队形，呼啦啦地摇了摇沾满狼血的鬣毛。它知道狼群的队形对自己非常不利，它既不能像第一次那样跳到侧面攻击狼群，也不能像第二次那样采用原地跳起的办法，到底怎么办？它研究着，突然把身子一摆，朝一边跑去。它跑向了另一个方向，那儿站立着另一群狼，它们是跟着红额斑公狼准备冲进屋脊宝瓶沟的三个狼家族的其他成员，是不能参加恶战的母狼、弱狼和幼狼。它们忧心如焚地观看着壮狼们的打斗和牺牲，根本想不到冈日森格会朝自己奔扑而来。它们愣了，反应最快的母狼赶紧护住了幼狼，嗷呜嗷呜地叫起来，这是叫给壮狼们听的，意思是：我们危险了，我们危险了。

　　红额斑公狼吃惊地望着冈日森格，正在琢磨这个獒王想要干什么，就见身边所有的壮狼都朝獒王跑去，试图阻拦它对母狼、弱狼和幼狼的袭击。排好的两列纵队顿时散乱了，壮狼们个个争先恐后，生怕晚一步自己的妻子儿女就会惨死在獒王的牙刀之下。红额斑公狼一屁股坐在地上，沮丧地大叫一声：完蛋了，这一个回合又要失败了。它深知藏獒的习性，尤其是作为獒王的藏獒，在没有消灭强大的壮狼之前，根本不可能去扑咬那些对獒王丝毫没有威胁的母狼、弱狼和幼狼，獒王的举动必定有诈。

　　冈日森格一看壮狼们不顾一切地朝自己跑来，心里释然而笑，要的就是你们这样。它放慢了速度，突然转身迎着壮狼们扑了过去。没有队形和没有指挥的壮狼，在獒王冈日森格眼里，不过是一群倒霉蛋，它腾蛟起凤，电闪雷鸣，扑倒了一匹，又扑倒了一匹，一连扑了五匹壮狼之后，才利用牙齿连续挑破了两匹壮狼的肚子，然后它用这一个回合中最野蛮最舒展也最能代表獒王气质的一扑，扑向了一匹正准备逃跑的壮狼，大吼一声：晚了，为什么早点不逃？声音未落，形影已到，它一口咬住了对方的喉咙，嘴巴奋力咬合着，牙刀一阵锉动。血出来了，性命就要失去了，狼蹬踢着四条腿徒然挣扎着。獒王冈日森格呼出一口粗壮的闷气，从容不迫地喝了几口狼血，抬头望了一眼不远处挤在一起瑟瑟发抖的母狼、弱狼和幼狼，又望了一眼恶狠狠地瞪着它的红额斑公狼，甩了甩硕大的獒头，漫不经心地走向了屋脊宝瓶沟口它最初守护的地方，伸直前腿卧了下来。

獒王冈日森格对这一个回合自己的战绩很满意，两伤一死，受伤的很快也会死，肚子上的窟窿深到肠胃里去了，那是到了阴间也无法愈合的。它伸出舌头舔了几口积雪，给自己的火气降了降温，用一种怒目金刚般冷静而超然的眼光望了望雪片纷飞的天空，然后阴沉沉地盯住了红额斑公狼。红额斑公狼走向了那些幸存的壮狼，冲它们哧哧哧地吹着鼻息，好像是说：加上我，我们还有六匹壮狼，还不到畏避退却的时候，上啊，跟我一起上啊。两匹壮狼不听它的，转身就走，它们怕獒王，更担心自己家族的安全，便匆忙撤出战斗，走到那几匹颤抖不止的母狼、弱狼和幼狼身边去了，那头也不回的姿态似在说：反正你红额斑公狼又不是头狼，我们为什么非要听你的？红额斑公狼不满地冲它们咆哮了几声，又把舌头吐出来，朝着仍然围绕着自己的另外三匹壮狼放松地甩了几下，好像是说：知道为什么我们狼崽总是打不过藏獒吗？不是本领不行，而是胆气不壮。你们是胆气超群的三个，跟着我冲啊，不到最后见分晓的时候决不要后退。三匹壮狼也把舌头吐出来甩了几下，赞同地点着头，然后在红额斑公狼的指挥下排成了几乎没有间距的一条线，不屈不挠地冲了过去。

獒王冈日森格忽地站了起来，把大吊眼从长毛里瞪出来，看着这个以命相拼的队形。它知道这样的队形就跟人类老鹰捉小鸡的游戏一样，你很难跳过去从侧面和后面攻击狼群，也不能首先撕咬为首的红额斑公狼而给别的狼造成群起而攻之的机会，最好的办法……啊，最好的办法是什么？獒王跳了起来，不是原地跳起，也不是从狼群头顶飞翔过去，而是恰到好处地从狼群中间陨落而下，用沉重的身躯夯开了没有间距的一条线。

局势马上就变了，现在是两匹狼在前，两匹狼在后，在前的两匹狼必须迅速转过身来，否则难免被对手撕烂屁股，可是当它们紧急转身、牙刀相向的时候，发现獒王已经再一次跳起，跳到狼的夹击之外去了，速度之快是狼所无法想象的。四匹狼头对着头，龇牙咧嘴而又莫名其妙地瞪视着自己人。而獒王却以更快的速度在两匹狼的身后发起了进攻，它猛扑过去，一头撞翻了一匹壮狼，在对方仰面朝天的同时，一口咬住柔软的肚腹，獒头一摆，撕出了里面的肠子，然后就用牙齿带着这根肠子，流畅地没有任何停顿地扑向了另一匹壮狼。依然是撞翻、噬咬，这次咬住的不是肚腹而是喉咙。喉咙破了，后颈也破了，狼还活着，但已经活不久了。獒王冈日森格昂起头颅，让飘落的雪花舔了舔自己满脸的狼血，看到红额斑公狼和另一匹壮狼正一左一右朝自己冲来，便往后一挫，扑向了左边的红额斑公狼。

红额斑公狼毫不退缩，对着一片铺天盖地的金黄色獒毛张嘴就咬，咬了两下什么也没有咬到，定睛一看，才发现冈日森格已经改变方向，扑到右边的壮狼身上去了。那壮狼毫无防备，想要躲开，身体却根本来不及做出反应，几乎就是把脖子主动送到了獒王的大嘴里。獒王一阵猛烈的咬合，看到狼血滋滋地冒出来，便不再恋战，跳到一边，用一双恨到滴血的眼睛望着红额斑公狼。獒王冈日森格喘着气胸腹大起大落着，似乎是说：十个孩子啊，十个孩子都被你们咬死了，我们的报复这才开始，但是对于你，我不咬了，你是一匹勇敢的狼，你回去吧，我不咬了，你带了别的狼再来和我斗，我跟一匹狼一对一地打斗，算什么本事？红额斑公狼前后左右地望着已经死去和就要死去的同伴，悲愤地摇晃着身子，嗥叫起来：这才多大一会儿工夫，你就一口气杀掉了我们十匹狼，我要报仇，一定要新仇旧恨一起报！

红额斑公狼不停地嗥叫着，它的全部经历就是在草原上见识、接触和恶斗藏獒，这样的经历让它在肉体和精神上都更加与它终身的敌手相像。它不像别的狼，一味地用畏惧和仇恨蒙蔽着自己的眼睛，不，它在学习，潜移默化中它学会了藏獒的刚毅、坚忍、顽强、发愤，它和藏獒一样，永不言败,永不后退,永远都是出发、奔走、进攻、牺牲的战斗姿态。獒王冈日森格欣赏地看着它,深深地叹息着:如果它是一只藏獒该多好啊,可惜它是狼,可惜了,可惜了,这种无所畏惧、敢打敢拼的素质,这种铁骨铮铮、悍勇悲壮的做派,居然也会属于狼。红额斑公狼一步比一步坚定地靠近着獒王冈日森格,冈日森格也一步比一步深沉地靠近着红额斑公狼,都是英雄,都是宁为玉碎不为瓦全的荒野的灵魂,都在用生命最激烈的燃烧、最丰满的形式成就着种族的声誉。

　　风大了,吹来一天朵大的雪片,冬天正在释放所有的愤懑,好像这些晶体的愤懑聚攒在天上已经很久很久了,一旦释放就不是飘洒,而是爆发。大雪正在爆发,寒冷正在爆发,屋脊宝瓶沟的沟口,唯一一匹敢于独立挑战獒王的战狼也正在爆发,似乎此前的所有扑咬打斗都不过是预演,现在正式开始了,红额斑公狼挑战獒王冈日森格的扑咬正式开始了。

第 六 章
Chapter 6

瘌痢头公狼

1. 天上掉下了糌粑

九匹荒原狼和一只小母獒遭遇了。在小母獒卓嘎这边，根本就谈不上对抗，结果是唯一的：在惨烈的叫声中变成狼的食物。但藏獒是世界上唯一一种遇到任何危险都不知退却的动物，见厉害的就溜，或者不经过殊死搏斗就变成食物的举动，在老虎豹子藏马熊那里都是可能的，但在藏獒却连万分之一的可能都没有，不管是大藏獒，还是小藏獒，也不管是公藏獒，还是母藏獒，遇到强大敌人的唯一反应，就是以最快的速度扑上去，在最短的时间里把自己牺牲掉。小母獒卓嘎就是这样做的，它吼了一声，毫不犹豫地扑了过去。它扑向了白爪子头狼，感觉告诉它，这是九匹荒原狼中最强大的一匹。在它的记忆里，最强大的敌手都是由阿爸冈日森格来解决的，所以当它扑过去时，觉得自己已不是小母獒卓嘎，而是威风凛凛、气势非凡的阿爸冈日森格了。

　　白爪子头狼狞笑一声躲开了。它知道藏獒的习性，面对再强大的敌手都不可能不扑。那就扑吧，看你能扑几下。小母獒卓嘎一扑没有奏效，便又来了第二下，这一下可不得了，它虽然没有扑到白爪子头狼，九匹荒原狼的狼阵却被它一下子冲垮了。只见狼们哗地散开，个个惊慌失措地离开它，飞也似的朝远处跑去。小卓嘎很得意，爽朗地叫了一声，正要撒腿追过去，就听一声轰响，夜色中一团黑影从天而降，在它前面五米远的地方砸出了一个大坑，松软厚实的积雪顿时浪涌而起，铺天盖地地埋住了它。它拼命挣扎着，好半天才从覆雪中钻了出来，看到一个体积很大的东西出现在面前的雪光中，以为又是一个什么敌手要来伤害它，想都没想就扑了过去。扑哧一声响，它以为很硬的东西突然变软了，软得就像浮土，就像草灰，一头撞上去连脖子都陷进去了。它赶紧拔出头来，甩了甩沾满了头的粉末，疑惑地看了看，才发现那不是什么有嘴有牙的敌手，而是一个大麻袋，麻袋摔烂了，从裂开的地方露出一角面袋，面袋也烂了，淌出一些十分诱人的东西，是什么？它小心翼翼地闻了闻，更加小心翼翼地尝了一舌头，不禁惊喜地叫起来：糌粑？啊，糌粑。

　　其实并不是糌粑，而是青稞面粉。小母獒卓嘎还不知道这是飞机空投的救灾物资，也不知道那九匹狼逃离此地并不是因为它的威力，而是空投物资的惊吓。就在麻袋还在空中呼啸时，狼群就已经看到了，见多识广的狼群和小卓嘎一样，也从未见识过飞机空投，不知道天上也能掉下食物来，以为那是藏獒或者人类的武器，是专门用来对付狼群的。狼群飞快地跑开了，跑着跑着就有几匹狼停了下来，白爪子头狼呵斥道："你们还想着那只小藏獒呢？那是个诱饵，你们怎么不明白？要不是刚才跑得快，天上的东西早就砸死我们了，你们听，你们听。"又是一声轰响，离它们很近，好像是追着它们的。它们再次奔跑而去，比赛似的，一匹比一匹争先。

　　九匹荒原狼转眼不见了踪影。小母獒卓嘎举着鼻子到处闻了闻，没闻到刺鼻的狼臊味，心里便不再怒气冲冲了。它围绕着麻袋转了一圈，站在裂开的口子前，张口就舔，却没有舔到糌粑上，而是舔在了积雪里。它知道糌粑是给人吃的，作为一只领地狗，它从来不随便吃人的东西，除非人家抛给它。但是它很饿，它不能总是在想舔糌粑的时候舔到雪粉上。它半是果敢半是迟疑地又舔了一下，又舔了一下，一连舔了七八下，才把舌头稳稳当当地搁在了糌粑里。真舒服啊，糌粑是温暖的，而不是冰凉的，一股阿妈的乳汁一样的温暖清香，锋利地刺痛了它的肠胃，使肠胃神经质地蠕动起来，它再也无法按照习惯决定自己什么可以吃，什么不可以吃了。它吃起来，先是用口水拌拌糌粑再往嘴里送，很快口水没有了，它就把积雪掺了进去，一口下去差不多一半是糌粑一半是雪，雪在嘴里很快化成了水，喉咙轻轻一抽就把糌粑冲下去了。小母獒卓嘎从来没有大口吃过干糌粑，第一次吃就一口也没有呛住。它很高兴，意识到人是对的，却没有意识到自己非常聪明，见识过人用青稞炒面加水拌糌粑的情形，就知道水之于糌粑的意义了。

小卓嘎很快吃饱了，肚子鼓鼓的，舒畅地打着哈欠，卧了下来。它想睡一会儿，睡一会儿再去寻找阿妈阿爸，刚闭上眼睛就在心里嘀咕了一句：我怎么这么懒惰啊，不是出现了两次轰响吗？这边的轰响是天上掉下来了糌粑，那边的轰响呢？看看去，到底掉下来了什么。毕竟它是一只小藏獒，是个女孩儿，对什么都充满了好奇。它走了过去，还没到跟前就闻到了一股熟羊皮的味道，立刻就知道这是人穿的那种羊皮大衣。它高兴地跑起来，以为马上就要见到人了，到了跟前才发现，原来只有大衣没有人。大衣本来是十件一捆，一摔，散了，变成七零八落的一大片了。

小母獒卓嘎从每一件大衣旁边走过，失望地把吐出来的舌头缩了回去，把摇着的尾巴贴在了胯骨上：居然这么多羊皮大衣都不是穿人身上的，那么人呢？它觉得很可能有人会把自己盖起来，便钻到每一件羊皮大衣下面看了看，它没看到人，只在一件大衣的胸兜里发现了一封薄薄的信。信是用牛皮纸写的，中间有个红色的方框，方框里面写着蓝色的钢笔字。小卓嘎认识这样的信，它记得有一次西工委的班玛多吉主任把这样一封信交给了阿爸冈日森格，阿爸叼着它跑了，跑到很远很远的结古阿妈县县府所在地的上阿妈草原去了，回来的时候又叼着一封也是牛皮纸的信，交给了班玛多吉主任。班玛吉主任高兴得拍了拍阿爸的头，拿出一块熟牛肉作为奖励。阿爸把熟牛肉叼回来，一撕两半，一半给了它，一半给了领地狗群中的另一只跟它同龄的小公獒。它很高兴，正想美美地吃一顿，没想到小公獒三口两口吞掉了自己的，然后跑过来抢它的。它是个女孩儿，力气没有男孩儿大，不仅熟肉没有保住，自己还被对方扑翻在了地上。它很生气，从此再也不理小公獒了，尽管小公獒见了它总想跟它闹一闹打一打，但它总是躲着：去你的去你的，我说不玩就不玩。

　　小公獒名叫摄命霹雳王，这个名字是人给它起的。人以为它出生在祭祀誓愿摄命霹雳王的日子里，肯定和这位了不起的密宗厉神有关系，就给它起了这么个名字。它很得意，它的阿爸大力王徒钦甲保和阿妈黑雪莲穆穆也很得意，它们知道人并不轻易用神的名字命名藏獒，一旦命名了，就意味着他们对小公獒的欣赏和厚爱，也意味着他们对小公獒的阿爸和阿妈的倚重：苍鹫生不出麻雀，仙鹤的窝里没有野鹜，什么样的父母生出什么样的孩子，你们看，你们看，多么壮硕的大力王徒钦甲保和黑雪莲穆穆啊，生出了这么好的摄命霹雳王。小母獒卓嘎想着小公獒摄命霹雳王，把信从羊皮大衣的胸兜里叼了出来，条件反射似的立刻有了一种使命感：快啊，快啊，快找到阿爸冈日森格和阿妈大黑獒那日，让它们看看，这里有一封信呢。它想象着自己把信交给阿爸，阿爸再把信交给班玛多吉主任的情形，仿佛看到这封牛皮纸的信已经变成了一块奖励来的熟牛肉，熟牛肉是好吃的，被小公獒摄命霹雳王抢走的熟牛肉更是好吃的。

　　小卓嘎再次上路了，没走多远，突然停了下来，回过头去，呆望着自己刚刚驻足的地方，仿佛那儿有人了，人的气息和声音夹杂在风卷的雪花中零零碎碎地纷扬着。它寻思自己是不是应该回去，看看到底是什么人到了那里。又一想，算了吧，万一是牧民贡巴饶赛呢？它可不愿意再见到这个人了。它是个女孩儿，想到它对人家好，人家对它不好，就忍不住要伤心。它不愿意伤心，它知道找到阿爸阿妈就不会伤心了。它继续朝前走去，叼着信，选择积雪中膨胀起来的硬地面，一边走一边闻，领地狗群的气息，阿妈和阿爸的气息，好像在那边，那边是雪山耸立的地方，是浩浩无边的雪原袒胸露怀的地方。

　　小母獒卓嘎没想到，它前去的正是白爪子头狼带着它的狼群逃逸的地方。九匹狼跑出去一公里多一点就不跑了，停下来，大眼瞪小眼地商量着：怎么办，到哪里才能搞到吃的啊？白爪子头狼不吭声，它一直警惕地回望着刚才跑来的路，突然卧下了，意思仿佛是说：等着，就在这儿等着，我感觉这儿是很好的，这儿是个平坦向阳的坡，积雪不厚，雪下面就有羊粪牛粪狗粪的气息，是个家畜必经之道。九匹狼全部卧下了，静静地等待着，一个时辰后，猎物果然出现了，远远的，一个小黑点在夜幕下的雪光里移动着。白爪子头狼忽地站了起来，眯起眼睛看了看，抬起鼻子嗅了嗅，用压低的唬声紧张地告诉它的同伙：怎么还是那个小藏獒？狼们纷纷站起，根据约定俗成的排列，迅速分散开来，组成了一个准备出击的埋伏阵。亲自担任瞭望哨的白爪子头狼走上一座高高的雪丘，伏贴着耳朵，只露出眼睛监视着渐渐靠近的小卓嘎。

小母獒卓嘎仰着脖子奓起鬣毛直走过去，天生灵敏的嗅觉已经告诉它前面有狼，而且就是刚才遇到的那一伙。但是它没有停下，它一点也不害怕它们，干吗要停下？不知深浅的小卓嘎加快脚步，多少有点兴奋地迎狼而去。

2. 新的獒王

真是一匹了不起的狼，明知道冲过来就是死居然还要冲。獒王冈日森格抖擞起精神，迎着红额斑公狼扑了过去，却有意没有扑到它身上，而是和它擦肩而过。稳住自己的同时，冈日森格倨傲地仰着脖子，然后喟然长叹：狼啊，说实在的，我还真有点佩服你了，真不想立刻就把你咬死。以往的狼都无法和藏獒相比，那是因为狼怕死，现在你不怕死了，你就至少在精神气质上可以和藏獒平分秋色了。那就来吧，红额斑公狼，我给你一个成就声誉的机会，你得逞了你就滚。獒王冈日森格挺身不动，红额斑公狼扑过去在它亮出的肩膀上咬了口，又咬了一口，正准备咬第三口时，獒王大吼一声：行啦，你还想咬死我呀。看红额斑公狼还是一副不罢不休的样子，便一头顶过去，顶得它连打了几个滚儿。

红额斑公狼翻身起来，透过一天纷乱的雪片，用阴毒的眼光凝视着獒王，竖起耳朵听了听，突然扭转身子，紧紧张张跑向了那些需要保护的母狼、弱狼和幼狼。领地狗群就要来了，红额斑公狼听到了它们凌乱而有力的脚步声，心想：它们来干什么？是来咬死并吃掉滞留在沟口的狼群的吗？事不宜迟，得赶快离开这里。红额斑公狼坚定地嗥叫着，对那些狼说："你们跟着我，一定要跟着我，当我扑向獒王，当獒王咬住我之后，你们就往屋脊宝瓶沟里跑，越快越好，千万不要回头看，只要跑进沟里一百米，你们就没事了。"狼们听话地跟上了红额斑公狼。它们朝獒王冈日森格把守的沟口走去，冈日森格奇怪地想：它们怎么又来了？这一次，我是不会再让任何一匹狼咬住我了，我是獒王，我可不能丢脸地让自己遍体鳞伤。

屋脊宝瓶沟的两侧，狼群终于被兵分两路的领地狗群逼上雪线，但是雪豹——被狼群惧怕着的雪豹，被领地狗群期待着的雪豹，并没有出现。那些平日里豹影出没的冰石雪岩，那些散发着浓烈的豹臊味的深洞浅穴，在这个大雪灾的日子里，变得跟没有生命的太古一样寂然无声。狼群在雪豹的家园里奔逃着，开始是胆战心惊的，之后就无所顾忌了，不停地探寻着四周的嗅觉告诉它们：这里，现在，一只雪豹也没有，连那些还不能奔扑腾跳的豹子豹孙也没有。而追撵狼群的藏獒比狼群更早更明确地意识到：雪豹搬家了，整个烟障挂——雪豹的家园已经不是它们的栖息之地了，至少现在不是，在这个大雪灾的日子里不是。

没有就好，没有雪豹我们就有救了。这是狼群的想法。狼群逃窜在撂上山顶的冰石雪岩之间，已经不再担忧前边有堵截，两边有埋伏了。它们加快了逃跑的速度，离追撵的领地狗群越来越远了。而领地狗群此刻想到的是：它们去了哪里？那么多雪豹到底去了哪里？想着想着，就有了另一层隐忧，就放慢了追撵的速度。尤其是大灰獒江秋帮穷，当它意识到豹群和狼群一样，也会被饥饿驱使着，去袭击这个季节比较容易得手的羊群牛群和人群时，突然就停了下来，不追了，它身后的领地狗也都不追了。

大灰獒江秋帮穷盼咐另一只藏獒：你快去，快去屋脊宝瓶沟的东边，让大力王徒钦甲保也不要追了。然后朝着自己身边的领地急急巴巴地叫起来，好像是说：现在重要的已不是对付狼群，而是要搞清这么多雪豹到底去了哪里。找到雪豹，必须尽快找到雪豹，一刻也不能耽误，不然我们找到的就很可能是人和牲畜的噩耗，是跟寄宿学校一样的悲惨景象了。江秋帮穷放弃了狼群，带着一拨领地狗朝獒王冈日森格跑去。

听到了领地狗群的喧嚣声，獒王冈日森格不禁有些奇怪：它们怎么回来了？难道这么快就把狼群逼到了雪豹的攻击之下？又看看面前的狼群，心想看来这些狼是逃不脱死神的追撵了，即使我不咬死它们，群情激愤的领地狗群也会把它们撕个粉碎。獒王再次挺身抬头望了一眼从屋脊宝瓶沟的两侧

跑过来的领地狗群,望到了奔跑在前的大灰獒江秋帮穷,一丝来自内心的不祥预感,伴随着一丝如同芒刺扎身的担忧油然而生。在这大雪灾的日子里,它思念曾经和它相依为命的主人"七个上阿妈的孩子",尤其是刀疤,思念曾经救过它命的恩人汉扎西,一直在思念,大雪灾一开始它就在痛彻骨髓的思念中东奔西走。现在,思念到了一个极点,就变成了天然发达的预感,预感来自遥远的风、奔驰的空气、漫天的雪花,更来自它那颗金子一般珍贵的藏獒之心,来自它对主人和恩人深入骨髓的忠诚,来自它伸缩无限而又无形无色的所有的感官:很可能,很可能已经出事了,刀疤已经出事了,汉扎西已经出事了。汉扎西的学校里,十个孩子已经被狼咬死,汉扎西到底去了哪里?有一种祖先的遗传隐隐约约左右着它的行动,坚定地消解着它对自由奔驰和追杀狼群的迷恋,那就是它必须为它的主人和恩人付出一切,包括生命,也包括了至高无上的獒王的地位。

冈日森格知道为什么自己一见到大灰獒江秋帮穷,思念带来的预感就会变成尖锐的芒刺扎出它内心的痛楚,因为潜在的逻辑是这样的:只有丢开獒王的位置和责任,它才有可能前往寻找已经很久没见了的刀疤和汉扎西,而丢开獒王位置和责任的前提是,必须有一只藏獒代替它成为新的獒王。江秋帮穷,我的好兄弟,你是可以的,你硕大的身躯、威严的形容、高贵的仪表、坚毅的性格、超群的智慧,使你天生就是一个出类拔萃的獒中之王。你应该代替我,你必须代替我,哪怕是暂时的。我不是已经说过了吗——如果我不能一个人把狼群堵挡在屋脊宝瓶沟外面,我就不做獒王了。江秋帮穷你是知道的我从来不食言,从来不,践行诺言向来是我的信条。我现在已经失职了,我没有把狼群堵挡在屋脊宝瓶沟的外面,你看,你看,它们就要从我身边溜过去了,不,已经溜过去了。

就在獒王冈日森格眼皮底下,两只本该立刻死掉的壮狼安然无恙地溜过去了,一些母狼、弱狼和幼狼心惊肉跳地溜过去了,一群突然又回到这里来的原属于命主敌鬼狼群的狼喜出望外地溜过去了,最后溜过去的是那匹用自己的生命掩护着别的狼的红额斑公狼。红额斑公狼觉得非常奇怪:獒王怎么了?它不仅容忍了这么多狼的安全逃离,还容忍了我对它肆无忌惮的挑衅——我暴躁异常,狂扑不已,而它却始终无动于衷。不扑了,不扑了,赶紧走吧,领地狗群就要来了。

狼群跑进了屋脊宝瓶沟,獒王冈日森格一副不屑一顾的样子,看都没看它们一眼,心里就想着刀疤和汉扎西:预感怎么这么不好啊?很可能,很可能已经出事了,主人刀疤出事了,恩人汉扎西出事了。獒王冈日森格越想越糟糕,烦躁不安地踱着步子。大灰獒江秋帮穷疾步来到它跟前,用身体的扭动对它说起了雪豹失踪的事情。冈日森格惊骇得狂叫起来,像是说原来狼群和我们都估计错了呀,然后举着鼻子吸了吸飞舞的雪片,心绪不宁地又是张嘴又是龇牙,意思是说:风太乱,雪太乱,我的心也乱,我什么也闻不出来,只能闻出我的预感来,我的预感是:刀疤出事了,汉扎西出事了。对不对啊?你们闻闻,好好闻闻。所有的领地狗都闻起来,嗅觉格外灵敏的大力王徒钦甲保很快闻到了雪豹远去的足迹,激动地吠叫着,就要跑过去。獒王冈日森格用自己扑向狼尸的行动告诉徒钦甲保:等一等,等吃了狼肉再走,大家已经很长时间没吃东西了。徒钦甲保摁住狼尸吃起来,它的妻子黑雪莲穆穆和孩子小公獒摄命霹雳王跟着它吃起来,所有的领地狗群也都你撕我扯地吃起来。

冈日森格来到大灰獒江秋帮穷身边,拿嘴唇摩挲着对方的鼻子,用眼睛里的语言和鼻子里的表达絮叨着:你已经看见了,那么多狼居然在我的眼皮底下溜进了屋脊宝瓶沟,这就是说,我要走了,我已经不是獒王了。它说罢就走。江秋帮穷跳过去拦住了它:伟大的冈日森格你不能这样,你是唯一的獒王，你不能走，你走了领地狗群怎么办？冈日森格依然拿嘴摩挲着对方的鼻子，缠磨地说：草原上的獒王虽然是唯一的，但不是永远的，我走了还有你，你就是獒王。江秋帮穷吼叫起来，仿佛是说：没有哪只藏獒会服气我。冈日森格说：你带着领地狗群去找雪豹，一定要找到雪豹，决不能让它们趁着大雪害牛害羊甚至害人。等你咬死了最多的雪豹，就不会有藏獒不服气了。江秋帮穷坚决而激切地吼叫着：即使我咬死最多的雪豹，我也不能是獒王。冈日森格不听它的，忽地掉转了身子。

冈日森格闪开了大灰獒江秋帮穷，朝着碉房山的方向奔跑而去。江秋帮穷追了几步，知道獒王去意已定，自己根本追不上，便停下来，无奈地叹着气：冈日森格你其实并不了解我，我干什么都可以，唯一不能干的就是獒王。因为我时不时地会有犹疑，会有迷茫，我是一只感情很容易出现倾斜的藏獒，每当感情出现倾斜，我就迷茫得不知道应该干什么了。大力王徒钦甲保不解地望着远去的冈日森格，意识到獒王对大灰獒江秋帮穷已经托付了什么，便慢腾腾地走到江秋帮穷身边，假装没看见，用肩膀撞了它一下。江秋帮穷忍让地退了一步，谦虚地哈着气，似乎在问候徒钦甲保:你已经吃饱啦？

半个时辰后，吞掉了十具狼尸的领地狗群在大灰獒江秋帮穷的带领下，离开烟障挂的屋脊宝瓶沟口，循着开阔的冲积扇上雪豹留下的足迹的气味，跑向了远方看不见的昂拉雪山。雪豹，所有的领地狗在心里念叨着雪豹，都已经感觉到饥饿的雪豹正在大肆咬杀牧民的牛羊马匹，一场势必要血流成河的厮杀就要发生了。

3. 两匹癞痢头的饿狼

　　父亲后来说，绝对是猛厉大神、非天燃敌和妙高女尊的保佑，要不然我怎么知道应该把木头匣子支在下巴上呢？那一刻，在癞痢头的狼看来，父亲已是半死不活了，而对一个半死不活的人，咬断他的喉咙再把他吃掉，是每一匹饿疯了的狼的必然行动。它毫不犹豫地咬了下去，牙齿咔啦一响，才发现它咬住的根本就不是柔软的喉咙，而是木头匣子。它用力过猛，牙齿一下子深嵌在了木头里，等它拖着匣子又甩又蹬地拔出牙齿，再次咬向父亲时，父亲已经不是一个半死不活的人了。他的头倏然抬起，满头满脸满脖子的雪粉唰唰落下，眼睛里喷射着来自生命深处的惊惧之光，奋起胆力大吼一声："哎呀你这匹狼，你怎么敢咬我？冈日森格快来啊，多吉来吧快来啊，狼要吃我了。"然后起身，跳出雪窝子，就像一只藏獒一样，趴在地上扑了过去，一边不停地喊着："冈日森格快来啊，多吉来吧快来啊。"狼吃了一惊，张开的嘴巴霍然一合，转身就跑，以最快的速度撤回到了裂隙里。

　　雪花依然疯狂地飘落着，还是两步之外就什么也看不见了。父亲走过去，抱起了被狼拖到雪坑中间的木头匣子，返身回到了雪窝子里。他吃了几口雪，就开始大声说话："狼你给我听着，我叫汉扎西，是寄宿学校的校长和老师，学校有一只藏獒你知道吧？它日夜和我厮守在一起，它的名字叫多吉来吧。"父亲讲起了多吉来吧的故事，尤其讲到了它对狼的威慑，它咬死一匹狼就像咬死一只兔子那样容易的往事。完了又用更加细致的描述说起了獒王冈日森格和它的领地狗群，说着说着父亲就看见狼了。原来落雪正在小下去，天色渐渐亮了，狼离开裂隙，站在雪地上，正在静静地听他说话。

　　狼听人说话的姿势有点古怪：歪扭着头，把嘴藏进肩膀，一只耳朵对着人，就像木偶那样一抽一抽的，尾巴耷拉在地上，后腿绷直着，前腿弯曲着，一副只要听得不耐烦马上就会离开的架势。父亲不说话了，他累了，觉得如果语言真的是管用的，自己已经说得够多够好，用不着再说了。狼警觉地直起了脖子，亮起阴险的丹凤眼，直勾勾地瞪着面前这个蓦然陷入了沉默的人。父亲比狼还要警觉地望着狼，心说天亮了，我得想办法爬出雪坑了。他朝上看了看，刚要站起来，突然感到肠胃一阵抽搐，天转起来，雪坑转起来，眼前哗地一下又变成黑夜了。他闭上眼睛，双手捂住了头，等着，等着，似乎等了好长时间，天旋地转才过去。他知道这是休克前的眩晕，其后果就是很快躺倒在地上让狼吃掉，也知道眩晕的原因，是饥饿，他已经四天没有进食了。他不由自主地盯住了放在面前的木头匣子，又毅然摇了摇头，再把眼光投向狼时，狼已经回到裂隙里去了。

　　雪越来越小，天越来越亮，一切都能看清楚了，而看得最清楚的却是绝望，父亲发现自己昨天夜里想对了：这是一个连狼都出不去的地方。四壁高陡光滑，根本就无法攀缘，除非有人从上面放下绳子来，可是谁会知道他在这里呢？冈日森格、大黑獒那日、所有的领地狗，还有多吉来吧，你们的鼻子可是很灵的，赶紧闻啊，闻到我的危险把我救出去啊。父亲越是这么想，就越觉得希望渺茫，这是大雪灾的日子，天上的飞雪和地上的积雪早已隔断了他的气味，况且他身陷雪坑，气味不可能发散到原野上随风调动起藏獒的嗅觉。父亲绝望地喊起来，但声音小得似乎连对面的狼都无法听到。他饿得已经没有力气了，连大喊一声也不行了。怎么办？总不能就这样坐着，最终变成狼的食物吧？父亲再次盯住了面前的木头匣子，这次他没有摇头，他一直盯着，盯了差不多半个小时，才伸出手去，死死抓住了似乎已经自动打开的匣子盖。父亲终于抓出了一把糌粑，吃了一口，又吃了一口。

父亲把抓出来的一把糌粑吃完后就不吃了。他舔着自己的手掌，瞅了一眼裂隙，吃惊地发现狼正在看着他，不是一双眼睛看着他，而是两双眼睛看着他。也就是说，在这个看清楚了困境也看清楚了绝望的早晨，他又看到了更加绝望的情形：十步远的地方是两匹虎视鹰瞵的狼。哎哟妈呀，怎么会是两匹狼，而且都是大狼？一匹是他已经十分熟悉的癞痢头公狼，另一匹也是癞痢头，看肚子上的奶头显然是一匹已经多次哺育过后代的母狼。母狼一直躲在裂隙里头，现在它出来了，看到父亲吃糌粑，不想露面的母狼也忍不住露面了。父亲几乎惊厥，呆望了片刻，才看明白，狼肯定不是掉到雪坑里来的，它们很可能一直住在裂隙里，裂隙很深，是可以通向地面的，但是现在不行，从山上滚下来的冰雪封死了裂隙口，它们只好困守在这里，困守的时候，饿得互相啃咬毛发而使它们变成瘌痢头的时候,一个人从天而降。

公狼和母狼一起流着口水,贪婪地凝视着父亲。凝视当然不是目的,它们走来了,公狼在前,母狼在后,慢慢地,迈着坚定而诡谲的步伐,走到了雪坑中央,用天生的虐人害物的眼光告诉父亲:你完了,一分钟之后你就完了,我们是两匹狼,一公一母两匹大狼,知道吗?困兽的意思是什么?饿狼的意思是什么?就是宁肯一辈子背着怙恶不悛的恶名也要吃掉你。

父亲惊惧得脑袋一片空白,连用冈日森格和多吉来吧的名字威胁对方都不会了,抱着木头匣子站起来,浑身哆嗦着,哆嗦了几下,腿就软了,就站不住了,一屁股坐进了雪窝子。现在,白色的地面上只露着父亲黑色的头和一双惊恐失色的眼睛;现在,狼来了,两匹大狼冲着父亲软弱的脑袋,不可阻挡地走来了。父亲下意识地抓住了系脖子上的黄色经幡,使劲扽了一下,好像要把经幡上藏文的白伞盖经咒抓在手里,变成杀狼护身的利器。他张嘴吃风地大声唠叨着:"钵逻嗦噜娑婆柯,钵逻嗦噜娑婆柯。"看到两匹大狼一点收敛的样子没有,他赶紧闭上眼睛,绝望地说:"吃吧,吃吧,要吃就快点吧,反正就要死了,害怕已经没用了。"

4. 违背天性的选择

冈日森格奔跑着,累了,累了,它一直都在奔跑和打斗,已经体力不支。渐渐地慢了下来,吼喘着,内心的焦灼和强大的运动量让它在这冰天雪地里燥热异常，身上的毛发蓬松起来，舌头也拉得奇长，热气就从张开的大嘴和吐出的舌头上散发着，被风一吹，转眼就是一层白霜了，好像它改变了毛色，由一只金色的狮头藏獒，变成了一只浑身洁白的雪獒。它停下来，奇怪地看了看自己，赶紧舔了几口雪。它知道自己必须降温，否则热气就会越冒越多，白霜也会越积越厚，白霜一厚就是冰了，它背着沉重的冰甲是跑不了多少路的。可降温是需要心静体静的，在这种预感到主人和恩人已经出事的时候，它怎么能静得下来呢？

冈日森格忍不住又开始狂跑，心焦越来越严重，身体里的每一个器官都变成了一团焦炭，炽盛地燃烧着，再加上狂跑，吞吐的白雾越来越多，越来越潮湿，一再下降的气温迅速把蒸腾而潮湿的热气改造成了晶体，很快它就是冰甲披身了。但是冈日森格没有停下，风从东方吹来，从碉房山的方向吹来，就像亿万滴水汇成了海，亿万缕疾走的空气汇成了雪野里激荡的风。它是那么的无边，以至于淹没着你，让你根本就无法选择你想要什么，不想要什么。几乎在同一个瞬间，冈日森格得到了狼的信息、自己的孩子小母獒卓嘎的信息、刀疤的信息、汉扎西的信息，它用宽阔的鼻子迎风而嗅，心急如焚地思考着：到底应该先去哪里啊？是先去杀狼，还是先去寻找小母獒卓嘎，是先去寻找恩人汉扎西，还是先去寻找主人刀疤？冈日森格带着浑身的冰甲没命地跑啊，跑着跑着风就告诉了它：好像都在一条线上，狼是最近的，下来是小母獒卓嘎，再下来是汉扎西，最后是刀疤，刀疤在昂拉山群衔接着多猕雪山的某一个冰雪的山坳里。这就是说,次序是已安排好了的,它只管用最快的速度往前奔走就是了。

天黑了,大雪灾的白天和黑夜似乎没有区别,白天有多亮。夜晚就有多亮,夜晚有多黑,白天就有多黑。冈日森格接近了狼群,狼在上风,它在下风,狼没有发现它,它已经发现了狼。再说它是浑身披着冰甲的,它和天地浑然一色,它的移动就是雪的移动,而狂风暴雪的日子里,雪的移动是最正常的移动,狼群根本就不在乎。

是一股九匹狼的小型狼群,它们在白爪子头狼的带领下逃到了这个地方,这是个平坦向阳的塬坡,是个家畜必经之要道,也是冈日森格必经之要道。这会儿,九匹狼正排列成一条准备出击的埋伏线,全神贯注地等待着猎物——小母獒卓嘎的出现。站在高高的雪丘上,亲自担任瞭望哨的白爪子头狼不禁有些奇怪:小藏獒怎么还不过来?它走到一座雪梁背面后就再也没有出来,是不是它发现了我们,正准备逃跑呢?想着,白爪子头狼跑下雪丘,来到埋伏线的中间,噗噗地吹着气,好像是说:过去吧,我们过去吧!再不过去,到嘴的肉就会消失得无影无踪了。别的狼亢奋地用大尾巴扫着积雪,一跳一跳地做着准备,就要奔跑而去了。

一只小藏獒,一个手到擒来的猎物,一堆活生生血淋淋的肉。狼群的口水已经流出来了,流到地上就结成了冰。

迷乱的狂风大雪中,一座雪丘奔驰而来,突然停下了,停在了狼群的后面。哗啦啦一阵响,狼群惊愕地回顾着,发现那不是雪丘,那是一个披着冰甲的怪物,那也不是一个怪物,那就是一只硕大的藏獒！反应最快的白爪子头狼跳起来就跑：上当了，我们又一次上当了，原来那小藏獒自始至终都是诱饵，狡猾的藏獒，阴险的藏獒，快跑啊，你们还傻愣着干什么？冈日森格扑了过去，咬住了一匹来不及逃跑的狼，甩头挥舞着牙刀，割破了喉咙，又割破了后颈，然后追撵而去。

狼群当然不可能逃向被它们认定为诱饵的小母獒卓嘎，而是逃向了北边，冈日森格追了一阵就不追了。它停下来，举着鼻子闻了闻，发现已经闻不到自己的孩子小母獒卓嘎的气味了，而恩人汉扎西和主人刀疤的气味却愈加强烈地扑鼻而来，它马上意识到小母獒卓嘎已经被它抛到身后，不在上风地方了。冈日森格抖动满身的冰甲徘徊着：是回去寻找，还是丢下自己的孩子不管，只管去寻找越来越危险了的恩人汉扎西和主人刀疤？是的，汉扎西和刀疤已经十分危险了，气味正在告诉它——人和藏獒一样，在危险的时候，将死的时候，总会因为紧张、惊惧、悲伤、痛苦等等情绪，散发出一种特殊的气味，这种预告危险的气味，人是闻不到的，一般的藏獒也很难区分，只有那些嗅觉特别发达的藏獒才可以辨认。现在，冈日森格辨认出了它的恩人汉扎西和主人刀疤的危险，它就只能丢下自己的孩子不管了。

冈日森格心急如焚，迎风奔跑就像逆浪而行，越来越吃力了，体内的热气一团一团地从张开的大嘴里冒出来，冰甲也就不断增厚，一寸，两寸，最厚的地方都变成三寸了。奔跑沉重起来，慢了，慢了，渐渐跑不动了，只能往前走了。开始是快走，后来变成了慢走，越走越慢，慢得都不是行走，而是蠕动了。这是顽强而拼命的蠕动，冈日森格好几次差一点倒下，每一次都叉开粗壮的四肢，硬是挺住了，挺住的力量来自于挽救恩人和主人的心愿，也来自于一阵阵长笛奏鸣一样的狼嗥。

又来了一群狼，从侧面快速跑来，截断了它前去的路，也截断了恩人汉扎西和主人刀疤随风传来的味道。冈日森格慢腾腾地挪动着步子，鼻孔的热气和眼睛的眨巴在冰甲上掏出了几个孔洞，两只暗红色的眼睛就像探照灯一样扫视着面前飞雪的幕帐。它看不透，发现不了狼的影子，但鼻子已经告诉它，狼群离它只有不到五百米，而且非常迅速地朝这边跑来。藏獒的天性是见狼必咬的，但冈日森格的智慧正在提醒它，这一次它必须违背它的天性，因为营救恩人和主人才是最最重要的。这样的提醒让它突然趴下了，它打了几个滚儿，想让冰甲赶快脱落，结果冰甲不仅没有脱落，反而沾了厚厚一层雪。它不敢滚了，再滚下去就会越滚越大，就像人类滚雪球那样。它站了起来，如同一座雪丘，沉重地挪动着，挪动了不到一百米，就再也挪不动了。它身子一歪坐了下去，一座移动着的雪丘坐了下去，啪啦一声响，就生根了似的静止不动了。

夜色在凄寒中凝冻着，天地间装满了寂寞，寂寞得连雪片都有了大雁鸣叫似的嚯嚯声，素来粗犷的野风这时候显示了少有的细致，把一缕至关重要的信息送进了雪丘的孔洞，那里透露着冈日森格的鼻息和眼睛，那里的大脑和记忆正在根据风的信息准确地判断着狼群的来历：是它带着领地狗群曾经堵截过的上阿妈草原的狼群,它们被领地狗群赶进了绵延不绝的昂拉雪山,却没有按照领地狗群的意愿,在狼群与狼群、狼群与豹群的打斗中自然消亡。它们来了,来到了西结古草原的纵深地带,正在寻找围困在大雪灾中的人群和畜群。冈日森格知道,对不熟悉西结古草原的狼群来说,要在暴风雪中,在这片浩浩茫茫的原野上,找到死去的或者正在死去的人群和畜群并不容易,所以狼群直到现在还处在饥饿当中,还是极其疯狂的凶残。冈日森格一遍遍地问着自己:现在到底怎么办?还没有问出个究竟来,上阿妈狼群的影子就黑魆魆地出现在了不远处的雪色白光里。

狼群奔跑着,为首的是上阿妈头狼,它身后不远处,是身材臃肿的尖嘴母狼。头狼和它的妻子好像已经看到或闻到了一只藏獒的存在,甚至都已经感觉到了这只藏獒的乏弱无力,带着整个狼群,无所顾忌地朝着雪丘掩盖下的冈日森格包抄而来。

第七章
Chapter 7

千恶一义

1. 是玩伴还是仇敌

当狼崽朝前跨出了最后半步，咧嘴等待的命主敌鬼一口咬住它时，它不禁发出了一声撕心裂肺的尖叫。尖叫是它这个年纪的狼崽所能做出的最强烈的反应，它充满了对世界的吃惊，充满了它对自己所从属的这个物种的质疑：这就是狼吗？狼怎么能这样？我知道你是头狼，你分食了我的义母独眼母狼，现在又要吃掉我了，可我是个小孩，我还没长大，身上没有多少肉，你为什么要吃掉我呀？就是这样一声出于生命本能的尖叫，这样一种尖锐的质疑，挽救了狼崽的性命，也挽救了小母獒卓嘎的性命。

小母獒卓嘎一听到尖叫就不走了，它本来是走向九匹狼的埋伏线的，狼崽的尖叫却让那准备要它命的埋伏线陡然失去了作用。小卓嘎好奇地眺望着发出尖叫的地方：怎么了？

那儿怎么了？哪里来的小孩，是不是在叫我呢？小孩对小孩总有一种天然默契的吸引力，叼着一封信的小母獒卓嘎大胆而兴奋地走了过去，没看到什么，便沿着一道雪壑，来到了一座雪梁的背后，借着夜色中的雪光仔细一看，柔软的鬣毛倏然就挺硬了。

小卓嘎看到了一匹嘴脸乖谬的狼，看到狼牙狰狞的大嘴正叼着一匹狼崽，狼崽挣扎着，继续用尖叫质疑着：为什么呀，为什么？你是我的父辈你怎么能这样？小母獒卓嘎的第一个反应便是把整个身子朝后一坐，低伏着身子扑了过去，突然停下了，意识到自己还叼着一封从羊皮大衣里找出来的信，张嘴丢开，稚嫩地狂叫了一声，一头撞了过去。按照小母獒卓嘎的属性，它当然不是为了营救狼崽，可如果不是为了营救狼崽，它干吗要如此快速地扑过去呢？也许它可以等大狼吃掉了小狼，然后再实施藏獒对狼的天然追杀，可是它没有。它当时的想法就是：住口吧你，你居然要吃掉这个小孩。它一头就撞在了命主敌鬼的胸脯上。这是何等猛烈的一撞，顿时就让命主敌鬼一个趔趄倒了下去。命主敌鬼的屁股负伤了，胯骨断裂了，而且一瘸一拐走了这么多路，早已饿馁不堪了，哪里经得起一只小藏獒不知天高地厚的碰撞？倒地的同时，口中的狼崽也掉落到了地上。

狼崽翻身起来，掉头就跑，跑出去了十多米，才停下来舔了舔被命主敌鬼咬疼的地方，出血了，有牙印的腰窝已经出血了，但是不要紧，没有咬断它脆生生的骨头，它还能跑，还能叫。它仇恨地叫了几声，又伤心地叫了几声，这才意识到是别的动物救了它。谁啊，谁救了我？狼崽定睛一看，顿时就傻眉瞪眼的了：藏獒？居然是藏獒救了它？狼崽转身就跑，它觉得现在威胁到它的不仅是命主敌鬼，还有藏獒，尽管是一只那么小那么小的藏獒，但毕竟也是作为狼的克星的藏獒。它跑啊跑啊，想跑到很远很远的地方去，可它突然停下了，毕竟是个小孩，不可遏制的好奇心暂时战胜了恐惧。它很想知道，那只勇敢的小藏獒是如何对付命主敌鬼的。

　　小母獒卓嘎扑着，吼着。命主敌鬼把受伤的屁股塌下去，拱起腰来，凶恶地张嘴吐舌，一次次用自己的利牙迎接着对方的利牙。和所有的狼一样，命主敌鬼无法克服作为一匹狼在藏獒面前本能的畏葸，尽管这只藏獒的身量如此之小，小得就像一只夏天的旱獭。它在畏葸中极力防护着自己，眼看防护就要失去作用，突然意识到，也许孤注一掷才是摆脱撕咬的最好办法，于是就扑通一声趴下，把整个身子舒展开贴在了地上。小卓嘎扑上去轻而易举地咬了命主敌鬼一口，发现自己居然一口就咬死了这匹嘴脸乖谬、獠牙狰狞的狼。狼全身伏地，闭着眼睛，没了呼吸，一动不动。小卓嘎又一次扑了过去，却没有再咬，藏獒天生是不咬已经断了气的对手的，除非肚子饿了吃肉。小卓嘎这个时候哪里顾得上吃肉，它太兴奋了，平生第一次咬死了狼，而且是一匹大狼，自己多么了不起啊。它围着死狼转着圈，炫耀似的喊叫着，突然瞅见了不远处正在瞪着自己的狼崽，便欢天喜地地跑了过去：我把它咬死了，我把吃你的恶狼咬死了。

　　装死的命主敌鬼睁开眼睛，迅速站起来，用幽暗的眼光扫视着小藏獒远去的背影,情绪复杂地吐了吐舌头,转身一瘸一拐地离开了那里。它很庆幸,庆幸自己骗过了小藏獒,又很遗憾,遗憾自己没能吃掉狼崽,更重要的是,前途未卜,它心里装着越来越沉重的担忧和恐怖,它知道自己越来越难了,在受伤的屁股痊愈、断裂的胯骨复原之前,即使它回到自己的狼群里,死亡也会随时发生。

狼崽一见小母獒卓嘎朝自己跑来,害怕地转身就逃。小卓嘎追了过去,依然高兴地喊叫着,突然愣了一下,停下来惊奇地看着狼崽,似乎这才意识到:自己从狼嘴里救出来的这个小孩,也是一匹狼。是狼就必须扑咬,小母獒卓嘎扑过去了。作为藏獒它似乎只能用最凶猛的姿态对付所有的狼,不管它是大狼还是狼崽。缓缓起伏的原野上,雪幕朦胧的夜色里,一只小藏獒对一匹狼崽的追逐就像两只皮球在滚动,使劲朝一处滚着,一旦碰上,就会倏然分开。

狼崽喜欢顺着雪冈跑上去再跑下来,它的腿比身子长,这样跑上跑下似乎更带劲。而小母獒卓嘎总是在对方上爬下颠的时候,从雪冈根里绕过去堵挡在对方面前,它是天生的追捕能手,腿比狼短却比狼粗壮有力,四肢摆动的频率和肌肉的耐力都是动物里面一流的。对它来说,追上一匹也许年龄比它还要小个十天半月的狼崽。并不很难。狼崽知道自己今天是跑不脱了,但它又奇怪每次被小藏獒挡住的时候,自己都能安全逃离,它为什么不咬死我?它本来完全可以咬死我,却又一次次放过了我。其实狼崽的疑惑,也是小母獒卓嘎的疑惑,每一次追捕的过程中,小卓嘎都是怒气冲冲恨不得立刻咬死它，一旦和狼崽碰了面，就又会情不自禁地停下来，或者扑上去咬一嘴狼毛，然后再放跑狼崽。小卓嘎心想：我这是干什么呢？是在跟狼崽玩吗？它是藏獒，它有和狼死斗死掐的天性，但它又是一只小藏獒，一个小孩，更有和别的小孩一起玩的天性，两种天性交叉起来，同时制约着它的行动，让它一会儿是愤怒的战士，一会儿是充满童稚的玩伴，一会儿吃惊自己居然没有咬死狼崽，一会儿又觉得这个狼崽多好玩啊，每一次都会让我抓住它。

就这样，逃跑的还在逃跑，追逐的一直在追逐，终于逃跑的停下了，追逐的也追不动了。狼崽和小母獒卓嘎双双累瘫在一座雪冈下面，挤在一起呼哧呼哧地喘着气，好像它们压根就不是互为仇人的敌手，而是一个窝里出来的姐弟。这时狼崽呜呜呜地哭起来，它害怕自己被小母獒卓嘎咬死，想跑又跑不掉，只好哭起来，一哭就又想到了别的伤心事：先是阿爸阿妈被断尾头狼咬死了，后是一直抚养着它的独眼母狼被狼群吃掉了，它没有了亲人，没有了依靠，连赖以生存的狼群也失去了。它失去了狼群它就得死，不是被别的狼咬死，就是被藏獒咬死。它一想到死，想到亲人的死和自己的死，就会感到无比的窒息和悲伤，一丝疼痛催动着它的声音，它一声比一声哀恸地哭着：死了，死了，我就要死了。

小母獒卓嘎知道狼崽在哭，还知道哭是需要安慰和同情的，尤其是一个小孩的哭。于是它便同情起狼崽来，用鼻子蹭了蹭对方脖颈上硬生生的狼鬃，好像是说：怎么了？你怎么了？回答小卓嘎的是一股浓烈的狼臊味，刺激得它脑袋里轰的一声，几乎要爆炸。狼和藏獒身上都散发着野兽的味道，这样的味道在人看来差不多是一种味道，但在动物的鼻子里，狼有狼味儿，獒有獒味儿，獒闻了狼味儿就会愤怒，狼闻了獒味儿就会惊悸。

小母獒卓嘎愤怒地唬了一声，狼崽一阵哆嗦，哭声也就战栗起来，好像马上就要咽气了。小卓嘎听着，那种由草原上的人感染而来的同情心再一次升起，赶紧止住了唬声。它是个小孩，还没有形成坚硬而稳固的藏獒心理，先天的禀赋和后天的塑造正纠结在一起影响着它的一举一动。它歪过头去，把鼻子埋进对方灰黄的狼鬃，像是要适应一下，半天没有起来。狼臊味儿的刺激又来了，脑袋里轰轰的，就要爆炸的感觉又来了，愤怒又一次缠住了小卓嘎，它用地道的藏獒咬狼的声音低沉地吠了一声，抬起头一口咬在了狼崽的脖子上。狼崽顿时哑巴了，似乎连呼吸也没有了。小母獒卓嘎不禁打了一个激灵，赶紧放开了狼崽：我咬死它了吗？真的咬死它了吗？哎呀呀，我又一次一口咬死了一匹狼。但是这次，小母獒卓嘎一点也不兴奋，更没有自己多么了不起的感觉，它围着狼崽转着圈，禁不住悲伤起来：你怎么就这样死了？你跟我一样是小孩，怎么还没长大就死了？转了几圈它就扑到狼崽身上，鼻子凑过去，呼呼地闻着，似乎狼臊味儿没有了，脑袋里也不再轰轰作响了，愤怒隐逸而去，只有丝丝不绝的同情单纯地陪伴着它：小孩，小孩，你要是不死就好了，就可以和我玩了。

小母獒卓嘎伸出小舌头惜别似的舔着狼崽，突然听到一阵咚咚咚的响声,抬起头来四处寻找,什么也没找到,又侧着耳朵把头贴在了狼崽身上,才发现那声音居然来自狼崽的胸脯。小卓嘎知道这是心脏的跳动,这样的跳动在它还没有出生时就已经十分熟悉了,阿妈大黑獒那日让它在感受到心跳的同时也让它感受到了母爱的存在。但是它从来没有听到过自己的心跳,它甚至不知道自己也是有心跳的,一听到狼崽的心跳,就感到十分吃惊,一种源自母亲胎腹与怀抱的温存,一种让它迷恋的亲切,油然而生。

  小母獒卓嘎这个时候还不知道心跳和生命的存活有着直接的关系。它仍然以为狼崽已经死了,而死了的狼崽身上居然有着似曾相识的母爱的律动。小卓嘎恋恋不舍地用鼻子触摸着狼崽心跳的地方,一种巨大而空旷的孤独悄然爬上了它的心室,思念出现了,就像雪片一样轻盈而妖娆、无边而绝望。它坐在地上哭起来,声音细细的,是属于藏獒那种隐忍而多情的哭泣。佯死的狼崽知道小母獒卓嘎为什么会哭:想阿爸阿妈了,这个小藏獒跟我一样想它的阿爸阿妈了。但它毕竟是狼种,不知道哭是需要安慰和同情的,或者说它现在还没有发育出一种对异类的同情来,它只把对方的哭泣当成了一个逃跑的机会。它猛地睁开眼睛,瞄了一下小卓嘎,跳起来就跑。小卓嘎愣了,不哭了,一瞬间就把孤独、思念和伤心全部丢开了,它跳起来就追:哎呀呀,你活了,你活了,不许你活,我要咬死你,咬死你。

2. 父亲差点儿成了狼的美餐

一公一母两匹大狼半天没有把钢牙铁齿攮在父亲的脖子上，等死的父亲奇怪地睁开了眼睛，一瞥之下，不禁叫了一声："天哪！"两匹狼就在三步之外，定定地站着，一眼不眨地望着他。不，不是站着，而是趴着，癞痢头母狼趴着，癞痢头公狼也趴着。不，不是趴着，而是跪着，癞痢头公狼跪着，癞痢头母狼也跪着。它们的跪法不像人那样是后腿折叠，而是前腿折叠，后腿直直地立着。不，不仅仅是跪着，而是在磕头，它们的磕头不像人那样是撅起屁股以额捣地，而是翘起屁股，把闭合着的嘴巴平伸在地上。父亲惊异地看着它们，看着它们奴颜婢膝的姿势，看着它们水汪汪的眼睛，似乎觉得自己已经用不着害怕了，问道："你们这是干什么？"

狼不回答，它们听不懂父亲的话，即使听懂了也不会用声音回答，它们就像人类的聋子和哑巴，只会用动作和眼神，用跪着磕头的姿势和乞求的泪眼表达它们的意思：糌粑，给我们一口糌粑。父亲还是不明白，问道："诡诈奸猾的东西，你们不是要吃我吗？为什么又不吃了？"说着他突然有了一种十分不好的感觉，那就是狼在做一件它们并不情愿做的事情，这件事情虽然符合它们作取食物时不择手段的本性，却是不到万不得已不会做的。而他汉扎西，一个两条腿走路的人，是不是也要做一件自己并不情愿做的事情呢？不，他心说：我不做，就算面前的狼不是吃人的狼，而是乞求糌粑的狼，我也决不能把糌粑送给它们，糌粑不是我的，是学校里十二

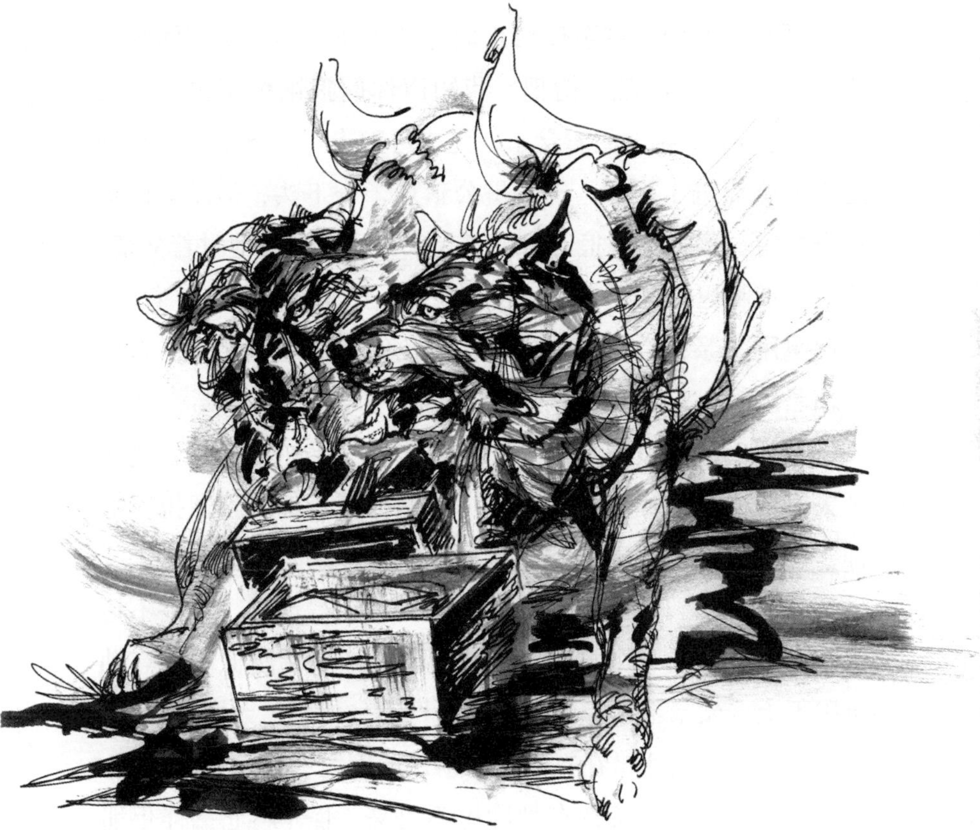

个孩子的,是多吉来吧的。

但是手,父亲冻硬的手,两只似乎已经不属于他的手,却毅然决然地违背他的意志,把木头匣子端出了胸怀,端到了两匹狼的眼前,甚至还帮它们打开了匣子盖。父亲的嘴而不是父亲说:"吃吧,糌粑,我知道你们狼饿极了也会吃粮食。"两匹狼狐疑地望着父亲,先是母狼点了一下头,把平伸过来的嘴点进了积雪,然后是公狼点了一下头,但没有把嘴点进积雪。瘌痢头公狼迅速站了起来,猜忌难消地瞅着父亲,飞快地把嘴巴伸进匣子,又飞快地伸了出来。它没有急着吃,再次瞅瞅父亲,看他依然坐着,白色的地面上依然只露着他那颗黑色的头,便一口叼住了木头匣子。

瘌痢头公狼没有把匣子叼起来,它似乎知道那样会使匣子失去平衡,洒掉里面的糌粑。它是拖着走的,就像拉车那样,让木头匣子蹭着积雪的地面平稳地移动着,很快离开了父亲,靠近了裂隙。母狼跟了过去,它走得很慢,几乎不是走,而是挪,后半个身子沉重地坠着,两条后腿似乎一点劲也用不上。父亲看了一眼就知道,母狼受伤了,大概是腰伤,从山上滚下来的冰雪在封死裂隙出口的同时,砸伤了它的腰。怪不得它昨天整夜都躲在裂隙里不出来,怪不得它的伴侣那匹瘌痢头的公狼会把占住裂隙看得比什么都重要。父亲看着,突然就有些后悔:自己刚才为什么要害怕呢?它不过是个虚有其表的残狼、疲狼、将死而未死的病狼,自己完全没有必要把糌粑送给它们。可是,把糌粑送出去是由于害怕吗?不是,不是啊,是因为狼的下跪磕头,是因为这样一种狡猾或者说智慧的野兽居然学着人的样子乞讨，引发了他的恻隐之心，而且是如此可怜的一匹野兽，伤痛在身，几乎都走不成路了，为了一口吃的，还要艰难地挪过来，朝着他，双腿折叠着，把嘴平伸到地上，磕头啊磕头。

父亲后来才知道，西结古草原上，许多动物，尤其是藏獒和狼，都会像人一样跪拜磕头，因为它们几乎天天都能看到给佛寺、给神像、给雪山、给河水、给旷野里的嘛呢堆和嘛呢筒跪拜磕头的牧民，也能揣测到牧民们为什么磕头，就像人在很多方面都会学习动物一样，动物也会模仿人的行为，让它们在性命攸关的时刻像人一样做出跪拜磕头的举动，乞求命运的转机。

父亲望着依然慢慢移动的母狼，不禁生出一丝怜悯，在心里给它鼓着劲：快啊，快啊，快走啊，去晚了糌粑就没了，公狼三口两口就吃干净了。马上又发现，自己真是有点以小人之心度君子之腹，癞痢头公狼根本就没有吃，它把木头匣子拖到裂隙下面后，就耐心等着自己的伴侣，连看都不看一眼糌粑，只让难以控制的口水一串一串往下流着。一瞬间，癞痢头公狼好像不是狼了，不是父亲眼里自私自利的恶兽了，而是一只先人后己的藏獒，或者是一个人，一个从来就不会贪得无厌的僧人。转世？父亲突然想到了这个词，他寻思，癞痢头公狼的前世很可能是一个人或一只藏獒，不知为了什么，这辈子转世成狼了。

母狼终于挪到了木头匣子跟前，疲倦地卧下来，也不急着吃，而是用一种情意绵绵的眼神望着公狼。公狼把嘴伸进匣子，做了一个"吃"的动作，好像是说：快吃啊。母狼吃起来，刚舔了两口，就被糌粑呛住了，咳咳咳地咳嗽着，好像不知道是怎么回事儿，瞪着糌粑不敢吃了。公狼示范似的张开了嘴，让口水一摊一摊地流进了木头匣子，然后伸嘴进去，舔了一口浸湿的糌粑，伸了伸脖子朝下咽去。没有呛住，公狼似乎早就知道糌粑只有用液体拌一拌才不会呛住。母狼一看就懂了，也让口水流进了木头匣子，然后伸进嘴去，用舌头搅一搅再舔起来。就这样，一公一母两匹狼不断把口水流进匣子，互相谦让着你一嘴我一嘴地吃起来。它们吃得很仔细，很温馨，一点也没有平时吃肉时那种拼命争抢、大口吞咽的样子。

父亲看呆了，禁不住也像狼一样一摊一摊地流出口水来，恍然之间觉得自己也正在舔食糌粑，咕嘟咕嘟咽了几下，才意识到糌粑已经全部给狼了，自己什么依靠也没有了，如果不能很快回到地面上去，说不定就熬不过这个白天和接着到来的夜晚了。他站起来，爬出雪窝子，于心不甘地站到坑壁下面朝上看着，这儿上不去，那儿也上不去，再换个地方还是上不去，他沿着坑壁的底圈来回走，一次比一次沉重地叹息着，最后不走了，也不朝上看了，上牙碰下牙地哆嗦着，想到跟自己在一起的还有两匹狼，赶紧掉转了身子。糌粑吃完了，母狼已经回到了裂隙里。公狼守在裂隙口，用一种沉郁幽深的眼光望着父亲，好像在研究着什么。突然它不研究了，跳起来，毫不犹豫地来到了雪坑中央，当着父亲的面抬起了屁股。它要干什么？撒尿？它为什么要把尿撒在这里——绝对是雪坑底下最中央的地方？这里撒完了，又去两边的坑壁根里撒，一共撒了三泡尿，三泡尿不偏不倚处在一条线上，这条线正好把雪坑从中间一分为二截断了。

当公狼满意地看了看它的三泡尿，走回裂隙时，父亲明白了：狼在划分界线，意思是那边是它们的领地，这边是他的领地，谁也不得逾越。其实父亲也没有想过逾越，因为在狼占据的那半个雪坑的坑壁上，更没有攀缘而上的可能。他格外担心的倒是狼过来，他知道自己很快就要撑不住了，死亡随时都会发生，他只希望自己死僵了以后再变成狼食，而不是还没等到咽气就被两匹狼迫不及待地撕破喉咙。父亲打着哆嗦回到了雪窝子里，坐了一会儿，还是在哆嗦，小哆嗦变成了大哆嗦，浑身难受得真想咬自己一口。他寻思这雪窝子多像一个自己给自己挖好的墓穴啊，待在这里不死也得死了。他起身来到雪窝子外面，在狼划分给他的领地上胡乱走着，冷不丁摇晃了一下，又是一阵肠胃抽搐的难受，又是一阵天旋地转的感觉，眼前黑了，休克前的眩晕又来了。他哎呀一声，靠在了坑壁上，接着腿就软了，沉重的身子滑了下去，滑倒在雪窝子旁边后，就什么也不知道了。

癞痢头公狼在那边看着，疑惑地瞪起了眼：怎么了，这个人怎么了？它直起脖子观察了一会儿，看父亲半天没有动静，就离开裂隙走过来，走到它划定的界线前就不走了，还是观察着，并且用鼻子使劲嗅了嗅。它嗅到了食物的气息，人即将变成尸体的气息，似乎顿时就很兴奋，来回走动着，沿着它划定的那条分界线，差不多走了二十个来回。它犹豫不决，往这边抬了几次腿，都没有超越界线。突然它停下了，加固界碑似的又在雪坑中央撒了一泡尿,然后拉长脖子,仰起了头,用鼻子指着铅云密布的天空,扯起嗓子呜儿呜儿地嗥叫起来。

雪又下大了,父亲身上很快覆盖了一层雪花。癞痢头公狼忽高忽底地嗥叫着,不知为什么,它一直用一种声音嗥叫着。母狼听到后走出了裂隙,坐在地上,也跟着丈夫嗥叫起来。它们的嗥叫很有规律,基本上是公狼两声,母狼一声,然后两匹狼合起来再叫一声,好像饕餮前它们要好好地欢呼一番,又好像不是,到底为了什么,父亲要是醒着,他肯定知道,可惜父亲昏死过去了,已经主动变成一堆供狼吃喝的热血浸泡着的鲜肉了。

3. 母狼的报恩

冈日森格把仇恨和勇气收敛在了凝固的雪丘里,屏声静息地趴卧着。它不相信狼群已经发现了它,发现了它的狼群绝对不会这么大胆地朝它跑来。它从雪丘的孔洞里望出去,看到一匹匹狼影的跑动不急不躁,稳健而富有弹性,就知道它们已经确定了奔赴的目标,这目标正处在不远不近的距离之中。很快体大身健的上阿妈头狼从雪丘一侧跑过去了,许多狼影纷纷闪过去了,冈日森格禁不住放松地呼出了一口气。大概就是这口气的原因,上阿妈头狼突然不跑了,回过头去,疑惑地望着:味道,好像有味道,是藏獒的味道。狼群非常整齐地停了下来。上阿妈头狼举着鼻子在空气中嗅了嗅,小心翼翼地走过来，站在五步之外，谨慎地盯住了雪丘。就是这个地方，没错，就是这个地方散发出了藏獒的味道。它惊恐地朝后退了退，看到尖嘴母狼居然走到了雪丘的跟前，便警告似的叫了一声：回来。尖嘴母狼没有听丈夫的，鼻子几乎挨着雪丘闻起来，一直闻到了冈日森格呼吸和窥伺的孔洞前，惊诧地昂起了头，俨然一副果然不出我之所料的神情。它跳起来就跑，突然又停下来，看了一眼上阿妈头狼，回到雪丘跟前，用屁股堵住了雪丘的孔洞，摇晃着那条毛茸茸的大尾巴，一副安然、悠闲的样子，似乎在告诉上阿妈头狼：没事，这里什么也没有。

一般来说，母狼尤其是妊娠期的母狼，为了养育和保护后代的需要，嗅觉要比公狼灵敏得多，它说没事，那就肯定没事。上阿妈头狼困惑地嗅着空气，走过去在雪丘上抓了几下，感到疏松的积雪里面是坚硬的冰壳，就觉得是自己的鼻子出了问题。它冲着随它停下来的狼群叫了几声，又开始奔跑起来。狼群再次起程了。尖嘴母狼看到所有的狼跑进了雪雾，这才又一次用鼻子闻了闻雪丘的孔洞，好像是通知里面的冈日森格：没事了，狼群离开了。然后悄然而去，很快跟上狼群，消失在了一地沙沙流淌的黑影里。

这到底是怎么回事？尖嘴母狼不仅没有撕咬它，反而用屁股堵雪丘的孔洞掩护了它。冈日森格怎么也想不明白。它认识这匹尖嘴母狼，那牢牢记住的气味让它想起了领地狗群和上阿妈狼群以及多猕狼群的交锋，却忘了出于一只雄性藏獒超群的心智和健全的生理，出于对所有母性包括宿敌狼族的妊娠期母性的怜爱之心，它曾经在可以一口咬死对方的情况下放跑了尖嘴母狼。冈日森格很容易忘记自己那些侠义仁爱、厚道宽恕的举动，所以就不明白尖嘴母狼的掩护是一种报答，也不明白这样的报答虽然罕见却很正常，它一方面意味着母狼对狼族狼行的背叛，一方面又意味着对狼族的忠诚和对狼族声誉的提升。

　　在草原的传说里，狼是那种"千恶一义"的野兽。这"千恶一义"的意思是，一千匹"恶狼"里定会产生一匹"义狼"，或者说，狼在千次行恶之后，定会有一次义举。这样的义举能够保证它们在生命的轮回之中有一个好的转世，比如可以进入天道、人道、阿修罗道，而不至于堕入饿鬼道、地狱道，或者继续生活在畜生道。尖嘴母狼大概就是一匹"千恶一义"的"义狼"吧，冈日森格虽然不能完全理解，却并不等于糊涂到分不清好坏，也就是说，它记不住自己对别人的施恩，却永远不会忘记别人对自己的施恩。它蜷缩在雪丘里感激着这匹母狼，一再地感叹着：今年的冬天，怎么这么多的狼，怎么外来的狼群里居然有高义行善之狼？但愿它也像掩护我一样去掩护牧民，掩护已经十分危险了的恩人汉扎西和主人刀疤。

　　一想到汉扎西和刀疤，冈日森格就再也卧不住了，它试图站起来继续走路，但已经不大可能，大雪倾盆而下，压迫着身体的雪丘快速变大着，冰甲的重量和积雪的重量早已超出了它的负荷能力，它只能一动不动，就像被如来佛扣压在了五行山下的孙悟空那样，眼睛可以观望，呼吸可以畅通，思想可以活动，但就是不能运动四肢奔走而去。冈日森格焦躁起来，一焦躁口腔里和舌头上就大冒热气，一冒热气就又在冰甲之内涂抹了一层冰，这层冰很快封住了雪丘上眼睛的孔洞，它发现自己什么也看不见了，一片漆黑。它摇起了头，发现头被卡在冰甲之中丝毫动弹不得，赶紧大口喷气，似乎再不喷气，呼吸的孔洞，这个它和外界唯一的联系就要被寒冷和霜雪封堵住了。

风小了，大雪垂直而下，掩埋着冈日森格的雪丘转眼又增大了一些，雪海之上所有的雪丘都增大了一些。仿佛再也无法摆脱了，丰盈而饱满的西结古草原的冬天，把神威无穷的雪山狮子冈日森格牢牢禁锢在了前往营救恩人和主人的途中，死亡的魔鬼正在显示法力，灵肉危在旦夕。命运对藏獒的不公就是这样，尽管它们冒着生命危险救过许多动物许多人，可一旦自己陷入绝境，却是谁也靠不住的，只能在孤立无援中自己营救自己。它有自救的办法吗？有啊有啊，冈日森格是雪山狮子，它有能力对付所有的冬天，对付冰天雪地中的一切困厄。它在生命之火走向熄灭的时候，仍然以最强大的力量爆发出了智慧的亮光，那就是依靠本能，从肉体到内心，断然抛弃愤怒和焦躁，沉着冷静，气定神闲，在生命需要蛰伏的时刻，清醒地把蛰伏进行到底。这就是藏獒的素质，是独一无二的天然禀性。

冈日森格安静了，眼睛闭上了，心灵闭上了，什么也不想，连呼吸的孔洞是否会被寒冷和霜雪堵住也不想了，就想着安静本身，如草原上的高僧大德们住在深洞黑穴里修炼密法那

样，让虚空和无有占领一切，在所有的时间和空间里，忘掉世界，更忘掉自己。就这样过了很长时间，天亮了，雪还在下，风又起，雪丘几乎变成了一道圆形的雪冈。冈日森格依然安静着，安静的结果是，它体内的五脏六腑、浑身的每一个细胞都在产生热量，热量在安静中氤氲着，越聚越多，就像种子在分蘖、酿母在发酵，而嘴巴却在不焦不躁中闭合着。这样的热量是从皮毛里透出来的，不会增加冰甲的厚度，只会慢慢地融化冻结在皮毛上的冰雪。更要紧的是，雪丘，不，雪冈已经十分厚实，外面寒冷的空气进不来，融化的冰水不会马上再次结冰。

冈日森格渐渐感觉到了融冰在脊背上的流淌，感觉到雪冈里的空间正在扩大，身子正在解脱，禁锢正在消失。它试着站了一下，没等腿站直，头已经碰顶了，赶紧又趴卧下来，安静了一会儿，再次一站，居然挺挺地站住了。好啊，好啊，站起来就有力量了。对冈日森格来说，安静已经过去，现在能够挽救它的，就是它在安静中蓄积的力量了。它必须奋力一跳，冲破这硕大的房子一样的雪冈。它把獒头对准了鼻息穿流的孔洞，决定就朝着那儿冲撞，那儿是雪冈最薄弱的地方。成败在此一举，生死在此一搏，冈日森格跳起来了，安静了这么长时间之后，它终于凶暴地跳起来了。

4.狼崽和小母獒成了朋友

小母獒卓嘎追逐着狼崽，不断地喊着：我要咬死你，咬死你。狼崽吓坏了，没命地逃跑着。其实这样的喊声对小卓嘎来说并不意味着愤怒和仇恨，更多的是顽皮捣蛋和游戏的兴奋。小卓嘎想起了领地群里跟它同龄的小公獒摄命霹雳王，想起这只被人宠爱着的骄傲的小公獒是个蛮不讲理的家伙，动不动就会追它咬它，追它的时候总是感胁地喊着：你停下，你停下，不许你跑，我要咬死你，咬死你。它当时想：我就要跑，就要跑，等我长大了我也要咬死你。但它似乎永远跑不脱小公獒的追逐，每次都会被对方扑倒在地，狠狠地撕咬。当然小公獒是不会咬死它的，獒类世界里遗传的规则发挥着作用，小公獒牙齿的咬合总会在咬疼它并让它难以忍受的时候停下来，好像藏獒之间，难受是可以互相感应的，在小卓嘎的皮肉难以忍受的时候,也会让小公獒的牙齿难以忍受。

这会儿,小母獒卓嘎学着小公獒摄命霹雳王的样子喊叫着,很快追上吓蒙了的狼崽,像小公獒扑它那样扑倒了狼崽,一口咬住了对方的脖子。狼崽尖叫起来,一叫就把小卓嘎吓坏了,赶紧松口,跳到了一边,不停地摇晃着尾巴,像是一种解释:我跟你玩呢,跟你玩呢。狼崽想跑,又没跑,定定地望着对方。它从小卓嘎的动作神情里读懂了对方的友好,猛然想到正是这只小藏獒把自己从命主敌鬼的利牙之中救了下来,想到小藏獒或许是不会吃掉自己的,要吃的话早就吃了,就在自己哭泣或者装死的时候就已经下口了。

狼崽用孩子的迷茫忽闪着美丽的丹凤眼,走到一个离小卓嘎远点的雪窝里卧了下来,伸出两条前腿,把下巴平稳地放在了上边,这就是说,它知道小卓嘎跟它玩呢,虽然它依然防备着对方,但已经不怎么害怕了。小母獒卓嘎走了过去,用一种顽皮而得意的眼光研究着狼崽,以前都是小公獒摄命霹雳王追它,它拼命地跑,怎么也跑不脱,搞得它气恼异常、沮丧异常。现在它可以追别人了,它使劲地追,一追就追上了,多有意思啊。被人追和追别人,自己逃和让别人逃,感觉是完全不同的;有一个随便可以被它追撵的伙伴,和没有一个这样的伙伴,感觉也是完全不同的。小卓嘎紧挨着狼崽卧了下来,歪过头去,闻了闻依然浓烈的狼臊味儿,觉得已经不那么刺激了,脑袋里也没有了让它暴躁愤怒的轰轰声。而狼崽好像仍然不能适应它的獒臊味儿,更担心对方再次咬住自己,抬起头,紧张而恐惧地望着它,不时地撮起鼻子露露狼牙。

但是狼崽没有起身跑掉，这说明其紧张已不似从前，恐惧正在消减，它和小卓嘎一样，也已经把对方当成了自己的伙伴，也许这个伙伴并不牢靠，却是现在唯一的伙伴。在到处都是死亡陷阱的雪原上行动，即使是天性孤独的狼和天性孤傲的藏獒，内心也充满了对孤独和孤傲的排斥，充满了对友谊和伴侣的渴望。它们相安无事地卧着，过了很久，一个共同的感觉让它们站了起来，那就是饥饿。小母獒卓嘎的脑海里突然出现了一个麻袋，麻袋是裂开口子的，裂口中溢出了许多积雪一样的面粉。它用鼻子碰着狼崽，好像是说：我带你去吃面粉吧，我知道有个地方有面粉。你喜欢吃面粉吗？我告诉你，面粉是温暖的，面粉里有着乳汁一样清香的味道。

就在小卓嘎这么说着的时候，突然就愣住了，它记得当时自己吃了面粉以后，还看到了一些羊皮大衣，它从一件大衣的胸兜里叼出了一封薄薄的信。信？信到哪里去了？坏了，我把信弄丢了。它立刻捡回了已经丢在脑后的使命感，仿佛看到自己正在把信交给阿爸，阿爸又把信交给了班玛多吉主任，班玛多吉主任摸着它的头，称赞着它，给它奖励了一大块熟牛肉。小母獒卓嘎跳起来就跑，突然又停下望着狼崽，意思好像是：走啊，你跟我走啊。狼崽没有动，它现在还不可能跟着小卓嘎去寻找什么信，它想到的是应该去野驴河边，那个阿爸曾经跟它嬉戏、阿妈曾经给它喂奶的地方，那儿有它出生的窝，还有阿爸阿妈埋藏起来的食物。狼崽转身想离开，又觉得前途渺茫，孤寂难忍，赶紧回过头，乞求地说：你还是跟我在一起吧。

小母獒卓嘎丢下狼崽不管了，信是最重要的，那是人的东西，对它和它所从属的种族来说，只要是人的东西，哪怕是一方纸片，也比属于自己的一切包括伙伴包括性命更重要。这是真正的喜马拉雅獒种的天然本性，这个本性让它们无比清楚地意识到，任何时候、任何情况下，人的需要和人的利益都是高于一切的，在先人后己和先己后人之间，它们选择的永远是前者。小母獒卓嘎奔跑而去，不时地停下来呼哧呼哧地嗅着积雪。它记得信是用黄色牛皮纸写的，中间有个方框，方框里面写着字，记得牛皮纸的信封上有一股它从来没有闻过的酸味儿，它现在要找的，就是这股记忆犹新的酸味儿。而对它来说，在毫无杂质异味的雪原上，找到一个它已经有了深刻的味觉记忆的东西，似乎并不是一件很难办到的事情。它快速地跑着、闻着，一个小时后终于找到了当时它看到嘴脸乖谬的命主敌鬼正要吃掉狼崽的地方，它记得就是在这个地方，它丢弃了那封薄薄的信。

它用鼻子吹着积雪，粗枝大叶地闻了闻，就知道信朝着什么方向跑远了。它自信地追踪而去，发现有时候信是蹭着地面跑的，有时候又会凌空而起，在天上飞一阵子，再落到地上，飞起来的时候信的酸味儿就消失了，但是不要紧，只要它顺风往前找，就又会发现信的踪迹。

终于信再也飞不起来了，信被埋住了，大概有一尺深。小母獒卓嘎坐下来长舒一口气，然后就开始刨挖积雪。它先用前爪轮番刨一刨，再掉转屁股用后爪轮番刨一刨，吱啦一声响，爪子划到信封上了，它激动地使劲摇着尾巴，就像见到了思念已久的藏獒或者久别未逢的人。小卓嘎把头伸进雪坑，在那黄色的牛皮纸、红色的方框、蓝色的字上逐一舔了舔。它是色盲，从颜色上分辨不出它们的不同来，但是从形状和味道上它知道那是完全不一样的。舔完了，它又深情地闻了闻信封上氤氲不去的酸味儿，这才叼起来，往回走去。

小母獒卓嘎走了很长时间才走回到原来的地方，它惊喜地发现，都过去好几个小时了，狼崽一直等着它。狼崽生怕走开了小卓嘎找不到自己，就一步也没有挪动，甚至连面对的方向也没有改变一下。为什么要这样？狼崽并不十分清楚，它只清楚一点，自己一直生活在狼群里，对孤身一人闯荡荒原的日子没有太多的准备，它需要一个伙伴，这个伙伴带给它的应该是一种安全的感觉和驱散孤独的依靠。狼崽一见到小母獒卓嘎，就飞快地跑了过来，似乎已经忘了对方是一只藏獒，而它是一匹作为天敌的狼。几个小时的苦苦等待，让它以为这只跟它邂逅又救了它的命的小藏獒也许再也不会照面了，它正处在极度失望中，严重地孤独着、凄凉着、伤感着，突然发现对方回来了，这个喜欢跟它追追打打却从来不真的伤害它的异类的伙伴回来了。它边跑边叫，叫出来的声音连它自己都感到吃惊：不是狼叫，而黑獒叫，是小藏獒那种虽然稚嫩却不失穿透力的吼叫。

狼崽和小母獒卓嘎这时候都还不知道，西结古草原的狼，尤其是公狼，有着极强的模仿力，只要需要，它们都能发出藏獒一样的叫声。小卓嘎也愣了：你怎么已经不是狼了？你突然变成藏獒了？小卓嘎喜欢这样的变化，这样的变化让它

进一步剥蚀了内心深处对狼崽的拒绝，愈加清晰地意识到，一个伙伴跑来了，一个年龄跟自己一般大的小孩跑来了。

　　小母獒卓嘎和狼崽扑抱到了一起，这是没有任何敌意的扑抱，仿佛是朋友之间情不自禁的搂抱，一个说：你没走啊？我真担心你会丢下我走掉。一个说：你终于回来了，我以为你再也不回来了。两个小家伙你顶我撞地激动了一会儿，饥饿又来纠缠它们了。狼崽用鼻子拱了拱小母獒卓嘎，毫不犹豫地朝着它认定的野驴河的方向走去，它要去寻找它出生的窝，那个狼爸和狼妈埋藏食物的地方。小卓嘎果断地跟上了它，仿佛已经用不着争吵商量了，狼崽要去的地方，也应该是它想去的地方。它想去寻找阿爸冈日森格和阿妈大黑獒那日，它不知道它们在哪里，也就没有认定了要走的路，总觉得只要选择积雪中膨胀起来的硬地面走下去,就一定能见到它们。走着走着,小母獒卓嘎吃惊地叫起来:信呢?好不容易找到的信呢?再一看,也不知什么时候,那封信跑到狼崽嘴上了。小卓嘎笑着,没做出抢夺的样子,像是说:好啊,那你就帮我叼着吧,可千万别弄丢了。

它们走了很长时间,走过了夜晚,走进了八只猞猁的视野,走到了被白天描画出波浪的地平线上。雪还是没有消停的意思,飕飕的风迎面而来,把两个小家伙的眼睛吹得眯了起来。小母獒卓嘎和狼崽都累了,不约而同地停在了一道雪冈的旁边。这儿背风,可以依偎在一起暖和暖和。它们靠着雪冈卧了下来,互相搂抱着,都说:睡一会儿吧,睡一会儿再走。说着,一起闭上眼睛,你呼我哼地打起了鼾。到底是小孩,这样的时刻居然还能酣然大睡。风声狞笑着,凶险从茫茫雪色中悄然淡出,两个流浪儿的背景一片阴沉。

一直跟踪着它们的饥饿的大口、獠牙痒痒的大口、一群八只猞猁的八张血盆大口,已经离它们很近很近了。猞猁又叫唐古特林魔,在牧民们眼里,它们是山神的一种,是极其恐怖而又隐秘的大念怖畏神。猞猁一般不会成群结队地行动,除非它们不群聚就无法捕获食物,就会成为别人的食物。唐古特林魔身量比豹子小,但凶残和灵敏的程度是豹子的两倍,在草原上,由于栖息地大致相同,它们死掐活斗的往往是雪豹或者金钱豹,一般来说它们不会给喜欢群斗的狼和喜欢冒死冲锋的藏獒找麻烦,它们远离着草原,只在雪山和森林之间活动,可以说它们是距离藏獒和狼最远的猛兽。但是现在不同了，久久不退的大雪灾让草原上的所有野生动物都感到了热量的快速散失和饥饿的迅猛到来，超越界限的猎食行为蔓延着，凶暴和残酷正在将它们推向极端。天真无邪的小母獒卓嘎和狼崽，搂抱在一起睡得正香的小母獒卓嘎和狼崽，在八只猞猁血红的眼睛里，早就是温暖如春的血汤肉酱了。

　　八只猞猁快速走过去，围住了雪冈下面酣睡着的小卓嘎和狼崽。痛快的咬嚼就要开始，猞猁们交换着眼神，似乎想让开胃的涎水多悬吊一会儿，然后再割而食之，或者它们正在商量：谁首先开口，你还是它？雪冈之上，浮雪一股一股地飞扬起来，加入了风的行列，呼呼地远了。又有新雪覆盖住了雪冈，雪冈静悄悄的。风正在说：死了，死了，小母獒卓嘎和狼崽就要死了。终于商量妥当了，一只雄性的花斑猞猁率先跳过去，张嘴就咬，只听咔吧一声响，上牙和下牙的会合咬出了一嘴的齑粉，噗啦啦地落在了雪冈下。

第 八 章
Chapter 8

雪坑深深

1. 獒王单挑八只猞猁

离开烟障挂的领地狗群一路奔驰，仿佛生命就挑在它们宽大的额头上，任由它们在寒冷的大冰碛地带，唰唰唰地挥洒着。风的力量让轻盈的雪片有了沙石般的沉重，所有的地方都被压瓷实了，膨胀起来的是硬地面，凹下去的也是硬地面，消失了虚浮积雪的雪原让领地狗群变得格外豪放。领地狗群刚刚吞掉了十具狼尸，处于半饥半饱的状态，既有体力，又有吃杀的欲望，正是奔跑行猎、阻击顽敌的时候。它们士气正高，在大灰獒江秋帮穷的带领下，风暴一般扑向了隐藏在朦胧雪色中的目标。

风中的信息已经告诉大灰獒江秋帮穷，雪豹群就在远方的大雪梁那边，那边是一片连接着昂拉雪山的大盆地，是牧民的冬窝子。整个冬天，这里集中了野驴河部落三分之一的牲畜和牧民。雪豹群就是冲他们而去的。雪豹的日常生活大多以家庭以母豹为核心，公豹是自由的，它可以换妻，也可以天长日久地守着一个妻子，但无论是专一的，还是不专一的，公豹之间并不经常发生为了母豹的打斗，这样的和平共处使它们有了另一种可能，那就是在极端困苦的状态下，公豹会联合起来，带动母豹打破家庭的界线，以豹群的形式出现在因为有了它们而更加残酷的雪原上。但无论雪豹多么骄横蛮恶，豹群的形成首先并不是为了逐猎和围猎，而是为了保护自己，因为荒原狼和猞猁都已经群聚而动了，如果雪豹的行动还以家庭为单位，就很可能成为狼群或者猞猁群的猎物。据说西结古草原上曾经出现过两百多只一群的大集群雪豹，而通常年份的豹群大都在二十只到五十只之间。豹群一旦形成，胆气就粗了，就是一个危害极大的团队，袭击的对象除了牛羊，还有人，还有藏獒。

　　领地狗群秩序井然地奔跑着，大力王徒钦甲保奋力追上了跑在最前面的大灰獒江秋帮穷，十分不满地叫了几声，似乎是说：你跑得太慢了，你这样的速度跑在最前面，会让后面的领地狗伸展不开四肢的，还是我来吧，我来领着大家跑。说着，迅速超过了江秋帮穷。大灰獒江秋帮穷蓦然跳起，拦在了徒钦甲保面前，大吼一声，张嘴就在对方肩膀上留下了一道牙痕，仿佛是在警告它：不得胡来，现在是长途奔走，跑得太快就会失去耐力你知道吗？一旦跑累了再遇到雪豹群，我们将不堪一击你知道吗？再说还有一些小喽啰藏狗，它们要是跟不上，留下来就等于留给了狼口豹口你知道吗？大力王徒钦甲保没想到一向宽厚忍让的江秋帮穷会有这么激烈的反应，不服气地咆哮了一声，意识到这里是集体，现在是打仗，服从是唯一的要求，赶紧退回到原来的位置上跑起来。

这是谁也没有料到的。八只猞猁没有料到已经来到嘴边的血汤肉酱会转眼之间翩然而去。那只雄性的花斑猞猁更没有料到，它率先跳起来，张嘴咬住的并不是小藏獒或者狼崽汩汩冒血的脖子，而是一嘴冰块，咔吧一声响，冰块在嘴里变成了齑粉。冰块是飞来的，冰块怎么能飞到它嘴里来呢？小母獒卓嘎和狼崽没有料到，它们倚靠着的这座雪冈，正是禁锢了雪山狮子冈日森格的雪冈。现在，雪冈的怀抱里，禁锢正在融化，冈日森格已经凶暴地跳起来了。

一声巨响，雪冈爆发了，就像火山爆发那样，崩裂的冰块和雪块喷溅而起，凶猛地飞上了天，又唰啦啦地掉了下来。雪山狮子冈日森格在雪光里一跃而出，它抖擞着神威，落地的同时，又猛然跳起，躲开了冰块的砸击。等它打算跳向更远的地方时，突然看到八只唐古特林魔就在五步远的地方张牙舞爪地瞪视着它，不禁停下来，狂吼了一声。它见识过这种野兽，知道它们的灵敏和残暴胜过了豹子，还知道在这样的野兽面前，任何理由的忍让和退却都只能是死亡的代名词。它毫不犹豫地扑了过去，八只猞猁也毫不犹豫地扑了过来。

碰撞发生了，猛烈的吼叫中，冈日森格首先咬住了花斑猞猁的脖子，同时用沉重的身体夯倒了另一只猞猁，但是它没有时间咬死它们，它必须赶快跳起来躲开其他猞猁的攻击，即使这样它的前腿和屁股上已经有了两处滴血的伤口。何等敏捷的猞猁？速度快得居然让它躲闪不及。不能这样，不能光靠勇敢，光靠勇敢是赢不了猞猁的。冈日森格后退了几步，窥伺着猞猁，也窥伺着机会。猞猁们张开大嘴呼哧呼哧地进逼着，除了已经被咬成重伤起不来的花斑猞猁，另外七只猞猁排列成半圆形的一条线，都把距离保持在了可以一扑到位的地方。这就是说，下一次碰撞还是七只猞猁一起上，而冈日森格要做的就是避开众口，各个击破。

但是冈日森格根本就无法避开，七只猞猁就是七支利箭，几乎不差一秒地同时行动，从不同的方向朝它激射而来。它躲无可躲，只好奋起迎击。完全是第一次碰撞的重复，冈日森格咬住了一只猞猁，用身体夯倒了一只猞猁，它自己也被再次咬伤，一处伤在肩膀上，一处伤在脖子上。不行，这样下去绝对不行，它已经有四处伤口了，有一处甚至在离喉咙和大血管很近的地方。冈日森格奋力跳开，后退了几步，继续窥伺着。除了那只在第二次碰撞中几乎被咬死的猞猁，六只猞猁再次排成一条线，凛凛地靠近着，朝冈日森格飘过来一层毒辣的眼光。

冈日森格心想，谁是它们的头？干掉它们的头，它们就不会如此整齐地发动进攻了。冈日森格挨个儿看了一遍，没看出谁是头来，正在疑惑，就见最边上那只母猞猁突然停下，回头望了一眼已经崩塌的雪冈，所有的猞猁也都停下了，也都回头望了一眼雪冈坍塌以后推积起来的冰雪。冈日森格立刻意识到这只母猞猁就是它们的头,往后一蹲,就要朝它扑去,突然看到从雪冈坍塌的冰雪里冒出一颗头来,是一只小藏獒的头,接着就露出了铁包金的身子,露出了从父母那里继承来的黑背红胸金子腿。哦,卓嘎?冈日森格叫了一声,问道:你在这里干什么?没等小卓嘎回答,它发现小卓嘎的身边又冒出一颗头来,居然是一颗狼崽的头。它吼了一声,不是冲着狼崽,而是冲着小卓嘎:你还愣着干什么?赶快咬死它。

但试图咬死狼崽的显然不是小母獒卓嘎,而是那只作为猞猁首领的母猞猁。似乎是为了避免腹背受敌,母猞猁丢开冈日森格,转身朝着狼崽和小卓嘎疾风一般扑了过去。它把狼崽和小卓嘎看成了严重胁猞猁群的背后之敌,却没有想到,这样一来,反而给自己造成了真正的背后之敌,冈日森格怎么可能允许它的孩子小母獒卓嘎的生命受到威胁呢?冈日森格不顾一切地奔跃而起,从背后直扑母猞猁。这是最能体现冈日森格风格的一扑,就像暴风雪的运动,迅疾而无所不包。母猞猁显然是跑不掉了,对冈日森格来说,躲开了猞猁群的集体攻击,任何野兽包括在残暴和灵敏方面超豹超狼的唐古特林魔,都不可能是真正的敌手。母猞猁被扑倒在了小卓嘎的面前,正好是仰面朝天的,白嫩的肚腹哪里经得起冈日森格的撕咬,开膛露肠的时间只用了一秒钟。冈日森格跳过去,堵挡在了小卓嘎和狼崽前面,又顺势准确地咬在了母猞猁的脖子上,獒头一甩,那大血管就砉然开裂了。

现在还剩下五只猞猁了，它们依然迅捷、格外凶猛，丝毫没有撤退的意思。但它们已经失去了首领，失去了统一的指挥，就只会争先恐后，而不会密切配合，一起扑咬。而向来是独斗英雄的冈日森格最不在乎的就是对手的争先恐后，先来的先死，后来的后死，它会精确地利用对方你扑我咬的时间差，实现它各个击破的目的。冈日森格沉着冷静地跳来跳去，一头撞倒了首先扑来的一只猞猁，几乎在利牙割破喉咙的同时，跳起来迎着第二只扑向它的猞猁撞了过去。猞猁再凶猛其力量也没有藏獒大，对撞的结果，只能是猞猁滚翻在地。冈日森格放过了被它撞翻的第二只猞猁，又去迎击第三只第四只朝它扑来的猞猁。第三只和第四只猞猁依然被它撞倒又被它放过了，轮到撞击第五只猞猁时，它才真正发威，吼声如雷，牙刀如飞，不仅没有放过，而且在咬死之后，又多余地在它脖子上划了一牙刀。

　　现在还剩下三只猞猁了。三只猞猁轮番从地上爬起来，很想马上进攻，却停了下来，抖动着皮毛，想抖落满身的积雪。猞猁是一种非常喜欢干净的野兽，不允许自己身上沾染丝毫的尘土或者雪末，即使死到临头，也要保持一身的清爽纯洁。等它们抖尽了皮毛上的积雪，再准备扑咬对手时，冈日森格新一轮的进攻已经风卷而来了。嘎的一声，一只猞猁的右耳朵被撕了下来。猞猁惨叫一声，回身就咬，只见冈日森格从它身边腾空而起，沉重地砸在了一只金猞猁身上。金猞猁被压得趴了下来，冈日森格并不咬它，却把钢铁般的牙刀飞向了朝它横斜里扑来的另一只猞猁。那猞猁原以为自己是在夹击，或者是在身后偷袭，没想到一下子变成了正面交锋的对手，本能地缩起身子，伸出两只锐利的前爪抓向了冈日森格的眼睛。冈日森格似乎已经料到这一招，獒头一抬，大嘴一张，便把抓过来的前爪含进了嘴里，只听嘎巴一声响，猞猁的爪子被獒牙咬断了，两只前爪都被咬断了。猞猁翻倒在地，沙哑地叫着连打了几个滚。

冈日森格从骑着的金猞猁身上蹦起来，飞向了前面，落地的同时，后腿并拢，以此为轴心，仰着身子猛转过来，恰好迎上了撕咬而来的金猞猁。冈日森格一头撞翻了它，然后一口咬在了它的喉咙上。金猞猁死了，另外两只猞猁转眼变成了残废：一只没有了右耳朵，一只没有了前爪。没有了前爪的猞猁寸步难行，笃定是要死掉的，而且很快，很快它就会成为狼群的食物。没有了右耳朵的猞猁还能活，能活的就让它活着吧，冈日森格瞪着它，不断地吓唬着：走啊，你赶紧走啊。独耳猞猁看懂了冈日森格的意思，徘徊着，告别似的把七只死去的和重伤不能动的猞猁挨个儿看了看，舔了几口它们身上的血，最后仇恨地望了一眼魔鬼一样的荒野杀手雪山狮子冈日森格，头也不回地走了。

一直在惊愕中观望这场打斗的小母獒卓嘎高兴地叫起来，欣喜若狂地跑过去，在冈日森格身上又扑又咬。冈日森格温情地舔着自己的孩子，不时地睃一眼狼崽。狼崽吓傻了，嘴里还叼着那封信，哆哆嗦嗦地蜷缩在积雪里，似乎连转身逃跑都想不起来了。小母獒卓嘎急切地要把自己的新伙伴介绍给阿爸，跑过去打着滚儿从狼崽身上翻过去，又跑回到阿爸身边,撒娇地咬住阿爸粗壮的前腿不松口。冈日森格用鼻子拨开了它,仿佛说:快啊,快去把狼崽收拾掉,它正好是你的对手。小卓嘎解释似的跑过去,摇着尾巴在狼崽鼻子上舔了一下,又摇着尾巴回到了阿爸冈日森格身边。

冈日森格愣了:这到底是怎么回事儿?自己的孩子居然交上了一个狼伙伴、一个狼弟弟。怎么办?吃掉狼崽,天经地义,因为在狼崽长大的过程里,它会吃掉多少羊啊;放过狼崽,也是天经地义,因为毕竟藏獒尤其是雄性的成熟的藏獒是惜妇怜幼的。最好的办法还是刚才它的主意,让小卓嘎把狼崽收拾掉,它们旗鼓相当,正好可以磨炼磨炼小卓嘎的咬杀能力。

冈日森格舔了舔自己的伤口,也让小母獒卓嘎帮着它舔了舔伤口,然后用鼻息、用吼声、用眼睛和身体的语言,一再地催促着小母獒卓嘎:快啊,快去咬死吃掉这匹跟你一般大的狼崽。可固执的小卓嘎就是不听话,冈日森格觉得再这样下去就是浪费时间,便一头顶开了小卓嘎,锉动着牙齿,朝着狼崽大步走去:我也该吃点东西了,狼崽的肉,是最鲜嫩的肉。

2. 先救汉扎西

小母獒卓嘎吃惊地望着自己的阿爸,汪汪地叫着,好像是说:不行,你不能吃掉狼崽,它是我的伙伴。可是冈日森格怎么会听一个孩子的话呢?它信步走去,把一口热气喷在了狼崽身上。狼崽感觉到已是大难临头，抖得更厉害了，叼在嘴里忘了吐掉的信发出了一阵唰啦啦的响声。冈日森格奇怪地看了看信，突然听到小卓嘎哭了，呜儿呜儿的。哭声冷冷的硬硬的，有一种大力刺激的感觉，让它那因为搏杀猞猁而变得热烘烘的脑袋骤然凉爽了许多，它好像一下子清醒过来：真是糊涂透顶了，我一个如此伟岸的大块头，怎么要去吃掉这么小的一匹狼崽呢？祖先制定的规矩可不是这样的，还是应该把它交给小卓嘎，还是要说服小卓嘎去吃掉它。

　　但是说服已经来不及了。游荡在冰天雪地里的凶暴赞神和有情赞神似乎不愿意一匹狼崽这么小就被藏獒吃掉，让雪花悠悠地送来了一种声音，这几乎就是神音了，它让幸运的狼崽顷刻脱离了死亡的危险。这是一声狼嗥，隐隐约约从远方传来。冈日森格倏地抬起硕大的獒头，掀动着耳朵，把如梦似幻的眼光送给了雪花的舞蹈，一再地穿透着。它立刻就知道，传来狼嗥的那个雪遮雾锁的深处，是野驴河边碉房山升起的地方，也是恩人汉扎西的味道顺风而来的源头。

　　冈日森格听了一会儿，又听出是一公一母两匹狼在嗥叫，嗥叫很有规律，基本上是公狼两声，母狼一声，然后两匹狼合起来再叫一声。好像在呼叫别的狼，又好像不是，是在哭鸣，或者是在威胁人畜。到底是什么，冈日森格一时还无法判断。对无法判断的狼嗥它必须立刻搞清楚，更何况还有对恩人汉扎西和主人刀疤的担忧。刀疤的味道已经闻不到了，而风依然是从昂拉雪山和多猕雪山那边吹来的，这说明刀疤很可能已经沉睡在昂拉山群衔接着多猕雪山的某个冰壑雪坳里。而汉扎西的味道却越来越浓烈，这是象征危险的浓烈，是对冈日森格的无言的驱动。冈日森格毅然丢开了狼崽，丢开了小母獒卓嘎，朝着恩人汉扎西和碉房山奔跑而去。

小母獒卓嘎不由得跟在了阿爸后面，跑着，跑着，突然想到了狼崽，回头一看，狼崽也已经跑起来，但不是朝这边跑，而是朝着相反的方向跑去，嘴里依然叼着那封信，就像它变成了信使，它要去交给班玛多吉主任。小卓嘎喊起来：那是我的信，我的信。看狼崽不理它，就又追着阿爸汪汪地叫，好像是说：阿爸，阿爸，有一封信。冈日森格这时候哪里有心思听孩子啰唆？头也不回地往前跑着。小卓嘎只好放弃阿爸，转身去追赶狼崽，追赶狼崽嘴里的那封信。它觉得如果它丢失了这封信，它不能把这封信交给阿爸冈日森格，再让阿爸交给西工委的班玛多吉主任，它就连吃食或游戏的心思也没有了。

小母獒卓嘎好不容易追上了惊魂未定的狼崽，一獒一狼两个小家伙吼喘着趴在了地上，休息了半天才站起来。一个说往这边走，一个说往那边走，但两个小孩只想说服对方跟自己走，却不肯各走各的路，互相的依赖仍然左右着它们的行动。嚷嚷了一会儿，小卓嘎就扑过去抢夺那封信，意思是说：你不知道人的事情的重要性，我是知道的，我要去送信啦。狼崽转身就跑，它并不知道信是干什么用的，只知道别人要抢的东西它偏不给。小卓嘎追了过去，到底是孩子，追着追着，心思就变了，不再是不抢过来不罢休的意思，而是信走到哪里我就跟到哪里的意思了。狼崽看出了小卓嘎的心思，停下来，讨好地把信放在了小卓嘎脚前。小母獒卓嘎友好地摇了摇尾巴，舌头一卷，把信叼了起来。

它们用健美的碎步轻松地奔跑着，忽而一前一后，忽而齐头并肩，方向是狼崽认定的野驴河边，那个有着它出生的窝，有着狼爸狼妈埋藏起食物的地方。遗憾的是，它们始终没有找到这个地方，而对狼崽来说，找不到这个地方，也就是找不到安全，找不到生命的依托。它情绪低沉，步履滞涩，似乎已经预感到，前去的道路上，到处都是未知的凶险、无名的阴谋。

3. 父亲活过来了

大雪覆盖的草原上，逆着劲力十足的豪风，连续两个小时风驰电掣的冈日森格，已经累得跑不动了，但它还是在跑，它调动体内的每一丝力量，尽可能地挤压着浑身滚动的每一条肌肉，在超越自我的运动中，始终保持着奔跑的姿势。一直都有狼嗥，一直都有恩人汉扎西浓烈的味道，那就是两根牢牢牵连着它的绳索，拽着它拼命地向前、向前。终于来到了狼嗥响起的地方，来到了汉扎西遇险的地方，哦，原来是一个陷阱，是碉房山下的一个雪坑。冈日森格吼着叫着，噌地一下停在了雪坑的边沿，只朝下扫了一眼，就奋身跳了下去。

这是一个漏斗形的雪坑，十米见方，坑深不等，靠山的一面有十四五米，靠原的一面有七八米。冈日森格就是从十四五米深的地方跳下去的,本来它可以选择一处坑浅的地方往下跳,但是它没有,在它看来,为了自身安全的任何耽搁,哪怕是一秒钟的耽搁,都是不可饶恕的罪过。它从十四五米的高度跳到了坑底,就像炸弹落地,轰的一声,白花花的雪尘激扬而起。雪尘还没有落地,它就从积雪中自己砸出的地洞里爬了出来,扑向了父亲。它没有理睬狼,在它跳入坑底的一刹那,它就已经看到它们了,只有两匹狼,没什么大不了的,过一会儿再咬死它们,它现在最想接近的是恩人汉扎西。它看到汉扎西已经死了,他被两匹癞痢头的狼咬死了。

冈日森格扑到了父亲跟前,用摇晃的尾巴诉说着它的思念和哀悼,趴在地上,一边流泪,一边舔着、舔着,好像是说:是我的失职啊,我没有及时赶到。它舔干净了父亲头上脖子上的积雪,想拽着棉袄把父亲从雪窝子里拉出来,却吃惊地发现,父亲光洁的脖子上居然是没有伤口的,怎么可能呢?狼咬死了恩人,怎么可能不在恩人的脖子上留下撕裂的伤痕呢?它这么一想,就想到了另外一个问题:如果没有在脖子尤其是喉咙上留下伤痕,那就说明不是狼咬死的。再说了,狼咬死了他,为什么不赶快吃掉他,而要在那里长嗥短叫地暴露目标呢?冈日森格掀动着狮子般漂亮的头,禁不住用硕大的獒头顶起了父亲的头,父亲的嘴边结着冰,那是气流的痕迹,气流的进出如果发生在嘴边,就叫呼吸。啊,父亲还在呼吸,它的恩人居然还在呼吸。冈日森格激动了,眼泪簌簌而下,父亲没有死,父亲是昏死了。冈日森格知道,昏死不是死,昏死是那种晕了以后还能活过来的死,就像它自己

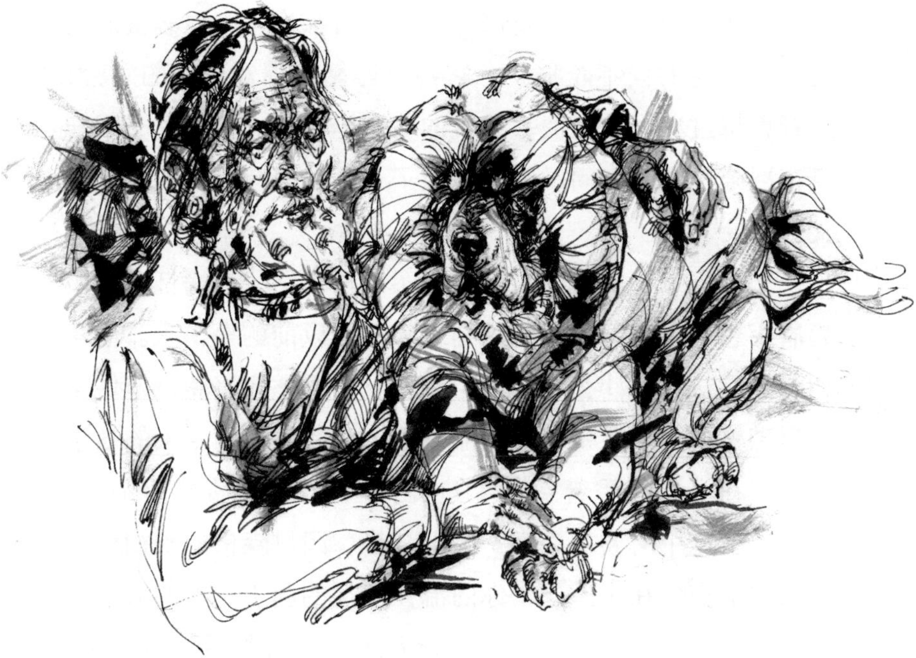

经历过的那样。不同的是，它昏死了好几天才活过来，而父亲，被它轻轻一唤，轻轻一舔，就活过来了。

冈日森格站起来，朝着天空嗡嗡嗡地叫着，一瞬间的喜悦，让它忘记了狼的存在，或者它现在是这样认为的：没有咬死恩人的狼就不是真正的狼，既然不是真正的狼，那我为什么还要咬死它们呢？爱憎分明的冈日森格，有恩必报的冈日森格，这时候不咬狼了。它甚至遵循了狼对界线的划分，不打算越过狼尿的遗渍去雪坑的那边走一走。它望了一眼隐身在裂隙里的狼，问候似的呼唤了一声，继续深情地舔舐着父亲。

父亲醒来了，一睁眼就看到了冈日森格。他愣怔着，皱起眉头想了半晌，才隐隐约约想起昏死以前的事情来。他嚅动着嘴唇，想说计么又说不出来，吃力地举起胳膊，抱住了冈日森格的头。他唰啦啦地流着眼泪，就像见到亲人的孩子那样，在心里埋怨着：你终于来了，冈日森格你终于来了，你为什么这个时候才来啊？冈日森格。冈日森格的眼泪和父亲的眼泪交汇在了一起，你的流在了他的脸上，他的流在了你的脸上，整张獒脸和整张人脸都湿了，湿得就像淋了雨，又很快结成了冰。好长时间他们才分开，分开以后眼泪依然在流淌。父亲从雪窝子里爬了出来，扶着冈日森格站直了身子。他浑身无力，两腿发软，渴望着食物。他知道自己必须立刻吃到东西，否则还会昏死过去。可是食物在哪里？他求救似的望了一眼冈日森格。冈日森格知道他很饿，却没有理解他眼神里的那股掸掇之意，它仰起獒头，朝着天空疲倦地叫着，想把这里有人需要救援的消息传达给坑外的世界。虚弱的父亲只好又扶着它坐下来，抬起手，给它指了指前面的狼。这一次冈日森格明白了，父亲的意思是让它去咬狼，咬死了狼，就有吃的了。冈日森格听话地掉转了身子，用它惯有的骄横轻蔑的眼光扫视着对面的裂隙。

癞痢头母狼已经藏起来了。癞痢头公狼守在裂隙口，瞪着冈日森格，恐惧地蜷缩着，浑身发抖。它们曾经远远地见识过獒王冈日森格的厉害，狼界里对冈日森格也有许多传说，那传说在狼的语言里就像在人的语言里一样，充满了威慑与传奇，镇服了所有冷酷残暴的野狼之心，让它们一想起来就心惊胆寒。此刻，这一对癞痢头的狼夫狼妻知道自己已是死到临头，便不再有任何逃跑反抗的举动，深深地陷入死亡前的恐怖，一再地发抖，连裂隙沿上的积雪都抖下来了。

冈日森格站着不动，它还在想刚才想过的那个问题：狼也处在极端饥饿的状态中，为什么没有咬死恩人？没有咬死恩人的狼就是手下留情的狼，就是该活不该死的狼，我们为什么还要吃掉它？父亲不知道冈日森格在想什么，不明白它为何如此滞缓，用手推了推它：去啊，快去咬啊，咬死了好吃肉啊。冈日森格看了看父亲，觉得恩人的命令和主人的命令一样，是不能不服从的，就往前走了一步，还想往前走一步，闻到了狼尿的界碑，就又停下了。冈日森格在犹豫：咬死面前这两匹狼，对它来说不费吹灰之力，更何况它有知恩报恩的义务——恩人饿得不行了，不吃就要饿昏饿死了。可面前的这两匹狼，是没有对恩人下毒手的两匹善狼，更是用鸣叫引来了援救者的两匹义狼，它们对人是有恩的，吃掉它们是不对的。它回望着父亲，希望父亲能收回自己的命令。但是父亲没有收回，父亲再次指了指狼，又朝它挥了挥手：快去啊冈日森格，你还犹豫什么呢？冈日森格茫然不知所措地吼叫着，前爪不停地刨着积雪，用眼睛的余光看到父亲几乎抬不起来的手还在吃力地朝它挥动，便毅然越过狼尿画出的界线，走向了裂隙。

癞痢头公狼呜呜地叫起来，仿佛是冤屈的哭喊，是无奈的祈求，是深深的后悔。狼知道，如果它们不用嗥叫引来冈日森格，这个人就死定了，也知道，这样的嗥叫几乎等于给自己敲响了丧钟，獒王冈日森格或者别的藏獒，在跑来救人的同时，会毫不客气地咬死并吃掉它们，但它们还是坚持不懈地嗥叫着，宁肯让自己陷入性命攸关的泥淖。或者，这一对狼夫狼妻压根没有料到结果会是这样，它们比人更了解自己的死对头藏獒：藏獒有恩必报，你没有咬死人，而且还救了人，它们就绝对不会对你下毒手了。可是人就不一样了，比如父亲，在他糊涂的时候，在他饿得就要死去的时候，就想不起狼的好来了，执意要求一身正气的雪山狮子冈日森格去卑鄙地咬死两匹对他有救命之恩的狼。

冈日森格再次回头看了一眼就要饿昏过去的恩人，恩人眼巴巴地望着它，深陷的眼窝里，就像笼罩着一张迷惘的网，网上的所有信息都是督促，都是用狼肉救他一命的渴望。不能再犹豫了，冈日森格吼叫了几声，纵身一跳，来到了裂隙口，用两只蛮力十足的前爪，死死地摁住了癞痢头公狼。癞痢头公狼悲惨地发出了最后一叫，算是向裂隙里面的母狼的告别，胡乱挣扎了几下，就瞪起眼睛四肢垂下不动了，好像是说：早知道是这样的下场，我们就不会嗥叫着求援了，我们死不瞑目，死不瞑目啊！

父亲真是后悔啊。他后来说，他是饿糊涂了，什么也顾不得了，居然撺掇冈日森格去咬死那一对狼夫狼妻。狼夫狼妻宽容地对待了他，他为什么非要置人家于死地呢？他说其实他一直没有真正清醒过来，先前被冈日森格舔醒的时候，眼睛虽然睁开了，脑子却依然是糊涂的，癞痢头公狼在生命的最后关头悲惨地向母狼告别似的一叫，以及那一阵锥子一样尖亮的对冈日森格的喊叫，才把他彻底叫醒，让他一景不落地想起了他和这对狼夫狼妻共同待在雪坑里的每一分钟。他心想不能啊，不能咬死狼，咬死了也没用，自己就是饿死也不能吃它们的肉。父亲说，如果两匹狼在他昏死之后不动声色地吃掉他，那就连鬼都不知道了，永远都不会知道。可是两匹狼没有，它们甚至都没有跨越公狼用尿液划定的界线，就在它们自己的领地上，用声嘶力竭的嗥叫召唤来了冈日森格。他怎么能恩将仇报呢？

好在他的糊涂最终并没有变成结果，结果是令人庆幸的，就在父亲彻底清醒，发出一声制止的吼叫时，冈日森格还没有把牙刀刺入癞痢头公狼的喉咙。冈日森格忽地抬起了头。它没有把张开的大嘴、含住公狼喉咙的大嘴迅速合拢，似乎就是为了等待父亲的这一声吼叫。它庆幸地长出一口气，两只蛮力十足的前爪迅速离开了被它死死摁住的癞痢头公狼，跳出裂隙口，回到了父亲身边。癞痢头公狼站了起来，很吃惊自己没有被咬死，短促地咳嗽着，似乎在告诉裂隙里面的母狼：我没死啊，我没死。

雪小了，风也小了，沉甸甸的骤雪变成了轻飘飘的柔雪，雪网渐渐稀疏着，可以看到天空的乌青了。冈日森格仰起獒头，冲着天空滚雷般地叫起来。这是一种发自肺腑的极富冲力的吼叫，它能逆着风向行走，能在劲风的吹打中保持很长时间的音量，而不至于立刻衰减消散。这样的声音正在告诉远处的人：它在这里，汉扎西在这里。很快，央金卓玛出现在了雪坑边沿。父亲永远忘不了，她的出现就像她的名字一样美妙，那就是天上的妙音送来了福气，就是从灾难的茫茫苦海中被救渡到了幸福的彼岸。央金卓玛是妙音救度母的意思，但父亲和她认识了那么久，直到今天这一刻，才对这个名字有了真正的理解。央金卓玛来了，装着糌粑的牛肚口袋来了，必死无疑的人这才可以说："我活过来了。"

4. 多吉来吧走了

在开阔的盆地中央，野驴河部落的冬窝子里，牧人们看到了一片惊心动魄的死尸，一片大雪遮不去、积雪渗不掉的鲜血。环绕着死尸，是一些魁伟生猛的藏獒。领地狗群前来保护他们了。领地狗们一个个呵呵呵地喷吐着气雾，表情复杂地望着雪地上横七竖八的死尸。死尸有藏獒的，也有雪豹的，藏獒死了六只，雪豹死了十三只。十三只雪豹一眨眼工夫就比赛似的命丧黄泉，可见这是一场多么激烈的打斗。雪豹群是跑来袭击人群的，没想到几乎在同时领地狗群兼程并进来到了人群的身边，为了食物的攻击和为了职守的护卫就这样演绎成了一场血雨腥风的战争。藏獒们开始哭泣了，它们在大灰獒江秋帮穷的带领下，把死去的六只藏獒团团围住，眼泪扑簌簌地往下滴，有几只藏獒哭出了声，哭声沙哑而隐忍。

天亮了，人心却跌入黯夜深处，越来越黑了。从州府回到草原的西工委的班玛多吉主任和西结古寺的老喇嘛顿嘎几乎不相信自己的眼睛，巡视在寄宿学校的地界里，连喘气都没有了。突然老喇嘛顿嘎叫起来："我祈求伟大的忿怒王快来到我的梦里头，把我从梦魇中赶出去，梦醒来，梦醒来。"幸存的平措赤烈不说话，身体微微颤抖着，水汪汪的眸子里依然深嵌着极度恐怖的神情。班玛多吉在身上摸了摸，摸出一块上飞机前装在口袋里的干粮递了过去。平措赤烈一把抓住，狼吞虎咽地吃起来。班玛多吉转身走向了还在发烧昏睡的达娃，一弯腰抱了起来。"走吧，咱们走吧，狼群光咬死了人，还没吃上肉，说不定还会回来，这里很危险。"说着，他来到刚才看见多吉来吧的地方，发现那儿已是空空如也。他吃惊地张望着："哪儿去了？多吉来吧哪儿去了？它浑身上下没有一块好肉了，居然还能起身离开这里。"

多吉来吧走了，它已经意识到自己没有完成使命，和生命同等重要的职守出了重大纰漏，意识到它已是一个无颜见江东父老的败北之獒，浑身的伤痕将给主人带来许多麻烦，意识到它终身都要维护的荣誉感已经撕裂，至高无上的责任心已经粉碎。它唯一的选择就是像所有优秀藏獒都会选择的那样，离开领地，离开人的视域，走向孤独和寂寞，在狼群迅速到来之前，舔干净身上的血迹，然后悄悄地死去。是的，必须悄悄地死去，而且要快，它的嗅觉还有一点作用，知道狼群很快又要来了，它不能活着让狼撕咬，不能，这是尊严的需要，死了就什么也不知道了，就没有尊严了。就这样，多吉来吧踏雪而去，它已经流尽了鲜血，失去了全部的力气，只剩下了若断似连的意识，它就是靠着愧疚于汉扎西和愧疚于寄宿学校的意识，靠着一股只属于藏獒的超越极限的毅力，站了起来，走了过去，消失在了雪色浩荡的原野上。那条拴在鬣毛上的鲜血染红的经幡一直飘舞着，仿佛是它牵着多吉来吧及时离开了这个狼群必来之地。

　　西工委的班玛多吉主任抱着达娃，带着平措赤烈，朝着碉房山的方向走去。他还不知道，自己身后两百米处就是一股逆着寒风闻血而来的狼群。

　　狼群哈哧哈哧地喷着气雾，流着饥饿的口水，知道不远处就有死尸，便用毒箭一样的狼眼目送着他们，轻易放过了。它们是外来的狼群，深知要想在一片陌生的草原上立稳脚跟，绝对要掌握好杀性的分寸，该收敛的时候就得收敛，该爆发的时候必须爆发，该报复的时候才能报复。现在是死尸就在眼前，不吃白不吃的便宜就在眼前，还是暂时不要去扑咬活人了吧，免得过早地引来牧民们的注意，引来领地狗群的再次追杀。狼群耐心十足地看着人走远了，才在多猕头狼的带领下冲向了十具孩子的尸体。

　　父亲和冈日森格从雪坑里出来了。他们是被西工委的班玛多吉主任和央金卓玛用腰带拽上来的。本来还想把癞痢头公狼和母狼也救上来，看它们蜷成一团浑身发抖的样子，父亲放弃了。他明白它们不想出去，它们出去就是死，不是被藏獒咬死，就是被自己的同类或者其他野兽咬死，因为母狼的腰严重受伤了，既没有捕食的能力，也没有不让自己变成食物的能力。父亲问公狼："那怎么办？就在这里待着？可待在这里也是死啊，你们会饿死的，除非有人给你们供应吃的。"说着把牛肚口袋扔了过去，里面还有一些糌粑，再说牛肚口袋也能吃。

　　一出雪坑，班玛多吉主任说："汉扎西你怎么在这里？是被狼群追来的吧？"父亲正要回答，一眼看到了雪地上坐着的平措赤烈和躺着的达娃，吃惊地扑了过去。"达娃，达娃。"父亲喊着，跪到地上看达娃还在呼吸，就问平措赤烈："你们是怎么来的？别的人呢，多吉来吧呢？"平措赤烈愣愣地望着父亲——寄宿学校的校长和他的老师汉扎西，扑过去，哇的一声大哭起来。这是狼群咬死十个孩子后他发出的第一个声音、第一次哭泣。

　　冈日森格很快离开了，它想起了主人刀疤，想起了最初传来刀疤味道的那个地方，那是昂拉山群和多猕雪山的衔接处，是一个冰壑雪坳里长着茂密森林的地方。它朝那里奔跑而去，恩人已经无恙，现在全力以赴要营救的是它过去的主人了。班玛多吉主任也要走了,他要把达娃和平措赤烈送到西结古寺,然后去牛粪碉房等待麦书记。麦书记一行很快就要到了。他劝父亲也去西结古寺,父亲说,他要去寄学校看看。央金卓玛想陪他去,他拒绝了。

第九章 Chapter 9

江秋帮穷

1. 一场惨烈的厮杀

还没有见到狼影，领地狗群就已经闻出来了：像一堵厚墙堵挡而来的大狼群的味道并不是一种味道，它是多猕狼群和上阿妈狼群混合后的味道。又来了，几天前和领地狗群在狼道峡口交锋过的两股外来的狼群，已经深入到西结古草原腹地了。大灰獒江秋帮穷愤怒得就像一尊傲厉而疯张的狮子吼大神，飞扬的鬣毛抽打着远方的雪山，牛卵似的血眼喷吐着狂雪的粉末，喘息一声比一声响亮，就像荒风呜儿呜儿地鸣叫着。看见了，已经十分清晰了，狼影正在动荡，正在一片没有炊烟的帐房前迅速摆布着迎击领地狗群的阵势，好像两股狼群比第一次和领地狗群交锋时还要嚣张顽劣，一点惊慌失措、准备逃窜的样子也没有。

大灰獒江秋帮穷的奔跑就像一股仇恨的火焰飞速滚过荒

凉的雪野,呼呼呼地扇动着,意思仿佛是说:不准备逃窜的蔑视是绝对不能允许的,狼,你就是狼,尤其是外来的狼,见了本土的藏獒你就得害怕,就得望风披靡。可是现在你居然没有害怕更没有溃散,好像这儿原本就是你的老家而不是领地狗群的老家。不,这儿是野驴河部落的头人索朗旺堆一家扎营的地方,这儿不是狼道峡口,这儿没有狼群停留片刻的自由。更何况它大灰獒江秋帮穷还带着更重要的使命、更大的欲望:獒王冈日森格无比信任地把领地狗群交给了它,它就应该像獒王那样,不停地战斗,战斗,迅速地赶走,赶走,把入侵的狼群全部赶走。大灰獒江秋帮穷没有停下,它看到两股狼群还在紧紧张张地布阵,就带着领地狗群直接冲了过去。它的想法是一鼓作气,不等两股狼群做好准备,就先狂打猛斗一阵,咬倒一大片,给对方一个下马威。大力王徒钦甲保犹豫了一下,想提醒江秋帮穷这样也许不可以,但又觉得这种时候江秋帮穷不可能听它的,反而会认为它是怯懦的,不,自己绝不能表现出丝毫的怯懦,至少不能比江秋帮穷更怯懦。它助威似的大叫着,紧贴着江秋帮穷冲了过去。所有的领地狗都毫不犹豫地跟着江秋帮穷冲进了狼阵,扑着,咬着,就像一把把尖刀,横飞而去。

　　似乎给狼群的下马威马上就要实现了,喊叫声、撕咬声响成一片。狼群的动荡突然激烈起来,好像有点乱了,几匹来不及躲闪的狼顷刻倒在了藏獒的利牙之下,而更多的狼却仓皇地从进攻者身边闪过,闪到领地狗群后面去了。领地狗群这时候有点糊涂,以为自己进入了无人之境,想怎么打就怎么打，以为面前的狼群既然是外来的，就应该是懵头懵脑、胆小如鼠的，它们虽然众多，却不可能众志成城。大灰獒江秋帮穷这时候更是糊涂，它没有看出实际上两股狼群的狼阵早已经布好，那是一种在运动中选择进退的狼阵，它的作用就在于以激烈的动荡麻痹对方，诱敌深入，而后发出致命的攻击。

　　大灰獒江秋帮穷还在带头冲锋，越冲越兴奋，好像所有遇到的狼都是不堪一击的，在獒牙凶猛的切割之下，短促的哀号声此起彼伏，倒毙的越来越多，转眼就是一大片。江秋帮穷没有想到，对冷静而狡猾的多猕头狼和上阿妈头狼来说，领地狗群正在做一件替狼群消除累赘，精干队伍，增强战斗力的事情，倒毙的都是一定活不过这个冬天的老狼和残狼，而闪到领地狗群后面去的却都是壮狼和大狼。这些壮狼和大狼是两股狼群的主力，它们既然早就来到了这里，就不可能不做好准备，在残酷的草原上历经磨难之后，以逸待劳向来是狼群的基本战术。而领地狗群虽然在本土作战，却是连续奔驰，大有劳师以袭远的意思。更不应该的是，在冲进狼阵后的搏杀中，当多猕狼群的味道和上阿妈狼群的味道泾渭分明地出现在领地狗群两边时，江秋帮穷用喊声把领地狗群分成了两拨，一拨由自己带领，攻击左边的上阿妈狼群，一拨由大力王徒钦甲保带领，攻击右边的多猕狼群。这样的分工虽然可以在一瞬间让两股狼群同时受到震慑，却削弱了领地狗群的整体实力，损失立刻出现了。

　　进攻在前锋线上的藏獒，在以一当十的情况下，频繁地受伤，几乎没有一只不受伤，包括大灰獒江秋帮穷，狼牙把它的一只耳朵和半个脸面撕烂了。鲜血飞溅着，好像天上飘来的不是雪花，而是血滴。狼们恶叫着，藏獒们更是恶叫着，每一匹狼的倒下，都会使撕咬这匹狼的藏獒两肋受敌。终于一只黑色的藏獒再也撕咬不动了，它的肚子被三匹狼的利牙同时划破，肠子拖拉了一地，拖拉着肠子的它，还在拼命撕咬，咬伤了一匹狼，咬死了一匹狼，然后才同归于尽地倒在了狼身上。等第三只藏獒的尸体出现在狼尸之上时，大灰獒江秋带穷才发现兵分两路是错误的，它用喊声急切地召集着，领地狗群边杀边朝它簇拥过来。

狼群的动荡戛然止息，就像突然消失了积雪覆盖的一片灰色岩石，被动地等待着领地狗群的撞击。这样的止息又是一种麻痹，让大灰獒江秋帮穷以为纠正了兵分两路的错误，它就可以带着领地狗群继续横冲直撞了。面前依然是层层堵挡的狼，它们毫不退却，好像就愿意死在藏獒的怒齿之下，这让前锋线上的藏獒们更加恼怒：杀呀，杀呀。浑身的血脉就要爆炸似的膨胀起来，撞击，扑打，撕咬，每一只藏獒都淋漓尽致地表现着原始的草原赋予它们的拼杀艺术。随着狼的接二连三的倒下，它们一个个杀昏了头，忘乎所以地嗜血，忘乎所以地受伤，忘乎所以地冲锋，真正是山呼海啸、风卷残云了。

多猕狼群和上阿妈狼群就在这个时候开始了它们的第一次进攻。它们似乎已经吸取了刚进西结古草原时互相掣肘的教训，彼此配合着都把进攻点选择在了领地狗群的后面。领地狗群的后面没有一只壮实的大藏獒,都是小藏獒和小喽啰藏狗,壮实的大藏獒们都争先恐后地跑到前面厮杀拼命去了。而狼群的布局恰恰相反,引诱藏獒撕咬的,都是些似乎甘愿作为挡箭牌的老狼和残狼,从领地狗群后面进攻的,都是些直到现在还没有参加战斗的壮狼和大狼,它们既有所杀躲闪的经验,又有千锤百炼的凶狠,加上数量上的优势——差不多是三匹对付一只小藏獒或者藏狗,基本上是稳操胜券的。

一片狼牙和狗牙的碰响,地上的积雪一浪浪地掀上了天,再下来的时候,白色就变成了红色,是狼血染红的,也是小藏獒的血和藏狗的血染红的。狼血和狗血明显地不一样,狼血更红,狗血更紫,那雪花也就一片红,一片紫,紫的显然

比红的多，说明小藏獒和藏狗的血肉飞扬得更多，它们顷刻皮开肉绽，第一次在狼牙面前显出了无能的一面，怎么咬也咬不过狼，刚躲过狼牙，又遇上狼爪，等它们好不容易咬住了狼的喉咙，它们的喉咙瞬间也进入了狼的血口。狼群是义无反顾的，作为以扑杀牛羊马匹等弱者为主的狼，很少主动扑咬藏獒和藏狗，但只要主动一次，就必然做好了不成功便成仁的准备，死亡似乎已经不重要，重要的是不能在饥饿中活着，更不能不报复人类而活着，活着就必须报复，就必须获得食物，而且是在一片陌生的草原上，一劳永逸地获得食物。

小喽啰藏狗们毕竟没有惊世骇俗的威猛之力，小藏獒们毕竟还没有长出蛮荒之地中的王霸之气，它们无可挽回地倒下了，一只一只地倒下了，从来没有这么惨烈这么迅速地倒下了。一倒下就再也别想起来，壮狼和大狼们坚硬的爪子和更加坚硬的牙齿，会让它们的命息毫无保留地顷刻离开肉体。同时倒下的还有小公獒摄命霹雳王，但是它没有死，这个出生在人类祭祀誓愿摄命霹雳王的日子里的小公獒，似乎不愿意辜负它的名字，更不愿意辜负给它起了这个名字的人的期望，它用连它自己也想不到的遗传的能力，带着浑身的血迹和残存的力气，从死亡线上奋身而起，一口咬住了那匹就要举着狼刀杀死它的狼的喉咙，它还小，出生才三个月，牙齿还不能扎得更深，无法一下就挑断气管，但就是这种不能一击致命的咬合救了它一命。狼没有倒下，而是疼得朝前疯蹿，一蹿就蹿出了三米多远，这等于带着它蹿离了最危险的地方，而对这匹朝前疯蹿的狼来说，却蹿到了一个必死无疑的地方。

狼倒了下去，是另一只黑色小藏獒在跑向阿爸阿妈的途中顺势扑倒了它。现在，小公獒摄命霹雳王已经压住了狼的脖子，换口，又一次换口，连续换了三次口，那狼就动弹不了了。

风吹着，雪片雀跃着，小公獒摄命霹雳王站在狼尸之上抬起了头，多么威风啊，连它自己都这么认为。它还想跳起来，继续和别的狼打斗，但是不行，它使劲跳了一下，却只能跳到狼尸下面，前腿一滑，噗的一声趴下了。趴下后就再也没有起来，四周到处都是尸体，有狼的，更多的是藏狗的。小公獒摄命霹雳王发现，那只刚才还在帮它扑狼的小黑獒已经躺倒不动了，糊满脖颈的血污说明它已经死去，它愣了一下，作为藏獒，它天生不怕狼的进攻，却十分害怕同类在自己眼皮底下死掉。它浑身抖了一下，想冲着咬死小黑獒的狼愤懑地叫一声，可声音一经过嗓子，就变成了哭泣，它必须哭泣，藏獒是悲情的动物，它是悲情的后代，它要么专注于勇敢打斗，要么专注于伤心难过，此刻，它什么也不顾了，只顾哀哀地哭泣着，为同伴的死奋不顾身地哭泣着。

狼来了，就是那匹咬死了小黑獒的狼扑过来，用已经受伤的前爪无比仇恨地把小公獒摁住了。小公獒还是哭着，连狼，连它自己都奇怪，本来应该条件反射似的扑咬反抗的它，居然一直哭着。狼没有咬它，狼也是会哭的动物，知道哭是伤心难过，就没有咬它，打量着仿佛是说：喂，没见过你们藏獒死前是哭的呀。这时，就像狼用受伤的爪子摁住小公獒一样，一双同样受伤的爪子也摁住了狼，一瞬间，狼都来不及回头看一眼，感觉了一下就知道是那种体大力强的藏獒摁住了自己,它跳起来就跑,一跑就跑到另一只大藏獒身边去了,那只大藏獒扭头便咬,一口咬住了狼的后颈,鲜血带着死亡同时出现在一片狼藉的雪地上。

原来是大藏獒们杀过来了。听到了领地狗群后面激烈的厮杀声大灰獒江秋帮穷这才意识到,自己带着最凶猛的藏獒在前面滥咬滥杀老狼残狼是个极大的错误,老狼和残狼在这个严酷的冬天本来就是要死掉的,领地狗群的玩命搏杀不过是提前了它们的死期,而这样的提前对极需要除臃瘦身的狼群只有好处没有坏处。大灰獒江秋帮穷边跑边吼,带动领地狗群转了半圈,就把壮狼和大狼转到了自己面前。小公獒摄命霹雳王被狼摁倒在地的情形恰好让它的阿爸大力王徒钦甲保和阿妈黑雪莲穆穆看到了,这怎么可以呢?阿妈穆穆上前摁住了狼,阿爸徒钦甲保一口结果了狼。

形势急转直下,狼们纷纷撤退,先是上阿妈头狼突然发出一声尖叫,然后抢先退去,它的狼群跟上了它,就像一块偌大的灰色滑板,快速地在踩不尽的积雪中滑动着。然后是多猕狼群的撤退,它们的头狼并没有发出任何声音,只是通过动作把撤退的意思告诉了身边的狼,身边的狼也是用动作一传十、十传百地把这意思迅速辐射着,狼群开始大面积动荡,转眼就和领地狗群分开了。藏獒们没有追撵,它们查看着倒下的同伴,一边仇恨着,一边伤心着。大灰獒江秋帮穷闷闷地叫起来,所有的藏獒和藏狗都闷闷地叫起来,这是哭声,是它们必须表达的感情。它们舔着死去的同伴身上的伤口,舔尽了上面的血,留下了自己的泪。藏獒的眼泪跟人一样是无色透明的，但比人的浑浊，伤心越重越浑浊，伤心到最后就浑浊成黄色了。忙着表达感情的领地狗群，它们的首领大灰獒江秋帮穷，都知道伤心是聚积和膨胀仇恨的前提，所以就尽情地伤心着，没料到已经得逞了一次的狼群又发动了第二次进攻。

多猕头狼和上阿妈头狼嗥叫着跑到一起，又嗥叫着互相分开，像是已经商量妥当，带着各自的狼群，依靠数量上的优势迅速包围了领地狗群，然后就朝着一个方向旋转起来，一转就转成最初的局面了：老狼和残狼又来到了伟岸壮实的藏獒面前，壮狼和大狼又来到了领地狗群的后面那些小喽啰藏狗和小藏獒面前。

2. 营救头人索朗旺堆一家

这是一次大灰獒江秋帮穷和所有领地狗都没有想到的进攻，从来都是见藏獒就逃之夭夭的狼群居然掌握最佳时机发动了第二次进攻。这次进攻十分有效，那些壮狼和大狼紧紧挤在一起，让对手无法撕咬它们的两侧，而它们却可以用整体推进的办法，攻击并没有挤在一起的任何一个敌手。很快就有了分晓，撕天裂地的叫声中，倒下去的是小喽啰藏狗和小藏獒，而它们，狼，在草原人眼里本应该一见领地狗群就哭爹喊娘的鬼魅之兽，却一个个威风八面，雄风浩荡起来。死了，死了，等大灰獒江秋帮穷甩干了珍珠般的眼泪，带动着领地狗旋转起来，想把壮狼和大狼转到壮獒和大獒面前时，已经晚了,又有几只藏狗死在了狼牙之下。

更糟的是,江秋帮穷怎么也不能把壮狼和大狼转到自己面前来,因为狼群也在转动,是和领地狗群同方向转动,这样的转动表明,伟岸壮实的藏獒们只能面对根本就没有必要杀死的老狼和残狼,领地狗群后面的小喽啰藏狗和小藏獒却必须一直面对杀伤力极强的壮狼和大狼。撕咬不停地发生着,是狼对领地狗的撕咬,血在旋转着飞溅,把浩大的白色一片片逼退了。急躁的大灰獒江秋帮穷想制止和报复这种撕咬却无能为力,愤怒得整个身子都燃烧起来,边跑边声嘶力竭地叫着。

旋转的奔跑还在持续,领地狗群的死伤继续发生着,有一只藏獒突然不跑了,那就是小公獒摄命霹雳王的阿妈黑雪莲穆穆。穆穆保护着已经跑不动了的孩子,站在领地狗群的中央没有跟着旋转,大概是没有在奔跑中旋转的原因,穆穆比领头的大灰獒江秋帮穷更快地清醒过来:不能啊,不能让狼群包围我们,更不能跟着狼群旋转,必须冲出去,冲出去啊。穆穆响亮地叫起来,看杀红了眼的大灰獒江秋帮穷和自己的丈夫大力王徒钦甲保都不理睬它,就一口叼起小公獒摄命霹雳王,朝着狼群突围而去。徒钦甲保看见了它,追过去汪汪地叫着:你怎么乱跑啊?穆穆用跑动的姿势告诉它:跟上我,跟上我。徒钦甲保打了个愣怔,恍然大悟地叫了一声,然后跳过去拦住妻子,回身朝着大灰獒江秋帮穷吼起来。它的意思是:穆穆你等着,领地狗群是一个集体,要突围一起突围,咱们不能擅自行动。黑雪莲穆穆明白了,放下小公獒,也跟着徒钦甲保吼起来。

　　大灰獒江秋帮穷听见了吼声，回头一看，吃惊地喊起来，好像是说：你们疯了，怎么带着孩子往狼群里跑？回来，回来。喊了几声正要追过去阻拦，突然意识到自己错了，完全错了，大力王徒钦甲保和黑雪莲穆穆是对的，领地狗群必须冲出狼群的包围圈，重新组织进攻，否则只能是惨上加惨。江秋帮穷用粗闷如雷的喊声招呼着大家，看大家纷纷跑来，便身子一横，朝着徒钦甲保和穆穆跑了过去。领地狗群奔腾叫嚣着，在狼群的包围线上奋力撕开了一道口子。

　　狼群似乎没有想到领地狗群会突围，当冲在最前面保护着妻子和孩子的徒钦甲保一连撞倒了四匹大狼后，才意识到这样的冲锋是不可阻挡的，便纷纷朝后退去。上阿妈头狼停了下来，仰头看了看，立刻明白领地狗群的突围意味着战场局面的改变，赶紧朝着自己的狼群长嗥一声，转身就跑。它的妻子身材臃肿的尖嘴母狼紧跟着它，所有的上阿妈狼也都跟上了它。狼群的包围顿然消失了，多猕头狼有点奇怪，愤愤地望着跑离战场的上阿妈狼群，又看了一眼正在潮水般奔涌的领地狗，也意识到转着圈咬杀领地狗群的情形已经不存在了，马上就是两军对垒、楚河汉界的局面，这样的对峙对自己是不利的。追啊，追啊。多猕头狼嗥叫起来，它带着自己的狼群朝着突围的领地狗群的尾巴追了过去，它想做最后一次出击，尽其可能地扩大战果。狼群很快搭倒了几只小喽啰藏狗。藏狗惨叫着，领地狗群停下了，大灰獒江秋帮穷突然意识到它们的突围已经变成了逃跑，便带着几只壮獒和大獒迅速跑过来拦截狼群。处在追杀最前锋的多猕头狼立马停了下来，紧张地尖叫着，指挥多猕狼群赶快撤退。

狼群以令人吃惊的速度撤退了。等突围成功的领地狗群回过头来，准备重新开战，挽回丢失的面子时，上阿妈狼群已经消失在风雪迷漫处，而给领地狗群最后一击的多猕狼群，也只是一个远去的背影，在雪花的遮掩下，渐渐消隐着，没有了，没有了。

一片哭声。狂乱的飞雪之下，茫茫雪原无声地奔涌着，死亡像冰块一样结实，寒风把领地狗群的伤心凝固成了冬天的山冈，白茫茫的景色之上，笼罩着白茫茫的心境，一片幽深的远古的悲情如同雪原一样肆无忌惮地在藏獒们的心里起伏。当领地狗群在死去的同伴身边哽咽而泣时，大灰獒江秋帮穷带着更加复杂的心情走向了野驴河部落的头人索朗旺堆家的营帐。它在大大小小十顶帐房之间穿行着，看到索朗旺堆家的一只长毛如毡的老黑獒卧在地上，它浑身是血，尾巴断了，一只眼睛也被狼牙刺瞎了。不远处是另外五只高大威猛的藏獒，都已经死了，它们是战死的，身上到处都是被狼牙掏出来的血窟窿，而它们的四周，至少有十四匹狼的尸体横陈在染红了的雪地上。江秋帮穷发现，所有的藏獒都是皮包骨的，看上去至少有一个星期没吃东西了。这些即将饿死饿昏的藏獒，在面对两股越是饥饿就越会穷凶极恶、越会把报复推向极致的狼群时，怎么能不死呢？

连藏獒都饿成了皮包骨，那么人呢？大灰獒江秋帮穷打了个愣怔，看到所有的帐房都静悄悄的，不祥的预感顿时遮罩了它的心脑。它朝着最大的那顶帐房冲了过去，它知道那是头人的帐房，头人索朗旺堆在狼群走了以后还不出来，那就很可能是死了。

啊，一地的人头，帐房里面，隔着中间冰冰凉凉的炉灶，左右两边的毡铺上，排列着两溜儿人头。人头还长在人身上，人身是蜷着的，所有的人身都是蜷着的，这是一种不好的姿势，江秋帮穷知道冻死的人都是蜷着的。它扑了过去，挨个儿看着，闻着，还好，还好，这些连着人头的身子还没有冻僵，也没有被狼咬出的血窟窿，更重要的是，它还能听到他们的心跳，能闻到他们微弱的气息。它长舒一口气：索朗旺堆头人还活着，他身边的这些人还活着，但就是起不来了，有的昏死了，有的虚弱得眼看就要昏死了，还有的……啊，这是个女人，女人死了，她已经没有气息没有心跳了。都是饿昏和冻昏的，没有一个人的躺倒与狼有关，狼群被索朗旺堆家的藏獒拦截在了大帐房之外，大帐房里集中了营地中所有的人。可以想见，那几只藏獒是怎样在寡不敌众和饥饿困顿的情况下，保护了它们的主人，荒野里珍贵无比的生命就在这种对它们来说神圣无比的保护中流逝了。

大灰獒江秋帮穷惊诧着，依靠藏獒的本能，它想到了西结古寺，想到了丹增活佛。它赶紧走出来，跑向了领地狗群，一边叫着，一边急躁地踱着步子，突然又跑回到索朗旺堆头人的营帐前，和那只长毛如毡、浑身是血、被狼牙咬断了尾巴、刺瞎了一只眼睛的老黑獒碰了碰鼻子，像是说：你还能走吗？

你得去一趟西结古寺了,你是头人家的藏獒,你去了寺院里的人才会知道是头人索朗旺堆家出事儿了。长毛如毡的老黑獒摇摇晃晃地站了起来,带着前去报信的使命,艰难地迈开了步子。

谁也不知道这只长毛如毡、浑身是血、被狼牙咬断了尾巴、刺瞎了一只眼睛的老黑獒是靠了怎样的毅力,穿过漫漫雪原,到达了西古寺的,它嗅着气息,一瘸一拐地来到双身佛雅布尤姆殿,撕破了丹增活佛的袈裟,然后就扑通一声瘫软在了地上。老黑獒已经没有力气站立了,它抬头看着丹增活佛,看到他明白了它的意思,准备带人离开时,头便轰然耷拉下来,斜倚在了两腿之间,很快就气绝了。老黑獒把信息带给丹增活佛后,就死在了雅布尤姆殿双身佛大怒大悲的目光之下。

雪花乱舞着,一会儿稀了,一会儿稠了,稀的时候像蝇蚁飞走,稠的时候像幕布连天。大灰獒江秋帮穷回到领地狗群里,走了一圈,吆喝了几声,便带着所有的领地狗来到了索朗旺堆头人的营帐前,走进了最大的那顶帐房。领地狗们一个个卧下了,有的卧在了人的身边,有的趴在了人的身上,它们知道,包括索朗旺堆在内的所有人都是不堪冻饿才躺下起不来的,它们要做的就是用自己的体温尽快焐热他们。甚至有一只藏獒趴在了那个死去的女人身上,它明知女人已经没有了气息没有了心跳,但仍然毫不犹豫地趴在她身上,好像只要它付出了热量和热情女人就能死而复生。它们一个个伤痕累累,悲哀重重,沾染着狼血,也流淌着自己的血,但它们是那种从来不顾及自己更不怜惜自己的动物,只要能挽救人的生命,它们就会忘掉自己的生命。就像小公獒摄命霹雳王那样,它已是血迹满身,残存的力气不足以使它自由地行动,但它还是学着阿爸大力王徒钦甲保和阿妈黑雪莲穆穆的样子,趴到索朗旺堆头人身上,用自己还有余热的肚子贴住了索朗旺堆冰凉的肚子。

终于有人坐了起来,他是索朗旺堆头人的管家齐美。和别人一样,齐美管家最初也是被饥饿的大棒打倒在地的,饥饿让他瘫软乏力,昏迷不醒,一昏迷身体很快就被冻僵了,连舌头连嘴唇都硬邦邦地说不出话来了。但是这会儿他醒了,他发现丝丝缕缕的温暖正在血脉里游走,趴在自己身上的这只藏獒已经把它的全部热量转移给了他,那热量仿佛是带有营养的,饥饿造成的瘫软乏力渐渐地消失着。这时候齐美管家感觉到了一种猛然到来的沉重,这只四肢撑着自己硕大的身体趴在人身上的藏獒,本来是只给人温暖不给人重量的,但是现在,温暖似乎已经没有了,重量正在出现,一出现就死沉死沉的。齐美管家咬着牙坐了起来,伸出胳膊,抱住了伏在自己胸前的獒头,两股清冽的眼泪哗啦啦地流了下来。

藏獒死了,趴在齐美管家身上的这只藏獒,在用自己残存的热焐热焐醒了他之后,悄然死去了。齐美管家看到了它肚子上的伤口,伤口红艳艳的,但已不再流血,血已经流尽了,为了挽救人的生命,它流尽了最后一滴血。

3. 新夔王争夺战一触即发

　　雪停了，在下得正狂正烈的时候，猛然就停了，天空不再被占领，雪片塞满的天地之间突然变得空空荡荡，雪后的气温比下雪时的气温又降了许多，草原上寥无生机，牧草被积雪覆盖着，冻死饿死的牛羊被积雪覆盖着，死亡还在发生。人在雪后依然是饥饿的。牛群和羊群以及马匹已经被暴风雪裹挟着远远地去了，谁也不知道是哪里的风雪掩埋了它们。偶尔会有一户人家拥有一匹两匹冻死饿死的马，那是拴在石圈里没有被风雪吹走的马，但马绝对不是食物，对牧民们来说，所有的奇蹄类动物都不能作为食物，人就是饿死也不能把它吃掉，因为那是佛经佛旨里的禁令，是信仰告诉他们的无上规矩，一旦违背，人就没有光明灿烂的未来了，就会转世成为畜生或者地狱之鬼。藏族人是那种把血肉和骨头托付给信仰的人群，为了坚守不吃马的信条而冻死饿死是再自然不过的事。

　　在野驴河部落的头人索朗旺堆一家扎营帐的雪沃之野，跟随丹增活佛来到这里的二十多个活佛和喇嘛，脱下红色的袈裟和红色的达喀穆大披风，举在了手里，又按照降魔曼荼罗的程式，排成了人阵，袈裟舞起来，大披风舞起来，就像火焰的燃烧奔天而去，又贴地而飞，还有穿在身上的红色堆噶坎肩和红色霞牧塔卜裙子，都是火红的旗帜，在白得耀眼的原野上，呼啦啦地燃烧着。

　　天空一片明净，什么杂质、什么阻拦也没有，好像一眼就能看到天堂的台阶。藏医喇嘛尕宇陀站在降魔曼荼罗的前面，沙哑地喊着："大祭天的火啊，红艳艳的空行母，飞起来了，飞起来了。"铁棒喇嘛藏扎西领着活佛和喇嘛们伴和着他："哦——呜——哇，哦——呜——哇。"他们喊了很长时间，声音传得很远很远，那种叫作飞机的神鸟终于听见了，也看见了，嗡嗡而来，瞅准了人阵排成的火红的降魔曼荼罗，从肚子里不断吐出了一些东西，那都是急需的物资——原麦和大米，还有几麻袋干牛粪，轰轰轰地落到了地上。地上被砸出了几个大雪坑，一阵阵雪浪飞扬而起。装着大米的麻袋摔裂了，流淌出的大米变成了一簇簇绽放的花朵。草原人没见过大米，一个个惊奇地喊起来："这是什么东西啊，怎么跟雪一样白？"这时从遥远的地平线上走来了几个人，他们是麦书记、夏巴才让县长、班玛多吉主任和梅朵拉姆。他们一来就仰天感叹："太好了，太好了，救灾物资来得太及时了。"

点起了干牛粪，化开了满锅的积雪，再加上白花花的大米，在班玛多吉主任和梅朵拉姆的操持下，一大锅稀饭很快熬成了。这锅西结古草原的人从来没吃过的大米稀饭，被梅朵拉姆一碗一碗地递送到了索朗旺堆一家人的手里。他们刚刚从藏獒和藏狗的温暖中清醒过来，看到了神鸟，又看到了非同寻常的大米，就把洁白温暖的稀饭当作了天赐的琼浆，捧在手里，仔细而幸福地用嘴吸溜着。索朗旺堆头人哭着说："妹子啊，你要是再坚持一会儿就好了，神鸟和天食就来了。"那个死去的女人是索朗旺堆头人的亲妹妹，她一直有病，身体本来就不强壮，这么大的雪灾，一冻一饿就挺不过去了。索朗旺堆头人哭了一阵，突然抬起头来，端着舍不得喝的半碗稀饭，几乎是哭着说："快去找人啊，快去找人。"班玛多吉主任问道："让谁去找人？找谁啊？"梅朵拉姆说："是啊，你快说找谁，我去找。"一直待在索朗旺堆头人身边的齐美管家说："善良的头人是要领地狗群去找人的，找我们野驴河部落的牧民。"大家这才明白，饥饿和寒冷依然像两把刀子杀伐着西结古草原的牧民，牧民们很多都被围困在茫茫雪海中，有的正在死去，有的还在死亡线上挣扎。而领地狗群的任务就是想办法找到他们，给他们送去食物，或者把他们带到这个有食物有干牛粪的地方来。

　　梅朵拉姆跑了过去，她想告诉领地狗群："你们必须分散开，四面八方都去找，用最快的速度找到牧民，不管他是哪个部落的，只要能走得动，都请他们到这里来。对了，还有走不动的牧民，走不动的牧民怎么办？看样子你们还得带点吃的，遇到饿得走不动的牧民，你们让他吃了再跟你们到这里来。"一股旋风卷上了天，迷乱的雪粉朝着梅朵拉姆盖过来，呛得她连连咳嗽，她什么也看不见了，只听到从前面的领地狗群里传来一阵扑扑腾腾的声音，伴随着低哑隐忍的吼声，一阵比一阵激烈。打起来了，领地狗群和不知什么野兽打起来了。惨叫声撕裂了雪原整齐如一的洁白，她仿佛看到了血，就像喷出来的雨，从地面往天上乱纷纷地下着。她停下来，不敢往前走了，风从她身后吹来，吹跑了迷乱的雪粉，吹出了明净的世界，一个令她惊惑不解的场面出现了：什么野兽也没有，撕打扑咬的风暴居然发生在领地狗之间，那个夺着鬃毛、嘴巴张成黑洞、眼睛凸成血球的漆黑漆黑的藏獒

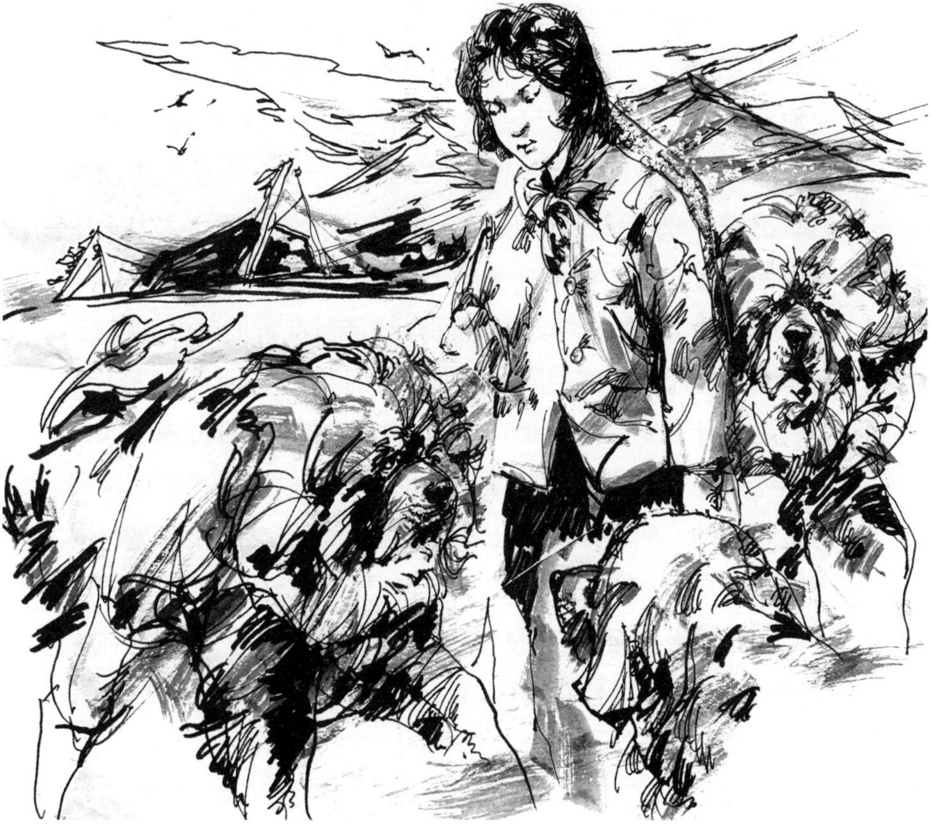

是谁啊？

"徒钦甲保？徒钦甲保？"梅朵拉姆喊起来，她认识大力王徒钦甲保，所有的领地狗尤其是藏獒她都认识，还知道徒钦甲保是黑雪莲穆穆的丈夫，是小公獒摄命霹雳王的阿爸。她跑过去问道："徒钦甲保你怎么了？"徒钦甲保后退了一步，冲她龇着牙，一副不希望她接近的样子。梅朵拉姆说："你疯了？你还想咬我呀？"徒钦甲保又退了一步，继续把虎牙冲她龇出来，像是说：你别管，我们的事儿你别管。大力王徒钦甲保转过身去，朝前扑了一下，又站住，绷起四肢，身体尽量后倾着，就像人类拉弓射箭那样，随时准备把自己射出去，射向大灰獒江秋帮穷的胸脯。梅朵拉姆喊一声："我的天，这到底是为什么？"大灰獒江秋帮穷昂起头，怒目瞪视着大力王徒钦甲保，却没有耸起鬣毛，也没有后倾起身子，这说明它是忍让的，它并不打算以同样的疯狂回应这位挑战者。或者它知道徒钦甲保是有理的，当自己因为指挥失误而使领地狗群大受损失、而让上阿妈狼群和多猕狼群意外得逞的时候，徒钦甲保就应该这样对待它，它只能用耸毛、怒视的办法申辩，却不能像对方那样抱着一击毙命的目的拉弓射箭。

失败了，已经不可挽回地失败了，它大灰獒江秋帮穷从此无脸见人了。它的失败不是它不勇敢不凶猛，而是它没有足够的能力指挥好一个群体，它具有王者之风，却没有王者的智慧，不配做领地狗群的首领，哪怕是暂时的首领。而徒钦甲保的意思也是这个：你赶快让位吧，那个代替冈日森格成为新獒王的应该是我，是我大力王徒钦甲保。

这是一个胜者为王的地方，荒野的残酷、命运的无情以及对勇力和智慧的严格而超常的要求，使藏獒在选择领袖时决不心慈手软，照顾情面，当打斗成为解决问题的必要手段时，任何一只藏獒都不会放过。就像草原上的摔跤手即将投入肉搏那样，大力王徒钦甲保走来走去地敌视着对方，越走越快，越走越快，搏杀一触即发。

4. 江秋帮穷逃跑了

　　所有的领地狗都知道大力王徒钦甲保为什么暴跳如雷，它们把双方围了起来，以狗的好奇观察着这场没有悬念的搏杀。徒钦甲保必胜，江秋帮穷必败，这样的结果连大灰獒江秋帮穷自己都知道——已经被事实证明不配当领袖的藏獒没有必要再用武力去遏制别人做领袖的欲望，更何况它江秋帮穷本来就不想当什么首领，是冈日森格硬甩给它的，就像甩给了它一个过于沉重的包袱。它勉强担当着，时刻期待着冈日森格的归来，投向远方的眼光里，每一缕水汪汪的线条都在深情地呼唤：獒王啊，你在哪里？你怎么还不归来？

　　大力王徒钦甲保开始进攻了，它觉得自己是为群除庸，就正气凛然、大模大样地扑过去，一口撕烂了对方的肩膀。江秋帮穷摇晃着连退了好几步，心想徒钦甲保是不让我丢尽脸面不罢休的，但我已经无脸见人，再丢脸就等于是死了，那还不如真的死掉呢。它朝徒钦甲保迈出一大步，昂起头颅，伸长脖子，亮出了自己的喉咙：咬吧，咬吧，赶快咬吧，你最好一口咬死我。徒钦甲保哼哼地冷笑着，再次扑过去，头稍微一扁，一口咬在了离对方喉咙只有两寸半的地方。大灰獒江秋帮穷吃惊地想：我都亮出喉咙了，它怎么能轻易放过呢？大力王兄弟啊，看来你的心胸并不开阔，心地也不善良，你为了达到羞辱我的目的，毫不在乎你的同伴的尊严。你是一只好藏獒，但你不是最好的，最好的藏獒，能够担当獒王的藏獒，只能是包容、厚道、勇敢、坚毅的冈日森格。

大概就是对大力王徒钦甲保的质疑，也是领地狗群的围观让大灰獒江秋帮穷觉得既然不能为耻辱立刻就死，那就争一点脸面给自己，或者是因为江秋帮穷意识到，一旦徒钦甲保战胜了自己，就堵住了冈日森格重返獒王之位的路，而在它看来，领地狗群里，除了冈日森格，没有一个是配做獒王的，自己不配，徒钦甲保更不配。大灰獒江秋帮穷突然不想自甘失败了，当徒钦甲保又一次扑向它，准备咬掉它的半个耳朵，让它留下永久的耻辱痕迹的时候，它忽地跳起来朝一边闪去。大力王徒钦甲保愣了一下，不禁大发雷霆之怒，斩钉截铁一般"汪汪汪"地叫着，意思是说：你让领地狗群死的死伤的伤，你是有罪的，还不赶快接受惩罚？躲什么躲啊？说罢，就像狼一样，把鼻子笔直地指向天空，发出了一阵更加脆亮的"汪汪汪"的叫声，像是表明它在替天行道，它是正义的化身，然后纵身一跳，直扑大灰獒江秋帮穷。这次它把利牙直接对准了对方的喉咙，它要咬死它，咬死一个不愿接受惩罚的败军之将。

江秋帮穷一看对方朝天"汪汪汪"地叫嚣，就知道该死的自己可以不死了，在它看来善于叫嚣和色厉内荏并没有太大的区别，虚弱而缺乏自信的藏獒才会那样，徒钦甲保是个性格浮躁、心智肤浅的家伙，这样的家伙绝对没有那种势大如山、磅礴如海的战斗力，自己是完全可以打败它的。可以打败而不去打败，反而一味地退缩着，要去成全一个无能之辈的狂妄野心，这不应该是一只富有责任感的藏獒的作为：赶快回来吧，冈日森格，领地狗群的首领，西结古草原的獒王，只能是你。大灰獒江秋帮穷四腿一弯，忽地一下降低自己的高度，让喉咙躲过了徒钦甲保的夺命撕咬，只让自己银灰色的头毛轻轻拂过猛刺而来的钢牙，然后爪子一蹬，假装害怕地朝后一跳。徒钦甲保气急败坏地再一次"汪汪汪"地叫嚣起来，就在这时，江秋帮穷向上一跃，一个猛子扎了过去。

　　徒钦甲保受伤了，伤在要命的脖子上。江秋帮穷的两颗虎牙深深地扎进去，又狠狠地划了一下，这一划足有两寸长，差一点挑断它那嘣嘣弹跳的大血管。徒钦甲保吃了一惊，狂躁地吼叫着朝后退了一步，心说它反抗了，居然反抗了，它在狼群面前无能至极，却敢于反抗我的惩罚。大力王徒钦甲保再次扑了过去，这一次更加不幸，它扑倒了江秋帮穷，把牙齿咬进了对方的后颈，却被对方一头顶开了，顶得它眼冒金星，踉跄后退着差一点坐到地上。徒钦甲保的獒头形状像一个寺庙顶上的金幢，比江秋帮穷的头看上去要大一圈，但却没有对方的头结实有力，当又一次头顶头的碰撞发生时，徒钦甲保一下子歪倒在了地上。大灰獒江秋帮穷跳过去，用两只结实的前爪摁住了它。撕咬是随便的，既可以在脖子上，也可以在肚子上，但江秋帮穷却一口咬在了它的前腿上，而且没有咬烂皮毛就松开了。这是饶恕，是宽容，也是自信，意思是我犯不着立刻咬死你，因为我不怕你，你可以再来，我保证你扑我几次，我就能撞倒你几次，起来啊，起来啊。江秋帮穷挑衅似的喷着鼻息。

徒钦甲保没有起来，不是它起不来，而是它不想起来。实力的悬殊是如此明显，大力王的怒气就是冲破九天华盖，也只能暂时忍着，痛心地放弃自己想做首领的野心。徒钦甲保的妻子黑雪莲穆穆走过去，朝着大灰獒江秋帮穷叫了一声，冲上去一阵乱咬。江秋帮穷忍让地躲闪着，任由穆穆咬烂了它的鼻子，又咬掉了它的一撮鬣毛。穆穆来到徒钦甲保身边，在丈夫受伤的脖子和前腿上柔情地舔着。

这时小公獒摄命霹雳王来到了大灰獒江秋帮穷面前，愤怒地叫嚣着：你坏啊，你又不是真的獒王，你凭什么要对我阿爸下狠手？它一副不知天高地厚要为阿爸报仇雪恨的样子，身后的阿爸和阿妈几乎同时叫了一声：回来，你不要过去，你会被它咬死的。小公獒不听阿爸阿妈的，它的体力已经有所恢复，才不在乎是死是活呢。它跳了起来，就跟它的名字所揭示的那样，又是摄命又是霹雳地直扑江秋帮穷挺起的胸脯，突然尖叫一声：哎哟妈呀，我的头，我的头。它感觉那根本就不是毛烘烘的胸脯，而是一面坚硬的崖壁、一块高大的岩石，它被撞得头疼欲裂，翻倒在地，而对方却纹丝不动。黑雪莲穆穆跳过去护住自己的孩子，冲着围观的领地狗群汪汪汪地直嚷嚷，意思是：快来看啊快来看，江秋帮穷欺负小孩了，它算什么首领？江秋帮穷嗡嗡嗡地辩解道：是它自己撞倒的，我可是动都没动。穆穆说：你不使劲它能倒地吗？它撞我的胸脯怎么撞不倒！领地狗们用声音和眼光附和着黑雪莲穆穆，它们跟徒钦甲保和穆穆一样，也对大灰獒江秋帮穷充满了怨恨，用人类的话说，那就是：你指挥我们打仗，却让狼群取得了胜利，你没有做獒王的天然素质，你比冈日森格差远了，要是指挥这场战斗的是冈日森格而不是你，我们的伙伴能死那么多吗？

江秋帮穷听懂了领地狗群的埋怨，非常难过地望着它们，发现它们一个个都是萎靡不振的，不知道应该干什么，突然意识到自己的荣辱成败根本就不重要，重要的是领地狗群必须振作精神，重新开始。大雪已经不下了，但灾难远远没有离去，对辽阔的西结古草原来说，饥饿依旧，寒冷依旧，死神甚至比大雪纷飞时还要狰狞，这样的时刻，散居在四野八荒的牧民们除了等待领地狗群的到来，还能依靠谁呢？往年的雪灾，生死存亡之际，獒王冈日森格总会带着领地狗群及时赶到那些将死而未死的牧民们跟前，告诉他们哪里有大雪掩埋的牛羊的尸体，或者把西结古寺和头人们的施舍驮着叼着带到他们面前。可是现在，谁又能代替獒王冈日森格去完成这样的使命呢？大灰獒江秋帮穷昂起了头颅，冲着领地狗群朗朗地喊起来：出发了，出发了，该是援救牧民的时候了。喊了几声，就朝前走去。没有谁跟上它，它用眼睛的余光看到，黑压压一片领地狗群一直都是静止不动的。它很沮丧，却又于心不甘，回过身来，以首领的严厉口气大声吠叫着：快走啊，为什么不走？难道你们打算放弃领地狗的职责？

忽地一下，大力王徒钦甲保站了起来，恶狠狠地叫了几声，仿佛是说：滚蛋吧你，你有什么资格说这样的话？徒钦甲保的喊叫顿时引来了所有领地狗的应和，它们冲着江秋帮穷怒叫着，叫着叫着就跑起来，也许最初它们仅仅是为了用奔跑消耗掉迅速恢复过来的体力，也消耗掉溢满胸腔的愤怒，但当心情复杂的大灰獒江秋帮穷也由不得自己地奔跑起来时，它们那无目的的奔跑就变成了有目的的追撵，先是徒钦甲保，然后是黑雪莲穆穆和小公獒摄命霹雳王，最后是所有的领地狗，都狂叫着追撵江秋帮穷而去。

转眼之间，大灰獒江秋帮穷变成了逃跑的对象。按照藏獒的本性，无论面对谁它们都不会逃跑，但是江秋帮穷太愧疚于自己作为首领的无能，太愧疚于狼群的胜利和领地狗群的损失了，它宁肯在逃跑中丢失本色，也不愿让心灵停留在愧疚之中。它狼狈不堪地奔逃着，好几次差一点被追上来的藏獒扑倒。它使出吃奶的力气躲闪着，一看躲不过，就哀号一声，跑向了视野中的梅朵拉姆：救命啊，仙女姐姐救命啊！

第 十 章　Chapter 10
徒钦甲保

1. 江秋帮穷的选择

梅朵拉姆这时候也正在朝它跑去，边跑边冲着领地狗群喊道："干什么？你们这是干什么？"一人一獒转眼抱到一起滚翻在了积雪中。梅朵拉姆使劲爬起来跪在地上，像护着自己的孩子那样拥搂着大灰獒江秋帮穷，指着疯追过来的大力王徒钦甲保和另外十几只藏獒厉声呵斥道："站住，都给我站住，我不管你们之间发生了什么，只要都是领地狗就不准互相残杀，你们想咬死它是不是？那你们就先咬死我。"追过来的藏獒停下了，冲着江秋帮穷和梅朵拉姆吼叫着，却没有扑过来。梅朵拉姆起身又是挥手又是跺脚："滚蛋吧你们，牧民们还在雪灾中死活不知，你们倒有心思打架斗殴啦。"也不知它们听懂了没有，徒钦甲保带着黑雪莲穆穆和小公獒摄命霹雳王首先走开了，所有追过来的藏獒都走开了。它们走得远

远的,走到了一座大雪梁的后边,尽量不让梅朵拉姆看到它们。

大灰獒江秋帮穷呜呜呜地哭起来,就像一个备受委屈的小孩,在梅朵拉姆温暖的怀抱里止不住流出了滚烫的眼泪。梅朵拉姆柔情地问道:"到底怎么了?为什么要打起来?雪灾还没有过去,牧民们还等着你们去救他们呢。"说着她用一只柔软的手,一再地抚摩它的头、它的沾血的鬣毛。江秋帮穷摇晃着头,在梅朵拉姆的衣襟上蹭干了眼泪,挣脱她的搂抱和抚摩,转身朝前走去。它是听懂了的,梅朵拉姆话中的每一个字它都听懂了,它现在要做的,就是按照人的意志去履行一只藏獒的职责。梅朵拉姆保护了它,又如此信任地告诉它牧民们还等着它去救援呢,而它一生都要遵守的那个简单而实际的原则就是:人对它好它就得舍命为人。

大灰獒江秋帮穷越走越快,路过领地狗群时,它低下头,用节奏明快的碎步跑起来。大力王徒钦甲保要追过去，突然想起了刚才梅朵拉姆的训斥，便收住脚步喊起来：看啊，它在逃跑。江秋帮穷一听到喊声就把尾巴夹了起来，头也埋得更低了，嘴巴几乎是蹭着积雪的。它用装出来的猥琐的身姿告诉自己昔日的同伴：它是个失败者，它要逃跑了，要逃离领地狗群，躲到一个人狗不见的地方独自伤感去了。它满身的伤痕在跑动中滴沥着鲜血，疼痛一阵阵地纠缠着它。但肉体的伤痛比起使命以及耻辱和丢脸来又算得了什么？更何况它现在又有了新的想法：靠自己一个，能找到多少被大雪围困的牧民啊？必须让领地狗群全体出动。而让领地狗群全体出动的前提是让獒王冈日森格赶快回来。是的，必须让冈日森格赶快回来，这才是它大灰獒江秋帮穷奔跑在寂寞雪原上的目的，尽管大脑并不觉得这个目的是最重要的，但浑身的细胞和敏感的神经却执着地左右着它，让它健壮的四肢只为了找到冈日森格而拼命奔走。

它跑啊，跑了很长时间，不停地举着鼻子迎风而嗅。嗅到了，嗅到了，终于嗅到了，冈日森格的气息就像正在出土的化石渐渐清晰了，而且是伴着人的气息的，也就是说，冈日森格和人在一起。这个人是谁呢？好像是寄宿学校的汉扎西。不对，不对，冈日森格的气息从东边来，汉扎西的气息从南边来。冈日森格和另外的人在一起，他们的气息一阵阵地浓烈着，说明他们正在接近自己。大灰獒江秋帮穷不再碎步奔跑，而是大步狂跑，跑着跑着突然停下了，眨巴着一对琥珀色的眼睛，朝着南边不停地撮着鼻子，心想：我仿佛看到汉扎西的悲惨状况了，他正在哭泣，正在凄厉地呼唤。为什么？为什么会这样？一股刺鼻的兽臊味风卷而来——狼？狼群出现了，汉扎西就在狼群的包围中哭泣着、呼唤着。大灰獒江秋帮穷相信自己的判断不会错，问题是正确的判断并不能带给它正确的选择，到底应该怎么办，是继续奔向东方去寻找冈日森格，还是转身跑向南方去寻找汉扎西？江秋帮穷用两只深藏在灰毛之中的三角眼东一瞥南一瞥地窥视着，思索的神情跟雪原一样，茫茫然不着边际。

是九匹荒原狼围住了我的父亲、西结古草原的汉扎西。那九匹狼在一匹白爪子头狼的带领下，曾经胜券在握地围堵过小母獒卓嘎，意外地失手之后，又跟踪上了父亲。父亲来到了寄宿学校，寄宿学校已经没有了，没有了耸起的帐房，也没有了留在帐房里的学生。消失的学生不是一个，而是十个，他们消失在了大雪之中、狼灾之口，冬天的悲惨从来没有这么严重过。父亲浑身发抖，连骨头都在发抖，能听到骨关节的摩擦声、牙齿的碰撞声和悲伤坚硬成石头之后的迸裂声。他哭着，眼泪仿佛是石头缝里冒出来的泉水，温热地汹涌着。

然后就是寻找，父亲没有看到多吉来吧的任何遗留物——那些咬不烂的骨头和无法下咽的毡片一样的长毛，就知道它没有死，它肯定去了一个僻静的地方，在那里孤独地蜷缩着，藏匿着巨大的身形，也藏匿着薄薄的面子。面子背后是深重的耻辱，是散落得一塌糊涂的尊严，已经无脸见人了，马上就要死掉了，在没有保护好孩子之后，不吃不喝，自残而死，仿佛是多吉来吧唯一的出路。而父亲要做的，就是把多吉来吧从死亡线上拽回来。你不能死啊，多吉来吧。父亲的心灵和眼睛都是这么说的，还说他宁肯自己没有心灵没有眼睛，也不能没有多吉来吧。

父亲揩着已经结冰的眼泪，凄厉地呼唤着："多吉来吧，多吉来吧。"尖亮的声音就像飞翔的剑，穿过雪停之后无边的空雾。狼群就是根据父亲的声音跟踪而来的。它们听出了饱含在声音里的焦急和悲伤，知道悲伤的人是没有力气的人，就把距离越拉越近了，近到只有一扑之遥的时候，父亲发现了它们。"狼！"父亲惊喊一声，两腿打抖，浑身僵硬，冲着狼群喊着："来了来了来了，多吉来吧来了。"喊着，扑通一声跪下，捧着积雪，在自己脸上擦了几下，趴在地上，朝前扑了一下。

狼群哪里见过这样的人？惊慌地朝后退去，但是它们没有退远，在十步远的地方紧张地观察着。父亲再次尖叫起来："多吉来吧，多吉来吧。"白爪子头狼抖了抖耳朵，像是稳定团伙的情绪那样，松弛地张开嘴，长长地吐着舌头，迈步走去。它走了一圈，等回到原地时，包围圈就已经形成了。九匹狼包围着一个人，一个人疲惫而软弱，而九匹狼则显得精神抖擞，它们被饥饿逼迫着，一匹匹显得瘦骨嶙峋而又几近疯狂，就像一座座没有积雪没有植被的山，虽然形销骨立，却依然是直插云空的。父亲转着圈看着这些狼，两腿渐渐不打抖了，用下巴磨蹭着飘曳在胸前的经幡，声音颤颤地祈祷着："保佑啊，保佑啊，勇敢无私的猛厉大神、非天燃敌、妙高女尊、千万要保佑啊，你们没有保佑我的学生，学生已经死了十个，今天再不保佑我，我就不信仰你们了。"

白爪子头狼试探性地扑了一下。父亲"哎呀"一声，本来是要躲闪的，往后一看，发现身后的狼就在三步之外，赶紧站起来，冲着白爪子头狼猛吼一声："老子是藏獒，你敢吃了我？"这么一吼，似乎胆气就壮了，抬脚把雪粉一股一股地踢了过去。突然，父亲一个趔趄滑倒了。白爪子头狼扑了过来，所有的狼都扑了过来。它们就像从坟墓里飘出来的饥饿的骷髅，龇着白花花的牙齿，把父亲的衣服一下子撕烂了。肉啊肉，饿狼眼里的父亲的肉，以最鲜嫩的样子，勾引着这些饥饿之鬼最迫切的吞噬欲望。

2. 冈日森格哭了

雪崩了，昂拉冰峰的雪崩引来了多猕雪山的雪崩，就在一道深阔的雪坳之中，崩落的冰雪铺天盖地，掩埋了满雪坳茂密结实的森林，那些冒出梢头的树木变成了松叶杉针的牧草，点缀在覆雪的蜿蜒雪道上，平静得一点痛苦和一点慌乱挣扎也没有，好像这里从古到今就是这样。但是雪崩后的平静并不能迷惑冈日森格，它来过这里，知道这里是昂拉山群和多猕雪山的衔接处，是一个冰壑雪坳里长着茂密森林的地方。它疑惑地抬眼四瞧：那些密集到几乎不透风雨的森林到哪里去了？又用鼻子四下里闻了闻，立刻就明白：埋掉了，埋掉了，倾泻而下的冰雪把森林埋掉了，同时被埋掉的还有它昔日的主人刀疤。刀疤的味道从这个地方启程，传到了它的鼻子里，后来就闻不到了，这就是说，连散发味道的间隙也被埋堵起来了。

冈日森格站在多猕雪山坚硬的高坡上，深深地吸了一口气，便朝着掩埋了森林的积雪，朝着它凭感觉认定下面或许就有主人刀疤的地方，扑了过去。哗啦一阵响，它感觉脚下的大地动荡起来，松散的掉落似乎带动了整个山体的滑动。它立刻意识到脚下是空洞的，密集的森林支撑着崩塌的冰雪，让这里成了一个偌大的陷阱。它吃惊地蓬松起浑身的獒毛，深吸一口空气，赶紧趴下了，那种来自经验也来自遗传的智慧告诉它，自己身体接触冰雪的面积越大，就越不可能陷落。它提心吊胆地趴了一会儿，发现动荡消失了，四周又是一片平静。它轻轻地朝后滑动着，尽量把鬣毛和脊毛耸立起来，让它们成为翅膀，接受风的托举。这样退了很长时间，终于退回到了多猕雪山坚硬的高坡上。

冈日森格四腿一蹬，立稳了身子，朝着看不出虚实的雪坳里那些树梢摇曳的地方大吼起来。到处都是回音，回音是可怕的，就像一只无形的大手，呼呼地拍打着，让对面的昂拉冰峰和身后的多猕雪山顿时变得又松又脆，瀑布一样掉下一些冰雪来。它赶紧闭上了嘴，摇晃着大头琢磨着，突然一个警醒，沿着森林支撑着的覆雪的边缘，走了过去，边走边闻边感觉，突然停下了，试了试虚实，便小心翼翼地用前爪刨挖起紧挨山体的松散的冰雪。它想挖出一个直通大陷阱的洞穴，跳下去，看看主人刀疤到底在不在里面。

洞穴赫然出现了，被压弯的树干从洞穴里伸了出来。冈冈日森格愣了一下，立刻感觉到刀疤的气息袭袭而来，是活人散发出的新鲜之气和肺腑之气，而不是死尸的臭气。它高兴得狂摇尾巴，好像已经见到了刀疤。它卧下前腿，高高地撅起屁股，把头尽量朝下伸着，一边轻轻地叫，一边用那种在黑暗中毫无障碍的野兽的眼光，扫视着树与树的空隙。这样过了很长时间，冈日森格有点急了，忽地站起，正准备不顾一切地跳下去，就听一个声音沉沉地传了上来。是刀疤的声音！啊，刀疤。它激动地回应着，当然是压低嗓门轻轻地回应着。

茂密的森林支撑起了崩落的冰雪，在几千米长的林带上，留下了一些黑暗的空隙。已经在黑暗中摸索了一天一夜的猎人刀疤，靠着一棵高大的青杆树，绝望地坐了下来。他是来打猎的，自从他离开寄宿学校也就是他长大以后，他就把打猎看成了自己的营生，他用猎物从头人或牧民那里换取吃的和用的，觉得这样的日子挺不错，自由而富裕，从来不会饿肚子。但是刀疤没有料到会遇到雪崩，会被冰雪覆盖在一片黑暗危险的林带里。他想自己可能就要死了，饿死，闷死，被同样闷在林带里的野兽咬死，或者被随时都会坍塌下来的冰雪砸死压死，他反反复复想着这几种死，就是没想到活。想着死的人，头总是低着的。他软绵绵地垂吊着脖子，像一只死前的野兽那样把头埋进自身，闭上了眼睛。也不知过了多久，等他听到头顶掉落冰雪的声音，淡漠地抬起头来时，突然看到前面亮了，一束亮光从高高的覆冰盖雪的树冠上投了下来。他大叫一声，坐麻的腿来不及站起，四肢着地，朝着亮光爬了过去，还没爬到跟前，他就知道是怎么回事儿了。

冈日森格，冈日森格你怎么知道我在这里？这么大一片森林都被冰雪盖住了，而你偏偏就在我坐下来准备死掉的地方挖出了一个洞。刀疤激动地叫着它的名字，又是跳又是笑，最后哭了，用手掌一把把地甩着眼泪："冈日森格，冈日森格你知道我没有阿爸，你又一次救了我的命，你就是我的亲阿爸。"而冈日森格已经不再激动了，它显得平淡而冷静，就像偶尔和昔日的主人邂逅了一样，根本就没把救命不救命的事儿放在心上。它知道自己的叫声会引发新的雪崩，就一声不吭地趴在洞穴边上，放松地伸出舌头，呵呵呵地喘着气，探头望着下面。

刀疤是猎人，整天在森林里钻进钻出，一碰到上树就变成了猴子。他顺着树干很快爬出了洞穴，还像小时候那样，扑到冈日森格身上又拍又打。冈日森格老成持重地站着不动，生怕他一不小心，顺着多猕雪山坚硬的高坡再滑到洞穴里去，便始终歪着头，紧咬着他的羊皮围裙，直到他从它身上下来，稳稳地站住。他把攥在手里拍打冈日森格的狐皮帽子戴在头上，整理着身上的弓箭和藏刀，紧了紧贴肉穿着的豹皮袍子和羊皮围裙以及牛皮绳的腰带。冈日森格耐心地望着他，看他整理得差不多了，才迈开步子朝前走去。刀疤跟了过去。他们一前一后地走着，花了大半天时间，才走出昂拉冰峰和多猕雪山之间深阔的雪坳，来到了雪原上。

黑夜来临了，刀疤停下来，想给自己挖个雪窝子睡一觉。冈日森格着急地围着他转起了圈子。刀疤挥着手说："走吧走吧你走吧,你是獒王,你应该回到领地狗群里去,等我明天扒了金钱豹的皮,掏了藏马熊的窝,就去找你。现在,我要好好睡一觉了,你不要在这里转来转去的,吵得我光打哈欠睡不着。"说着便哈欠连天。冈日森格多次救过刀疤的命,但刀疤似乎是绝情的,一副毫不留恋的样子。其实他的绝情完全是为了冈日森格,他知道冈日森格救了他之后就非常为难了:既想陪伴着昔日的主人,又想去做别的事情,作为一只以忠顺主人和保卫他人为天职的藏獒,如果没有人的推动,它自己很难做出选择。"去吧去吧,我没事的,需要你的时候我会去找你的。"刀疤跪在地上,一边挖着雪窝子,一边朝冈日森格不停地挥着手。

草原上的猎人差不多都是些无着无落无依无靠的人,他们像野兽一样生活在旷野里,天天都是风餐露宿,夜夜都是披星戴月。野兽一般是不会侵害猎人的,它们知道,这种穿着兽皮带着弓箭两条腿走路的人,这种浑身散发着各种野兽的味道和野兽一样机警灵敏的人,是专门猎杀它们的,它们见了就躲,闻了就跑,哪敢凑到跟前来?尽管如此,冈日森格还是不忍心就这样离开昔日的主人,依然转着圈子,看他挖好雪窝子睡了进去,便环绕着雪窝子,四面八方撒了几泡尿,留下一道足可以威胁野兽、阻止它们侵害的防护线,才悄悄地离去。

雪窝子里,刀疤静静地听着,突然坐起来,趴在了雪墙上。他痴痴地望着冈日森格,望着迷蒙的夜色在吞没冈日森格的瞬间张翕搏动的情形,心里突然一酸,眼泪像两匹被藏獒追逐的受伤的狼一样蹿了出来，那是从童年就开始了的思念深重的眼泪，是相依为命的伴侣埋在他灵魂深处的伤感而温暖的印记。他在心里感叹道：为什么非要回到领地狗群里去呢？你是我的藏獒，你要是待在我身边该多好啊。

刀疤说错了，冈日森格急着离开，并不是想回到领地狗群里去，它现在还感觉不到领地狗群已经出事了。它在这里闻到了尼玛爷爷家的味道，它要去看看了，好不好呢，这一家人？去年是不好的，去年的雪灾里，尼玛爷爷全家都饿得动弹不了，是大黑獒那日用自己的乳汁救了他家的人，也救了他家的藏獒。午夜时分，冈日森格在一个背风的山湾里看到了尼玛爷爷家的帐房，闻了闻就知道，这儿还不错，帐房没有坍塌，牛羊也没有全部被暴风雪卷走，人和牲畜都挤在帐房里，在互相取暖中等待着雪灾的过去。忠于职守的看家狗斯毛以及格桑和普姆守护在帐房外面，发现了它的到来，一边用叫声通知着主人，一边跑了过来。它们敬畏地摇着尾巴，走过去谦卑地嗅了嗅冈日森格的鼻子。

班觉出来了，冈日森格赶紧跑了过去，嗡嗡嗡地叫着，好像是问他：还好吗？家里的人都好吗？尼玛爷爷好吗？拉珍好吗？儿子诺布好吗？班觉认出是冈日森格，大声喊叫着，喊出了全家所有的人。冈日森格跑向了尼玛爷爷，在他身上扑了一下。尼玛爷爷弯下腰，高兴地和它碰了碰头。冈日森格依然嗡嗡嗡地叫着，像是在告诉他们：几天前我看到了你家的牧狗新狮子萨杰森格和瘸腿阿妈，它们已经死了，它们不吃看护的羊群就只能冻死饿死了。它们死在离这里很远很远的高山牧场,死在饿死冻死的一二百只羊身边,一片高低不平的积雪埋葬了它们。冈日森格越叫越伤心,眼睛不禁湿润了。遗憾的是,尼玛爷爷一家听不懂它的叫声,也无法从雪光映照下的夜色里看到它的眼泪。他们兴奋地轮番搂着它,向它问了许多话:"领地狗群好吗?头人索朗旺堆好吗?汉扎西好吗?丹增活佛好吗?你见到的牧民都好吗?他们的牛羊马匹还好吗?"他们不停地问着,几乎问遍了他们认识的所有的人、所有的藏獒,好像冈日森格什么都应该知道,什么都应该告诉他们。

冈日森格默默无语,它想起了大黑獒那日,眼泪就流得更多了。尼玛爷爷看它情绪越来越低落,就说:"饿了,饿了,

你饿了。"拉珍赶紧回身进了帐房，拿出一些肉来捧到它嘴边。冈日森格把头扭开了，它想告诉尼玛爷爷一家大黑獒那日的死讯，却又不知道如何表达，着急地伸出舌头，低头一再地舔着自己的胸脯，像是要把心舔出来让他们看。还是女人拉珍心细，弯下腰看着它，突然喊起来："冈日森格哭了。"几个人不再说话，蹲在它面前，瞪着它深藏在脸毛里的一对亮如珍珠的眼睛，仿佛要从那眼睛里看到一幅图画，看到它伤心落泪的原因。

冈日森格也看着他们，眼光从尼玛爷爷、班觉、拉珍和诺布脸上扫过，发现他们的表情一个比一个茫然之后，突然发出了一阵有点沙哑的若断似连的叫声。它从来不这样叫唤，这是大黑獒那日日常的叫声，它要用大黑獒那日的叫声让聪明的人明白它的意思：大黑獒那日死了。四个人呆愣着，互相看了看，依旧是呆愣。冈日森格不停地用有点沙哑的若断似连的声音叫唤着，转动明亮的眼睛，观察着尼玛爷爷、班觉、拉珍和诺布的神色，心想：你们四个人都是被大黑獒那日救过命的，看你们谁先听懂我的意思，谁先听懂了我的意思，谁就是最最惦记大黑獒那日的，谁就有权让我、让所有的领地狗，为他去死，也为他去活。

冈日森格的叫唤持续了大约十分钟，十分钟里，它聚精会神地等待着四个人的反应，突然听到其中的一个人喊了一声："那日，大黑獒那日。"它顿时感动得原地跳起，旋转了一圈，哭着扑向了那个人。

3. 战胜白爪子头狼

　　谁也没有觉察到大灰獒江秋帮穷的到来，狼和人都没有觉察到，等被吃的人和吃人的狼看到一道灰色的闪电从天而降时，一匹狼的肚子就已是血水汩汩了，接着是另一匹狼的尾巴被獒牙割掉。失去了尾巴的狼疼得惨叫着，回头便咬，恰好把脖子亮了出来，江秋帮穷后腿一蹬，利箭一样射过去咬住了狼脖子上的大血管，咔嚓一声响，那狼头就再也抬不起来了。狼们吃了一惊，也不知道来了多少藏獒，从父亲身上跳起来就跑，跑出去两丈，回头再看时，发现居然只有一只藏獒。

　　白爪子头狼跑回狼群，鼓劲似的把脖子上钢针一样的狼毫耸起来又伏下去，狼头摇晃着，大胆地朝前走了几步。狼群紧紧跟在它身后，一个个用血红的眼睛望着大灰獒江秋帮穷。江秋帮穷使劲舔着父亲袒露的脊背，以为父亲已经死掉了，没想到父亲爬了起来，它吃惊得仰起身子跳到了一边。父亲感激地看着大灰獒江秋帮穷说："你怎么来了？冈日森格呢？"江秋帮穷摇晃着大头望了望远方，似乎是说："冈日森格在东边，我收拾了这群狼，就去寻找它。"父亲指着狼群对江秋帮穷说："你把它们都给我咬死，它们吃掉了十个孩子，十个孩子啊。"大灰獒江秋帮穷反应敏捷地跳起来，直扑离它最近的白爪子头狼。白爪子头狼朝一边跑去，跑得很慢，好像并不在乎江秋帮穷的出现，尽管后者一出现就让九匹狼变成了七匹狼。江秋帮穷追上了白爪子头狼，眼看尖利的獒牙就要刺进它的屁股，白爪子头狼这才飞快地刨动起了四只有力的爪子。它跑向远方，翻过一座雪冈后又跑了回来，它知道只要自己拼命跑，一只藏獒不可能很快追上它，就围绕着父亲转起了圈。

白爪子头狼跑了一圈，又跑了一圈，它想用兜圈子的方法拖疲拖垮江秋帮穷，就用眼神暗示站在追逃线外面观望着的另外六匹狼：你们暂时不要动，等这只狂妄的藏獒累得跑不动了再一拥而上。但它没料到，大灰獒江秋帮穷并不是它想象中穷追不舍的那种藏獒，当奔跑的双方第五次从六匹狼面前经过时，江秋帮穷突然离开了追撵的轨道，斜着身子刮风一样扑了过去。

六匹狼一点防备都没有，来不及散开，就被江秋帮穷一口咬住了一匹母狼的喉咙。江秋帮穷在牙齿奋力咬合的同时跳了起来，直扑另一匹狼。那是一匹行动迟缓的老狼，知道自己已经跑不脱了，干脆停下来，奓着狼毫，撮鼻龇牙地等待着撕咬。但是江秋帮穷只是扑翻了它，虚晃一枪，把本该咬死它的时间留给了逃跑在前面的一匹杀伤力极强的年轻公狼。

年轻公狼虽然凶悍但缺乏经验，以为有老狼断后，追来的藏獒无论从时间还是从距离上，都不可能直接扑到自己，看到对方粗壮的前腿不可思议地踩住了自己的腰肋，吃惊得居然忘记了逃跑。死神的阴影就在这个时候笼罩了它，它在飞速而来的獒牙之下献出了自己滚烫的狼血。现在，九匹狼只剩下五匹狼了。五匹狼要想在一只狂暴凶猛的大藏獒和一个人这里占到便宜，那是根本不可能的。白爪子头狼呜呜地鸣叫着，招呼自己的同伙赶快离开，它自己不知羞耻地首先跑起来，别的狼急忙跟上了它。

大灰獒江秋帮穷连吼带叫地追了过去。它不再沿着膨胀起来的硬地面绕来绕去地追，而是加快速度，像一台力大无穷的开路机，用四条腿的蛮力在松软的积雪中开出了一道沟壑，笔直地通向了奔逃中拐来拐去的狼群。父亲喊起来："回来，回来，江秋帮穷你回来，请你帮我找到多吉来吧，你鼻子一闻、耳朵一听就知道多吉来吧在哪里。"但已经喊不回来了，江秋帮穷把浑身的每一个细胞都投入到了追撵中，都变成了创造速度的动力。近了，近了，转眼就在五步之外了。白爪子头狼没想到江秋帮穷靠近得这么快，感觉到要是再这样伙同在一起你顾我我顾你地跑下去，包括它自己在内的五匹狼就都会死掉。它用奔跑中挤出胸腔的粗气嗥叫着："分开了,分开了,各走各的路了。"然后扭转身子，朝西而去。

但是狼群没有分开，出于对头狼的信任和对群体的依赖，所有的狼仍然跟在白爪子身后，纠缠在一起，你碰我我碰你地奔跑着，越跑越慢，越跑越乱了。江秋帮穷很快追上了它们，扑咬是激烈的，在藏獒是同仇敌忾的横扫，在狼是置之死地而后生的一拼到底。但是这群狼的运气太差了，它们遇到的大灰獒江秋帮穷是一只曾经做过领地狗群短暂的首领而被狼群打败后急切地需要复仇需要发泄愤懑的藏獒，这样一只藏獒在肉体和精神上都很容易进入最佳状态，超乎常态的扑咬速度和力量将使狼群失去一切抵抗和提防的灵性，而最终成为它们无法逾越的死亡之渊。江秋帮穷很倒霉地被一拼到底的狼群咬伤了鼻子、肩胛和胸脯，但是谁咬伤了它谁就得倒下，倒下就是死，不是马上死，就是过一会儿死。三匹狼转眼不再鲜活灵动了，生命的气息争先恐后地从它们脖子上的血洞而不是从嘴里流进了雪后清新的空气中。

一直很好地保护着自己的白爪子头狼又开始奔逃，那匹行动迟缓的老狼跟在了后面。大灰獒江秋帮穷仰头看了几秒钟，抬腿便追。老狼突然停下了，张着嘴，喘着气，横挡在江秋帮穷面前，前腿弯曲着，小孩子一样吱吱地叫起来，一副乞怜讨好的样子，江秋帮穷愣了一下，戛然止步，它看懂了老狼的动作，也听懂了老狼的叫声，知道它不是在为自己乞命，而是在为白爪子头狼告饶，不禁隐隐地有些感动，寻思它大概是白爪子头狼的母亲或者奶奶吧，不然它不会为了保护白爪子头狼而把自己的生命置之度外。一种埋藏在獒性深处的怜悯、一种来源于人类的狗性的恻隐，悄悄地伸手摁住了它的杀性。它叫了一声，意思是说：为了你带给我的感动我就饶了你吧。它蹦跳而起，越过了老狼，继续去追撵已经跑出去二十步的白爪子头狼。

刹那间，老狼身子朝后一错，用后腿作为轴心，忽地转了过去，以狼性最后的也是最彻底的凶恶与疯狂，扑向了江秋帮穷。大灰獒江秋帮穷突然感觉到后腿一阵剧痛，整个身子被什么东西死死拽住了，扭头一看，原来是被它恻隐之中饶了一命的老狼咬住了它，立刻暴怒得如同地火滚动，也是用后腿为轴心，忽地旋转起来，张足了大嘴，狂咬一口，看都没看一眼，就又把头转向了逃跑中的白爪子头狼，猛追过去。它的身后，老狼死了，老狼的脖子上顺着暴起的大动脉，两个深深的牙痕就像冷兵器的金疮一样刺眼，红肉翻滚着，鲜血朝天而汩。

现在，九匹狼只剩下一匹狼了。对大灰獒江秋帮穷来说，在一无遮拦的雪原上追杀一匹狼差不多就是瓮中捉鳖，这一点连白爪子头狼自己都知道。逃跑是无奈的，失去了群体后就已经不是头狼的白爪子狼只是服从于生命惧怕死亡的规律，机械地刨动着四肢。但它的四肢是无数次疲于奔命的狂跑锻造而成的铁桨，即使在势如破竹的獒牙前来夺命的一刻，也仍然保持着有力的划动，保持着荒原饿神为食物而不驯的精神。白爪子狼沿着一道被天光映照成青蓝色的雪沟跑去，突然攀上雪梁，希望在翻过雪梁朝下冲刺时，能够让自己失踪，或者至少把追撵的藏獒落得远一点。但是愿望毕竟只是愿望，逼临而来的事实是，大灰獒江秋帮穷和它一起来到了雪梁顶上，朝下冲刺的时候几乎就是藏獒的身子摞在了狼的影子上。

不能再跑了，再跑就连喘息乞怜的机会也没有了。白爪子狼突然停了下来，头朝上尾朝下地蜷缩起身子，张着嘴汪汪地叫着，摇晃着狼头也摇晃着尾巴，这是最后的挣扎，是学着狗的样子，试图以远古的记忆——狗与狼的亲缘关系，唤起江秋帮穷的怜悯。可是大灰獒江秋帮穷却一点也不记得它的祖先和狼有血缘、是亲戚的历史，它的记忆只告诉它，那种和狼纠缠不清的亲缘关系只属于一般的藏狗，而不属于藏獒。大灰獒江秋帮穷不理睬对方狼模狗样的乞怜，仗着奔跑的惯性，一爪伸过去把它打翻在地，跳起来就要牙刀伺候，突然发现这一爪打得太厉害了，白爪子狼顺着光滑而浑圆的雪梁飞速地朝下滚去。

江秋帮穷想追追不上，白爪子狼想刹刹不住，只听咚的一声响，就像巨石入水，溅起的浪花把江秋帮穷的眼睛都糊住了。与此同时，追撵过去的江秋帮穷也像白爪子狼一样，陨落而下，在水面上砸出了一个深深的坑窝，坑窝动荡着，转眼又弥合成了平面。水？哪里来的水啊？现在是严冬，苦寒伴随着大雪灾，除了还没有冻僵的人体和兽体的血液，所有的流淌都被禁止，所有的液态都被凝固，所有的活跃都被冻结，温暖和流淌只在记忆深处悄悄地运动着，最终成为甜蜜的梦幻出现在将死者的眼前。可是白爪子狼和大灰獒江秋帮穷碰到的却是一种真实的水，水不仅流淌，而且温暖，哪里来的水啊？

4. 大黑獒那日的葬礼

那听懂了冈日森格有点沙哑的若断似连的叫声的，那喊出了"那日，大黑獒那日"而让冈日森格感动得扑过去的，原来是年事已高反应本该迟钝的尼玛爷爷。尼玛爷爷不仅理解了冈日森格的意思，而且立刻决定：跟着冈日森格走，去看看大黑獒那日，大黑獒那日出事了。这个决定让全家人潸然泪下：大黑獒那日出事了，凶险雪灾多的日子里，出事意味着什么呢？

尼玛爷爷拍了拍冈日森格的头说："走吧走吧，我们一起走吧。"说着看了一眼儿子班觉和儿媳拉珍，独自走去。他发

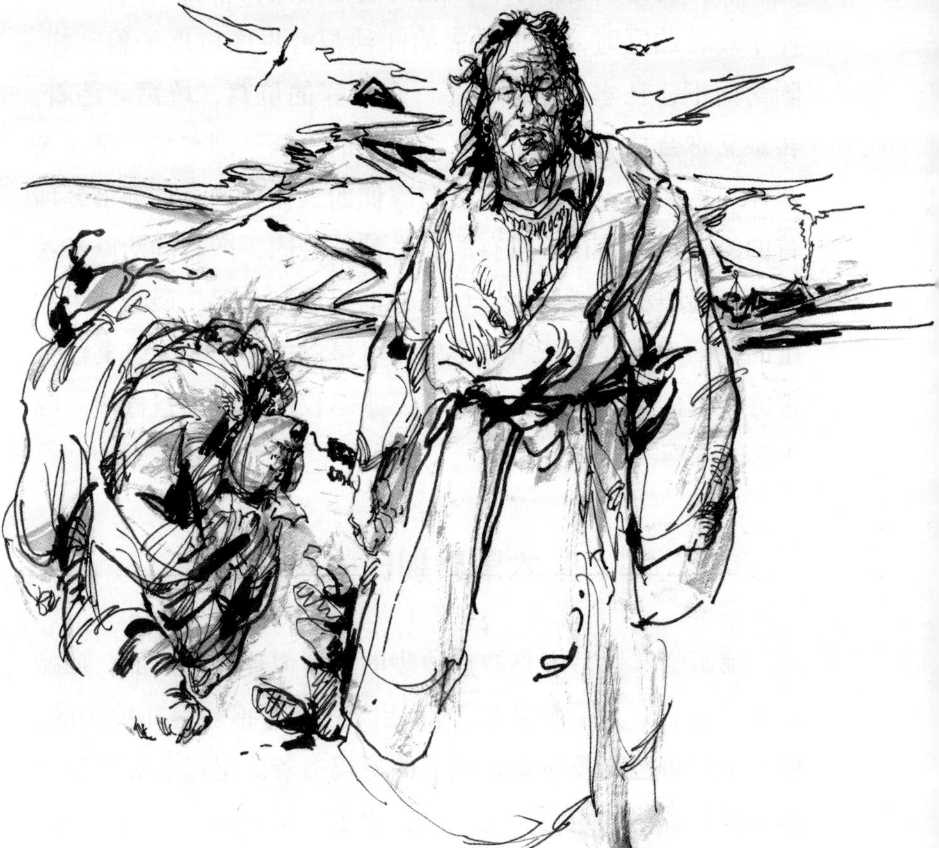

现斯毛、格桑和普姆头一律向着远方站在他的前面，就知道自家的这三只藏獒早就从那种有点沙哑的若断似连的叫声中听明白了冈日森格的意思，已经做好了出发的准备。他满意地点点头，咕哝着："狗啊，狗啊。"班觉追过去说："阿爸，还是我去吧。"尼玛爷爷固执地摇着头："不，我去，我一定要去。"班觉只能留下了，哪儿有帐房和牛羊哪儿就是营地，他和妻子拉珍必须对营地负起责任来。他对儿子诺布说："你跟着爷爷去，带上斯毛，不，还是带上年轻力壮的格桑和普姆，千万要小心点啊，路上。"

格桑和普姆早就是大藏獒了，威武得跟他们的阿爸白狮子嘎保森格和瘸腿阿妈一样。它们知道草原上有个传说说的就是它们的阿爸白狮子嘎保森格被冈日森格打败后自杀身亡的事儿。它们曾经记恨过冈日森格，但是现在不了，自从去年大黑獒那日用乳汁救了尼玛爷爷一家也包括它们自己后，它们就再也想不起仇恨了——大黑獒那日是獒王冈日森格的妻子，对那日的感激也应该是对冈日森格的感激。它们都是优秀的喜马拉雅藏獒，优秀的喜马拉雅藏獒从来都把感恩看得比仇恨更重要，仇恨是水，可以流走，恩情如山，永远都在挺立，为了获得一个感恩的机会，它们改变着本性，放弃了野蛮复仇的自由。就像父亲说的，感恩是存在于藏獒血脉骨髓里的基本素质，是它们胜出于一切动物而成为草原王者的根本原因。尤其是现在，当格桑和普姆从冈日森格的声音里知道了大黑獒那日的不幸后，就比人还要快捷地踏上了感恩之路。大黑獒那日出事了，也就是恩情的丰碑倒塌了，快啊，快啊。格桑和普姆焦急地跑到前面去,看到尼玛爷爷和诺布没有跟上,又担忧地跑回来,恨不得驮着一老一少两个主人,恨不得长出翅膀飞过去,它们汪汪汪地催促着:快啊,快啊。

　　三个时辰后,他们在冈日森格的带领下,接近了埋葬着大黑獒那日的地方。远远地就听到了那日的同胞姐姐大黑獒果日微弱的叫声,格桑和普姆疯了似的朝前跑去,一时间它们顾不得尼玛爷爷和诺布了,它们以为大黑獒那日还活着,就激动地狂奔而去。尼玛爷爷和诺布也很激动,但是尼玛爷爷腿脚已经不灵便了,只能做出跑的样子,在孙子诺布的搀扶下使劲挪动着身子。格桑和普姆先到了,一看是果日,就汪汪地问道:那日呢?那日呢?大黑獒果日用鼻子吹了吹身边的雪包,倦怠地朝前走去。

　　好几天了,果日一直守护在妹妹的雪包旁,没有食物来源,它应该离开这里去打野食,但是它没有,它生怕野兽刨出来吃掉妹妹那日,就须臾不离地坚守着。现在,终于坚守到了人来狗来的时候,它必须离开这里去雪原上找一点果腹的东西了。它的步履缓慢而坚定,它不想让自己倒下起不来,也不想在这个谁都需要食物的日子里无能地去接受别人的食物,更不想在虚弱不堪的时候成为狼或豹子的美餐,它必须找到食物,而且要依靠自己的力量找到食物。它走了,显得平静而冷漠,甚至在和冈日森格擦肩而过的时候也是不吭不哈的,似乎连表示欢迎和高兴的力气也没有了。

　　冈日森格保护着尼玛爷爷和诺布同时到达了这里,接着就是刨挖大黑獒那日的尸体,人和藏獒一起刨,刨着哭着,人和藏獒一起哭。终于大黑獒那日出现了，尼玛爷爷抱住了它，眼泪哗啦啦的，一直哗啦啦的，没有声音，只有眼泪，无声的流泪比有声的号啕更让人撕心裂肺。哭了很长时间，尼玛爷爷用自己的体温暖热了已经冻硬的大黑獒那日，直到哭晕过去。

半个月以后，雪灾已经全部解除，尼玛爷爷一家给大黑獒那日举行了天葬仪式，全家人都给它跪下了，跪了整整一上午。西结古寺的喇嘛们念起了超度獒魂的《金刚上师净除因缘咒》，牧民们点起了柏枝、芭苈和酥油糌粑，在弥漫的香烟中，释放了一万个彩色风马。人们看到，天葬台上，翩跹飞舞的秃鹫已经吃尽了大黑獒那日的骨肉，彩虹架起了升天的桥梁，袅袅的香色里，灵魂在尸林空行母和圣地空行母的陪伴下，在有情众神的引导下，飘飘欲仙地走上了天堂之路。西结古草原上，牧民们就是这样永别着对他们有恩有德的一切，一只藏獒的忠诚和一个人的帮助，都会让他们回报全部的感情和整个灵魂，坚定而敏感的信仰神经，就是送别亲人和朋友进入天堂的保证。

就在尼玛爷爷老泪纵横的时候，冈日森格悄没声地离开了自己死去的妻子，离开了这里的人和藏獒。它不能再沉溺在悲伤中了，它必须立刻回到领地狗群里去，这一点是它带着尼玛爷爷一行来看望大黑獒那日的路上突然意识到的。谁也不知道它为什么会有这样的意识，不是风，不是味，不是天上地下的一切告诉了它领地狗群的危机，而是它内心深处的一片柔情和思念让它毫无理由地产生了一种幻象。幻象激烈地闪现着，让冈日森格相信它是那么可靠而精准，仿佛接收到了一种来自远方的电波,电波的图像不断地在它脑海里演绎着关于领地狗群的现状:乱了,一切都乱了,大灰獒江秋帮穷被众狗赶走了,大力王徒钦甲保试图为王,但许多藏獒不服气,于是就打起来了,壮健的藏獒与伟岸的藏獒、勇敢的藏獒与强悍的藏獒之间,你死我活地打起来了。意识到自己依然是獒王、必须是獒王的冈日森格,以优秀的喜马拉雅獒种所具备的强烈责任感,坚决放下了自己的悲伤和对亡妻的流连,奋勇地踏上了回归的路。

半路上,它碰见了刚刚吃到一只秃鹫的大黑獒果日。秃鹫是饿死的,它在无边的雪原上找不到活食,也找不到腐尸,就衰竭地从天上掉下来把自己摔死了。獒王冈日森格停下来,四只爪子原地刨动,好像是说:你不用回去了,就把那日交给尼玛爷爷吧,尼玛爷爷会处理好的。咱们走,赶紧走。大黑獒果日丝毫没有犹豫,转身跟着獒王去了。

雪色无涯,空旷到连死灭都没有痕迹的西结古草原,在远古的兽性中寂静着,所有的生命都在挣扎,寒冷彻骨,残酷泛滥到无边。冈日森格和大黑獒果日奔跑在永远颤动的地平线上,看到了一些帐房、一些牧民,牧民们还没有死,但很快就要死了,他们没有吃的烧的,四顾八荒,一筹莫展,就要长眠在雪雾之后更加寒冷的灾难中了。吃的,吃的,哪里能找到吃的?本应该找到吃的解救牧民的领地狗群,这时候却因为争当獒王而内讧纷起。冈日森格懊恼地埋怨着:不应该啊,西结古草原的领地狗们,你们不应该这样。一黄一黑两只藏獒内心无比焦急,奔跑的身影也就如飞如翔了。

第十一章
Chapter 11
白爪子狼

1. 空气中飘来獒王的味道

父亲朝前走去,边走边不甘心地喊叫着:"多吉来吧,多吉来吧你回来。"心说我怎么不是一只藏獒啊,我要是一只藏獒,鼻子一闻就知道它在哪里了。他没有想到,就在离他两百多米远的雪丘后面,多吉来吧正在踽踽独行。多吉来吧听到了他的声音,也闻到了他的味道,它激动地加快了脚步,甚至都发出了呵呵呵的亲切的回应,但是就在沉重的獒头探出雪丘、瞩望主人的瞬间,它把激动一下子埋在了心底。它想到了寄宿学校的毁灭、十个孩子的死,想到了自己的责任和没有尽到责任的愧疚,亘古的规矩、惯性的举动要求它此刻只能悄悄的,只能远离主人以及所有的人,然后死掉,默默地死掉。它低下头颅,整个身形消失在雪丘后面,静静地卧下了。死吧,死吧,赶快死吧。尽管它已经意识到它肯定一时半会儿死不了，不仅死不了，好像还会好起来——被狼群夺走的精气神，从浑身几百处伤口中流失而去的生命的灵光，似乎比刚刚离开寄宿学校时多起来了，但它还是告诫自己：死吧，死吧，你必须死，你已经是耻辱的化身、无脸见人的行尸走肉，你必须死。但是多吉来吧马上又站了起来，无奈地呻吟着：不能啊，不能现在就死。它把头再次探出雪丘，望着父亲远去的背影，蹒跚地跟了过去。雪原上的风险就像空气，时刻伴随着一切柔弱的生命，父亲需要保护，而能够保护他的只有它多吉来吧。多吉来吧远远地挪动着，它知道自己虽然已经没有能力进行剧烈的打斗，但只要自己存在，就会有浓烈的气息传向四面八方，对任何凶残的野兽，这气息都有着强大而锐利的威慑作用，使它们轻易不敢觊觎。

其实大灰獒江秋帮穷和白爪子狼都知道西结古草原有一片叫作群果扎西的湖群。群果扎西是吉祥水源的意思，它告诉人们这里是天下之水的源头湖群。湖群里有冷水湖，也有温泉湖，人和动物一般都是从平展开阔的南边而不是从光滑浑圆的雪梁这边接近湖群的，所以当江秋帮穷和白爪子狼掉进冬天不会结冰的温泉湖时，一时就不知道这里是什么地方了。

群果扎西温泉湖的水很深，掉进水里的白爪子狼半天才凫出水面，晕头转向地朝着刚才滚下来的雪梁游去，没游几下，就一头撞在了大灰獒江秋帮穷身上，又赶紧转身，游向了水面的中心，中心是白色的，像是一片覆雪的陆地。白爪子狼的身后，大灰獒江秋帮穷乓乓乒乒地激溅着水花，像是在奋力追撵,其实是拼命挣扎。它因为身体重,掉进水里后花了比白爪子狼更长的时间才凫出水面,然后就比白爪子狼还要晕头转向地乱游了一气,当意识到不可能再顺着光滑而浑圆的雪梁爬上去,就远远地跟上了白爪子狼,好像此刻狼成了它获救的希望,狼的去向就是生命再生的去向。

白色的陆地依然遥远,好像是你进它退的,永远跟你保持着足够让你绝望的距离。白爪子狼已是精疲力竭了,身子下沉着,好几次都把狼头拖进了水里。它在喝水,呛水,不停地咳嗽着,满眼都是惊恐之色,四肢的刨动显得毫无章法,腰肢乱扭着,淹没就在眨眼之间。大灰獒江秋帮穷挣扎而来,毕竟它是藏獒,它有比狼更完美的肌肉、筋骨和关节,那是骨肉做的息壤,时时刻刻发酵着抵抗命运的力量。更重要的是,它有比狼更遥远的历史,它的祖先曾是古喜马拉雅海里类似海狗但比海狗大得多的一种动物,后来随着古大海的退去,渐渐就两栖了,就成为横行一方的陆地野兽了,但是远古祖先遗传下来的漂浮能力和游泳技巧并没有丧失,今天的它作为一只优秀且纯种的喜马拉雅藏獒有了一种跨越历史长河的回归,那就是和水的亲和。它开始在水中恢复体力和能力,一股神秘的左右着生命的热能随着温泉水对冰凉身体的抚摩慢慢滋长着,等它来到白爪子狼跟前时,挣扎已经不存在了。谐调的划动和顺畅的呼吸让江秋帮穷有时间停留在白爪子狼跟前,考虑这样一个问题:是一爪子把狼拍进水里淹死,还是一口咬烂狼的后颈血管,让这清白的水面漂浮起一层鲜红的狼血?

江秋帮穷想了想：还是咬死它，咬死是更痛快更自然的，咬死就会流血，血是残酷而美丽的，尤其是敌人的血。更要紧的是，仇敌的血能够慰藉它和满足它，自打领地狗群在两股庞大的外来狼群面前失手以来，作为临时首领的江秋帮穷一直懊恼不已，牙齿越来越厉害地痒痒着，复仇的欲望并没有因为身体浸泡在水中而有丝毫消退，咬死它，咬死它，牙齿和大脑都这样说。正好不断被淹没又不断冒出头来的白爪子狼又一次咳嗽着，以求生的本能把下巴搭在了江秋帮穷的肩膀上。江秋帮穷一口咬住了它的后颈，用舌头舔着湿漉漉的颈毛，眯缝起眼睛狞笑着，只等稍微一用力，就可以让它惊尘溅血了。

但是风阻止了它，风是从头顶掉下来而不是横空吹过来的，好像那风中的味道正要经过群果扎西温泉湖，一看到大灰獒江秋帮穷就直落而下，忽地一下钻进了它的鼻孔。江秋帮穷不禁翻起眼皮看了一眼头顶的天空，也看了一眼白色的陆地，突然发现陆地已经很近了。它着急地思考着风灌进鼻孔的味道，叼着白爪子狼迅速划向了陆地。

上岸的瞬间，江秋帮穷感觉陆地朝后滑了一下，差一点让它上不了岸，它赶紧松开嘴上的白爪子狼，拖着一身沉重的水，哗哗啦啦地站到了陆地上。而身后的白爪子狼却本能地用前爪扒住了陆岸，下巴上翘着，拼命拒绝着下沉。白爪子狼还残存着力量，紧闭的眼睛后面，顽强的生命意志依然发挥着作用，那就是乞生的表现。它让已经站到岸上的江秋帮穷意识到，必须拽它上岸，在它还活着的时候咬死它，否则它就会死掉，而等它死了再咬它，那就不是战而胜之而是贪而食之了。江秋帮穷前腿趴下，伸头叼住了白爪子狼的肩膀，慢慢地朝后退去，直到把狼拖出水面，拖到陆地上。

又是风的到来，从头顶掉下来而不是横空吹过来，似乎是催促，钻进大灰獒江秋帮穷的鼻孔后就变成了冈日森格的獒王之气，那么浓烈，就像与冈日森格面对面走过一样。江秋帮穷丢开白爪子狼，扬起獒头，眺望着前面，一片云山雾海，仿佛獒王冈日森格就在雾海里头，斗志昂扬地走着。江秋帮穷跳起来跑了过去，一瞬间它忘记了自己满身的伤痕钻心的疼痛，忘记了拖上来打算咬死吃掉的白爪子狼，只想着一件事：赶快见到冈日森格，告诉它领地狗群已是群龙无首不知道干什么了，它们不去救援围困在大雪中的牧民，也不去报复咬死了那么多领地狗的外来的两股狼群，它们丢弃了自己的职责，只想着谁来做头，谁来为王了。江秋帮穷知道，现在的领地狗群里没有一只藏獒是全体信服大家公推的，如果獒王冈日森格不赶快回去，领地狗群将陷入无休无止的打斗而一乱再乱。

大灰獒江秋帮穷在覆雪的陆地上直线奔跑，腾腾腾的脚步让整个陆地摇晃起来，而风的摇晃更加有力，仿佛迷雾里头的冈日森格也正在朝它奔来。它激动得四腿腾上了云彩，灵动妖娆地飞翔着，只听扑通一声巨响，水花爆炸了，它一头栽进了清白闪亮的湖水，深沉的水浪立刻吞没了它。

2. 獒王回归

草原上以藏獒为主的领地狗群是一个群英荟萃的团体，但英雄的荟萃往往也是强盗的荟萃，当它们不是为了忠诚而是为了争夺权力大打出手的时候，英雄与强盗的界线就倾然消失了。这就跟草原人一样，部落的强盗如果不是舍生取义的英雄，那就只能是心胸褊狭、胡作非为的真正的强盗。现在，领地狗群的英雄们已经不再表现自己的英雄气概了，獒王没有回来，权力出现真空，互相倾轧的内部冲突随着在狼群面前的失手而愈演愈烈。

赶走了大灰獒江秋帮穷后，大力王徒钦甲保傲慢地行走在狗群里，企图迫使别的藏獒臣服于它给它让路，却引起了众多藏獒的不满。一只火焰红的公獒看到徒钦甲保走过自己身边时，居然蛮横地撞了自己一下，便忍不住扑上去咬了它一口。一场血战就这样开始了，结果是谁也没有占到便宜，火焰红公獒被咬烂了肩膀，徒钦甲保也咬烂了肩膀，在两败俱伤的情况下，徒钦甲保的妻子黑雪莲穆穆违背单打独斗时不得有第三者参与的规则，扑过去咬住了火焰红公獒的后腿。许多藏獒不满地叫起来，它们没有惩罚作为母獒的穆穆，却一拥而上，顶撞着徒钦甲保，救下了火焰红公獒。

其中一只好战的铁包金公獒在顶撞大力王徒钦甲保的过程中，突然有了咬死对方自己为王的妄想，它用货真价实的撕咬把徒钦甲保逼到了一座跳不出去的雪壑里，一口咬断了徒钦甲保的尾巴。困兽犹斗的徒钦甲保狂叫一声，以不想死亡的最后一拼，疯了似的回身扑过去，掀翻了铁包金公獒，然后一口咬住了对方的脖子，扑哧一声响，大血管里的红色液体过于激烈地喷涌而出，差一点刺瞎了徒钦甲保的眼睛。

大力王徒钦甲保回到了领地狗群里，以咬死铁包金公獒的骄傲，雄视着众狗，马上引来一片狂吠，就有另一只铁包金公獒（它很可能是死去的铁包金公獒的兄弟）扑上来挑战徒钦甲保。这一次徒铁甲保没有占到什么便宜，它跟大灰獒江秋帮穷斗，跟火焰红公獒斗，跟铁包金公獒斗，早已是遍体鳞伤，流淌的血让它耗损着体力，也让它失去了原有的反应能力，它被扑倒在一片狼藉的雪地上，毛发飞蓬似的扬起来又纷纷落地。它听到了对方的咆哮和自己的呻吟，然后痛苦地献出了自己的一只耳朵。

又是妻子黑雪莲穆穆违背单打独斗的规则，跳出来给丈夫解围，丈夫虽然得救了，但所有的领地狗包括那些小喽啰藏狗都开始鄙视它们。鄙视的结果就是愤怒和仇恨的产生，就是攻击的开始，它们把攻击的目标对准了徒钦甲保和穆穆的孩子小公獒摄命霹雳王。混战以来，小公獒摄命霹雳王一直很紧张，它非常想扑过去，帮帮自己的阿爸和阿妈，但是它在犹豫，稳固在它生命中的对藏獒规则的遵守，在它每一次准备冲过去时，都会跑出来麻痹它的愤怒神经，遏制它的冲动。它的心声悄悄地对它说：这没什么，没什么，大人们就是这样，小孩是不能参与的。有一次它似乎突破了规则的阻拦，全身匍匐在地，眼看就要跳过去了，打斗的双方突然又离开自己跑远了，它连自己都奇怪为什么没有追，它抑制住了那种人和动物都会有的尽量接近打斗场面的好奇与激动，远远地观望着，就像一个冷漠的局外人、一只深沉的不屑于好奇的大藏獒，平静地挺立着，一直挺立到阿妈穆穆扑过去给阿爸解围。

但是现在，小公獒摄命霹雳王突然发现它不能再这样平静地挺立了，三只母性的大藏獒在全体领地狗的助威声中，朝自己奔扑面来。它从它们狂怒的咆哮和狞恶的面孔中看到了自己的危险，转身就跑。它想跑到阿爸阿妈跟前去，但是不行，它的这个意图就在它还没有逃跑时，就已经被老辣的大藏獒截断了。它本能地跑向了人，人现在是看不见的，但它知道就在大雪梁那边，它必须以最快的速度跑到大雪梁那边去。然而还是不行，一只母性的大藏獒抢先跑过去拦在了大雪梁的转弯处它必须经过的地方。小公獒只好再次转向，朝着漫无际涯的旷野疯跑。它知道自己是个小孩，根本逃不脱大藏獒的追杀，就一边玩命地奔跑，一边尖厉地哭叫着。

近了，三只凶恶的母獒一只比一只近了，势不可当的冲撞伴随着血盆大口和锋利的牙刀，咬死它的结果马上就要到来。一个孩子在长辈们面前的哭叫、乞求和挣扎，在被野蛮地扑倒咬死前的一刻，淋漓尽致地表现着。近了，永远不可能被占领的地平线一点一点近了，小公獒摄命霹雳王发现，这一次好像是可以被占领的，占领了地平线，就等于占领了生与死的界线，这边是死，那边是生，不错，那边是生，是机会，是保佑，是它小公獒命大福大的证明，因为它看到了另一只藏獒，那是它有生以来知道的最伟大的藏獒。

獒王冈日森格就在这个时候出现在了地平线上，不，不光是獒王，还有大黑獒果日。一黄一黑两只气派非凡的藏獒，用它们那仿佛有着使不完的力气的四条粗壮劲健的腿，咚咚咚地敲打着冰雪覆盖的大地，冲着小公獒摄命霹雳王跑来。小公獒迎了过去，在只差三秒钟就要被扑倒咬死的时候，它跑向了獒王。啊，獒王！它哭喊着，就像见到了救命的亲人，突然跌倒在地，连滚带爬地扑了过去。獒王的出现就是公正的出现，在领地狗群里它决不允许以强凌弱，尤其是对小藏獒小生命，不管出于什么原因，都只能保护，而不能残害，它的理由是：小孩永远是正确的。它大吼一声，绕过小公獒，忽地一下横过身子，挡在了飞奔而来的三只母獒面前。三只母獒根本来不及刹住，也来不及躲闪，一个个撞在冈日森格身上。冈日森格岿然不动，它们却接二连三地翻倒在地。

獒王冈日森格回来了。领地狗群一片骚动，朝着獒王吠叫而来，接着就是安静。它们有的摇晃尾巴激动着，有的喷出鼻息热情着，有的吊起眼睛肃穆着，有的吐出舌头庆幸着，表情各不相同，但有一点是共同的，那就是尊重与敬畏，无论从表情还是身形，都表现出了一种无条件尊重的姿态。一个能力出色、公正无私、富有牺牲精神的领袖，在群体中得到的就应该是这样一种姿态。獒王冈日森格走进了领地狗群，一个一个地观察着。鸦雀无声。獒王没有发出声音，所有的部下也都收敛了自己的声音，但有一种我们人类还不能完全破译的语言正在獒王和部属们之间交流，它或许是肢体语言，或许是表情语言，更可能是吐出的舌头和呼吸的语言。这样

的语言让冈日森格明白了它离开后发生的一切，明白了曾经激烈地闪现在它脑海里的幻象居然是如此的真实，更明白了肇事者是谁。

冈日森格昂首巡视着，来到了大力王徒钦甲保身边，把身子靠在后腿上，怜悯地看着对方，似乎是在询问：它们说的没错吧？徒钦甲保满脸惭愧，一副低头认罪的样子，眼皮却撩起来，警惕地偷觑着獒王。獒王吼了一声，算是打了一声招呼，起身来回走了几下，突然扑过去，一口咬住了徒钦甲保的喉咙。徒钦甲保没有挣扎，它知道惩罚是不可避免的，知道为了自己一时的轻率和谵妄，它必须付出生命的代价。然而大力王徒钦甲保没有死，獒王钢铁的牙齿在咬合错动的一瞬间突然变得柔软温情了，它没有按照领地狗群的定律，以獒王的铁腕把一个敢于扰乱秩序的叛逆者送上西天。

围观的领地狗们面面相觑,好像是说:"为什么要手下留情?是因为听到了徒钦甲保的妻子黑雪莲穆穆的哭叫?或者是因为小公獒摄命霹雳王在意识到哭叫无效后居然斗胆扑向了獒王冈日森格?"这样的扑咬简直不可思议,稳固在小公獒生命中的藏獒规则突然不再遏制它的冲动了,它忘恩负义地扑向了刚刚从三只母獒的利牙之下救了它的獒王,并把短小的虎牙扎进了獒王的大腿。但是獒王冈日森格没有生气,它放弃了对徒钦甲保的撕咬,扭头惊奇地看着小公獒摄命霹雳王,突然伸长舌头笑了笑,呵呵地叫着,仿佛是说:好样的,苍鹰生不出麻雀,仙鹤的窝里没有野鹜,壮硕的父母生出了如此有出息的孩子,这么小就知道舍生忘死保护阿爸了。

似乎大家都相信,獒王冈日森格没有咬死徒钦甲保是因为小公獒摄命霹雳王的保护,獒王是大度而怜惜孩子的,看在儿子救老子的面子上,放了徒钦甲保一马。但是徒钦甲保自己非常清楚,獒王并没有真正放过它,只是给了它一个自己救赎自己的机会。在这个大雪成灾,人类的需要压倒一切的时刻,它必须出类拔萃地表现自己,让所有的领地狗都看到它的可贵从而原谅它的罪过,否则獒王的索命就会随时爆发。大力王徒钦甲保站起来,神情复杂地望着獒王,用一种僵硬的步态后退着,突然转身,跑向了大雪梁那边。獒王冈日森格跑步跟了过去,所有的领地狗都按照既定的顺序跟了过去。服从正在发挥着作用,冈日森格用獒王的权力和威信,强有力地影响了领地狗们的心理归属,毫不拖延地扭转了混乱不堪的局面。领地狗群无声而迅速地由一个强盗群体回归到了一个英雄群体,刚刚还是甚嚣尘上的倾轧内讧好像根本就没有发生过。

徒钦甲保翻过了大雪梁,所有的领地狗都翻过了大雪梁,愣住了:人呢?大雪梁这边是有人的,有很多人,除了獒王冈日森格,大家都看到了。可是现在,这里已是空空荡荡,只有一些风吹不尽的脚印和一些没有人气的帐房。帐房里,拥塞着一些无法带走的空投物资。獒王冈日森格叫起来,好像是说:找人啊,赶快找人啊,人到哪里去了?许多藏獒翘起了头,望着天空呼呼地吹气,好像这里的人一个个升天入地了。大力王徒钦甲保随便闻了闻就跑起来,它那戴罪立功的心情让它急不可耐地跑向了人群消失的地方。

3. 奔赴十忿怒王地

焦虑让大雪梁这边的人群失去了耐心,他们议论纷纷却又无可奈何,让雪后清寒的空气充满了不安和忧愁的分子:到底怎么办?如果领地狗群不能像往年雪灾时那样,承担起救苦救难的责任,那就只能依靠人了,依靠我们这些人,把饥寒的牧民带到有吃有喝的地方来,或者把吃喝送到牧民们那里去。可是雪原是无边的,暴风雪是疯狂的,牧民和羊群都是随风移动的,如果不依靠藏獒,人怎么知道哪里有人哪里没有人?丹增活佛说:"天上的神鸟送来了救命的食物,我们没有理由不做神鸟的使者,把食物送给饥寒交迫的人。神佛会保佑我们的。"麦书记说:"我们听佛爷的。"

活佛和喇嘛们背起了物资，率先朝前走去，前面是一片沟壑纵横的雪原。别的人都背上物资跟在了后面。一溜长长的救援队伍，就在这沟壑纵横的高旷之地，变成了寂寞天空下、残酷雪灾中唯一的温暖。

救援队伍沿着高高耸起的雪梁缓慢地扭曲移动着，他们不能走直线，直线上的沟壑里，拥塞着一人厚甚至几人厚的积雪，随处可见置人于死地的陷阱。而在雪梁上，在弯弯曲曲的脊顶线上，风的不断穿梭把积雪扫得又薄又硬，人走在上面几乎没有什么阻力。但是很慢，绕来绕去走了半天，回头一看，发现早就经过的雪梁，依然在视域之内。更糟糕的是，走了很长时间，还没有遇到一户牧民。大家都在想一个问题：牧民们被暴风雪裹到哪里去了？这样走下去行吗？休息的时候，麦书记同丹增活佛和索朗旺堆头人："能不能兵分三路？这样走下去恐怕是白走。"索朗旺堆头人说："我们已经离开野驴河流域，来到了高山草场，这里是狼群最多的地方，没有一群藏獒跟着，人是不能分开的。"丹增活佛冷静地说："我们不会白走的，到了十忿怒王地，就能看到牧民了。"

十忿怒王地？前去的道路上，有一个地方，名叫十忿怒王地。那儿是大威德王、无敌王、马头明王、甘露漩明王、欲界明王、青杵不动王、大力王、顶髻转轮明王、暧昧语诀明王现身说法的地方，是忿怒十王争相保护的草场，那儿的拉则神宫高耸如塔，七彩的风马旗波荡如海，六色的燔柴烟弥天如云，那儿的吉祥是别的地方没有的。以往的年份里，牧民们一遇到雪灾，就都会把牲畜往那儿赶，即使被暴风雪卷没了牛羊，他们自己也会朝那儿集中。那儿又是西结古草原的地理中心，往南是牧马鹤部落的驻牧地奢宝泽草原，往西是党项部落的驻牧地党项草原，往东是狼道峡以及被狼道峡连接起来的多猕草原和上阿妈草原，往北是野驴河流域以及昂拉雪山。四面八方的牧民来到了那儿，那儿的荒凉寂静就没有了，人一多，藏獒就多，人气和獒气一旺，狼就不来了，藏马熊和野牦牛也不来了，金钱豹和雪豹更不来了。

一个十分华丽美好的目标让大家精神倍增，长长的救援队伍朝着十忿怒王地委蛇而行。天黑了，又亮了，走在前面的活佛喇嘛停了下来。四周一片寂静，气氛空前紧张着，索朗旺堆头人首先喊起来："十忿怒王地到了。"

4. 温泉湖里发现了美食

群果扎西温泉湖的水浪吞没了大灰獒江秋帮穷，又在另一个地方把它托举而出。江秋帮穷凫在水面上，转了好几个圈，才爬上陆地。它抖着浑身的水，望着远方琢磨了一会儿才明白，原来这陆地并没有连着草原，不过是湖中的一方岛屿。它着急地来回走动着，不时地朝着阔水那边的云雾吼叫几声，似乎是在询问：那儿有人吗？风不知不觉强劲了，江秋帮穷突然发现脚下是漂动摇晃的，这才意识到自己立足的甚至都不是一方岛屿，而是一块运动着的浮冰，这说明雪灾前后的气温太低，连温泉都不温了，也说明温泉湖的水温是不一样的，有的地方在冰点以上，有的地方在冰点以下。

大灰獒江秋帮穷烦躁地跑动起来，它本能地觉得摇晃是可怕的，就想用奔跑制止这种摇晃，或者找到一个不摇晃的地方。但是风的劲吹让摇晃越来越厉害，甚至都有些颠簸的意思了。它猜测正是自己的奔跑加剧了摇晃，突然停下来，警惕地瞪视着四肢已经站不稳了的浮冰。还是摇晃，摇得它身子都有些倾斜了。它感到紧张，它的祖先和遗传了祖先素质的它，都已经习惯了脚踏实地的生活，从来没有因为不能站稳而产生过恐慌。但是现在，稳固实在的感觉失去了，它不仅无法信任脚下的地面，也无法信任自己站稳脚跟的能力，禁不住用粗硬的嗓门狂吠起来，好像是在命令那个它从来没有命令过的敌意的存在：别晃了，别晃了。

　　浮冰不听江秋帮穷的，它只听风的，而江秋帮穷暂时还意识不到摇晃是因为风的强劲，更意识不到浮冰正在走向湖心，湖岸越来越远了。无法制止摇晃的大灰獒江秋帮穷只好趴下，把身体的每一部分都依附在浮冰上，感觉似乎好了一点，这才发现它来到了最初它把白爪子狼拖上岸的那个地方。白爪子狼已经好多了，居然站了起来，仰着头，显得一点也不害怕浮冰的摇晃。江秋帮穷吼叫着，想站起来扑过去，感觉身子是漂动的，赶紧又卧下了。白爪子狼看着它，恐惧的眼波随着浮冰一晃一晃的，往后退了退，想离开这里，觉得自己还没有力气走远，便扑通一声，倒了下去。

　　大灰獒江秋帮穷和白爪子狼在距离五步远的地方互相观望着，在江秋帮穷是仇恨，在白爪子狼是恐惧。恐惧和仇恨都是那么安静，就像情绪和身体都被恶劣的天气冻结在了浮冰上，悄悄地，只有风，呼儿啦啦，呼儿啦啦，风从浮冰和水面之间的夹缝里吹进去，浮冰的摇晃更加剧烈了。江秋帮穷紧张地吐着舌头，满嘴流淌着稀稠不等的口水，呼呼地呻吟着。

藏獒是这样一种动物，它一生最害怕的，一是失去主人，二是失去领地，三是失去平衡。江秋帮穷是领地狗，失去了它所依赖的群体也就是失去了主人，离开稳固的大地来到它绝对不会守护的漂浮的冰面上，也就是失去了领地，至于平衡，这是心理和生理的双重需要，失去了它，也就等于失去了所有的能力。现在，平衡正在离它而去，它感到恶心，越来越恶心，忍不住吐起来，一吐似乎就把仇恨全部吐掉了，它软下来，意志和四肢乃至整个身体都软塌塌的了。而狼是这样一种动物，它们没有主人，不怕失去，它们既能依靠群体，又不怕孤独，它们拥有自己的领地，又会时不时地占据新的领土，至于平衡，它在心理和生理上都有着极强的适应能力，好像它的祖先和有着祖先遗传的它，都是荡着秋千长大的。现在，白爪子狼的力气正在迅速恢复，它又一次站了起来，眼瞪着面前的大灰獒江秋帮穷，看对方一点反应也没有，才小心翼翼地转身离开了。

白爪子狼走得很慢，却很稳当，一点也不受浮冰摇晃的影响，快走到水边时，它又卧下了，肚子很饿，身体发虚，它还得恢复一会儿。这一次它睡着了，它知道大灰獒江秋帮穷对它已经没有什么威胁，就放心大胆地睡了一觉。后来醒了，依然很饿，而且就在它睡着的这一会儿，本来就皮包骨的身体又消耗了一些能量，显得更加皮薄骨露了。但它感觉身体已不再发虚，四肢的力气就像长出来的草，忽忽地迎风招展。它站起来，朝着江秋帮穷瘫软在地的方向望了一眼，迈开步子跑起来。白爪子狼跑到了水边，又沿着水边跑了一圈，突然站住了，就像江秋帮穷刚才那样，它吃惊地发现，原来这摇晃着漂动着的陆地四面都有水，而且是望不到边的茫茫水域。它愣愣地望着，笔直地扬起鼻子，犹豫了一会儿，便发出了一阵呜呜咽咽的绝望的吠叫。

没有食物，只有即使卧倒不起也让它心惊肉跳的一只藏獒，藏獒是有食物的，食物就是它，而它却永远不可能把对方当作食物。更糟糕的是，它出不去了，尽管它是可以游泳的，但那只能在野驴河里扑腾，面对这么阔的水，这么高的浪，它只能望洋兴叹。它悲伤地吠叫了一阵，感到毫无意义，就又开始沿着水边奔跑。浮冰大约方圆有一百五十米，白爪子狼跑了一圈，又跑了一圈，突然停下了，发现居然停在了大灰獒江秋帮穷身边，赶紧跳起来再跑。

大灰獒江秋帮穷瞪着这只生命力顽强的狼，愤怒嫉妒得就要跳起来，但是当它意识到自己已经无力做出跳起来扑过去这种动作的时候，就干脆闭上了眼睛，只用听觉和嗅觉感受着白爪子狼的存在。白爪子狼依然跑动着，一会儿近了，一会儿远了。当狼近了的时候，江秋帮穷就会蹦出一股怒火，在疲软的身体里燃烧着，恨不得烧掉面前这个世界，当狼远了的时候，它就会沮丧得把意识的锋芒深深扎入自己的内心，悲哀地审视着：我为什么是绵软的，为什么是恶心的，为什么是头晕目眩的？摇晃啊，摇晃啊，到底是它在摇晃，还是世界在摇晃？不管是谁在摇晃，再这样摇晃下去，它就没法活了。

　　就在大灰獒江秋帮穷感到摇晃还在加剧，自己很可能就要死掉的时候，一种变化悄悄出现了，那就是它听不到白爪子狼奔跑的声音了，那种远了又近了的重复突然消失了，一种新的声音倏然而起。江秋帮穷警觉地睁开了眼睛，一眼就看到白爪子狼正在浮冰上跳舞，前腿跃起，再一次跃起，然后在前腿扑地的同时，后腿高高跷起，又一次高高跷起。冰面上传来咚咚咚的声音，然后又是哗啦啦的响动，破冰了，江秋帮穷听到了一阵冰和冰撕裂碰撞的声音，想有一点奇怪的表示，却发现自己连一点力气都没有了。它再次闭上眼睛，抛开了对狼的警惕，把自己交给浮冰的摇晃，专心致志地关注着自己失去平衡后的痛苦。

　　白爪子狼发出的声音又有了新的变化，咔嚓咔嚓的，好像是咀嚼的声音、吃冰的声音。大灰獒江秋帮穷不理它，恶心呕吐的时候还不忘了讥笑：冰也是能吃的吗？愚蠢的狼。但是狼吃得很来劲，吃了很长时间还在吃，烦躁得江秋帮穷把一只耳朵贴在了冰面上，试图拒绝那声音的传入。后来咀嚼的声音消失了，却听到一种硬邦邦的东西在冰面上滑动，滑到自己跟前停下了。大灰獒江秋帮穷猛地睁开了眼睛，一眼看到一条冰鱼出现在自己面前，再一看，狼从刚才跳舞的地方朝它靠近了些，站在一面略有倾斜的冰坡上畏葸地看着它，冰鱼就是从倾斜的冰坡上滑过来的。江秋帮穷使劲瞪着狼，又使劲瞪着鱼，极力想从狼和鱼之间找到必然的联系。

　　连白爪子狼自己都没有想到，它居然会在这个除了寒冷和坚硬别无所有的浮冰上找到食物。食物还不少呢，是每年都要从寒冷的水域游向温泉孵卵的花斑裸鲤，它们孵卵后会很长时间聚集在水面上张嘴吐出一些浑浊的气泡，就像人类分娩时会流尽羊水那样，但是今年这些花斑裸鲤太不幸了，气温寒冷到出乎意料，从来不结冰的温泉湖面突然结冰了，没等它吐尽气泡安全离开，就被迅速冻结在了水面上。而对白爪子狼来说，天气的反常变成了救命的良机，护狼神瓦恰似乎格外关照它，让它不仅意外地闻到了这些裹在浮冰中的鱼，也让它在费了九牛二虎之力后把冰鱼填到了肚子里。不再饥饿的白爪子狼又开始琢磨如何离开这里的问题，琢磨的结果是根本就没有这个可能：漂移的浮冰大概来到了湖水的中央，水域更显得浩大苍茫，对于一匹虽然可以游泳却无法判断彼岸到底有多远的狼来说，绝望是唯一的情绪。但绝望不等于呆傻，狼对生死存亡的敏感让它在这个时候把注意力对准了和自己同处一地的大灰獒江秋帮穷。是江秋帮穷把它从水中叼上浮冰的，但这不是为了救它，而是为了吃掉它，这一点它比谁都清楚。现在、离吃掉它的时候已经不远了，风正在变小，浮冰的摇晃正在消失，而被摇晃晕倒的江秋帮穷很可能马上就要站起来发威了。

　　生存的危机就在这个时候给了白爪子狼一击闪电般的提醒，它叼着一条冰鱼来到一面略有倾斜的冰坡上，准确地把冰鱼从冰坡上滑到了大灰獒江秋帮穷身边。这既是巴结，也是堵嘴：吃吧，你吃了冰鱼，填饱了肚子，就不会吃我了。白爪子狼畏葸地看着它等了一会儿，看江秋帮穷还不站起来，就又把一条冰鱼叼过来滑了下去。大灰獒江秋帮穷看到了白爪子狼把冰鱼滑到自己面前的全过程，低低也发出了一阵警告的吼声：你想干什么？但它马上就明白了，狼是想让它吃东西。它能吃吗？它晃了晃头，好像是告诫自己狼的东西是不能吃的。又禁不住朝前挪了挪，伸出舌头舔了一下鱼，感到鱼是新鲜好吃的，也感到饥饿的大门正在开启，恶心和浑身的绵软正在消失。它摆动着獒头站了起来，抖了抖浑身的毛发，这才发现让它难受的摇晃已经不存在，它可以稳稳地立住了。它看了看白爪子狼，一口叼起了冰鱼。

　　白爪子狼又连续把三条冰鱼滑到了大灰獒江秋帮穷面前。江秋帮穷毫不客气地大口吞咽着，一边吞咽一边随便走动着，等吞咽完了，发现四肢的肌肉正在悄悄绷紧，皮毛咝咝有声地鼓胀着，浑身的力气已经回来了。江秋帮穷仰头看了看，毫无预兆地一跃而起，朝着白爪子狼跑了过去。白爪子狼吓得瘫软在浮冰上，缩成一团毛球扑棱棱地抖颤着。

第十二章 Chapter 12
护狼神瓦恰

1. 信？谁的信？

藏獒和狼的不同在于，藏獒没有太多曲里拐弯的想法，它不会想到白爪子狼对自己的巴结，也不会注意到狼的用意：用冰鱼填饱它的肚子以便让它不再去吃狼。江秋帮穷之所以没有咬死白爪子狼，仅仅是靠了它知恩图报的本能，吃了人家的还要咬死人家，那和藏獒的本能大相径庭。本能不等于意识，江秋帮穷还意识不到这是一种美德，只觉得有一种隐匿在血脉里的强大力量要求它必须如此。它从给了它冰鱼的宿敌白爪子狼身边一掠而过，跑向了浮冰的边沿，仰头张望着，呼呼地吸着远来的冷气。

藏獒有着数倍于狼的嗅觉，吸进鼻子的冷气正在告诉它彼岸的距离，它感觉这个距离已经超过了它体力的极限，感觉如果它奋不顾身地游过去，结果很可能就是沉入湖底，但它又知道它必须奋不顾身，因为吸引它的不仅仅是水域那边的陆岸，还有味道，不是冈日森格的味道——冈日森格的獒王之气已经烟消云散，再也闻不到了，而是横空吹来的人和狼的味道。人和狼的味道搅和在一起，就说明危机还存在，而危机尤其是人的危机，早在遥远的古代就已经是藏獒勇敢顽强的首要理由了。

更重要的是，江秋帮穷已经闻出来，这个陷入危机的人是受到獒王冈日森格爱戴的寄宿学校的汉扎西。受到獒王爱戴的人，自然也会受到任何一只藏獒的爱戴，爱戴的表示就是牢牢记住他的味道，并随时听从他的召唤。大灰獒江秋帮穷蹚进了水里，咕咚咕咚地刨起来，很快隐没在冬日的群果扎西湖仙女飘带似的岚光里。几个小时后，江秋帮穷来到了生死线上，它奋身游泳的体力接近极限，它感觉自己的力气已经用完，立刻就要沉入湖底淹死了，立刻，立刻。

父亲在雪野里寻找多吉来吧，碰到了一个牧人。牧人说："十个孩子被狼吃掉的事情已经传遍了草原，都说孩子们死的时候，你作为校长和老师不在身边，你丢开孩子跑了，只留下多吉来吧跟孩子们在一起。"父亲悲哀地点着头："是啊，我不在孩子们身边，我要是在他们就一定死不了，我会点着帐房烧死狼群的。我知道我没法向孩子们的家长交代，我只能给家长们下跪了。"牧人扭头就走，生气地不理父亲了。父亲叹息着离开，就听起伏的积雪中，离自己只有半步远的地方，一声号哭似的狼叫平地而起。父亲吓得蹿起来，差一点一脚踢死那只埋伏在半步远的雪坎后面的小母獒卓嘎。父亲收住脚,蹲下来吃惊地问它:"你怎么在这里?为什么学狼叫?"小母獒卓嘎转身就跑,跑向了不远处的另一个雪坎。雪坎后面藏匿着胆战心惊又不忍离去的狼崽,小卓嘎用头顶了顶狼崽,似乎这就是解释:看啊,一匹狼崽,我的叫声就是跟它学的。

一阵大风吹过,云层消散着,天色豁亮了些。父亲看到,不远处小母獒卓嘎正在舔雪,不,不是在舔雪,而是在舔舐另一只小狗。他好奇地走过去,还没到跟前,就发现那不是小狗,那是一匹狼崽。狼崽蜷缩在地上,用一双琥珀色的丹凤眼恐惧地瞪着父亲,瑟瑟发抖,父亲相信藏獒和狼之间一定有一种语言是可以互相理解的,小母獒卓嘎对狼崽的舔舐肯定是一种宽慰:你不要怕,没事的,那个人不会对你怎么样。所以狼崽尽管怕得要死,却鼓着劲没有逃跑。父亲愣怔着,看着这么一个小不点狼和小母獒卓嘎相依为命的样子,居然一点也没有把它和死去的孩子联系起来,或者说他甚至都没有把狼崽当成是狼。他以一种对幼小生命的稀罕和喜欢弯腰抱起了狼崽,抚摸着说:"哎哟哟,你怎么这么冰凉。"

狼崽抖得更厉害了,小眼睛眯起来,警惕地看着父亲抚摩它的手。小母獒卓嘎仰头看着狼崽,放松地吐着舌头,哈哈哈地喷着白气,眼睛里笑着,好像是说:没事儿吧?我说了没事儿就没事儿。父亲抱着狼崽,突然意识到自己是仇恨狼的,不管是大狼还是小狼,对人和牲畜都是一种潜在的威胁。小狼会长大,长大了就要吃人,而被吃掉的总是那些弱小的孩子。他从脊背上揪起狼崽,高高地举了起来。狼崽立刻感觉到揪它的这只手正在传递一股毒辣之气,吱哇吱哇地尖叫着。小母獒卓嘎也意识到狼崽立刻就要被摔死,蹦起来,冲着父亲的手汪汪地叫。父亲咬紧了牙关,把眼睛绷得跟牛眼一样大,嗨的一声摔了下去。

但是父亲的手没有在空中松开,他不过是揪着狼崽从高处抡到了低处,然后就把狼崽轻轻放下了。他是个天性善良不忍杀生的人,即使有一千个理由也不可能亲手把狼崽摔死在生命无限寂寞也无限宝贵的雪原上。他对自己说:"咬死学生的不是狼崽,狼崽是孩子,孩子有什么错呢?人的孩子不会有错,狼的孩子自然也不会有错。"狼崽恐怖地耸起了脊背上的毛,茸毛和狼毫迎风而动。小母獒卓嘎跳过来护住了这个和自己漫游雪原的伙伴,生怕父亲再次揪起来,用一种哀求、期待和惊惧的眼光看着父亲的手,仿佛刚才试图摔死狼崽的不是父亲,而是这只冰冷的生铁一样黝黑结实的手。父亲对小母獒卓嘎说:"你们这样胡走乱逛是很危险的,跟我走吧,去找有人的地方,有人的地方就是狗的家,到了家就安全了,就能见到冈日森格和领地狗群了。"他又一次忘了狼崽是狼而不是狗。看两个小家伙没有听懂他的话,就先抓起小卓嘎放在怀里,又抓起狼崽放在怀里。

小母獒卓嘎在父亲怀里挣扎着,明显是想下来的意思。父亲说:"怎么了,你想自己走啊?好好好,那你就自己走吧。"父亲把小卓嘎放在了地上,看它仰头眼巴巴地望着狼崽,就又把狼崽放在了地上。好像有一种语言不通过任何形式就可以心领神会,小母獒卓嘎转身就跑,还有点发抖的狼崽立刻跟了过去。它们并排回到了刚才狼崽被父亲稀罕地抱起来的地方，头对着头，你一下我一下地刨起来。一封信被它们刨了出来，它们互相看了看，似乎是在谦让，小卓嘎用鼻子把信拱了拱：你叼吧。狼崽叼起来又放下，好像是说：还是你叼吧。最后由小卓嘎叼起了信。

小母獒卓嘎叼着信朝父亲跑去。狼崽望着小卓嘎，眼睛里充满了不安和狐疑，作为狼种，它自然遗传了亘古以来对人的戒备和惧怕，但作为孩子，它天性中又有着对孤独的恐怖和对同伴的依恋。它在狼种拒人以千里之外的禀赋和孩子不忍疏离同伴的天性之间摇摆，想跟过去，又不敢轻易迈步。小卓嘎停下了，回望着它，看它把鼻子指向了跟人相反的方向，就回到它身边，又是爪子扑，又是鼻子拱，然后再一次朝父亲跑去。狼崽跟上了它，步子迈得很慢，似乎随时准备停下来。父亲走过去抱起狼崽，吃惊地问小卓嘎："那是什么？信？谁的信？快给我。"小卓嘎跳起来就跑，它不愿意把信交给父亲。父亲连跑带颠地跟了过去，怀中的狼崽被颠得一起一伏，差一点掉到地上。狼崽恐怖得吱吱叫唤，不知道发生了什么，以为人的怀抱就是死亡的陷阱，颠几下它就要死掉了。

终于小母獒卓嘎不跑了，停在了一片大水前。父亲气喘吁吁地跑过来，举头一看，不相信似的用手背擦了一下眼睛，才明白自己看到的的确是一片大水，不是流淌的河水，而是静止的湖水。湖面上，岚光的白色和陆地的雪色混合在一起，不仔细看是分辨不出来的。哪里来的湖啊？为什么没有结冰？父亲满脸都是疑惑。

2. 救活一个是一个

东方流淌着牛奶，天上一片亮白。无边的寂静淹没了十忿怒王地的早晨，气氛一秒更比一秒紧张。救援的队伍里，僧俗人众一个个目瞪口呆。应该是四面八方的牧民都到这里来，四面八方的藏獒也到这里来，但是现在，救援队伍看不到一个需要救援的牧民，更看不到一只可以帮助自己的藏獒，看到的是一群野牦牛和一群包围着野牦牛的狼。

三十多头野牦牛就在五十米开外的雪坡上，狼大约有一百匹，在远一点的雪坡下面，白雪之上，星星点点的灰黄色的狼影就像积雪盖不住的土石。这样的情况下，受到狼群威胁逼迫的野牦牛很可能以为站在雪梁上的救援队伍与狼共谋，也是来围剿它们的，它们会在紧张、恐惧、愤怒的情绪嬗变中扑过来，扑向这些经过一夜的负重跋涉之后筋疲力尽的人。而对身壮如山、力大无穷的野牦牛来说，用犄角戳穿人的肚子，用脑袋顶飞人的身子，用蹄子踩扁人的任何一个部位，就像大石击卵一样容易。

怎么办？大家僵直地立着，互相询问的眼睛里流露着不无慌乱的神色，谁也不敢说什么，似乎一点点声音都会激怒野牦牛群。还是麦书记打破了沉默，他小声而严厉地说："快，把背着的东西放下来。"大家犹豫了一下，都觉得这是明智的做法，匆匆照办了。索朗旺堆头人放下自己背着的粮食后忧急地摆着手说："坐下，都坐下。"他的意思是，只要人坐下，野牦牛就不会认为人对它们有威胁了。麦书记说："不能坐着，趴下，慢慢往后撤，撤到雪梁后边，一旦野牦牛冲过来，大家都往雪梁下面跑。"索朗旺堆头人立刻赞同地说："呀，呀，就这么办。"所有的人都趴下了，瞪着野牦牛群，慢慢地往后爬着，眼看就要消失在雪梁后边野牦牛看不见的地方了。而野牦牛群也好像放松了对人的提防，石雕一样的身子摇晃起来，头颅轻轻摆动着，凝视的眼光正在移向别处。人们不禁松了一口气，停止了爬动，静静观察着野牦牛群的行动。

但就在这个时候，人们发现狼群动荡起来。一直像土石一样呆愣着的狼群突然改变了星星点点的布阵，飞快地朝前聚拢而来。前面是一匹身材高大、毛色青苍的狼，一看就知道是头狼。头狼的身后，蹲踞着一匹身材臃肿的尖嘴母狼。齐美管家小声对自己右首的索朗旺堆头人说："西结古草原的狼世世代代和我们打交道，我们都认识，这是哪里来的狼啊？怎么从来没见过？"索朗旺堆头人说："是啊是啊，我也这么想，个头这么大的狼，一群这么多的狼，一定不是我们西结古草原的狼。"齐美管家说："外面的狼怎么会跑到我们的家园里横冲直撞呢？西结古草原的狼群和领地狗群难道会允许它们这样做？"索朗旺堆头人说："世道不一样了，狼的表现也会不一样，只有在自己的领地活不下去的狼群，才会冒死进入别人的领地。听听麦书记他们怎么说吧，现在到了借着佛光好好修行的时候了，修行会让我们保持平和的态度，免去痛苦，看清未来的道路。"

狼群在聚拢之后，便举着牙刀，朝着野牦牛群威逼而去。它们已经识破了人的打算，决定在人群还没有爬到雪梁后面溜出危险境地之前，用佯攻的方式迫使野牦牛群靠近人类，冲向人类。狼的习性里从来就没有丢失过生存的奸猾，上阿妈头狼的智慧使它抱了这样的希望：让这些庞然大物去袭击人类，狼群就可以坐收渔翁之利了。但是上阿妈头狼也知道，威逼野牦牛群的结果很可能是相反的：野牦牛群说不定不会因为害怕狼群而冲向人类，反而会因为紧张和愤怒扭头冲向狼群，所以狼群的威逼非常谨慎，慢慢地，慢慢地，三步一停。一贯善于保护自己的上阿妈头狼越走越龟缩，有意让自己的两翼凸现了出来，整个狼群的布阵很快形成了一个标准的"凹"字。

　　一头母性的野牦牛回头看了一眼凹凸而来的狼群，顿时就瞪鼓了眼睛，正要转身冲向离自己最近的那匹狼，就见自己的孩子那只刚刚断奶的小公牛神经过敏地跑向了人类已经悄然隐去的雪梁。母牛哞叫一声，踢着积雪追了过去。一头犄角如盘的雄性的头牛跟在了后面，所有的野牦牛都跟在了后面，母牛往哪里跑，它们就会跟着往哪里跑。它们跑向了

不堪一击的人类，上阿妈头狼的诡计马上就要得逞了。趴在地上的人一个个站了起来，就要转身跑下雪坡。丹增活佛突然说话了："你跑它就追，在这么高的地方，人的气有一尺长，牛的气有一百里长，人是跑不过野牦牛的，再说雪梁下面有深雪，就是野牦牛不踩死顶死我们，我们跑下去也是往陷阱里跳，那可是几丈深的雪渊啊。"说着盘腿坐了下来，手抚念珠，口齿清晰地念起了《金刚阎魔退敌咒》。所有的活佛喇嘛以及索朗旺堆头人和齐美管家都信任地望了望丹增活佛，趺坐而下，镇定自若地念起了经。

三十多头野牦牛惊天动地地冲过来了，轰隆隆隆的，就像掀翻了天地，扬起着瀑布似的雪尘，人类形容这样的阵势就说它是摧枯拉朽，或者势如破竹，但"拉朽"也好，"破竹"也罢，最终并没有发生，因为丹增活佛正在念诵经咒，所有的活佛喇嘛以及头人管家都在念诵经咒，连外来的政府工作人员也都开始了"唵嘛呢呗咪吽"。好像被经咒神奇地抹去了愤怒和力量，那只神经过敏的小公牛和追撵而来的母牛突然同时停下了，紧接着那头犄角如盘的头牛和所有的野牦牛都停了下来，它们就停在了离打坐念经的人群三四步远的地方，吼喘着，把那一股股热气腾腾的鼻息喷在了人的脸上。野牦牛在草原上见惯了活佛喇嘛的打坐念经，也记得这些穿红披紫的人经常从它面前走过，从来没有伤害过它们。动物哪怕是凶猛的野兽都会遵循这样一种堪称善愿的规则：没伤害过我们的，我们也决不伤害。更何况野牦牛是草食动物，尽管它们在雪盖牧草的灾难中比谁都饥饿，但它们扑向人类却跟饥饿没有丝毫关系，如果不是紧张、恐惧、愤怒、报复、痛苦等等情绪的推动，它们犯不着伤害人类。气势汹汹的野牦牛群在离打坐念经的人群三四步远的地方观察了一会儿，便在头牛的带领下，一个个回身走开了。现在它们已经搞明白，这些人跟狼群不是一伙的，对野牦牛群一点威胁都没有，作为爱憎分明、直来直去的野牦牛，它们现在只有一个敌手，那就是狼。

野牦牛看着雪梁坡面上密集的狼群，一个个怒气冲天地张大了鼻孔，噗噗噗地吹着气，仿佛是说：“太过分了，居然离我们这么近。”犄角如盘的头牛哞哞地叫起来，叫了几声便朝着狼群冲撞而去。上阿妈头狼一声尖嗥，转身就跑，整个狼群便退潮一样回到雪坡下面去了。野牦牛群停在了雪梁的坡面上，警惕地注视着狼群的动静。

救援队伍又开始行进了，走过了这道雪梁，又登上另一道雪梁。这道雪梁算是十忿怒王地的制高点，站在这里极目四望，原野一任奢侈地空旷着，寂静正宗到远古，除了雪的白色和天的白色，什么也没有，半个牧民的影子也没有。可这里怎么会没有呢？所有的年份里，所有的雪灾中，吉祥的十忿怒王地都会群集一些牧民，唯独今年没有，太不对劲了。麦书记又提到了那个能不能分开走的问题，他说：“要是分开就好了，朝南的遇不到牧民，朝北的就能遇到，遇到一户是一户，救活一个是一个。”丹增活佛想了想说：“你们在别人的生命和自己的生命之间选择了别人的生命，高贵的人们啊，难道你们不害怕狼群吃掉你们吗？”麦书记说：“谁说不害怕，可是现在,说不定狼群已经把牧民吃掉了。"丹增活佛说:"看来只有分开了,分成三路是最好的。"

3. 营救大灰獒

当父亲疑惑地思考这是哪里来的湖,为什么没有结冰时,很快想起了群果扎西这个名字。他知道它是西结古草原的一片湖群,是吉祥的河水源头,但他没有来过这里,不知道湖群里有冷水湖,也有温泉湖。温泉湖在冬天一般是不结冰的。父亲生气地说:"小卓嘎你真糊涂,你怎么把我领到这里来了?"话音未落,就见目力所及的白色湖面上非常刺眼地漂荡着一个黑不黑、灰不灰的东西,就像一座根基很深的礁石,在湖水的拍打下屹立不动。

父亲专注地看着,心说不对啊,礁石上怎么没有冰雪覆盖?看着看着,就看出那不是礁石,那是一只毛发披散的动物。

是什么动物？个头和毛色都跟牛差不多，野牛还是家养的牦牛？活着还是死了？正猜着，就见小卓嘎勇敢地跳进水里，朝那动物游去，它嘴上还叼着那封信，信已被浸湿了。父亲喊道："你去干什么？回来，小卓嘎你回来。"看小卓嘎不听他的，就放下怀里的狼崽开始脱衣服。他首先想到的是应该把小卓嘎追回来，这么大的水域，任由它游出去它就回不来了，再说还有信，谁知道那是一封什么信，怎么会在小卓嘎嘴上，万一掉到水里，就很难找回来了。

父亲脱掉了衣服裤子才感觉到寒冷，用手撩拨着试了试水，发现湖水是温和的，就赶紧走了进去。父亲就是这样一个人，干什么都是率性鲁莽、义无反顾的，干起来以后才会想到后果，甚至有时候根本就不去想后果。他脱掉了衣服才想起下到水里会不会冻死，结果发现不仅不会冻死，而且很舒服。他朝湖心走去，走了二三十米，湖水已经淹过膝盖了，才意识到他基本上是不会游泳的，湖水到底有多深？它能把一头牛漂起来，就肯定能把一个人淹掉。父亲停了下来，看看还在往前游动的小卓嘎，又看看吸引着小卓嘎的那只漂浮的动物，突然发现那毛发披散的动物根本就不是什么牛，而是一只身躯伟岸的藏獒，又圆又沉的獒头是翘着的，说明它还活着，还在朝岸边挣扎，但显然它已经没有力气了，四条爪子不再本能地刨动，身子沉浮着，一会儿大了，一会儿小了。父亲毫不犹豫地走了过去，他忘了水的深浅，忘了自身的安危，只想着一个问题：藏獒怎么会跑到这里来？

水在升高，淹过了大腿，又淹过了腰际，小母獒卓嘎好像游不动了，速度明显慢下来。那只伟岸的藏獒似乎感觉到有人正在接近它，突然发出了几声扑通扑通的刨水声，很快又无声无息了。父亲两手划着水，加快脚步，追上了小母獒卓嘎，又把它落在了身后。近了，离伟岸而将死的藏獒还有不到十米了，而水面却已经升到了胸脯。父亲没有停下来，他眼睛盯着藏獒，却忽视了水的上升，或者说在保护自己方面他是一个弱智，想不到一旦水浪扑过来首先淹死的只能是他。好在没有风，也就没有浪，好在伟岸而将死的藏獒在感觉到人的到来后，又挣扎着扑腾了几下，就是这几下，顿时朝父亲带近了至少两米。

父亲继续往前走着，水慢慢地淹上了胸脯，眼看就要逼近喉咙了，一股堵胸的沉重的压迫突然降临，窒息的感觉从身体内部冒出来，变成坚硬的块垒堵住了他顺畅的呼吸。他不得不停下来，稳住自己因水的浮力有点倾斜和摇晃的身子，大口地吸着气。只有五米了父亲和这只伟岸而将死的藏獒之间只有五米的距离，而这五米却变成了一道生死攸关的鸿沟，牢固地限制了生命得以再生的希望。父亲伸出了手，却无法拽着藏獒的鬣毛，把它拖到水浅的地方，而身心疲惫、力量衰竭的藏獒似乎也不可能挣扎着朝父亲靠近哪怕半米了。

藏獒眼睛睁一下闭一下，亮光一闪一闪的，好像是告别，又好像是期待。身子已经全部隐没在水里了，头不断地沉下去，又不断地翘起来，每一次的翘起都很沉重，似乎在告诉父亲，也许就在下一次，沉下去之后就再也翘不起来了。湖水在藏獒的嘴边一进一出的，都可以听到咕噜咕噜冒气泡的声音。父亲怜惜地望着藏獒，朝前挪了一下，水顿时漫进了嘴里，赶紧朝后退了退。但是五米的距离毕竟给了父亲一个认出藏獒的机会，他发现它的毛发是少有的深灰色，就惊讶地说："原来是你啊大灰獒江秋帮穷，你怎么跑到这个地方来了？"江秋帮穷听到有人喊它的名字，似乎又有了力气，头翘着，四肢刨了一下，扑通一声，整个身子朝前滑动了半尺。父亲说："好啊，江秋帮穷，就这样，动起来，再动啊，快动啊。"

大灰獒江秋帮穷再也没有动起来，沉甸甸的头颅耷拉了下去，眼看就要沉底了。父亲惊叫起来："江秋帮穷！江秋帮穷！"大概是父亲的声音拽住了大灰獒即将逝去的生命，或者是江秋帮穷凭借它从远古的祖先那里继承来的岩石般坚强的意志，凭借灵魂顽强的闪烁和肉体内部求生的欲望，牢牢拽住了父亲的声音。声音是无形的，却是牢靠而有力的，它的头颅没有沉下去，一直没有沉下去。这时小母獒卓嘎游了过来，酸软无力地爬在了父亲肩上，用鼻子呼哧呼哧地喘着气。父亲回头看了一眼，看到小卓嘎依然叼着那封信，心说你的牙齿不累啊？这么一说，脑子里便忽然一闪，大声说："江秋帮穷你听着，现在就看你了，看你能不能用牙齿咬住东西了。"说着，他把两手伸到水下面，拽住自己的裤衩拼命撕扯起来，水中传来一声响，他的裤衩被他撕裂了。他把裤衩拿出水面，撕成布条，回头一把抓住了小卓嘎的前腿。

接下来的情形是这样的：父亲把布条连起来，一头拴在了小母獒卓嘎的前腿上，一头拽在了自己手里，然后把小卓嘎推向了大灰獒江秋帮穷。父亲对小卓嘎说："去吧，去吧，你一定要让江秋帮穷咬住你的尾巴。"又大喊了几声,"江秋帮穷你听着,你一定要咬住小卓嘎,咬住它的尾巴。"小母獒卓嘎游了过去,它当然没有听懂父亲的话,但是它知道它和父亲都是来营救大灰獒江秋帮穷的,它在江秋帮穷的头边游来游去,不停地用鼻子碰着对方。生命的奇迹就在这个时候发生了,同样没有听懂父亲的话的江秋帮穷,差不多已是半死不活的江秋帮穷,用最后的力气张开嘴,咬向了小母獒卓嘎,它没有按照父亲的愿望咬在小卓嘎的尾巴上,而是比父亲的愿望还要理想地咬住了小卓嘎前腿上的布条。父亲大喜过望,赶紧拽紧布条,往后退去。

大灰獒江秋帮穷的体重至少有八十千克,但是它漂在水面上,使劲一拽它就过来了,过来了一米、两米、五米、十米,父亲丢开布条,走过去从脖子上搂住了它。大灰獒江秋帮穷睁开了眼睛,泪水哗啦啦的,它发不出声音来,也没有力气用任何形体的动作表示它的感激,只有无声的眼泪诉说着它的内心世界:它是前来营救父亲汉扎西的,没想到反而被父亲所营救。它感到一种前所未有的惭愧正在周身涌动,而惭愧的背后却是另一种发自肺腑的感情:人啊,我拿什么报答你。而此刻,父亲想到的却是:多亏了小母獒卓嘎,要不是它把布条送到江秋帮穷面前,江秋帮穷肯定沉底了。也是江秋帮穷自己救了自己,它聪明地咬住了布条,佛爷啊,它怎么知道应该咬住布条呢?

父亲看到小母獒卓嘎游动得有些吃力,就把它抱在了怀里,然后用一只手揪着大灰獒江秋帮穷的鬣毛,朝岸上走去。

走了一会儿，水就浅得浮不起江秋帮穷了，他快步走到岸上，把小卓嘎放到缩成一团的狼崽身边，又回来，双手抱住江秋帮穷的腰身，连推带揉地把它挪到了湖水无法淹没它的地方。

4. 让我们一起并肩作战

　　一心想着营救父亲而在群果扎西温泉湖中累垮了的大灰獒江秋帮穷。一动不动地在雪地上趴卧了五六个小时。父亲一直守着它，守着它的时候父亲靠在雪丘上睡着了，是狼崽的尖叫惊醒了他，他看到江秋帮穷已经站起来，正要感激地伸出舌头舔一舔小母獒卓嘎，却把小卓嘎身边的狼崽吓得吱哇乱叫。父亲以为大灰獒一定会咬死吃掉狼崽，站起来喊道："不要，不要，千万不要。"父亲觉得虽然狼是藏獒的天敌，是吃掉草原孩子的种族，但面前的狼只是一个孩子，一个无辜者，还不能算是这个天敌种族的凶犯，你只能等它长大，等它作恶多了以后，才有权力咬死吃掉它。

　　父亲朝前走了两步，就要扑过去阻止，却发现江秋帮穷的眼睛里流动着冷静而平和的光波，一点凶神恶煞的样子也没有。父亲寻思：莫非藏獒的想法跟我是一样的？大灰獒江秋帮穷感激地舔着小母獒卓嘎，顺便也舔了狼崽一舌头。父亲走过去摸了摸江秋帮穷的前腿和后腿说："能走路了吧？"江秋帮穷明白父亲的意思，表现似的蹬了蹬后腿，朝前走去。父亲对小卓嘎和狼崽说："走喽走喽，该去寻找冈日森格寻找领地狗群了，找到了冈日森格，我还要让它带着我去寻找多吉来吧呢，但愿能找到多吉来吧。"

小母獒卓嘎昂起头望着父亲，眨巴着眼睛弄明白了父亲的话，然后就用前爪刨挖积雪，很快刨出了它刚才埋在积雪里的那封信，叼起来就走。狼崽跟了过去，似乎害怕把自己落下，紧趔慢趔地来到了小卓嘎身边。它们并肩齐跑着，看那耳鬓厮磨的样子，哪里是什么针尖对锋芒的仇敌？分明是相依为命的兄弟。父亲寻思：这到底是一封什么信，是谁交给小卓嘎的，让小卓嘎觉得如此重要，行动的时候它就叼着，休息的时候它就用积雪埋起来，生怕出了意外似的？父亲紧追了几步，弯腰拦住小卓嘎，想从它嘴上把信取下来。小卓嘎紧紧叼住，摇头晃脑地就是不放，父亲害怕信被撕烂，赶快松了手，小卓嘎转身跑离了父亲。父亲追了过去，喊着："给我，给我，你拿着信干什么？你又看不懂。"小母獒卓嘎疯了似的跑起来，这疯跑让父亲很失望，大声说："你不信任我呀？你为什么不信任我？"父亲这时候还不知道，小母獒卓嘎一心一意想把这封信交给班玛多吉主任而不是交给任何一个别的人，交给了班玛多吉主任，就可以得到拍头的奖赏和熟牛肉的奖赏，得到了熟牛肉，它就可以学着阿爸的样子一撕两半，一半给阿爸冈日森格，一半给阿妈大黑獒那日，给了阿爸和阿妈，小公獒摄命霹雳王就别想抢到手，就只有眼巴巴地望着流口水了。

小母獒卓嘎使劲跑着，狼崽赶紧跟了过去，它以狼的多疑一直不相信父亲和大灰獒江秋帮穷对它的包容，以为他们温和的态度肯定是个陷阱，而避免掉进陷阱的唯一办法就是跟紧小卓嘎，让他们在看到它和小卓嘎的亲近之后，放弃谋划已久的伤害。父亲追不上它们，就回头对江秋帮穷喊道："拦住它们，江秋帮穷快啊，快过去拦住它们。"大灰獒江秋帮穷跑起来，其实在父亲喊它之前，它就已经跑起来，但它跑得不快，毕竟它才把自己在群果扎西温泉湖中累垮了的，五六个小时的休息不可能完全恢复。眼看两个小家伙和自己的距离越来越远，江秋帮穷停下来，用滚雷似的声音咆哮着，咆哮中充满了痛恨、愤激和警告，完全是见了强劲的死敌才会有的那种声音。

　　父亲听出来了，小母獒卓嘎听出来了，连狼崽也靠着天生的敏感意识到变化正在发生，危险就要降临了。大家都停下来，昂起头看着百米之外的那座雪冈。雪冈就像一条游动在雪海里的偌大的鲸鱼，弯月似的脊线上，是一些锯齿状的排列，在每一个凹下去的齿豁里，几乎都有一双夅起的耳朵，耳朵下面是眼睛，那些阴森森、火辣辣的眼睛，盯着奔跑而来的小母獒卓嘎和狼崽，既有百倍的贪婪又有万分的好奇：狼崽怎么会和藏獒在一起？而且居然是相安无事的？风从人和藏獒的身后吹来，吹到雪冈那边去了，也就是说，狼早就闻到了父亲一行的味道，准确判断出了对方的实力，它们埋伏在这里就是为了不放弃这个可以饕餮一番的机会。而父亲一行包括久经沙场的大灰獒江秋帮穷，直到肉眼能够看见狼的时候才发现了危险的存在，不是一般的危险，而是必死无疑的重大危险，一股能够排成横队站满雪梁脊线的狼群，对付只有一只大藏獒的父亲一行，容易得就像吃掉几只羊。

　　大灰獒江秋帮穷首先感觉到了局势的严峻，本能地朝前跑去，耸立到小卓嘎和狼崽前面，想用自己的肉躯护住同行的伴侣。这时候，它和狼群的距离已经不到一百米，嗅觉发挥了作用，尽管是上风口，鼻子还是准确地告诉它：这股狼群就是领地狗群曾经追撵到烟障挂的狼群中的一股，它们是西结古草原的狼群，活动在野驴河流域，直接参与了咬死寄宿学校十个孩子的事件。而江秋帮穷的眼睛这时候比人更敏锐地捕捉到了狼群的数量和能量：八十多匹狼中至少有四十匹是壮狼和大狼，群集的残暴和潮水般的凶恶以及和雪灾一起沉淀而来的饥饿之勇，那是谁也无法阻拦的。

　　江秋帮穷回头看了一眼父亲和小母獒卓嘎以及狼崽，昂起威风八面的獒头，骄横十足、目光灼人地瞪着雪梁上的狼群，脊背上的毛波浪似的耸起来，又像雨泡的麦子一样倒下去，然后是鬣毛的动荡，耸起来，倒下去，一再地重复着，是威慑，也是自励：是同归于尽的时候了，冲过去，冲过去，咬死一个是一个。遗憾的是，即使自己死了，也不能保护别人，这样的死，不应该是它大灰獒江秋帮穷的死。它不无沮丧地再次回头看了一眼父亲和小卓嘎以及狼崽，好像是深情的告别：再见了呀再见了。

　　狼崽定定地看着前面，它已经看出雪梁上的狼群正是自己要归属的那群狼，便有了一种来自肉体深处的冲动，好像到家了，好像马上就可以脱离失群的孤独和寂苦了。它不由自主地跑起来，跑了几步突然又停了下来，它听到了断尾头狼的一声阴暗险恶的嗥叫，就像条件反射，一下子勾起了那些痛彻心扉的记忆，它有生以来的全部惊悸和恐怖感，就因为有了这一点点记忆的酵母而越胀越大。阿爸和阿妈已经死了,一直抚养着它的独眼母狼也死了,它们都是被断尾头狼咬死的。自己的种族、狼的世界似乎就是这样:大的吃掉小的,强的吃掉弱的,它是小的也是弱的,如果不是那只叫作多吉来吧的藏獒把它从利牙之下救回来,它早就成为断尾头狼的果腹之物了。

狼崽一想到这些,就感到悲伤和痛苦针芒一样刺痛着它的心,它的心咚咚大跳,身子瑟瑟发抖。它哭起来,发出一种惊怕至极、难过至极的嫩生生的嗥叫,战战兢兢地对自己和世界发出了疑问:为什么呀?为什么对我好的,给我快乐的,让我感到温暖的,偏偏又是狼的死敌呢?狼的死敌又怎么样?我不离开不行吗?行啊,行啊,为什么不行?狼崽回答着自己的问题,转身往回走去,走到了小母獒卓嘎和大灰獒江秋帮穷中间。这一刻,它发现自己已经不再害怕江秋帮穷,也不再害怕父亲了。

父亲走到了大灰獒江秋帮穷身边,生怕失去它似的揪住了鬣毛。江秋帮穷深情地靠在了父亲身上,蹭了蹭痒痒,它意识到这是最后一次在人身上蹭痒痒,蹭得格外认真仔细,就像它对人发自内心的抚摩,轻柔而抒情。然后,它回过头来,朝着父亲龇了龇牙,大叫了一声,仿佛是说:往后退,快往后退,我要冲过去了。看父亲不退,它就用头顶了一下,又顶了一下。父亲的眼泪出来了,他揪住江秋帮穷的鬣毛不放,喃喃地说:"我知道你冲过去就回不来了,江秋帮穷啊,我不是你的主人,你可以远远地跑掉,不保护我,我反正是死定了,你冲过去也好，不冲过去也好，我都是狼口下的食物了。"大灰獒江秋帮穷听懂了父亲的话，又是一声大叫，仿佛是说：谁让我是藏獒呢？要是你死了我不死，那我就会撞死，所有的藏獒在这种情况下都会撞死，更何况你在群果扎西湖里救了我的命。救了我的命的恩人啊，这次我就是豁出命来也救不了你了。江秋帮穷叫着，也像父亲那样流下了眼泪。

前面，宛若雪海鲸鱼的雪冈，似乎正在快速游动，颤颤悠悠的脊线上，那些锯齿状的凹凸后面，依然是一双双奓起的耳朵，一只只阴森森、火辣辣的眼睛。大灰獒江秋帮穷冲了过去，冲向了狼群的伏击线。这是一次视死如归的冲锋，是一次知其不可为而为之的悲壮之举。小母獒卓嘎助威似的叫了一声，一直叼在嘴上的信掉落在了地上，它赶紧又叼起来，不计后果地冲上了雪冈。父亲喊道："回来，小卓嘎你回来。"小卓嘎不听父亲的，它是藏獒，尽管小了点，但志气和勇气一点也不小。当它意识到身边的汉扎西和狼崽需要保护，而保护别人从来就是它至高无上的义务的时候，它唯一的想法就是冲过去，把所有的狼统统咬死。

父亲扑通一声跪下了，朝着天空和那座鲸鱼似的雪冈砰砰砰地磕着头，又使劲拽了一下依然飘摇在脖子上的黄色经幡，急巴巴地喊道："猛厉大神快来啊，非天燃敌快来啊，妙高女尊快来啊，你们是我的保护神，我平时给你们烧香磕头就为了今天的救命啊，救我的命，也救小卓嘎和江秋帮穷的命，还救这个狼崽的命。听见了没有？快来啊，你们要是不来，我凭什么相信你们？还有吉祥天母、怖畏金刚、怙主菩萨、密法本尊，快来啊，快来啊，释迦牟尼快来啊，观音菩萨快来啊，三世佛、五方佛、四十二护法、五十八饮血、西结古寺的大神大佛们都来啊！"

父亲就这样喊着，把他在西结古寺里认识的所有天佛地神都喊了出来，喊着喊着突然就闭嘴了，心说就你这不恭不敬的口气还想求人家保护你？虔诚吧，祷告吧，用你的心，而不是用你的嘴，就像牧民们那样，像活佛喇嘛们那样，默默地，默默地，心到，情到，灵肉俱到。但是父亲并没有虔诚地默默地祷告，而是站起来，一把揪起蜷缩在雪地上瑟瑟发抖的狼崽，放在怀里，朝着面前的雪冈狂奔而去。父亲的想法突然改变了：为什么要祈求救命呢？为什么只能让江秋帮穷和小卓嘎保护我，而我就不能保护它们呢？它们不怕死，难道我就是怕死鬼一个？它们不要命，我也不要命了。"冲啊！杀啊！"他一边跑着一边喊。

雪冈迎面扑来，我的不怕死的父亲，我的一心想保护小卓嘎和江秋帮穷以及狼崽的父亲，这时候站在了鲸鱼似的雪冈上，脚踩着锯齿状的脊线，叉腰而立。他的左边是大灰獒江秋帮穷，右边是小母獒卓嘎。他们瞪视着狼群，狼群也瞪视着他们，电光碰撞着剑脉，双方都是阴森森、恶狠狠、火辣辣的，谁也不让谁，对峙着，连风也不动，云也停下了，就看谁是先发制人的，谁是先死的。父亲说："那就让我先死吧。"说着就要走过去。大灰獒江秋帮穷哪肯让父亲先死，它跳起来拦住父亲，一头顶过来，差一点顶翻父亲，然后转身咆哮着扑向了狼群。狼群哗的一下骚动起来。

第 十 三 章
Chapter 13

十忿怒王地

1. 兵分两路

十忿怒王地的制高点上,麦书记和丹增活佛商量后决定,兵分三路,一路向东,一路向南,一路向西。雪梁连接着雪梁,脚印缓慢地延伸着,渐渐远了,三路人马互相看不见了。十忿怒王地回到了原始的寂静中,饱满的荒凉轻轻发出了呜咽,风在奔放,沉重得就像巨鸟飞翔的声音,狼嗥就在这个时候悠然而起。先是一匹狼的嗥叫,过了一会儿,又有一匹狼回应了一声,能听出它们一匹在南边,一匹在东边。接着,狼嗥便多起来,就像此起彼伏的赛歌,你方唱罢我登场,有时候,不同方向的狼会一起唱起来,而且音调居然是一致的。狼嗥了一阵就不嗥了,悄悄地,连风的脚步声也变得蹑手蹑脚。

三路人马继续朝前移动着,但几乎在同时,他们停下了。狼群?他们看到了狼群,三路人马看到了三股蓄谋已久的狼群。没有了声音的狼群是静悄悄等待着的狼群,是用嗥叫经过了动员、商量和部署的狼群,它们知道人就要过来了,是兵分三路的,也知道一个报复人类、吃肉喝血的绝佳时刻已经来临,狼群既要堵住各路人马的退路,防止他们重新合为一伙,又要拦在前面,防止他们夺路而逃。狼群紧张而有序地奔跑着,就像经过了无数次的训练,借着风声和雪梁的掩护,迅速完成了部署:黑耳朵头狼带着它的狼群来到了东边,外来的多猕头狼带着它的狼群来到了南边,红额斑公狼带着满雪原收集来的已经臣服于自己的命主敌鬼的狼群来到了西边。三股狼群虽然各有各的打算,但目的是相同的:一定要在最短的时间里用最快的速度咬死吃掉全部三路人马。

又是一阵狼嗥,四面八方,你长我短,听着好像有点乱,但绝对又是一种商量和部署。狼嗥刚刚消失,前后的夹击就开始了。为了避免三路人马互相照应,在东南西三个不同方向围堵着三路人马的三股狼群,几乎同时朝着人群逼迫而去。

抱着戴罪立功的目的,心急意切地要去追寻救援队伍和营救牧民的大力王徒钦甲保,被獒王冈日森格用严厉的吼声叫住了。獒王仿佛是说:还不知道怎么办呢,你乱跑什么?徒钦甲保停下来,迷惑地望着獒王,沙哑地叫了一声,好像是说:让我去吧,为什么不让我去?我做错了事儿,就得拿出勇敢无私的行动让大家原谅我。獒王冈日森格没有理睬徒钦甲保,看到从帐房里走出一个老人来,便跑了过去,老人是索朗旺堆家的一个仆人,留下来看护神鸟投下来的救灾物资，一见到领地狗群就高声埋怨起来："啊，你们，你们怎么才来？冈日森格，终于又见到你了，你到哪里去了？快啊，快去营救牧民，活佛和头人都已经出发了。"獒王冈日森格听懂了他的话，抬眼望着远方，鼻子呼呼地吹着气，十分忧虑地来回踱着步子，那意思是说：完全搞错了，方向和路线都错了。

冈日森格已经嗅到了丹增活佛和索朗旺堆头人的味道，也嗅到了其他人的味道——啊，梅朵拉姆也来了，州上的麦书记、县里的夏巴才让县长，还有西工委的班玛多吉主任，他们都来了。可是你们这么多智慧超群的人，怎么都走向了十忿怒王地呢？今年的风不往那里吹，牛羊不往那里跑，牧民怎么可能往那里去呢？獒王不同寻常的鼻子已经闻出了十忿怒王地的危险：一个狼群的世界正在形成，一场空前残酷的撕咬正在酝酿。狼和去救援牧民的人都有了一个错误的判断，以为和往年一样，许多走不出大雪灾的牧民都集中在那里。不，今年的风向是散乱的，一会儿东西，一会儿南北，牛羊也就跟风乱跑，牧民更是到处奔走，暴风雪平息之后，四面八方都是亟待救援的人。

獒王冈日森格知道，领地狗群必须以最快的速度出现在被雪灾围困的牧民们跟前，更知道前往十忿怒王地的救援队伍凶多吉少，领地狗群必须立刻追上他们。两种责任都不能放弃，到底怎么办？最简单的办法就是兵分两路，可是，可是，今年的冬天怎么了，狼太多太多，把领地狗群全部集中起来，都显得势单力薄，怎么还能分开呢？獒王用它特有的踱步摇头的方式思考着，思考得脑袋都疼了，最后还是确信：兵分两路是唯一的办法。冈日森格来到大黑獒果日面前，和对方碰了碰鼻子，咬住对方的黑色鬣毛，使劲撕扯着，好像在强调着什么，一而再再而三地强调着什么：果日啊果日，现在是用得着你的时候了，我把营救受困牧民的重任交给你，你可要尽职尽责啊。大黑獒果日张着大嘴，吐着舌头，呵呵呵地答应着，用硕大的獒头晃着圈，中气十足地叫了一声，像是意味深长的告别，又像是斩钉截铁的决心：放心吧獒王，我不会辜负你的信任。冈日森格哼哼地鼓励着它，点点头，转身走向了领地狗群。

獒王冈日森格身姿轻盈地在领地狗群中穿行着，似乎那一左一右变化着的步态是一种点兵点将的语言，让所有藏獒和小喽啰藏狗都明白了自己的归属。领地狗群很快分成了两拨，一拨围拢到了大黑獒果日旁边，一拨跟随在了冈日森格身后。大力王徒钦甲保有些犹豫，好像不知道该站在哪一边。冈日森格走过去，吐了吐牙齿，好像是说：该死的徒钦甲保，现在到了你将功补过的时候，你必须跟你的妻子黑雪莲穆穆和你的孩子小公獒摄命霹雳王分开，这是对你的惩罚你知道吗？跟着我走吧，前去的路上，有很苦很苦的战斗等待着你。徒钦甲保望着冈日森格，长长地拉着舌头，似乎是说：獒王你是知道的，我徒钦甲保从来不怕战斗，再苦再难的战斗我都能勇敢冲锋，但我就是不想和妻儿分开，我们从来没有分开过。冈日森格一口咬住徒钦甲保的肩膀，用利牙划了一下，蛮横地表示着它的想法：你必须听我的，必须和它们分开，快跟我走吧，趁着穆穆和小公獒还没有意识到分别在即，你

悄悄地跟我走吧。

獒王冈日森格带着它的狗群，朝着十忿怒王地的方向，刻不容缓地奔跑起来。大力王徒钦甲保下意识地跟了几步，又停下，在留下来的狗群里寻找着妻子黑雪莲穆穆和小公獒摄命霹雳王。徒钦甲保用伤感的眼光告别着自己的妻儿，它很想跑过去，跟自己的亲人碰碰鼻子，告诉它们，它要跟着獒王去打仗了。但是它没有跑过去，它知道一旦让妻子和儿子感觉到分别的沉重和悲苦，它就无法跟它们告别了，穆穆和小公獒一定会跟上它。还是獒王说得对，悄悄地离开吧。大力王徒钦甲保走了，一步三回头地走了。

其实黑雪莲穆穆早就看出獒王冈日森格把丈夫和它们分开了，为什么要分开，穆穆并不知道，只是觉得既然是獒王的决定，就不是没有道理的。它用自己高大的身影挡住了小公獒摄命霹雳王，自己假装没看见徒钦甲保，也不让孩子看见徒钦甲保。它心说去吧，去吧，徒钦甲保你放心去吧，不要舍不得我们了,好好表现啊,将功补过啊,别给我们母子俩丢脸啊。黑雪莲穆穆偷眼看着丈夫的背影,眼泪无声地流满了脸颊。它用舌头舔着、舔着,止不住浑身一抖,轻轻哽咽了一声。

大黑獒果日送别着遥遥而逝的獒王冈日森格,毅然走过去,围绕着索朗旺堆家的那个老人转了两圈。仿佛是早已重复过无数次的默契又重复了一遍,老人意会地从怀里摸出一把藏刀,走过去,割断绳索,放倒了一顶黑褐布的帐房,然后一刀一刀地割起来。老人把铺了地的黑褐布割成许多方块,再用它们包起原麦和大米,做成了一个个褡裢。

当老人首先把一个褡裢用牛皮绳固定在大黑獒果日身上之后,留下来的领地狗们立刻意识到自己要去干什么了,它们你挤我蹭地环绕着老人,生怕黑褐布不够或者粮食不够,没有了自己的份。对它们来说,这不仅是一件必不可少的工作,更是一种信任,而来自人类的信任,永远主宰着它们的精神和肉体,生命的意义就在这种被信任被驱使的幸福中,雪莲花一样悄悄地绽放着。小公獒摄命霹雳王十分不满地吠叫了几声,使劲撕扯着阿妈黑雪莲穆穆身上的褡裢,老人放上去一次,就被它扯下来一次,因为它发现驮在自己脊背上的褡裢比阿妈的小多了。不行啊,我为什么驮得比阿妈少?阿妈能驮动的我也能驮动。老人一次次推开小公獒,小公獒又一次次挤到跟前来,就是不让老人绑好阿妈穆穆身上的褡裢。老人知道小公獒想干什么,疼爱地搂抱着它,装出无奈的样子打了它一下说:"你怎么不听话呀?好好好,给你换个大的。"然后给它换了一个很大的褡裢,不过褡裢里装的不是沉甸甸的粮食，而是轻飘飘的干牛粪。

小公獒看到自己背着的褡裢甚至比阿妈的褡裢还要大，感激地舔了舔老人那只给它绑好了褡裢的手，欢天喜地地跑开了。阿妈黑雪莲穆穆望着自己的孩子，又是爱怜又是欣赏地叫了几声，似乎是说：你也太逞能了，这么大的褡裢你驮得动吗？路可是很远很远的。老人听懂了，狡黠地笑着，拍了拍穆穆的头说："驮得动，驮得动，你闻闻这个就知道了。"说着，抓起一块干牛粪放到了穆穆鼻子前。穆穆闻了闻，感动得使劲摇了摇尾巴：人啊，会体贴我们的人啊。

它们出发了，每一只领地狗都背负着一个属于它的褡裢，也背负着救苦救难的责任和使命，坚毅地迈开了步子。大黑獒果日走在最前面，它的身边是跟自己的丈夫一样抱了戴罪立功之心的黑雪莲穆穆，身后是小公獒摄命霹雳王。小家伙驮着大褡裢，亢奋地走着，它还不知道使命的意义，只从阿妈以及叔叔阿姨肃穆的眼神里感觉到了一种跟自己的喜好天然相通的神圣，它不停地欢呼着：要去救人了，要去救人了。所有要去救人的藏獒和小喽啰藏狗都显得激动而斗志昂扬，那种与生命同在的精神——付出和献身、勇敢和忠诚，像牧草一样接受着这片高峻之地细腻的养育，变成了藏獒柔情的眼神和领地狗矫健的步伐。

2. 悲愤的上阿妈狼群

奔跑了不到两个小时，前去十忿怒王地追寻救援队伍的领地狗群就遭遇了狼群。先是獒王冈日森格看到雪坡上有一群三十多头野牦牛，正要带着领地狗绕过去，它身边的大力王徒钦甲保就用声音提醒它：看啊，雪梁下面，藏匿着一股有八九十匹狼的狼群。冈日森格立刻放慢了奔跑的速度，脑子快速转动着：是从狼群和野牦牛群中间穿过去，还是从雪梁上面绕过去？不，绕过去看上去最最保险，其实是最最危险的。你要是绕过去，狼群就会跟踪而来，和必然遇到的前面的狼群形成包抄局面。它讨厌包抄，尤其是狼的包抄，一旦被包抄，自保都不能，还谈什么保护人呢？但领地狗也不能从狼群和牦牛群之间穿过去，那样会惊动野牦牛，让它们误以为领地狗群是来撕咬它们的，一旦野牦牛群扑向领地狗群，那就太便宜狼群了。冈日森格想着，侧着身子朝雪梁下面跑去。领地狗们风驰电掣地跟了过去，转眼就来到了狼群的后面。

　　撕咬开始了，不是沉默寡言志在必得的那种撕咬，而是大呼小叫虚张声势的撕咬。惊慌失措的狼群乱纷纷地朝后退去。上阿妈头狼望着突袭而来的领地狗群，惊惧地抽搐着鼻子，直立而起的鬃毛和脊毛草浪一样动荡着，从胸腔里挤压出的仇恨在嗓子眼里变成了嚯嚯嚯的咆哮声。但它毕竟是一匹经验丰富的头狼，望了几眼就明白，领地狗群并不想在这里跟狼群来个生死决斗，而是想把它们赶上雪坡，去招惹野牦牛群。上阿妈头狼朝上走了几步，站到高处，发出一阵短促有力的嗥叫，想稳住狼群，想让惊慌失措的狼群明白，它们只能待在原地迎击领地狗群，不能转身向上往野牦牛群那里逃跑。

然而，狼的本性是见獒就跑的，而对它们已经领教过厉害的獒王冈日森格和一只比一只凶猛威武的领地狗，它们根本就不具备原地不动的能耐，包括上阿妈头狼在内，当它看到狼群已经统统掉转身子，自己的嗥叫丝毫不起作用时，它的反应不是强迫狼群服从命令，而是迅速加入了逃跑的行列，比其他狼更快地脱离了领地狗群的撕咬。狼群朝上跑去，迅速接近着野牦牛群。三十多头野牦牛一个个凸瞪起眼睛，以为自己正在受到狼群的攻击，顿时就火冒三丈。犄角如盘的头牛发出一声洪亮的哞叫，带着野牦牛群俯冲而下，巨大的蹄子踢扬着积雪，奔跑的速度超过了狼群的想象，很快就是牛角对狼牙的碰撞了。群狼乱纷纷地躲闪着，躲闪不及的就只好在牛蹄牛角的冲撞下横尸在地。也有不甘心就此死掉的悍勇之狼，瞅准机会一口咬住了一头小牛的肚子，小牛疼痛惊吓得乱跑乱颠，拖带着死也不肯松口的狼跑离了野牦牛群，几匹窥伺已久的猛狼立刻扑过去，代表死神在小牛的喉咙和肚子上扼住了它的命脉。这是这场战斗中野牦牛群唯一的损失，相比之下，狼群的损失要大得多，至少有六匹狼被野牦牛顶死踩死，受伤的更多，痛苦的惨叫一直伴随着狼群奔逃的身影。

狼群被迫从雪坡上跑下来，跑回到了雪梁下面，发现领地狗群已经离开了，獒王冈日森格带领着它的队伍，流水一样顺畅地划过了雪梁的根基，朝着前方奔涌而去。对冈日森格来说，它挑起这场战斗，不过是一种看风吹火、顺手牵羊的举动，前方高地还有更紧迫的事情要它们去做，时间一点也不能耽搁。上阿妈头狼望着远去的领地狗群，愤怒地咆哮着，痛恨狼群不听自己的,使獒王冈日森格的诡计轻易得逞,又看看已经撤向雪梁顶端的野牦牛群,突然跳起来,跑向了那六具被野牦牛顶死踩死的狼尸。它用行动的语言告诉自己的部众:终于有食物了,吃啊,快吃啊。饥饿难耐的狼群扑了过去,几分钟之内就你争我抢地吞掉了死去的伴侣。

上阿妈头狼悲愤地嗥叫起来,它知道哪儿有领地狗群哪儿就有人,跟着领地狗群就能找到人,报复的机会又一次来到了。它用嗥叫传递着苦大仇深的情绪,把狼感染得一匹比一匹精神抖擞。狼们一个个耸起了耳朵,刚刚吃过同类尸体的嘴巴流淌着带血的口水,邪恶、毒辣、恐怖的眼睛里充满了残杀的欲望。上阿妈头狼开始奔跑,狼群跟了过去。风停了,天地之间,只剩下狼的呼啸,天音一般抑扬顿挫着。

3. 喂狼的人

十忿怒王地的南边,丹增活佛自信地说:"诵咒吧,我们一起诵咒吧,我念一句,你跟一句,殊胜的佛法一定会挽救我们。"麦书记说:"来不及了,我又不是佛教徒,诵咒是不管用的。"丹增活佛说:"佛法大于佛教,内心善良的人,即使不在佛门之内,也可以显现超人的法力,求得生命的吉祥,更何况你们汉族有立地成佛的说法,遇难呈祥的人啊,你就是佛。"梅朵拉姆赶紧问道:"我也是佛吗?"丹增活佛说:"是啊是啊,你是仙女下凡,你的吉祥是这个世界上没有的。"说着手抚胸前的玛瑙珠,念起了经。所有的人,包括麦书记和梅朵拉姆，都跟着丹增活佛诵起了经咒。没有人不相信，驱散狼群、营救自己的法力一定会在经声佛语中悄悄显现。

十忿怒王地的西边，铁棒喇嘛藏扎西迎着狼走了过去，嗖嗖嗖地挥舞着铁棒。面前的几匹狼退了几步，另有几匹狼却跳起来，在头狼红额斑公狼的带领下，迅速绕过藏扎西，跑向了班玛多吉和尕宇陀，它们已经看出尕宇陀不过是个不堪一击的老人。藏扎西扭头一看，大吼一声，回身扑向离班玛多吉只有两步的红额斑公狼，抡起铁棒打了过去。红额斑公狼惨叫一声，滚翻在地，四腿朝空踢踏着，挣扎了好几下才爬起来。狼退了，前后夹击的狼都退了几步，但并没有撤离的意思。作为新任头狼的红额斑公狼倔强地蹲踞在雪地上，用血光闪闪的眼睛阴险地盯着面前的人。突然它叫起来，叫声就像刀锋一样锐利。狼群动荡着，似乎在按照它的叫声部署新的进攻，等部署结束的时候，人们看到，狼群已经不是前后夹击，而是四面包围了。

红额斑头狼站起来，用"之"字形的路线朝前走着，每走出一个之字，狼群的包围圈就缩小一些，越缩越小，紧张得班玛多吉主任就义似的举起了拳头，咚咚咚地敲打着自己的头说："'除狼'运动是赶早不赶晚的，我应该在秋天就搞起来，早早地把狼收拾掉。都怪我呀，我没有把工作做好。"藏医喇嘛尕宇陀说："草原是佛光照临的地方，是所有生命的天堂，它应该容纳狼，不能把狼逼疯了呀，逼疯了谁也没办法。"铁棒喇嘛藏扎西说："狼疯了，真的疯了。"班玛多吉说："要是有一支枪就好了，我就能把这些疯子全杀掉。"藏医喇嘛尕宇陀说："不行啊，你不能杀狼，你杀了狼，来世就会进入畜生、饿鬼、地狱的轮回。在我们草原上，能杀狼的除了藏獒和猎人，再就是铁棒喇嘛和藏医喇嘛。"

十忿怒王地的东边，索朗旺堆头人一边甩着藏袍的袖子吓唬着狼，一边对夏巴才让说："我们活着，一辈子就是为了念经，念经是为了来世，你知道不知道，只要你虔诚地念经，你的骨肉就会变成经，狼吃了你的肉就是吃了一堆经文，说不定它就会一心向善了，你感化了一匹狼，来世你就是一个人人尊敬的佛爷了。"狼群的夹击越来越紧，紧到一跃就能咬住人。密不透风的狼影、雪白雪白的狼牙、鲜红鲜红的舌头，让人、让风、让整个雪梁都在打战。夏巴才让愤怒地说："我还没活够，还要好好当县长，为什么要让狼吃掉我？"说着，扑通一声跪下，给一步步逼过来的狼群磕了一个头，悲切地乞求道："不要过来，千万不要过来，我是一个父母官，我的百姓还在雪灾中受苦，我不能死啊。"索朗旺堆头人望着他，长叹一声说："糊涂的人啊，怎么能给狼下跪呢？狼是不会同情你的。"

狼影在移动，前后夹击很快变成了团团包围。光壮狼和大狼就有至少六十匹的狼群闪烁着一片阴险恶毒的瞳光，静静地燃烧和膨胀着野蛮的嗜血的欲望，只等黑耳朵头狼一声令下，就会从四面八方一起扑向他们。索朗旺堆头人面无惧色地左右顾望着，对身后的齐美管家说："还站着干什么？坐下来吧，坐下来用你的经声和狼说说话，让它们在咬死你之前，不要带给你太多的痛苦。"齐美管家说："尊敬的头人你听着，最好的经还是由你来念，你就不要管别人了，闭上你的眼睛吧，在豺狼面前念经是要闭上眼睛的。"索朗旺堆头人听话地闭上了眼睛，而他的管家却一步跨到他前面，飞快地脱下华丽而陈旧的獐皮藏袍，摘下气派而油腻的高筒毡帽，拔下结实而沾满积雪的牛鼻靴子，取下脖子上佛爷加持过的红色大玛瑙，轻轻放在了头人面前，然后坦坦然然地躺倒在了积雪的梁顶。

齐美管家朝着雪梁下面，也朝着密集的狼群滚了过去。

夏巴才让县长大吃一惊，高叫一声："你要干什么？"回答他的是一个他立刻就明白了的事实：齐美管家要去死了，要去用自己的肉身挽救自己的头人和别的人了。他把自己当成了一只忠诚于主人的藏獒，全然忘掉了自己。他知道只要自己滚下去，狼群就会跟上他，也知道对狼来说，饥饿是凶猛的动力，要是狼先吃了他，也许就不会这样步步紧逼他的头人以及别的人了。即使狼群在雪梁下面吃了他再爬上梁顶继续攻击别人，说不定已经晚了，索朗旺堆头人一行肯定会原路返回，迅速和另外两路人马会合。

狼群惊呆了，它们无法想象一个人会主动滚向狼群，而滚向狼群的目的，竟是为了让狼群吃掉自己而不要吃掉别人。它们本能地以为这是一个诡计，哗哗地闪开，闪出了一个豁口。齐美管家滚过豁口，沿着雪坡滚向了雪梁下面，雪粉激扬而起，又匍匐而下。狼群齐刷刷地回过头去，死死地盯着下面。齐美管家不见了，空气骚动着，被他砸烂的积雪旋起一阵阵白色的尘埃，随着股股劲风，缓缓地弥漫着。齐美管家从掩埋

了他的雪粉中挣扎着站了起来，很吃惊狼群居然没有扑过来咬他，便咬紧牙关，试图以逃跑的背影把狼群引诱过来。但是他已经跑不动了，腿骨严重受伤，疼得他惨叫一声，一头栽倒在地上。

就在这一刻，黑耳朵头狼长嗥一声，清醒地发出了一个扑上去咬死的信号。头狼当然仍然意识不到这个人主动滚下去是为了救话别人，它觉得这很可能是一次突围，而突围的结果必然是引来可以抵御狼群的人群或狗群。黑耳朵头狼嗥完了就抢先跳起来扑了过去，狼群蜂拥而下，就像山体的崩落轰隆隆地覆盖了雪梁下面的齐美管家。美管家喊叫着："索朗旺堆，快走啊，索朗旺堆。"这是他的头人的名号，就像一只藏獒习惯于用吠声呼唤自己的主人那样，他作为一个忠心耿耿的管家，在临死前发出的最后的声音，只能是他服务了一辈子的头人的名号，告别、悲伤、遗憾、恋恋不舍，或者还有对生活的怨恨和不满，还有不能忠诚到底的喟叹，什么都包含在那一声喊叫中了："索朗旺堆，索朗旺堆，快走啊，索朗旺堆。"

高高的雪梁上，索朗旺堆头人听清了齐美管家的喊声，咚的一声跪下，也像他的管家一样喊起来："齐美，齐美，回来，你给我回来。"突然意识到"回来"的期待已经毫无意义，就又喊道："齐美，齐美，快快地走啊，好好地走，来世的好去处等着你呢，下一辈子你是头人，我是管家。齐美，齐美……"索朗旺堆头人一声比一声高地喊叫着，突然哑巴了，呜呜呜地号哭起来。夏巴才让县长长叹一声，用两只大巴掌涂抹着自己的眼泪，拉起索朗旺堆头人说："走啊，赶紧走啊，听齐美管家的，我们赶紧走啊。"

雪梁上，依然堆积着齐美管家华丽而陈旧的獐皮藏袍、气派而油腻的高筒毡帽、结实而沾满积雪的牛鼻靴子和佛爷加持过的红色大玛瑙，荒风和积雪是知情的，怎么也不肯把它们吹走、掩埋，仿佛执意要告诉那些活着的人：这个地方曾经有一个管家，为了解救他的头人和他的乡亲，从这个高高的洁白的地方，滚向了雪梁下面，滚向了密如渔网的狼群。

齐美管家的喊声渐渐衰弱了，没有了，只有阵阵争抢食物的撕咬声随风而来，狼群的内讧开始了。黑耳朵头狼抢先吃了几口，然后就开始维持秩序，它扑向那些在争夺食物中十分有经验的老狼，用利牙告诉它们：你们快死了，已经不中用了,不要再浪费食物了。又扑向那些凶狠的壮年狼,用肩膀的碰撞告诉它们:你们的食物只能靠争抢,这是送到嘴边的食物,你们不能吃,你们吃了送到嘴边的食物,就不会去冲锋陷阵、报仇雪恨了。黑耳朵头狼只让母狼和幼狼吃,这是维护种群发展的需要,不管母狼和幼狼跟它自己有没有关系,它作为头狼都必须保证它们能有更多的进食机会。然而即使光尽着母狼和幼狼以及头狼进食,一个人的骨肉也是远远不够的,因为狼多肉少而引发的战争在母狼和幼狼之间持续了很长时间,直到齐美管家连骨头带肉全部被它们填进了胃囊。

　　黑耳朵头狼首先意识到时间已经耽搁得太久了,它舔着残留在嘴边的人血,抬头望着雪梁的顶端,发现那儿已经没有了人影,恍然觉得自己中了调虎离山之计,赶紧嗥叫着招呼狼群跑上了雪梁。雪梁的一端,原路返回的那几个人遥遥迢迢地移动着,已经是豆大的小黑点了。黑耳朵头狼坐在自己的腿上,朝天直直地翘起鼻子,呜儿呜儿叫起来,所有的狼都学着它的样子叫起来,它们是在通知别处的狼群:注意啊,这边的人回去了。很快,它们得到了回应,南边的狼群和西边的狼群也用同样的声音传达了它们的意思,很可能是:堵住他们,不要让他们会合。黑耳朵头狼跳起来就追,所有的狼都跟了过去。一阵撼天震地的奔跑,追上了,狼群马上就要追上了。

　　索朗旺堆头人和夏巴才让县长以及另外几个人回头看了看,知道自己是跑不过狼群的,干脆停下了。夏巴才让县长说:"怎么办?难道我们就这样死了吗?喂狼的人是最最可悲的，我上一辈子造了什么孽啊？"索朗旺堆头人说："这都是命啊，齐美管家救不了我们，谁也救不了我们。佛爷啊，藏獒啊，快来眷顾我们吧，我们就要死了，就要死了。"说着，放下一直背在身上的救灾物资，从腰里抽出了一把吃肉剔骨用的五寸藏刀，迎着狼群走了过去。夏巴才让县长追过去一把拽住他说："你要干什么？不要命了？"索朗旺堆头人甩开他的手说："不要管我，你们继续往前走，齐美管家救不了的，我来救。"夏巴才让说："怎么是你救我？应该是我救你啊！把刀子给我，我去跟狼拼了。"说着，他就要抢夺对方手里的藏刀。索朗旺堆头人蛮横地推开了他，吼道："你知道冬天的狼是什么？冬天的狼就是魔鬼，必须给它们念咒，你不会念咒，扑过去就只能当人家磨牙的肉。"夏巴才让说："那你就不是磨牙的肉了？"索朗旺堆说："我是带咒的肉，鹰吃了有福，狼吃了有祸。"说着，又举刀又念咒地朝前跑去。狼群已经很近了，近得都可以把它们的鼻息吹送到人的脸上了。索朗旺堆头人大叫一声，冲着为首的黑耳朵头狼扑了过去。

4. 所有的人必须都救出来

奔驰的领地狗群停下了。獒王冈日森格站在雪梁上看了看，闻了闻，立刻就知道这里是十忿怒王地的制高点，救援队伍就是在这里兵分三路的。它几乎是愤怒地咆哮了一声：为什么要分开啊？分开就是死路一条。人怎么这么笨啊！

那么，领地狗群呢？必须以保护人的生命为天职的领地狗群，到底是分开还是不分开呢？冈日森格呼呼地喘着气，用自己的声音给自己做出了回答：不，不能分开。不分开它们就能十拿九稳地保护一路人马，分开就连一路人马也保护不了了。从空气中飘来的气息已经告诉它，狼的聚集空前众多，每一路人马都面临着一股大狼群的袭击，已经分成两半的领地狗群只能把所有的力量集中到一处。

然而，这个准确的判断带给獒王冈日森格的却是万分沮丧，因为对它来说，放弃另外两路就是放弃自己的一半职责，而古老的誓约曾经那么牢固地把这样一种信念根植在了它的骨血中：放弃职责哪怕是一点点职责就等于放弃生命，藏獒的生命只有在保护别人的时候才具有真正的意义，否则，活着也是死。冈日森格突然昂起了头，大吼起来：不，我们不能死，所有的领地狗都不能做活着等于死了的那种狗。

獒王冈日森格吼了几声，便大胆地做出了一个必须超越藏獒生命极限的决定，那就是领地狗群既要集中力量，决不分开，又要有效地保护好分布在东、南、西三方的每一路人马。它跑起来，带动着所有的领地狗跟它一样疯狂地跑起来。它们首先跑向了东边，东边的狼群和人群离它们最近，大约只有五千米。獒王决定：先近后远，也就是先东后南再往西。

索朗旺堆头人大叫着，把含在嘴里的毒咒喷向了黑耳朵头狼，然后举刀便刺。黑耳朵头狼往后纵身一跳，轻松躲过，机敏地绕了一个半圆，来到了索朗旺堆的背后，朝着前面一匹大黄狼诡谲地眨了眨眼。大黄狼鼻子撮成锯齿状，跳起来，扑向了索朗旺堆头人。索朗旺堆正要躲闪,只听刺啦一声响,背后的黑耳朵头狼已经撕破了他的皮袍。与此同时,大黄狼的利牙来到了他的喉咙前,他扭头一闪,狼牙横过来扎进了他的肩膀。他惨叫一声,胡乱踢打着,却引来更多的狼朝他疯狂扑咬。夏巴才让县长跑过来了,咬牙切齿地诅咒着,朝着狼群拼命地抡起皮袍,搅起一阵呼啦啦的风声在雪梁之上回旋。另外几个人也跑过来,像夏巴才让那样抡起了皮袍。

狼群退了。大家都很奇怪,就这么把皮袍一抡,密密麻麻的狼群居然纷纷撤退了。撤退伴随着黑耳朵头狼紧张急促的嗥叫,嗥叫未已,撤退就变成了逃跑。仿佛是从地下冒出来似的,一群狰狞到无以复加的野兽出现在了人群后面,狂涛怒浪般朝着狼群席卷过去。索朗旺堆头人愣了,夏巴才让县长愣了:"啊,冈日森格,獒王冈日森格!"

獒王冈日森格并没有因为人们动情地喊了它几声而丝毫减缓奔跑的速度,它和它的领地狗群都没有来得及看人一眼,就从索朗旺堆头人和夏巴才让县长身边呼啸而过。它们知道争取时间的重要,也知道领地狗群必须大量地咬死咬伤那些杀伤力极强的壮狼大狼,才能避免狼群卷土重来。獒王首先冲进了狼阵,紧跟在它身后的是大力王徒钦甲保。

撕咬转眼开始了,首先咬住狼的是徒钦甲保,徒钦甲保一口咬在了大黄狼的喉咙上,顺势一摁,又一爪踩住了大黄狼的肚腹。大黄狼用带着气泡的声音喘息着,四个爪子拼命地朝空蹬踏,但显然已是最后的挣扎,很快它就将是一具可以充当狼食的尸体了。好样的徒钦甲保,冈日森格欣赏地瞥了它一眼，身子一斜，咬住了一匹狼，大嘴咬合的一瞬间，獒头猛地一甩，也不管对方死了没有，就又扑向了另一匹狼。扑啊，咬啊，疯狂，凶恶，暴烈，恣肆，雪崩一样奔腾叫嚣着，所有的领地狗都跟獒王冈日森格和大力王徒钦甲保一样，拼出了生命的本色，拼得血飞肉溅、风黑云低，它们从狼群的这边，拼向了狼群的那边。

狼群招架不住了，尽管从数量上它们仍然占优势，但在这种以一当十的进攻面前，数量已经微不足道。再说它们压根就没有料到领地狗群的到来，排出的狼阵只利于进攻不利于防守，哪儿都是破绽，哪儿都是软肋。黑耳朵头狼明智地放弃了对抗，用尖叫招呼着狼群，以最快的速度，朝雪梁下面奔逃而去。獒王冈日森格边跑边叫，一方面是继续威慑和驱赶狼群，一方面是告诉同伴大力王徒钦甲保：不要停下，不必恋战，改变方向往南跑，南边的人更加危险了。徒钦甲保立马来了个急转弯，四只爪子在雪面上飞一样地飘动着，领地狗群秩序井然地跟了过去。冈日森格停下来，监视着雪梁下面溃散不止的狼群，用滚雷般的声音恐吓了几声，转身就跑，一眨眼，就追上了领地狗群。獒王又一次跑在了领地狗群的最前面，它的身影依旧矫健，速度依旧迅疾，万难不屈、骄傲沉稳的风度依旧和毛发一样结结实实地披挂在它身上。

狼去狗逝的雪梁上，被狼咬伤了肩膀的索朗旺堆头人首先反应过来，对围着他的那些人说："走啊，我们快走啊。"人们往回走去，生怕狼群再次追上来，咬着牙越走越快。但是南辕北辙的三路人马毕竟离得太远，一时半会儿会合不上，而狼群里又有一匹足够聪明的黑耳朵头狼,它在看到领地狗群突然离去之后,第一个反应就是追上这些人,这些人依然没有保护,狼群需要充饥也好,报复也罢,咬死他们的机会还像化不掉的积雪一样存在着。很快,索朗旺堆头人和夏巴才让县长一行又一次被狼群围住了。

丹增活佛、麦书记以及梅朵拉姆一行,静坐在雪梁上,丝毫没有反抗的意思,而团团包围着他们的多猕狼群,却迟迟没有下口咬噬。或许是因为丹增活佛的经咒起了作用,或许是因为它们是外来的狼群,还不习惯于在这片陌生的草原上嚣张地报复人类,或许是因为它们意识到咬死和吃掉人的后果将使它们在新地区的生存变得更加艰难,或许是因为它们觉得人的静坐包藏着诡计,而诡计是需要时间来识破的,或许是梅朵拉姆的存在让它们诧异——这些外来的狼群,从来没想过应该把一个如此美丽的姑娘当作食物。

狼群不断调整着一层一层的包围圈,离人最近的那一层狼只要待一会儿,就会被后面的狼换下去,换了一次又一次,换到前面的狼总会挨个儿把人看一遍,然后就仔细听着他们的经咒,观察着他们一个比一个淡漠的表情,好像狼是听得懂经咒、读得懂表情的。终于不再前后替换了,一直站在丹增活佛面前的多猕头狼突然昂起头。悲郁地嗥叫了一声。这是进攻的嗥叫,叫声刚一落地,多猕头狼就伸过头去,像狗一样舔了一下丹增活佛的脖子,似乎准备舔湿了以后再动牙刀。

但是,已经没有动牙刀的时间了,狼群的后面,不太遥远的地方，隐隐传来了领地狗群的奔腾和叫嚣。所有的狼都昂起头支起了耳朵，看看身后的远方，又看看多猕头狼。多猕头狼丝毫不为所动，好像是说：现在还来得及，为了报复的撕咬只需要几秒钟就能达到目的。但是，它们为什么要咬死这些打坐念经的人和这个美丽的姑娘呢？在多猕草原，它们看到的打坐念经的人和美丽的姑娘可都是从来不打狼的人。报复不打狼的人，并不是狼群非做不可的规矩。多猕头狼离开人群，稳步走到雪梁的高处，望了片刻领地狗群奔来的方向，扭身跑下了雪梁。狼群跟上了它，转眼消失了。

獒王冈日森格来了，领地狗群来了，它们从丹增活佛和另外几个喇嘛身边经过，从麦书记和梅朵拉姆身边经过，喷吐着白雾，呵呵呵地问候着，脚步却没有停下。它们是来撵狼杀狼的，这里没有狼，这里的狼已经逃跑了，留下的气味告诉它们，来到这里的是多猕狼群。多猕狼群怎么变得这么胆小，还没有跟领地狗群照面，就逃之夭夭了？

梅朵拉姆站起来，感激地喊着："冈日森格！冈日森格！"冈日森格不理她，大敌当前，到处都是要命的危险，怎么还能婆婆妈妈的？梅朵拉姆又喊道："徒钦甲保！徒钦甲保！"徒钦甲保刚要回头，就被獒王冈日森格在肩膀上飞了一牙刀。獒王连吼几声，意思是说：都什么时候了，你还顾得上这个？冲，快往前冲。冈日森格带着领地狗群翻下了这道雪梁，又翻上了那道雪梁，奔西而去。它已经闻出来，也听出来了，西边的雪梁上，班玛多吉主任、藏医喇嘛尕宇陀、铁棒喇嘛藏扎西和其他一些人，已经是狼嘴边的肉了。

第十四章
Chapter 14

飞翔的领地狗群

1. 不依不饶的抵抗

　　藏在下风处的雪坎雪丘后面，多猕狼群看到了领地狗群奔腾而去的身影。它们活跃起来，准备立刻返回去，再次围住那几个人。但是头狼没动，多猕头狼静悄悄地伫立着，用淡漠的神情打消了狼群的企图。轻盈而诡秘的脚步声，就像鬼蜮的出行，在积雪中无声地滑翔着。不是人，也不是藏獒，更不是豹子野牛以及别的野兽，而是它们的同类——狼。哪里来的狼啊？怎么这么阴暗？白天白地之中，居然丝毫不显露踪迹。

　　多猕头狼朝前跑出去五六十步，使劲闻了闻，立刻间到了一股熟悉的味道：上阿妈狼群来了。准确地说，它首先闻到的是上阿妈头狼的妻子那匹身材臃肿的尖嘴母狼的味道。这股味道让它记忆的橱窗显现了刚进入西结古草原后遭遇领地狗群时的一幕：身材臃肿的尖嘴母狼在獒王冈日森格强劲有力的爪子下面拼命挣扎着。大慨就是因为它的怀孕和可怜吧，一道闪电从天而降，那是营救者的扑跳，非常及时地出现在了獒王就要咬死母狼的瞬间。当时獒王冈日森格非常吃惊：多猕狼群的头狼怎么会跑来营救上阿妈狼群的母狼呢？借着獒王吃惊的瞬间。母狼跑脱了，跑开的时候，它非常留意地看了一眼勇敢的营救者多猕头狼，眼里充满了只有知恩知情的同类才能流溢出来的感激和饮佩。

　　多猕头狼朝前跑去，好像它用身体的语言表达了什么，它的部众一个个坐下了，没有谁跟上它，甚至都扭过头去不看它。它越跑越快，直到看清楚上阿妈狼群的身影后才戛然止步。跟踪着领地狗群来到这里的上阿妈狼群也看到了它，似乎是预料之中的，狼群并没有停下，反而越跑越快，用老狼在前、壮狼居中、幼狼在后的进攻式队形，跑上了有人群的那道雪梁。上阿妈头狼跑出队伍，冲着多猕头狼唑唑地叫了几声，仿佛是警告：千万别跟我们争抢食物，我们可是远道跑来的，不达目的决不罢休。多猕头狼也用唑唑的叫声回答着，像是说：狼群对人的报复固然重要，但为什么要报复在那些打坐念经的人和那个美丽的姑娘身上呢？难道在你们上阿妈草原，打坐念经的人和美丽的姑娘也都是残害狼的人？上阿妈头狼不听多猕头狼的，转身嗥叫着，催促自己的狼群尽快靠近人群，围住人群，不要让他们跑了。

　　多猕头狼目光呆滞地望着紧随上阿妈头狼身后的尖嘴母狼，发现几天不见，它的身材越来越臃肿了，便用一种雄性的爱怜喤喤地叫了几声，好像是在提醒它：小心一点，保重自己啊。尖嘴母狼听懂了，走出狼群，感激地望着多猕头狼。大概尖嘴母狼停留的时间长了一点，立刻引起了上阿妈头狼的不满，它扑过来，一口咬在了母狼的肩膀上。母狼疼得惨叫一声，赶紧转身，回到狼群里头去了。多猕头狼悲愤地朝天举起了嘴，知道自己是万般无奈的，又低下头，放弃了抗议，怏怏不乐地走向了自己的狼群。一进入狼群，多猕头狼就用狼族最悠长的声调嗥叫起来，似乎是在安慰身材臃肿的尖嘴母狼，又像是在诅咒上阿妈头狼，还有可能是想让远去的领地狗群知道：上阿妈狼群出现了，那些打坐念经的人、那个美丽的姑娘危险了。散乱的多猕狼群先是吃惊地望着自己的头狼，接着就跟它叫起来。嗥叫变得雄壮嘹亮，风浪一样涌过了天空，涌到很高很远的地方去了。

十忿怒王地的南边，丹增活佛、麦书记、梅朵拉姆和另外几个喇嘛已经开始往回走了，他们和东边的索朗旺堆头人以及夏巴才让县长一样，意识到现在的当务之急已经不是营救受困于雪灾的牧民，而是保护自己，保护自己的唯一办法就是把分开的三路人马重新合为一路。他们迅速往回走去，但并没有走多久，上阿妈狼群就追了上来。丹增活佛回头一看，吃惊地说："不是了，不是刚才那群狼，刚才围住我们的是外来的玉都狼，是备受祭祀的山神的野牲。现在跑来的是土狼，土狼是荒原狼中最最凶恶的狼。"梅朵拉姆说："是啊，我也看出来了。"麦书记问道："我们怎么办？"没有谁回答，除了狼群，上阿妈狼群的回答就是龇出利牙，迅速包抄。

十忿怒王地的西边,铁棒喇嘛藏扎西的铁棒还在横扫竖打,但扑过来的狼总会在嗖嗖嗖的声音还没到来之前,就躲闪到安全的地方。七八匹老狼弱狼摆出拼命的架势牵制着藏扎西,而红额斑头狼却带着大部分壮狼大狼,插进藏扎西和人群之间,把进攻的目标对准了班玛多吉主任和年迈的藏医喇嘛尕宇陀以及另外几个人。人们背靠背挤在一起,一脚一脚地朝狼踢着积雪。这种毫无威慑力的反抗让狼觉得可笑,你踢一下,它们就朝前挪一下。情急之中,尕宇陀从豹皮药囊拿出了几把柳叶刀和雀羽刀,分给了所有的人,人们就用那些指头长的手术用具,在狼群面前胡乱比画着,乱纷纷地闪烁出一片锃亮的铁器之光。狼群后退了几步,它们对刀具对铁器的寒光有着天生敏感的畏惧。一时不知如何是好。

二十步远的地方,藏扎西不顾七八匹老狼弱狼的撕咬,快速靠了过来,用铁梯在狼群的包围圈上打开了一道口子,站到了班玛多吉主任和藏医喇嘛尕宇陀中间。他一边用铁棒威胁着狼群,一边说:"不能再分开了,不能再分开了。"班玛多吉说:"是啊,我们要死就死在一起。"藏扎西说:"谁说要死了?我是说我们应该往回走,去跟丹增活佛和索朗旺堆头人他们会合。"尕宇陀说:"他们已经走远了。"藏扎西说:"那也得往回走,往前走只能是死,往回走说不定还能遇到领地狗群。"班玛多吉说:"对,我们就这样挤成团,一点一点往回挪,狼群一时半会儿也吃不了我们。"于是他们肩靠着肩,手挽着手,挤挤蹭蹭地围成了一圈,就像一个固体的群雕那样移动着。

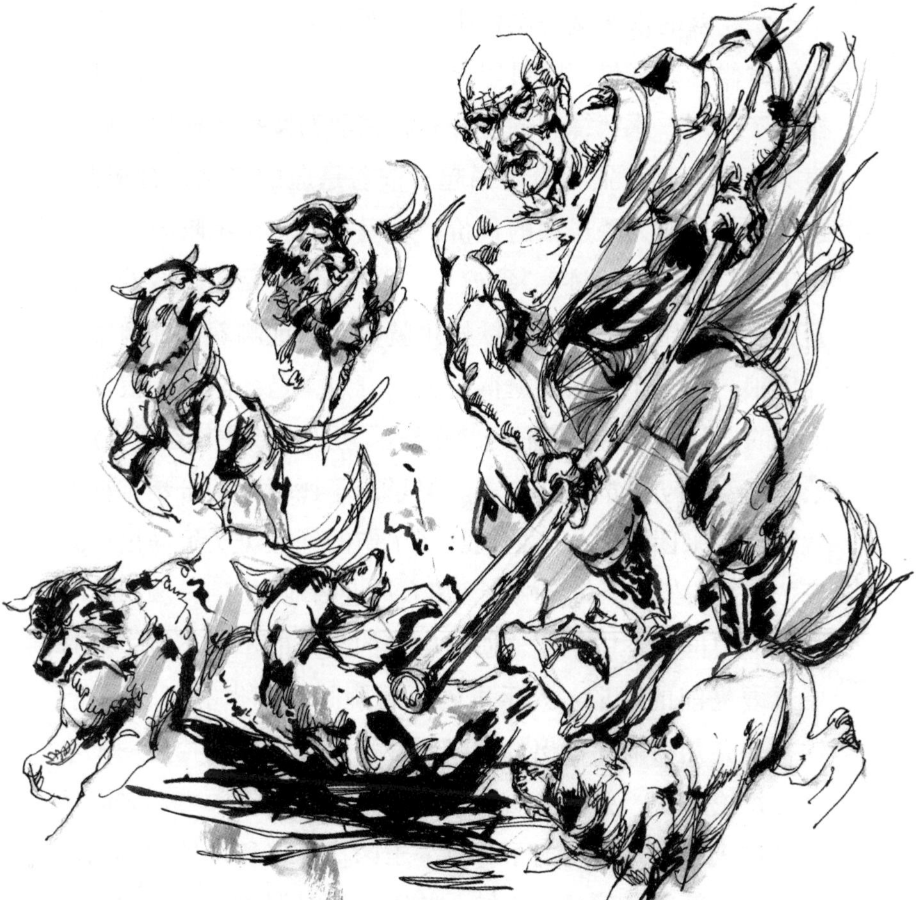

红额斑头狼立刻觉得这样下去对狼群极其不利，它嗥叫起来，想叫出狼群不怕死的精神，而它自己，也以一贯身先士卒的做派，奋不顾身地扑了过去。

　　藏扎西的铁棒又一次打中了红额斑头狼，就在它滚翻在地的时候，处在包围圈最里层的所有狼都跳起来，不顾命地扑向了人群。冰寒锋利的柳叶刀和雀羽刀发挥了作用，只听嚓嚓嚓几声响，狼毛纷纷扬起，按着是血的飞溅，有狼血，也有人血，作为杀退狼的代价，班玛多吉和尕宇陀的手上都有了狼牙撕裂的痕迹。"狼疯了，狼疯了。"藏扎西喊着，沿着人群的外围跑起来，那铁棒也就嗡嗡嗡地响着，打倒了好几匹狼。狼退了，这次退得更远了一点，是红额斑头狼带头退去的。"赶紧走啊，我们赶紧走啊。"班玛多吉主任忍着伤痛，吆喝着，带动人群朝前走去。但是走了还不到五十步，狼群就又跑过来团团围住了他们。受了伤的红额斑头狼摆出一副不依不饶的架势，再次站在了离人最近的地方。

　　但狼群的不依不饶，逼迫出来的是人的不屈不挠。又开始重复先前的情形：人手里闪烁着柳叶刀和雀羽刀的寒光，铁棒一会儿在前面抡出一个半圆，一会儿在后面抡出一个半圆，每抡一次，狼群就后退一点，人群就前进一点。时间就这样过去了，好像是为了等待獒王冈日森格和领地狗群的出现，当红额斑头狼预感不妙，吆喝狼群赶紧撤离时，时间突然不动了。

2. 三路人马终于集中到了一起

红额斑头狼怎么也想不到，从发现领地狗群的踪影到被它们疯狂撕咬，仅仅是一眨眼的事情。领地狗群怎么跑得这么快啊？尤其是獒王冈日森格，几乎是飞鹰捕鼠一样从天而降。红额斑头狼几天前就在屋脊宝瓶沟的沟口跟獒王冈日森格较量过，今天就更不能抗衡了，今天獒王的气势比先前还要强盛十倍，又带领着这么多性情暴躁、满腔仇恨的部下，狼群唯一要做的，就是使出吃奶的力气逃跑。红额斑头狼首先跑起来，想给自己的狼群带出一个奋力逃命的速度，看到狼群中的老狼和弱狼落在了后面，就返回来，用尖叫催促着：快啊，快啊，快啊。

已经快不了了，领地狗群的利牙比想象还要快地来到了跟前。在戴罪立功中把自己变成了黑色旋风的大力王徒钦甲保，首先咬住了一匹老狼，咬住就是死，牙刀的切割迅猛而准确。而獒王冈日森格对那些老狼弱狼根本就不屑一顾，刮风一样从它们身边经过，直扑红额斑头狼。红额斑头狼已经被藏扎西的铁棒打过两次了，肩膀和腰部都有伤，它知道反抗是不能的，逃跑也是不能的，只好定定地站着。冈日森格一爪打翻了它，张嘴就咬，却没有咬住它的喉咙，也没有咬住它脖子上的大血管，而是咬在了它的胸脯上，胸脯顿时皮开肉绽，但没有威胁到生命。獒王吼叫着，想咬又没咬，顺嘴舔了一下对方的伤口，转身离开了。红额斑头狼诧异地站起来，追撵着狼群，迷茫地想：怎么又放了我一马？狼群远远地跑了，领地狗群见好就收，迅速调整方向，朝着东边再一次被狼群围住的夏巴才让县长和索朗旺堆头人一行奔腾而去。

雪梁上的人瞩望着领地狗群，感激得都不知道说什么好了。半晌，班玛多吉主任说："我看见冈日森格了，它跑在最前面。"铁棒喇嘛藏扎西说："不对，是大力王徒钦甲保跑在最前面，也是它第一个咬住狼的。你认识大力王徒钦甲保吗？它的妻子是黑雪莲穆穆，它们的孩子就是用寺院赞神命名的小公獒摄命霹雳王。"藏医喇嘛尕宇陀说："还不快走？会合要紧啊，走吧走吧。"一行人匆匆忙忙地沿着来时的路走向了十忿怒王地的制高点。过了一会儿，红额斑头狼带着狼群飞快地跟了上来，它们不甘心啊，不甘心就这样放弃报复，放弃这个饥餐血肉的机会。

一个小时后，獒王冈日森格带着领地狗群跑向东边，赶跑了又一次围住夏巴才让县长和索朗旺堆头人一行的狼群。黑耳朵头狼万分惊呀：怎么这么神速啊？它知道从东边到南边再到西边的距离很长很长，用人类的计算，至少有四十千米，还要加上打斗撕咬，居然这么快就有了一个来回。狼群又一次散去了，夏巴才让县长和索朗旺堆头人一行加快脚步，再次踏上了会合之路。

半个小时后，獒王冈日森格带着领地狗群跑向南边，解救出了被上阿妈狼群死死围住的麦书记、丹增活佛和梅朵拉姆一行。冈日森格认识这一群来自上阿妈草原的狼，很想扑上去咬死它们的头狼，但上阿妈头狼躲在狼群的中心谨慎地避免着獒王的靠近。冈日森格几次都用眼睛和利牙瞄准了它，看到距离越来越远，且有狼群堵挡在中间，只好作罢。就在獒王冈日森格准备离去的时候，突然发现上阿妈狼群里居然夹杂着一匹多猕狼，仔细一看，认出它就是多猕头狼。多猕头狼正在趁着上阿妈狼群被领地狗群追咬的混乱，跑来接近那匹身材臃肿的尖嘴母狼。

尖嘴母狼就在多猕头狼身边，假装不理它，却又不肯赶快走开，一副装傻充愣的样子。多猕头狼大胆地凑过去，舔了舔母狼的肩毛。母狼惊愕地缩了一下身子，下意识地咆哮了一声，但声音很低，周围的狼都没有听到。多猕头狼更加大胆地把鼻子伸了过去，似乎是想用喘息的声音告诉母狼：你还记得吧？我救过你的命。母狼半张着嘴，用舌尖在牙齿上磨蹭着，摇了摇头。大概这是一种友善的表示，多猕头狼迅速跨前一步，用自己的鼻子轻轻碰触母狼的鼻子。尖嘴母狼半是生气半是认可地接受了这样一种亲昵的问候，眯缝起眼睛，无声地抖了抖鬣毛。多猕头狼立刻伸出舌头，用力而不失温情地舔了舔母狼的脸。母狼咿咿地叫着，忘乎所以地猛抖了一下鬣毛，舒畅地发出一阵噗噗噗的声音。就是尖嘴母狼这一阵抖动鬣毛的声音引起了周围狼的注意，它们立马发出一种奇特的鼻息，把信息传达给了上阿妈头狼。上阿妈头狼扭头一看，勃然大怒，不顾一切地扑了过来。多猕头狼撒腿就跑，一溜烟地跑回自己的狼群去了。

獒王冈日森格看清楚了这一切，觉得这是好的，乱七八糟的爱情发生了，矛盾就有了，多猕头狼和上阿妈头狼之间从此就没有平安的日子了。斗吧，斗吧，为了一匹母狼，你们就斗得死去活来吧,狼与狼的争斗从来就是制约狼灾的重要因素。

又过了半个小时,獒王冈日森格带着领地狗跑向西边,再次赶跑了围攻班多吉主任、藏医喇嘛尕宇陀和铁棒喇嘛藏扎西一行的狼群。红额斑头狼带着自己的狼群飞快地逃离了危险,庆幸地喘着气:狼群这次跑得多快啊,居然没有丝毫伤亡。又一想,到底是狼群跑得快,还是领地狗群追得慢了呢?慢了,慢了,领地狗群追杀的速度明显缓慢了。

领地狗群还在奔跑,獒王冈日森格最初的决定并没有动摇:领地狗群既要集中力量,决不分开,又要有效地保护好分布在东、南、西三方的每一路人马。但是疲惫不期而至,包括獒王冈日森格在内,所有的领地狗都已经无法按照应该有的速度展臂奔跑了。事实上,生命的极限早已超越,不管是藏獒,还是小喽啰藏狗,都已经到了体力和心力的临界点。但是它们仍然跑着,向东,向南,向西;又一次向东,向南,向西。所有的领地狗都不愿意停下,尽管越来越慢,尽管已经有藏狗在奔跑中倒下去了。倒下去的就再也起不来了。它们是跑死的,是为了营救人类而累死的。累死的越来越多,开始是一位数,很快就变成了两位数。悲伤立刻笼罩了领地狗群,眼泪哗哗的,所有活着的领地狗都眼泪哗哗的,尤其是那些饱经沧桑的壮年和老年的藏獒,都人似的哽咽出声音来了。

但是没有谁停下来,只要獒王不停下,就没有一只领地狗会驻足逗留片刻,哪怕死去的是自己的亲属。獒王冈日森格几次想停下来,洒泪告别,或者放声凭吊,但不散的狼群和时刻都在危险中的人群就像绷紧的绳索一样拽拉着它,使命和忠于使命的獒性擂鼓一样催动着它,它的心刚想留在死去的同伴身上,四肢却不由自主地跑到前面去了。跑啊,跑啊,向东,向南,再向西,已经不知道是第几次冲向狼群,撵走狼群了,为了保护人类生命的奔跑已经滞重到吼喘不迭、步履蹒跚。终于,领地狗群中所有的小喽啰藏狗都倒下了;终于,奔跑能力远在雪豹和荒原狼之上的藏獒也有好几只倒下了。獒王冈日森格摇摇晃晃的,它身边的大力王徒钦甲保也是摇摇晃晃的,但依然没有停下,依然是冲锋陷阵的姿势。

前面是西去的道路,道路的尽头,高高的雪冈上,班玛多吉主任、藏医喇嘛尕宇陀和铁棒喇嘛藏扎西一行艰难地移动着。他们是第一拨回到了十忿怒王地制高点的人,一踏上制高点,红额斑头狼就带着自己的狼群追上来了。又是一次人与狼的对峙,又是一次铁棒喇嘛的铁棒以及各人手里的柳叶刀和雀羽刀反抗无数狼牙的战斗。战斗才开始几分钟,獒王冈日森格就带着领地狗群追上来了。

狼群被领地狗群驱赶到了制高点下面的平地上。獒王冈日森格和大力王徒钦甲保肩并肩地追撵着,都很疲惫,都想停下来,靠在对方的身上休息一会儿。它们互相看了一眼,看到的却不是疲惫,而是坚忍不拔。它们又回头看了看,发现身后所有的领地狗身形都是疲惫的,但那为了保护人和抗击狼的充血的眼睛,却是无与伦比地坚毅和亢奋。继续往前追啊,追啊,追啊,突然停下了,獒王一停,所有的领地狗都停下了。它们看到,又有人群出现在了制高点上,他们是从东边走来的夏巴才让县长一行，和从南边走来的麦书记一行。獒王冈日森格长出一口气，所有的领地狗都长出一口气：三路人马终于集中到了一起，领地狗群就不用来回奔跑了。

　　休息，休息，每一只藏獒、每一根迎风抖动的鬣毛，都在渴望休息。但是，这个残酷的大雪灾的冬天，这个敌意的阴险的环境，不允许领地狗群有丝毫喘息的机会。人来了，狼群也都跟着来了。除了停在前面的红额斑头狼的狼群，从不同的方向，冲撞着积云浩荡的天际线，目中无人地走来了黑耳朵头狼的狼群，走来了上阿妈狼群，走来了多猕狼群。领地狗群齐声吼起来，那绝不示弱的惊天动地的吼声。似在告诉这个世界，它们是不怕死的藏獒。

　　吼声渐渐停止了。獒王冈日森格冷峻地巡视着突然集中到了一个地方的四股狼群，呼呼地吹着气，仿佛在询问身边的大力王徒钦甲保：真正残酷的打斗这才开始，你怎么样，是不是已经把力气用尽了？徒钦甲保虎声虎气地吠叫着，想要证明自己似的，用力龇了龇牙，跳起来朝前跑去，刚跑出去两步，前腿突然一阵酸软，扑通一声栽倒在了地上。獒王惊呼一声：徒钦甲保！

3."舍命"霹雳王

　　大黑獒果日一直走在最前面，不时地回过头来，关照着身后的领地狗群。黑褐布的褡裢越来越沉，行走的速度也就越来越慢，本来预计天黑之前到达的目的地，现在显然无法到达。从雪原深处吹来的气息告诉大黑獒果日，最快也是午夜以后，它们才能遇到被大雪围困在山原上的牧民。但是午夜过去了，预期中的牧民并没有出现，前去的道路上积雪比别处厚实得多，膨胀起来的硬地面是弯弯扭扭的，有的地方不知为什么根本看不到硬地面，只能一边探路一边走。领地狗群排成了一条线，像一条盘爬在旷野里的蛇，使劲地穿透着雪雾中的黑夜，等它们一个个累得半死，好不容易看到一帮牧民时，天已经亮了。

没有帐房，没有牛羊，帐房和牛羊已经被风雪卷走了；没有糌粑，没有干肉，糌粑和干肉几天以前就吃完了。几十个牧民只能紧紧地挤坐成一堆，等待着雪灾慢慢过去，也等待着生命飞速地走向尽头。祈祷啊，心的跳动是六字真言的跳动，血的循环是守舍梵天呼救文的循环，嘴的颤动是七马太阳神照临经咒的颤动，仿佛所有的祈祷都得到了获准，牧民们的眼前，突然一抹亮色飘然而至，黎明来了，领地狗群来了，救援的物资来了。这些坐着的牧民变成了跪着的牧民，一个个说着："来了，来了，想你们的时候，你们就来了。"感激领地狗的眼泪也是感激神的眼泪，救命的总是神，在牧民们的记忆里，大灾难时期，神的仁慈总是通过藏獒、通过领地狗来到人们面前和心里的。

领地狗群卸下了一半黑褐布的褡裢，一刻的亲热和留恋也没有，就跟着大黑獒果日走了。它们知道，这里并不是终点，前方雪原，连接着党项大雪山的台地上，还有人的气息正在传来，微弱到不绝如缕。大黑獒果日有点夸张地卖力行走着,似乎想用这种姿势告诉领地狗群:赶快,赶快,台地上的人已经不行了,都在眼巴巴地望着天空,天空没有胜乐欢喜的空行母,只有如云如盖的拘魂无常、夺命鬼魅。领地狗们一个个加快了脚步。黑雪莲穆穆来到了大黑獒果日身边,嗡嗡嗡地吠叫着。果日明白穆穆的意思,用最大的音量滚雷般地叫起来,所有的领地狗都用最大的音量叫起来。集体汇合的声音猛烈地冲撞而去,冲开了厚重的雪雾,似乎也要冲掉横亘的距离,让那些死亡线上奄奄一息的牧民听到这样的声音:一定要坚持住啊,我们来了,就要到了。它们边叫边走,整整两个小时都在持续不断地通知远方气息微弱的牧民:坚持住啊,坚持住啊,我们来了,我们来了。突然大黑獒果日不叫了,所有的领地狗都不叫了,一股死亡的气息让它们哑口无言。已经在前面山原上卸去了褡裢的黑雪莲穆穆扬起爪子跑了过去,因为着急它连有没有膨胀起来的硬地面都不管了,该是弯曲的路线走成了直线,结果一头夯进了疏松的积雪,它拼命往前扑腾着,居然从雪丘下面穿了过去。小公獒摄命霹雳王紧跟在后面,叼住阿妈的尾巴,想把阿妈拉出来,反而被阿妈拉着来到了雪丘那边。

一个黑乎乎的东西出现了,母子俩抖了抖满身的雪粉,眨巴了几下眼皮才看清那是一顶倒塌了的牛毛帐房。黑雪莲穆穆和小公獒摄命霹雳王几乎同时扑了过去,又几乎同时用鼻子掀起了帐房的一角。里面有人,还有藏獒,人饿死冻死了,藏獒也饿死冻死了。当穆穆用身子撑着帐房来到人和藏獒跟前时,不禁呜呜地叫起来:晚了,我们来晚了,就晚了一个小时，一个小时前这个人和这只藏獒还是活着的。小公獒摄命霹雳王也叫起来，叫声跟阿妈有些不同，呜呜了两声又汪汪了两声，有一些伤感又有一些兴奋：孩子，孩子，我看见这家人的孩子了。黑雪莲穆穆立刻发现小公獒是对的，就在斜躺着的死去藏獒的胸怀里，蜷缩着一个孩子，孩子没有死，孩子身上还有热气，他被藏獒的皮毛温暖着，虽然饿昏了，却还有一丝气息呼进呼出。可以想象藏獒死前的情形，它极力用自己的体温焐着他，焐热了小主人，却丢掉了自己的生命。穆穆二话没说，咬住孩子的皮袍，就朝帐房外面退去。小公獒跟在后面呼呼地叫着，好像是说：放下，放下，是我首先发现了他，就应该由我来救他。

　　帐房外面，翻过雪丘的领地狗群站了一圈。大黑獒果日朝着被黑雪莲穆穆拖出来的孩子喷吐着热气，似乎这样就能把孩子暖醒过来，看到孩子没有反应，马上又昂起了头，若有所思地望着远方，然后扭转脖子和穆穆碰了碰鼻子。没有声音，只有眼神和身子的摆动，这就是它们在商量——大黑獒果日说：远方的气息还在传来，我们必须往前走，走到高高的台地上去，那儿有更多的人，有更多具有生还希望的人。黑雪莲穆穆说：可是这个孩子怎么办？总不能丢下不管吧？大黑獒果日说：交给你，我就是想把他交给你。

　　那就只好分手了，黑雪莲穆穆用牙咬住孩子的皮袍，沿着来时的路朝后退去，孩子差不多有十三四岁了，它无法把他叼起来，只能这样拖着孩子往后退。领地狗群继续往前走去。小公獒摄命霹雳王站在阿妈穆穆和领地狗群之间，一时没有了主意：到底怎么办啊？我要跟谁去？它本能地选择了阿妈穆穆，朝阿妈走了两步，突然觉得跟着阿妈走回头路实在没有意思，就追上了领地狗群。大黑獒果日张嘴轻轻咬了小公獒一口，用唬声驱赶着它，意思是说：你还是跟着阿妈去吧，它需要帮手，反正你身上的褡裢已经卸掉，往前走已经没有意义了。小公獒回到了阿妈穆穆身边，闷闷不乐地走着，也不帮阿妈的忙，心里好一阵埋怨：都是阿妈你，害得我不能跟着大伙到前面的高地上去看看。

但是很快，小公獒摄命霹雳王就不再埋怨了，它看到阿妈黑雪莲穆穆停了下来，呼哧呼哧喘着气，趴在了孩子身上，就把一切不快抛在了脑后。阿妈累了，需要休息，阿妈休息的时候又用自己的身体温暖着冰冷的孩子：这个还有一丝气息的孩子啊，可千万不能把他冻僵了。小公獒亢奋地跳过去，用自己的小舌头在孩子脸上舔了几下，然后学着阿妈的样子，用牙紧紧咬住了孩子的皮袍。它拖着孩子往后退去，居然拖了一百米才停下。阿妈穆穆呵呵呵地鼓励着它：不错，不错，真不错，孩子啊，你的力气已经不小了。

按下来黑雪莲穆穆和小公獒轮换着拖，拖一段路就停下来休息一会儿，休息的时候，母子俩又会轮番趴在孩子身上，用自己的体温给孩子取暖。孩子的生命是顽强的，穆穆和小公獒给予的温暖是及时的，孩子一直都有气息，这不死的气息给了母子俩真正的力量，拖啊，拖啊，后退着拖啊，尽管艰辛异常，但拖向希望的信心却一点也没有减弱。它们相信自己的能力，孩子只要交给它们，就不可能再出问题了，相信最多再有半天就可以到达背起褡裢出发的地方，那儿有一个老人，有一些帐房，还有神鸟投下来的救灾物资，那儿是孩子彻底获救的地方。这样的自信让它们急切地有了想多做一些事情的想法——把孩子救出死神的魔爪，然后再去营救别的人，也有了一些急躁冒进，总想抄近路，早一点到达目的地。近路，近路，这儿是近路。小公獒摄命霹雳王在前面边喊边跑。阿妈黑雪莲穆穆歪着身子朝后看了看，觉得自己身后有一条更近的路，就没有听小公獒的。它拖着孩子，从一面覆雪的高坡上退了下去，却没有想到，高坡上有一道山隙，山隙里塞满了疏松的积雪，它的后腿无法判断山隙的存在，一爪踩空，哗啦一声掉了下去。

刹那间黑雪莲穆穆意识到它不能把孩子拖下去，它松开了孩子，然后哀叫一声，伸长四肢，最大限度地展开了身体。下陷的速度顿时减慢了，最后停在了离地面十米深的地方，它昂起头轻轻地吠鸣着，生怕一使劲，让自己越陷越深。突如其来的变化让小公獒摄命霹雳王不知如何是好，它汪汪地叫着，身子一低，就要随着阿妈穆穆跳下去，听到阿妈的吠叫后突然停下了。它急得团团转，一声比一声悲哀地叫着：阿妈，阿妈。

阿妈黑雪莲穆穆依然轻轻地吠叫着，那是一种深情哀恸的表达，是带着严厉的命令又带着无比遗憾的告别：走啊，走啊，你拖着孩子继续走啊，你不听我的话，就不是我生的孩子，你快走啊。小公獒听明白了阿妈的话，一声声地答应着，却无法做到丢下阿妈不管。怎么办？到底怎么办？小公獒摄命霹雳王哭了，呜呜呜的。阿妈黑雪莲穆穆一再地吠叫着，好像是说：你不要管我，你赶快走啊。别忘了你是一只藏獒，藏獒就是狗，是狗性最强的那种狗，你就应该是救人于水火之中而不屑于同类之间的婆婆妈妈。小公獒还是不走，阿妈说的道理它全明白，可它又明白自己无论怎么做，心里都会非常难受——听阿妈的话，是见死不救，不听阿妈的话，也是见死不救，到底要对哪一个见死不救啊？

阿妈黑雪莲穆穆知道小公獒是怎样想的，肚子一挺，使劲叫了一下，顿时哗地一阵陷落。小公獒惊叫起来：阿妈，阿妈。尖厉的声音拽住了阿妈穆穆，穆穆停在了离地面十五米深的地方，昂起头继续轻声吠叫着，似乎在告诉小公獒：你想救我，你救得了吗，这么深的地方？但那个孩子，你是可以救活他的，你的力气已经不小了，拖啊，拖啊，就像刚才那样，后退着拖啊，人的孩子只要到了我们手里，就绝对不能再出事儿了。小公獒摄命霹雳王在山隙的边沿哭着喊着，眼泪唰啦啦地滴落在了阿妈身上和阿妈身边的积雪中。几滴眼泪的重负让阿妈穆穆又是一阵陷落，虽然最终还是停下了，但越来越远的距离残酷地提醒着小公獒：你赶紧走吧，你待在这里只会更糟。小公獒低头用牙齿扯住孩子，不让孩子有滚下去的危险，也不让眼泪滴进山隙，再一次让阿妈陷落。它难过地哭了一会儿，然后就依依不舍地走了，那痛彻心扉的呜咽似在告诉穆穆：阿妈呀，你等着，等救活了人的孩子，我就来救你。

还是拖起孩子后退着走，走一程休息一阵，每一次休息小公獒摄命霹雳王都不会忘记趴在孩子身上，每一次趴在孩子身上它都会闻闻孩子的鼻息，闻完了就庆幸地喘气：好啊，好啊，他还活着。每一次庆幸的时候它都会得意地想，它可以单独救人了，一个体重远远超过它的十三四岁的孩子就要被它救活了。每当这种时候，悲伤就会不期而至，它就会哭起来：阿妈呀阿妈。对阿妈穆穆的担心成了它抓紧时间上路的动力，它立刻起身，拖着孩子，开始了新的一轮拖拉。

就这样，它无数次地重复着拖拉和趴卧的举动，终于来到了神鸟投下救灾物资的地方。它趴在孩子身上，用最大的力气呵呵呵地叫着，叫着叫着就没声了，就再也叫不动了。看护物资的老人从帐房里走出来，看到了雪地上的小公獒和孩子，禁不住仰望着天空，扑通一声跪下了：哎哟我的怙主菩萨、度母奶奶，你们这是从哪里来？他不相信这个形体比小公獒大得多的孩子是小公獒从远方拖来的，以为他们是从天而降，赶紧朝天一拜，挪动着膝盖爬了过去

老人先抱起了小公獒，小公獒挣扎着示意他关注孩子，看他不理解自己，就用洁白的小虎牙在他手背上咬了一口。这次老人理解了，放下小公獒，低下额头试了试孩子依稀尚存的气息，赶紧抱了起来。老人把孩子抱进了帐房，也把小公獒抱进了帐房。点燃着干牛粪的帐房里暖融融的，老人把孩子放在离牛粪火稍远的地方，脱了他的靴子轻轻搓揉着脚，搓了一阵又去煮面糊糊，煮熟了就一点一点地喂。孩子依然昏迷着，但是可以接受食物的刺激，一口一口地吞咽了。

小公獒摄命霹雳王望着孩子吞咽食物的样子，放心地耷

拉下了头，无声地哭着。它累瘫了，一点力气也没有了，心思却依然活跃着：救救阿妈，救救阿妈，阿妈掉下去了，掉进了远方的山隙里。遗憾的是，老人看不懂小公獒的眼泪，只会用手掌一把一把地在小公獒的脸上揩着：别哭了，别哭了，你救活了这孩子，你就是这孩子的恩人，他一辈子都会对你好。说着，老人给小公獒端来了面糊糊。小公獒不吃。藏獒是那种心事很重的动物，一有心事就会滴水不进，它继承了种族的习惯，任凭老人怎么诱导它都不吃。它就想着站起来，站起来，赶快离开这里去营救阿妈穆穆。

　　两个小时后，小公獒摄命霹雳王站了起来，这时候孩子已经醒了，小公獒彻底放心了；这时候它感觉自己又有力气了，可以离开这里了。它不声不响地走出了帐房，没有让老人发现，它知道老人是疼爱自己的，一旦发现就不会让它走了。小公獒原路返回，几乎每走一步都要呼喊一声阿妈。一阵阵寒风送来一阵阵不祥的感觉，不祥的感觉越强烈它走得就越快，仿佛前面，天地云雾之间，阿妈黑雪莲穆穆正在眼巴巴地望着它，它虽然身心俱疲，几乎虚脱，但仍然不停息地走动着。

　　到了，终于到了，就是这一面覆雪的高坡，高坡上有一道深深的山隙，阿妈一爪踩空，掉到山隙里去了。阿妈，阿妈。小公獒走上了高坡，来到了山隙的边沿。阿妈，阿妈。小公獒来到了山隙的边沿，探着身子使劲朝下看着。阿妈，阿妈。阿妈穆穆不见了，小公獒清楚地记得，在它不得不离开的时候，阿妈穆穆停在了离地面很深很深的地方，但是现在不见了。深深的山隙里只有一个黑黑的雪洞，这是阿妈消失的地方。

阿妈，阿妈。小公獒的叫声越来越凄惨，凄惨得都听不出是在叫阿妈了。阿妈走了，走得都看不见身影了。它哭着，叫着，什么回应也没有，就换了一种叫法：阿爸，阿爸。小公獒相信，只要阿爸大力王徒钦甲保在这里，就一定不会让阿妈穆穆消失，即使已经消失了，阿爸徒钦甲保也一定有办法让阿妈穆穆重新出现。可惜的是，阿爸不在这里，这里只有小公獒自己。小公獒知道自己身单力薄，救不了掉进深隙的阿妈，就一声比一声哀恸地叫着。但是对它以及它的种族来说，并不是救得了才去救，打得过才去打的，它们往往是救不了也得去救，打不过也得去打，藏獒的天性就是这样，只知道将生死置之度外，不知道得不偿失是什么，好死不如赖活着是什么。小公獒摄命霹雳王最后叫了一声阿爸，又最后叫了一声阿妈，然后纵身一跳，下去了。它跳进了深深的山隙，跳进了黑黑的雪洞。

仿佛是宿命，出生才三个月，它的行动就由"摄命"变成了"舍命"，小公獒摄命霹雳王还没有长大就舍命而去了。对小公獒来说，这是一种义无反顾的营救，是藏獒天性的自然流露，对雪原和雪灾来说，这是一次无所顾忌的残杀，是对美好生命的无情吞没。

过去了很长时间，在那面高坡上，那道山隙旁，依然回荡着小公獒摄命霹雳王的呼喊：阿妈，阿妈，阿爸，阿爸。那是我们听了就想哭的狗叫，这样悲惨的狗叫被吸附在山壁岩石上，每逢冬天下雪，就会在风中亮亮地响起来：阿妈，阿妈，阿爸，阿爸。

4. 悲伤而温情的故事一个接着一个

踏上了连接着党项大雪山的台地,往里走不多远,就闻到了看家藏獒阿旺措的味道。阿旺措,阿旺措。大黑獒果日大声呼唤着跑了过去,所有的领地狗都呼唤着跑了过去。草原上的人和狗都知道阿旺措,它跟着孤独的瘫痪老人拉甲生活在一起,已经有十二年了。十二年里,阿旺措每天要做的事情就是跑出去满草原给没有生活能力的主人讨饭。牧民们都认得阿旺措,一见它来,就会把装着糌粑、干肉或者酥油的羊肚口袋拴在它身上。它跑着来跑着去,在外面能不多待就不多待,生怕狼或者豹子在它离去之后吃掉瘫痪的主人。有时候牧民们迁徙到了很远很远的地方,它不能花几天的时间去找他们,就会把捕捉到的野兔叼到主人面前。

那一年冬天,也是雪灾,拉甲老人的帐房里没有干牛粪了,阿旺措叼着三只野兔跑了很远的路才遇到牧民贡巴饶赛。贡巴饶赛看见它停在了帐房门口,就对它说:"我们的糌粑干肉也只剩一点点了,给了你,我们怎么办?你还有野兔你赶紧回去吧。"阿旺措一听那口气,就知道贡巴饶赛是在拒绝,放下野兔,冲进贡巴饶赛的帐房,趴在装糌粑的箱子上就是不离开。贡巴饶赛看了半天才恍然明白,感动地说:"你家用完了干牛粪没办法煮熟野兔是不是?你知道雪灾的日子里各家各户都没有多少吃的,就想用野兔换糌粑是不是?啊,聪明的阿旺措,快起来走吧,我把所有的糌粑都给你。"

可是现在,阿旺措,阿旺措,你怎么会这样呢?大黑獒

果日和领地狗们来到了一座雪包面前,不断地倒动着爪子,忧伤地哭号着。它们没有刨挖雪包,知道阿旺措已经死了好几天了,它的主人拉甲老人也已经死了好几天了。它们能够想象人和狗是怎么死的:帐房被暴风雪刮跑后,拉甲老人先死了,阿旺措守候在老人身边一动不动,失去了主人就是失去了灵魂,它作为一只看护和伺候老人十二年的藏獒,继续守护着老人的尸体,直到把自己冻死饿死。阿旺措,阿旺措。大黑獒果日哭着叫着,意识到使命在身,就首先离开了那里。领地狗们哭着叫着,一个个跟上了它。

冬天是悲伤的日子，尤其是这个冬天。似乎为了阿旺措的悲伤还没有过去，就又有了新的悲伤。驮着救灾物资的领地狗群朝台地深处走去，走了不到半个小时，就遇到了金獒波波。死了，金獒波波也死了。显然是狼群挖出了它的尸体后来不及吃掉就跑了，暴露在积雪外面的尸体旁，到处都是狼的爪印。身边没有主人，也没有羊群和牛群，它是独自死去的，死去的时候，才六岁，相当于人的二十多岁，一个响当当的青年。

大黑獒果日和领地狗们惋惜地仰天长号，它们都记得金獒波波三岁那年的神奇之举。它的主人罗桑死了，家里人在悲伤够了以后，把罗桑背到了天葬场。一路跟过来的金獒波波守在罗桑身边，狂叫狂吼着，死活不让天葬师靠前，更不让秃鹫落近。家里人把它拉回了家，它挣脱锁链又跑向了天葬场。喇嘛们还在念经，天葬师还没有动手分割尸体，金獒波波扑过去，再次守护在了罗桑的身边。追过来的家里人对它又捶又打：你这是干什么呀？主人要去转世了，灵魂要离开大地了，你怎么不让他走啊？是他活着的时候亏欠了你吗？说着又把它拉走了。在金獒波波第三次挣脱锁链来到天葬场后，它扑翻了正要动手处理尸体的天葬师，扑飞了十几只饥肠辘辘的秃鹫，趴在罗桑身边，在他黧黑的脸上深情地舔着。家里人赶来了，看着金獒波波和罗桑，大惊失色，吓得转身就跑，连呼"喇嘛，喇嘛"。一个念经的老喇嘛走了过来，看到罗桑的眼皮在动，嘴在动，手也在动，愣了片刻，突然跪下了："活了，活了，罗桑又活了，天葬的法台上，神圣的多珠达古啊，你怎么又让罗桑活过来了?"老喇嘛看了一眼金獒波波,又说:"是罗桑舍不得金獒波波又回来了,是金獒波波把罗桑叫回来了。"

父亲后来说,这就是藏獒的本事,鼻子灵得超过了神,闻一闻气味就知道主人不是真死是假死,命脉尽管微弱,但还是在轻轻跳动。就是这样一只神奇的藏獒,也没有逃脱这场大雪灾的迫害。金獒波波,你是怎么死的?曾经被你救活的主人罗桑呢,他到哪里去了?金獒波波,金獒波波。大黑獒果日哭着叫着,意识到使命在身,就首先离开了那里。领地狗们哭着叫着,一个个跟上了它。

它们走了一路,悲伤了一路。连接着党项大雪山的开阔台地上,这片牧民相对集中的秋窝子和冬窝子的衔接处,到处都是悲伤,都是藏獒和人的故事。大黑獒果日说:"你们看啊,我们路过了什么地方?就是这片高山草场,是旦木真驻牧的地方。"说罢就呜呜呜地叫起来。所有的领地狗都闻到了一股强烈的气息:旦木真死了。旦木真是一只浑身漆黑的藏獒,它长寿地活了二十三年(一般藏獒只有十六七年的寿限),如今终于不在世间了。一只多好的藏獒啊,它的死让这个雪灾泛滥的冬天变得格外沉重。

父亲后来了解到,旦木真死前的情形是这样的:主人桑杰把它拉到了帐房里,对它说:"天太冷啦,你就待在帐房里过夜吧,不要出去啦。"旦木真不听主人的,转身走了出去。它来到羊群的旁边,慢腾腾地巡逻着,然后卧在了冰天雪地里。这是它天天夜里坚守的地方,一辈子都这样,为什么要离开?桑杰于心不忍,又把它拉进了帐房,温存地对它说:"羊群牛群你就不用管啦,有别的藏獒呢,你都这么老啦,抵不住严寒啦,冻死了怎么办?辛苦了一辈子,就享享福吧。"且木真感激地摇着尾巴,趁着主人不注意,又走了出去,还是蹒跚巡逻,还是迎风坚守,从它的责任感出发,它总觉得牛羊离开了它就十分危险。桑杰有点生气,第三次把它拉进帐房,严厉地说:"你必须待在火炉边,你老啦,不顶用啦,你要是出去,万一冻死了,别人会怎么说我?他们会说,那个桑杰,对自己的藏獒一点都不好,藏獒是你的兄弟,它都老成这个样子了,你怎么还让它在寒冬里守夜?你的心肠真狠啊。"且木真听懂了,就老老实实地卧了下来。但是它睡不着,它不习惯睡在帐房里、火炉边,不习惯这种不是自己保护别人而是别人保护自己的生活。它忍耐到半夜,看主人睡着了,就又悄悄出去了。它有一个预感:狼就要来了,而且很多,它们是饿极了的狼,为了食物它们要来冒险了。且木真来到羊群旁边,面对深邃的雪原,卧下来静静地等着,等着等着就长出一口气,脑袋沉重地耷拉了下去。它死了,它不是冻死的,也不是饿死的,它是老死的,它老死在了自己的岗位上,它死了以后,狼群才来到这里。

　　一拨狼从右翼接近着羊群,吸引了别的藏獒,另一拨狼从中间也就是且木真守护的地方接近着羊群。且木真既不叫唤,也不扑咬,甚至连头都不抬一下。它死了,它的头当然抬不起来了。可是狼群不知道它死了,狼群认识且木真,多少年以来它都是它们的巨大威胁,看到它那山一样伟岸的身躯居然一动不动,就非常奇怪,瞪直了眼睛,一点一点地靠近着。二十步了，旦木真肖然不动，十五步了，它依然不动，只有七步之遥了，还是不动？有诈，肯定有诈，再往前一步，就是藏獒一扑便能咬住喉咙的距离了。最前面的头狼突然停了下来，看到漆黑如墨的獒毛正在风中掀起，便猛然一抖，转身就跑，所有跟它来的狼也跟它跑了，连从右翼靠近着羊群的狼也都跟它跑了。狼是多疑的，从来不愿意相信有一种计谋叫作空城计。

大黑獒果日带着领地狗群围绕着埋葬旦木真的雪包痛哭了一会儿，然后走向了不远处的帐房，看到了旦木真的主人桑杰。桑杰歪倒在毡铺上，泣不成声地说："都是我不好啊，我要是不睡着，要是守着它，它就不会出去了，不会出去它就不会死了。它生在我家，死在我家，它一辈子都在我家，它是我的亲兄弟啊。"桑杰又说："旦木真的厉害是别的藏獒没有的，死了也能吓退狼，那天夜里，狼群硬是一根羊毛也没有咬掉。"旦木真，旦木真。大黑獒果日哭着叫着，意识到使命在身，就首先离开了那里。领地狗们哭着叫着，一个个跟上了它。

又走了两个小时，党项大雪山遥遥在望了。苍茫无极的台地南缘，男男女女、老老少少一溜儿牧民突然出现在领地狗群面前。所有人都是跪着的，他们看见了领地狗群，知道领地狗群是来营救自己的，就一个个跪地不起了。大黑獒果日停了下来，凝视着前面的人群，知道目的地已经到达，就扑通一声卧了下来。累了，所有的领地狗都累了，都不堪忍受地卧地不起了。

人们迎狗而来，有些人爬着，有些人走着，有些人用膝盖挪动着，一个个饥寒交迫、病病歪歪的样子。他们哭起来，悲伤的眼泪和感恩的眼泪，在绝望之后变成了面迎曙光的激动之泪。

第十五章
Chapter 15

多猕头狼

1. 各个击破

大力王徒钦甲保站起来了。许多藏獒在超越生命极限之后，就再也没有站起来，但是徒钦甲保成了例外，它在獒王冈日森格惊叫着跑过来，为它哭泣的时候，颤颤抖抖地站了起来。它摇晃着沉重的獒头，好像一再地表示：没事儿，狼群还没有撵走，戴罪立功的我呀，怎么可能倒下呢？徒钦甲保朝前走去。冈日森格跑过去，保护似的走在了它前面，恶声恶气地威胁着不远处的狼群。

狼群里传来一声红额斑头狼的嗥叫，嗥叫坚硬而扭曲，冲到天上，又跌落到下面去了。一会儿，来自东边的黑耳朵头狼首先有了回应，同样也是一声坚硬而扭曲的嗥叫，只是略微有些沙哑。接着是来自南边的上阿妈头狼和多猕头狼的嗥叫，声音有点变了，变得悠长而柔软。这是头狼与头狼之间的联络，像是在通报情况，或者是在协商新的部署。之后，同样的声音在各个头狼那里又响了至少三遍，四面八方的狼群便开始动荡起来。

现在，所有的狼都知道领地狗群已是疲惫之极，无论数量还是力量，都不可能是狼群的对手了，而狼群却是以逸待劳、蓄势待发的状态。狼群的胆子突然大起来，一边谨慎地防备着狼群之间的互相混杂，一边放肆地跑向领地狗群，越来越近了。它们的意图十分明显：不给领地狗群喘息的机会，在对方恢复体力和能力之前，一鼓作气咬死所有的领地狗，然后再去慢慢地专一地对付人类。

而在獒王冈日森格这里，当它看到仰面而来的狼群时，突然有了一种如释重负的感觉，它知道狼群的部署对人是有利的，人暂时没有危险了。领地狗群和狼群的对峙一下子变得单纯起来：不必再去考虑人，只管奋力厮杀就是了，至于领地狗群自己的危险，那是算不了什么的，藏獒活着，不就是为了毫无惧色地面对危险吗？獒王轻轻吼叫着，让领地狗围成圈一个个坐下：抓紧休息啊，在狼群扑过来之前，体力能恢复一点是一点。领地狗们都靠着腿坐下了，眼睛忽一下盯着坐姿娴静的獒王，又呼的一下盯着快步跑来的狼群。五十步，三十步，二十步，十步，獒王依然没有发出迎击狼群的吼声。

狼群停下了，它们从来没有遇到过在离狼群十步远的地方依然端坐不动的藏獒，不会是诱敌深入的诡计吧？疑心使它们减缓了进攻的速度，人多势众且锋芒毕露的优势顿时大打折扣。冈日森格呵呵地冷笑着，它知道要是领地狗群就这样围成圈迎击八面之敌，结果肯定是被铺天盖地的狼群撕成碎片，但要是主动扑过去进攻，结果就很难说了。而主动进攻的第一步，就是要让从四面八方疯狂跑来的狼群停下来，以便让领地狗群看清楚狼群的布阵，选择一个相对薄弱的目标。现在，獒王冈日森格的第一个目的已经达到了，狼群不仅停了下来，而且停在了一种进攻起来很容易得手的距离中。

獒王冈日森格漫不经心地站了起来，放松地喷吐着白雾状的气息，用优雅的碎步沿着领地狗群围成的圈，像牧民转经一样顺时针跑起来，它是在使用它独有的狼群看不懂的语言发布着指令，跑了差不多三圈，它突然气宇轩昂地站住了，站住的那个地方，正好面对着上阿妈狼群。只听獒王一声闷叫，领地狗们纷纷转身，和獒王一样，把头朝向了上阿妈狼群。接着獒王又是一声闷叫，领地狗群的进攻开始了。自然是獒王冈日森格跑在最前面，下来是大力王徒钦甲保。徒钦甲保，这个在生命的极限中倒下后又站起来的赎罪的藏獒，居然还能跑得和獒王一样快。它们冲向了上阿妈狼群，在狼群的前锋线上撞开了一道豁口。

上阿妈狼群没想到，面对四股狼群，领地狗群首先进攻的是自己这股狼群，顿时傻了，不知道如何应对了。上阿妈头狼不在狼群的前锋线上，每一次进攻，它都不会出现在前锋线上，尽管它是上阿妈狼群中身体最壮、打斗能力最强的一个，等它从自己隐蔽的地方跳出来，搞清楚发生了什么时，领地狗群已经冲到了上阿妈狼群的最中央。

这就是獒王冈日森格的主意：狼群和狼群之间是至死不混群的，领地狗群只要冲到上阿妈狼群的中间，别的狼群就不可能靠近它们。结果是，狼群虽然有好几股，但真正和领地狗群撕打的就只能是一股，仅靠一股狼群对付领地狗群，即使前者再凶狠，后者再疲惫，也不可能轻易胜利。更重要的是，上阿妈狼群仗着狼多势众，太轻视疲于奔命、不断有藏獒倒下的领地狗群了，摆出的阵势居然是家族式的，也就是一个家族不管公母老幼都挤在一堆，这样的狼阵除了亲戚之间互相关照起来比较容易之外，既不利于整个狼群的防守，也不利于整个狼群的进攻。

一场獒牙对狼牙的激烈较量就在上阿妈狼群的中心爆发了。咆哮和惨叫此起彼伏，白牙转眼就成了红艳艳的血牙，伤口鲜花似的争先开放，血水冰融一样开始流淌，扑杀扬起的雪尘弥天而起，昏花迷乱了獒与狼的眼睛，看不见了，看不见了，只能凭着嗅觉判断对方的强弱、距离的远近了。以家族为单位的狼阵立刻显出了它的弊病：每个家族都把保护自己看得比进攻敌人更重要，一旦领地狗冲向某个家族，抗击敌手就成了这个家族的事情，别的家族很少有扑过来帮忙的。在狼群的中央地带疯咬疯扑了一阵，智慧的獒王冈日森格立刻发现了对手的这个弱点，也立刻想出了自己的对策：要是一只藏獒扑向一个狼家族，狼家族的全体成员就会同心协力反扑这只藏獒，撕打的结果，肯定是藏獒在咬死狼家族主要成员的同时，自己也轰然倒在地上，死亡是必然的，惨剧已经发生了；要是几只藏獒同时进攻一个狼家族，在别的狼家族不来帮忙的情况下，死去的就只能是这个受到攻击的狼家族了。

獒王冈日森格跳过去，和大力王徒钦甲保摩擦了一下鼻子，然后吼叫着把领地狗群迅速分成了两拨，一拨由它带领，一拨由徒钦甲保带领。新的战斗开始了，两拨领地狗尽管疲惫不堪却依然十分果敢地扑向了狼。每一拨领地狗有二十多只，二十多只藏獒同时进攻一个狼家族，所向披靡、势如破竹的情形出现了。在上阿妈狼群，最惨重的牺牲就发生在这个时候；在领地狗群，最痛快的厮杀也发生在这个时候。脚下已经没有白雪了，白雪变成了红雪，而且都是狼血染红的雪。狼在迅速死亡，一匹一匹的狼好像都不是生命顽强、凶狠残暴的野性的主宰，而成了四处奔窜的兔子。而领地狗群却没有一只死亡，甚至连负伤的机会也没有。

消灭了这个狼家族，再集体扑向另一个狼家族，两拨领地狗群就像比赛一样，用各个击破的办法，用团队的力量，把一场身处劣势的反抗变成了一次风卷落叶的横扫。獒王冈日森格骄傲地抬起头，扫了一眼前方，不禁暗暗称奇：好啊，徒钦甲保，你哪来这么大的精神？眼看不行了，就要死掉了，却又变得神勇无比，咬死的狼比我咬死的还要多，看来让它跟我来这里是来对了，要是没有它，领地狗群说不定坚持不到现在。

风卷落叶的横扫还在继续，狼群里传出了上阿妈头狼的紧急嗥叫，有点像翅膀的疾飞，又有点像冰块的迸裂，一声接着一声。狼群不动了，除了被撕咬的两个狼家族还在无谓地反抗，整个上阿妈狼群一下子僵住了，就像水突然变成了冰。很快，冰又变成了水，动荡再次出现，狼们你挤我撞地奔跑起来，尤其是那些雄性的壮狼和大狼，都离开自己的家族，跑向了嗥叫声起的地方。獒王冈日森格愣了一下，立刻明白：变阵了，狼群开始变阵了。壮狼和大狼抛开了自己的妻子儿女，簇拥到头狼身边去了。

獒王冈日森格吼起来，吼声未已，大力王徒钦甲保就带着自己的那一拨领地狗边咬边靠了过来。獒王从嗓子眼里发出一阵呼噜噜的声音，好像是说：休息，休息，我们要抓紧时间休息。领地狗们气喘吁吁的，一个个坐下了，它们的位置仍然处在上阿妈狼群的中间，无须忧虑其他狼群的进攻，而靠得最近的上阿妈狼，又都是老的小的弱的，强壮的都到前面去了。前面五十步开外的壮狼大狼们，已经布成了一个能打能拼的进攻性狼阵，正在跃跃欲试地朝这边走来，为首的仍然不是上阿妈头狼，它好像有一种特殊的能力，自己怕死地躲在后面，却能够让部众玩命地冲杀在前。壮狼大狼们很快近了，领地狗们呼呼地站了起来。獒王冈日森格和大力王徒钦甲保一前一后扑了过去，一场空前激烈的厮杀开始了。

2. 螳螂捕蝉，黄雀在后

狼的群体咆哮和藏獒的集体吼叫如雷如鼓，一瞬间的碰撞激发出一阵岩石击打岩石的声响。到处都是准备咬合的血盆大口，牙齿像标枪一样飞来飞去，獒影和狼影嗖嗖地闪动着，兔起鹘落，稍纵即逝。无论是藏獒，还是狼，仅靠头脑的狡猾或聪明已经无法取胜了，仅靠身体的力量和速度也已经无法取胜了，它们还必须柔韧，不是皮条那样的柔韧，而是敏捷果断中的柔韧，柔韧的后面还应该有钢铁一样坚硬的肌肉和比钢铁还要坚硬的意志。

每一只体力早已透支而苦苦支撑着生命的藏獒，都至少面对着四匹矫健生猛的壮狼或大狼，鲜血和死亡同时出现了，有狼的死，也有藏獒的死，藏獒死得多一点。每一只藏獒，在它们扑倒一匹狼之后，自己就得饱尝狼牙从侧面和后面疯狂撕咬的耻辱，它们必须顽强地挺立着，一旦倒下，等待它们的就只能是命归西天。獒王冈日森格知道，不能再这样拼下去了，这样拼下去，领地狗群就会全部死尽。怎么办？总不能转身逃跑吧？作为藏獒，作为西结古草原的守护神，它们可从来没有被狼追逃过，甚至都不知道当自己的屁股对着狼而不是利牙对着狼的时候，是应该往前迈步，还是往后迈步。再说四周也没有可逃之路，一旦领地狗们跑出上阿妈狼群，别的狼群就会铺天盖地而来，转眼把它们撕碎吞掉。

冈日森格后退一步抬起了头，四下里看了看：头狼呢，上阿妈狼群的头狼呢？要是把头狼干掉，狼群就不可能这样团结一致拼命厮杀了。引出来，必须把头狼引出来。冈日森格想着，冲过去，帮助大力王徒钦甲保摆脱了四匹狼的围攻，然后在徒钦甲保耳畔大吼小叫了几声。大力王徒钦甲保明白了，转身就跑，跑地向了不远处的尖嘴母狼。大概是担心着肚腹里的孩子吧，尖嘴母狼一见徒钦甲保张牙舞爪地朝自己

跑来，就发出了一声求救的嗥叫。徒钦甲保需要的就是这样的嗥叫，它在母狼面前又扑又吼，不断把利牙摩擦在对方的脖子上，迫使母狼的嗥叫越来越焦急，越来越尖厉。

上阿妈头狼听到了，朝这边看了看，意识到这很可能是诱饵，不仅没有过来解救，反而恶狠狠地回应了一声：喊什么喊，你想让我过去喂那只藏獒啊？那还是你把你自己喂掉吧。尖嘴母狼失望委屈地哭起来，哭声婉转深长，弯弯曲曲地传了出去。而大力王徒钦甲保的恫吓变本加厉，好几次都用利牙划烂了母狼的鼻子。尖嘴母狼惊恐地咆哮着，绝望的意味、哀怨的意味、求救的意味，让它变得无助而可怜，让上阿妈狼群以外的一匹公狼忧心如焚，那匹公狼竖起耳朵谛听着，犹豫了片刻，便义无反顾地朝这边飞奔而来。

多猕头狼出现了，它出现在上阿妈狼群里，直扑正在威胁尖嘴母狼的大力王徒钦甲保。徒钦甲保后退着，退了十几步才停下，怪声怪气地叫起来，一会儿像狼嗥，一会儿像狗吠。多猕头狼来到尖嘴母狼身边，安慰地舔了舔母狼受伤的鼻子，还用肩膀碰了碰母狼，似乎在催促它快走。母狼摇头不语，毕竟它是上阿妈狼群的母狼，怎么可以跟着多猕头狼走呢？

上阿妈头狼被大力王徒钦甲保怪声怪气的叫声吸引，扭头一看，不禁怒不可遏：居然有趁火打劫的，不要命的多猕头狼你就色胆包天吧。愤怒使它变得鲁莽，要给多猕头狼一点颜色瞧瞧。它蹦跳而起，朝着无意中作了诱饵的多猕头狼狂扑过来。

多猕头狼愣了，它本来完全来得及转身跑掉，而且也下意识地伏下身子，像一个偷鸡摸狗的贼那样飞快地朝前溜去，但是它又回来了，又昂起头理直气壮地站在了尖嘴母狼身边。也许是它想到，如果自己跑掉，上阿妈头狼就会把仇恨宣泄在尖嘴母狼身上，那怎么可以呢？自己惹的祸就应该由自己受罚，逃避责任的公狼，哪个母狼还会看得起呢？也许是它预见到徒钦甲保怪声怪气的叫声里隐藏着领地狗的诡计，而诡计一旦得逞，它将成为真正的受益者。它嘹亮地嗥叫着，仿佛是说：来吧，上阿妈头狼，你就来吧，你要是咬不死我，尖嘴母狼就属于我了。多猕头狼的挺胸昂首让上阿妈头狼吼声如狗,它忘掉了领地狗群的存在,眼光仇恨地聚焦着,几乎失去了余光,只能看见多猕头狼而看不见任何别的东西。它直线奔跑,想用最快的速度扑倒对方,咬死对方。

不远处的獒王冈日森格冷笑一声,似乎对自己能够熟练掌握螳螂捕蝉黄雀在后的诡计而深感欣慰。它开始奔跑,从斜后方无声地插过去,速度快得超过了狼的两倍,当上阿妈头狼正准备一口咬住多猕头狼时,自己的喉咙却呼哧一声陷进了獒王的大嘴。獒牙的切割既快又准,噗噗两下,伤口的深洞里就冒出了一串气泡。狼血泉涌而出,上阿妈头狼徒然挣扎着,身子痛苦得扭成了麻花。冈日森格又咬了一口,这一口一下就把上阿妈头狼的命脉咬断了。死亡来得猝不及防,近处的几匹上阿妈狼惊呆了。獒王冈日森格松开上阿妈头狼,冲过去,在多猕头狼的脑门上炸吼一声:还不快走?多猕头狼畏怯地后退着,看獒王并没有咬死自己的意思,就扑过去,又是叫又是咬地推搡着尖嘴母狼。尖嘴母狼好一会儿才明白过来,转身就跑。多猕头狼紧紧跟上了母狼,跟了几步,又抢过去拦住它,引导它改变方向,朝着上阿妈狼群之外跑去。它们边跑边叫,声音悲切,若断似连,像是对上阿妈头狼的告别,又像是给所有狼群的通报。

声音传得很快,所有的上阿妈狼都知道它们的头狼已经死了,所有的领地狗都知道它们的獒王咬死了上阿妈头狼。双方停止了撕打,拉开十步远的距离,互相仇恨地盯视着。獒王冈日森格卧了下来,所有的领地狗都卧了下来,它们并不是意识到应该抓紧时间休息,而是实在支撑不住了,它们垂吊着沉重的獒头,舔着身上的伤口和地上的积雪,不断发出一声声低哑的呻吟,而眼睛却一刻不停地观察着分散在四周的上阿妈狼群。

悲伤的上阿妈狼一个个凝然不动,也悄无声息,它们失去了狼群的主宰,已经不知道应该干什么好了。随着一声母狼的召唤,一只大狼突然跑起来,跑到自己家族里面去了。狼群顿时一阵动荡,所有的壮狼和大狼都跑起来,跑回到了自己的妻子儿女跟前。变阵了,上阿妈狼群在失去了头狼之后,迅速放弃了集体进攻,变回到了各自为阵的家族式狼阵。

这正是獒王冈日森格期待中的,也是它盘算好的,只是没想到来得这么快。它站起来朝前走去,知道这会儿上阿妈狼群对领地狗群没有丝毫威胁,就心急意切地要去看看那些死去的藏獒。大力王徒钦甲保快步跟上了它,所有的领地狗都跟上了它。它们边走边叫,眼泪不可遏止地流淌着,滚落到地上,把藏獒对同伴深深的留恋和哀悼,化入了脚印纷乱的积雪。但是獒王冈日森格没想到,它们对同伴的哀悼立刻引起了上阿妈狼群的误解,以为它们是前来厮杀的,离得最近的几个狼家族几乎同时惊叫起来,叫了几声就开始奔跑,它们一跑,所有的狼家族、整个上阿妈狼群都开始奔跑。冈日森格赶快驻足,想发出几声柔和的喊叫不让它们跑,但已经来不及了,转瞬之间,前后左右的上阿妈狼一个不剩地跑没了影。

冈日森格叫了一声不好,赶紧跳上一座雪丘,警觉地四下里观察起来。一分钟前,领地狗群的位置还处在上阿妈狼群的中间，无须考虑其他狼群的进攻，可是现在，它们赫然暴露了，暴露在了所有狼群的眼界里。四周爆起一片狼的咆哮，多猕头狼的狼群、黑耳朵头狼的狼群、红额斑头狼的狼群这时候发现，就像包粽子一样被上阿妈狼群紧紧包住的领地狗群，突然裸现了。已经无须再用嗥叫商量，几股狼群都知道，在混群的危险消失以后，它们唯一要做的，就是一起扑过去咬死吃掉所有的领地狗。红额斑头狼的狼群扑过去了，黑耳朵头狼的狼群扑过去了，而多猕狼群眼看着就要扑过去，却又没有扑过去。

　　多猕狼群尤其是那些忌妒心很强的母狼，正在全体一致地怒视着头狼带来的尖嘴母狼，准备过一会儿再围过去咬死它，突然看到了领地狗群，又看到了别的狼群对领地狗群的奔扑撕咬。顿时躁动起来。多猕头狼直着脖子用尖叫发出了命令：冲啊，冲啊。没有谁听它的命令，对狼群来说，虽然大敌当前，干掉领地狗群再去报复人类远比清除异己之狼重要得多，但狼的习惯历来是先易后难，咬死一匹外群的母狼不费吹灰之力，为什么不先做了再去跟领地狗群拼命呢？那些忌妒的母狼首先跳起来，用一种奇怪的声音诅咒着，扑向了尖嘴母狼。多猕头狼看到自己的命令毫无作用，反而加速了部众对尖嘴母狼的攻击，就恶狠狠地叫了一声，带着母狼转身就跑。多猕狼群互相吆喝着，朝着自己的头狼和头狼钟爱的母狼追了过去，追着追着就停下了，它们惊讶地看到，从雪海的波峰浪尖上，走来了一个人、一只藏獒。它们非常吃惊：埋伏？怎么这里还有埋伏？好伟岸的一只藏獒，居然一声不吭地埋伏在这里。

3. 反客为主

鲸鱼似的雪冈上，父亲惊讶地伫立着。他没有想到，狼群的骚动不是进攻而是逃跑战术。一股有八十多匹狼其中多数是壮狼和大狼的狼群，在面对大灰獒江秋帮穷和小母獒卓嘎以及父亲时，居然采取了逃跑。狼群久久地埋伏在雪冈后面就是为了吃掉对方，可现在，当食物冲撞而来，吃掉就要变成事实时，群集的残暴、潮水般的凶恶、雪灾一样狂野的饥饿之勇，却溘然逸去。为什么？为什么？扑过去的大灰獒江秋帮穷停下了，冲着狼群逃离的背影大惑不解地吼叫着。小母獒卓嘎追了过去，意识到自己还叼着信，追上了也不能拿嘴咬狼，就拐了回来。

父亲眺望远方，发现狼群靠后的一侧一片混乱，透过迷茫不清的雪雾，传来阵阵奔逐、撕咬、疼痛不堪的声音。父亲喊起来："谁跟谁打呢？江秋帮穷你知道谁跟谁打呢？"大灰獒江秋帮穷的回答就是顺着雪冈俯冲而下，迅速从狼群的边沿擦过去，直奔那个骚乱正酣的地方。但没等江秋帮穷跑到跟前，骚乱就止息了，狼群改变了逃离的方向，放弃自己更容易隐蔽的前方，选择一溜下坡很难快跑的右侧奔驰而去。断尾头狼一直嗥叫着，叫声短促乏力，似乎是催促，又似乎是一声声懊悔的叹息：上当了，上当了，藏獒们早就等在这里了。

断尾头狼和整个狼群都没有料到，就在它们埋伏在这里，眼看就要吃掉顺风走来的父亲一行时，狼群的后面突然杀出了一只藏獒。断尾头狼大吃一惊，立刻想到自己中了敌人的奸计，用人类的话说就是反客为主，想伏击对手的人，却遭到了对手的伏击。它相信那只脊背漆黑如墨、前胸火红如燃的穷凶极恶的藏獒，那个在寄宿学校的狼獒苦战中死而复生的名叫多吉来吧的饮血王党项罗刹，早就守候在这里，就等着前面的这个人和一大一小两只藏獒的靠近呢；更相信它们都是诱饵，都是瞭望哨，无论后面的，还是前面的，包括那只和藏獒厮混在一起的狼崽，都不过是一个巨大包围圈的前锋线，大批的领地狗群都还在后面呢，马上就到，马上就到。狼是那种三思而后行的动物，尤其是头狼。当它觉得它应该承担的不仅仅是自己的生命，而是整个群体的生死存亡时，就更加疑虑重重、谨小慎微了。断尾头狼继续嗥叫着：跑啊，跑啊，快跑啊；就来了，就来了，大量的领地狗群就要来到了。

父亲伫立在雪冈上，一眼不眨地望着混沌一片的前面。他已经意识到狼群的逃跑是因为遭受了意外的袭击，而袭击狼群又显然是为了给他们解围，谁呢？谁在给他们解围？大灰獒江秋帮穷回来了，哈哈哈地吐着气，满眼迷惑地望着父亲，它好像也没看明白到底是谁的出现让多疑的狼群望风而逃。父亲问了一句："谁啊？你看见谁了？"它不回答，只是不断地回头，用鼻子嗅着：味道，味道，那是谁的味道？站在上风的它，似乎已经无法准确分辨下风处的味道到底属于谁了。

狼群不见了，该是继续走路的时候了。父亲大声说："走吧走吧，天就要黑了，我们赶快走吧。冈日森格在哪里？领地狗群在哪里？多吉来吧在哪里？江秋帮穷你应该是知道的，赶快带我们去找吧。"说着把狼崽放在了地上。狼崽跳起来就跑，跑到小母獒卓嘎身边，鼻子哼哼着，如释重负地长喘一口气。对狼崽来说，人的怀抱尽管舒服却是一个毫无体验的极大未知，只要是未知的就必然是恐怖的，现在它终于脱离恐怖了，心情骤然变得很愉快，紧挨着小卓嘎，把嫩生生的白牙在对方的皮毛上蹭了又蹭。小母獒卓嘎信任地把嘴上的信丢在了狼崽面前，像是说：我累了，你叼一会儿吧。狼崽叼起了信。小卓嘎张开嘴，喷着白气，伸出舌头，消乏解渴似的猛舔了一口积雪。

父亲望着两个小家伙，又想到应该看看那封信了，便朝它们走去。小母獒卓嘎警觉地昂起了头，看到父亲的眼光盯在那封信上，就用鼻子碰了碰狼崽的耳朵。父亲相信肯定有一种语言是藏獒和狼通用的，就像世界上的英语，否则狼崽不会立刻叼着信跑起来。小卓嘎追了过去，斜着身子尾随着狼崽，似乎这样就能防范父亲的靠近，保护狼崽嘴上的信。父亲寻思：算了算了，就让它们一直叼着跑下去吧，我就是知道了信的内容又有什么用？反正信又不是写给我的。小卓嘎看到父亲的眼光不再盯着信了，就用牙齿拽了拽狼崽的尾巴。狼崽停止了跑动，和小卓嘎肩并肩地走起来。大灰獒江秋帮穷似乎觉得它们走的路线不对，紧跑了几步，走在了最前面。

一行人走下了鲸鱼似的雪冈，朝着一片廓落异陌的洼地迤逦而去。父亲走在最后面，发现领头的大灰獒江秋帮穷走得一点也不犹豫。心里顿时就十分踏实，天黑前一定能找到獒王冈日森格和领地狗群，或者直接找到多吉来吧。多吉来吧，你在哪里呢？

然而，就像期望总是伴随着失望那样，天黑前他们什么也没有找到，只好不间断地人喊狗叫着，疲惫不堪地在黑暗中前行，当白昼的亮色在一阵嘶鸣的寒风中涌动而来时，洼地已经到了尽头。他们沿着雪坡走到了下午，慢慢进入了十忿怒王地，只见雪浪如海，一片波荡起伏的雪梁、一个血雨腥风的场面赫然出现了。厮杀，谁正在厮杀？

那边是狗群，也是狼群。领地狗群和狼群正在你死我活地厮杀。父亲惊呆了：怎么这么多啊？这么多的狼群，一股，两股，三股……用不着仔细分辨，打眼一瞧，就能清晰地看出这里汇集着好几股狼群。父亲知道，狼是最忌混群的，它们即使同心协力面对一个敌人，狼群和狼群之间也会留下明显的距离，而对冬天的狼群来说，保持狼群与狼群之间的距离，就是避免了失去性命的一半危险。为了杜绝混群，保持此狼群对于彼狼群的绝对独立，狼群很少汇集到一起共同对付领地狗群，但是今天，它们来了，好几股狼群都跑到这里来了，这到底是为什么？

父亲呆愣着，突然听到两百米开外的地方，传来了一阵藏獒的呼唤、哐哐哐的，就像金属的碰撞声，无比坚硬地穿透了逆向的野风。他觉得这声音是熟悉的，熟悉得就像听到了自己的心跳，他朝着呼唤声跑过去，跑了几步就喊起来："冈日森格！冈日森格！"父亲激动着，他身后的大灰獒江秋帮穷也激动着，尤其激动的是小母獒卓嘎：见到阿爸了，终于又见到阿爸了。一股狼群横插过来，挡住了父亲的去路。父亲倏然停下，几乎是本能地回身就跑，跑到了小卓嘎和狼崽跟前，一把抓起一个，搂在了怀里。

冈日森格的呼唤持续不断，父亲再次跑起来，没跑几步，就停下了。他看到由于他和大灰獒江秋帮穷的出现，领地狗群和狼群的厮杀突然止息了，狼群趁机运动着，迅速调整布局，比刚才还要密集地堵挡在了他们前面。父亲转身往回走，发现已经没有了退路，身后和左右两侧到处都是越来越近的狼，而且都是壮狼和大狼。大灰獒江秋帮穷几乎要气疯急疯了，围绕着父亲转了一圈又一圈，声嘶力竭地咆哮着，向着潮水一般涌荡不止的狼群一次次地做出冲锋扑咬的样子，却没有一次真的扑过去。它是富有经验的，它知道狼群希望的就是它扑过去，一旦扑过去，它必须保护的父亲就会被迅速包围，洪水漫流似的狼群会风卷残云一般，眨眼之间把父亲瓜分到肚子里去，瓜分到肚子里的肯定还有小母獒卓嘎，还有浑身都是獒气人味的狼崽，还有它大灰獒江秋帮穷。江秋帮穷用凶极恶甚的姿态震慑着狼群，心里却充满了期待：快来啊，獒王冈日森格快来啊。

父亲定定地看着，发现在他和冈日森格之间，两百多米的地界里，流淌着一片滔滔汩汩的狼群的洪水，冈日森格根本就无法跑过来保护他们，只能送来一阵阵丝毫不起作用的呼唤。父亲感到走过去的希望越来越渺茫，便用绝望和伤心的眼光望着远处的人群和领地狗群,再一次搂紧了怀里的小母獒卓嘎和狼崽,喃喃地说:"冈日森格,你不要过来了,你面前是一片狼海,你跳进去就上不来了。"但在大灰獒江秋帮穷看来,父亲绝望得未免太早了,它比人更了解藏獒,尤其了解獒王冈日森格,冈日森格是可以飞的,只要它愿意,那一身金黄色的毛发就能变成翱翔的翅膀。江秋帮穷继续凶神恶煞地震慑着狼群,继续充满了期待:快来啊,獒王冈日森格快来啊。

4. 暗中出击

这是一场混战,是红额斑头狼的狼群和黑耳朵头狼的狼群对领地狗群的前后夹击,是两股狼群实施的一次最酷虐也最有效的杀伤。本来獒王冈日森格想带着领地狗群冲进红额斑头狼的狼群,就像冲进上阿妈狼群那样,利用狼群对狼群的戒备,求得一个生存的机会。但是红额斑头狼显然不仅是勇猛的,也是聪明的,领地狗群只要冲过去,它就指挥自己的狼群朝一个方向散开,根本就拒绝把你包围起来。冈日森格只好放弃红额斑头狼的狼群,带着领地狗群转身朝向黑耳朵头狼的狼群。

但领地狗群还是不能冲到狼群中间去,黑耳朵头狼大概已经观察到了上阿妈狼群的失误,召集狼群中所有的壮狼和大狼,肩并肩地排列成三层,挺立在领地狗群的面前。这是一个既能进攻又能防守的狼阵,冈日森格和大力王徒钦甲保轮番试了几次，又联手试了几次，最后伙同所有的领地狗试了几次，都无法撕开一道口子，太坚固了，对在连续奔跑和残酷打斗中备受伤痕、备受乏累之困的领地狗群来说，这样的堵挡几乎就是铜墙铁壁。

就在獒王冈日森格因无力冲进狼群而懊恼不已的时候，狼群的夹击开始了，先是红额斑狼群从后面的撕咬，领地狗群回过头去正要反击，黑耳朵狼群的进攻突然打响。

狼太多太多，漫山遍野，一望无际，藏獒太少太少，少得似乎都不够狼们分配的。狼跳着，藏獒扑着，双方的攻击都显得狂暴有力，不是狼死，就是獒伤，惨叫声此起彼伏，是狼的，也是藏獒的，一个个倒下了，比赛似的倒下了，只要狼倒下一匹，紧跟着藏獒就会倒下一只。好在所有的狼不可能一起扑上来，即使它们一个挨着一个，能进行有效攻击的，也只是靠近领地狗群的一部分。

獒王冈日森格又扑又跳地厮打了一阵后，及时让领地狗群围成了团。大家屁股向里头向外，结实牢靠地挤在一起，节省着力气，不再主动进攻，也不再威胁恫吓，更不再随便躲闪，只要狼扑过来，它们就让狼牙咬住自己，狼牙一咬住，狼就不会后退了，这时候獒嘴一张，一牙封喉。但这样的抗击几乎等于自杀，转眼之间，所有的藏獒血流如注。就在这个时候，獒王冈日森格闻到了也看到了恩人汉扎西。它用一种金属碰撞似的声音"哐哐哐"地叫着，只叫了几声，就听到了汉扎西的回应，就发现和汉扎西在一起的，还有大灰獒江秋帮穷，还有自己的孩子小母獒卓嘎。它激动了，真想飞起来，越过狼群的头顶，到达恩人汉扎西身边。但是不行，面前的狼群密集如云，一层一层地延伸着，每一层都是一个深不可测的渊薮，再说它已是遍体鳞伤，疲乏至极，应付面前狼群的进攻，不至于让自己立刻死掉，就已经勉为其难了。它痛苦到极点，内心不断增生的焦急和凄惨几乎要把它吃掉，自责的潮水奔腾而来：毕生以保护别人为天职的獒王啊，你现在除了保住自己之外还能干什么？死掉吧，死掉吧，既然你连你的恩人都不能保护，那就赶快死掉吧。

父亲后来说，他之所以没有立刻被狼群吞掉，肯定是因为大灰獒江秋帮穷的存在。江秋帮穷一直用吼叫凶神恶煞地震慑着狼群。

多猕狼群已是一股没有头狼指挥的狼群了。头狼就在斜前方，这个爱美人胜过爱江山的头狼本来打算带着尖嘴母狼朝北跑去，看到父亲和大灰獒江秋帮穷后，就不敢往那边去了。它满脸狐疑地停留了一会儿，然后带着尖嘴母狼，绕过自己的狼群，往回跑去。担忧着埋伏、畏惧着江秋帮穷的狼群立刻跟了过去，一方面是逃跑，一方面是追逐：该死的上阿妈狼群的母狼，你永远别想成为多猕狼群的母狼。

父亲的眼前，大灰獒江秋帮穷的眼前，突然出现了一片空地，狼群河水一样流淌着，须臾离去了。父亲怀抱着小母獒卓嘎和狼崽，吆喝着大灰獒江秋帮穷，急步朝前走去，想尽快缩短他们和獒王冈日森格之间的距离，却没有想到，这一走就从几股狼群共同围剿领地狗群的边缘，走向了围剿的中心，走向了所有狼群都可以攻击的地方。更糟糕的是，他们的身后，突然冒出了另一股狼群，截断了他们的退路，那就是曾在鲸鱼似的雪冈上拦截过他们而没有得逞的断尾头狼的狼群，原来这股狼群一直跟踪着他们。

父亲和大灰獒江秋帮穷都意识到了身后的危险，停下来张望着。狼群靠近得很快，断尾头狼跑在最前面，好像都有点来不及了，食物就在眼前，要是它们不吃，别的狼群顷刻之间就会一扫而空。大灰獒江秋帮穷大声吼叫着，扑了过去，又害怕父亲遭到其他狼群的攻击，赶紧折了回来。而断尾头狼误以为这是藏獒的胆怯，更加放肆地咆哮着：冲啊，冲啊。狼群的奔扑峻急如山洪，呼啦啦地压过来。

父亲浑身抖了一下，摩挲着怀里的小母獒卓嘎和狼崽，心说这就是命啊，我们就是被狼吃掉的命，不是被这群狼吃掉，就是被那群狼吃掉。他用一只胳膊搂住两个小家伙，腾出一只手，从依然飘摇在胸前的黄色经幡上撕下一绺来，朝着狼群扔了过去，喊道："我要念经啦……"那一绺经幡随风而逝，仿佛听了父亲的话，代替父亲到狼群那里念经去了。父亲拍了拍大灰獒江秋帮穷的头说："别管我了，你自己走吧，你能冲出去的，去找你的獒王冈日森格。"

大灰獒江秋帮穷当然不会听父亲的，它围绕着父亲转来转去，突然冲向了断尾头狼。断尾头狼停下了，整个狼群都停下了，就停了一会儿，还没来得及和江秋帮穷交锋，就转身往回跑去。怎么了？

断尾头狼吃惊地发现，就在它们跟踪父亲和大灰獒江秋帮穷的时候，那只脊背漆黑如墨、前胸火红如燃的穷凶极恶的藏獒，那个在寄宿学校的厮打中死而复生的名叫多吉来吧的饮血王党项罗刹，也一直跟踪着它们。断尾头狼立刻意识到，这只藏獒是在保护前面的人，只要狼群威胁到那个人，它就会从隐藏很深的地方冒出来，让你背后受敌，让你在丢下几具狼尸之后失去咬死那个人的机会。但要是你调动兵力，全力以赴对付它，它又会迅速离开，继续隐身在谁也看不见的地方，悄悄地鬼蜮一样跟着你，可怕地监视着你的一举一动。很快，多吉来吧又不见了，狼群后面出现了两具狼尸，都是一口毙命的。断尾头狼愤怒地嗥叫着，好像是说：你出来，你出来，有本事你出来。嗥叫了一会儿，突然意识到这样是没用的，转身就跑，边跑边招呼自己的部属：追啊，追啊，报复的机会又来了，我们不能轻易放弃那个人。

父亲看着再次追过来的狼群，对大灰獒江秋帮穷说："怎么回事儿，狼群来了又走了，走了又来了？"江秋帮穷知道父亲在问什么，可就是解释不清楚，冲着断尾头狼的狼群高高低低地叫起来。父亲说："别叫了，我们只能往前走，退回去和停下来都是不可能的。"父亲壮着胆子，朝獒王冈日森格走去，好像一点都不在乎后面的追兵，也不在乎他们和冈日森格之间拥堵着多少随时可能吃掉他们的狼。

第十六章
Chapter 16

獒王的哭泣

1. 獒王救母狼

对尖嘴母狼顷刻就会一命呜呼的担忧，让多猕头狼有点晕头转向，它带着母狼拼命奔驰，见空就钻，见路就跑，跑着跑着，猛抬头发现它们已经来到了黑耳朵狼群的边缘，赶紧扭身离开，没跑多远又发现它们差一点闯进红额斑头狼的狼群，眼看几只大狼就要扑过来撕咬，立马掉转身子，抱头鼠窜。左也不能，右也不能，后面又有追撵而来的多猕狼群，那就只能往前跑了。但往前跑同样是不能的，等它们不得不停下来，吃惊地看着阻挡在面前的那堵墙时，才明白它们居然来到了领地狗群的面前，冈日森格就在离它们五步远的地方。

多猕头狼愣住了，一时间不知如何是好，它身边的尖嘴母狼似乎反应比它快，掉头就跑，跑了两步就发现已经来不及了。多猕狼群排成半圆的阵势朝它们包抄过来，跑在最前面的全是母狼。尖嘴母狼吓得浑身一抖，惊嗥着后退几步，靠在了多猕头狼身上。那些妒火中烧的母狼直扑尖嘴母狼，七八张大嘴同时咬住了这个陷入危机中的头狼的情人。尖嘴母狼无奈地惨叫着，多猕头狼更加无奈地惨叫着。

但是尖嘴母狼和多猕头狼万万没想到，对生命来说，想拥有的不一定拥有，想放弃的未必就能放弃，死亡和割爱并不在这一刻，帮忙的出现了，居然是獒王冈日森格。冈日森格也许是出于自己对这匹母狼的同情，就像要去援救自己的兄弟姐妹那样，自然而然地扑了过去。

没有哪匹狼敢于反抗这个冒着生命危险援救一匹母狼的獒王，它们都傻了，远远近近的狼都傻了，傻呆呆地看着獒王冈日森格连吼带咬地把尖嘴母狼从七八张血盆大口中解救了出来。

獒王冈日森格回到了领地狗群中，就像根本没有救过母狼似的，敌意而警觉地望着面前所有的狼。它和它的领地狗群依然需要结实牢靠地挤在一起，尽量节省力气，等着狼扑过来咬住自己后，再实施杀戮。但是狼没有扑过来，所有看到了獒王救母狼这一幕的狼都没有扑过来。暂时的平静中，尖嘴母狼坐了起来，它惧怕而感激地看了一眼獒王，又仇恨而怨愤地看了一眼多猕狼群，知道那些天性嫉妒的多猕母狼决不会放过它，而它也不可能每一次都得到獒王的援救，便用尖嘴给多猕头狼示意了一下，跳起来就跑。多猕头狼毫不犹疑地追随而去，它再也不是多猕狼群的头狼了。

大概是慑于獒王冈日森格的威力吧，多猕狼群没有再去追杀尖嘴母狼,它们直勾勾地望着獒王,好一会儿才离开,离开的时候好像突然受到了惊吓,几乎是整齐划一地扭转了身子,在红额斑狼群和黑耳朵狼群组成的凶险难测的夹道中,夺路而去。

父亲走来了,多猕狼群对尖嘴母狼的追逐,等于给父亲和大灰獒江秋帮穷开通了一条通往獒王冈日森格的路。堵挡在前面两侧的红额斑狼群和黑耳朵狼群都以为,让多猕狼群去冲撞一下余勇可贾的领地狗群,当然是再好不过了。它们谨防着混群,以夹道欢迎的姿态允许多猕狼群通过,却没有想到紧接着发生了一连串令它们吃惊的事情:先是吃惊于多猕母狼对上阿妈尖嘴母狼的撕咬以及多猕头狼的袒护,再吃惊于獒王对尖嘴母狼的援救,接着又吃惊于跟在多猕狼群后面的父亲和大灰獒江秋帮穷会以最快的速度,穿越所有狼群都可以攻击的高危地带,走向了领地狗群,最后吃惊于风一样从父亲和江秋帮穷后面飘然而来了另一股狼群。

红额斑狼群和黑耳朵狼群都认识这股狼群,这股狼群就是几天前跟它们一起围剿过寄宿学校、咬死过十个孩子,然后又一起逃往屋脊宝瓶沟的断尾头狼的狼群。它们怎么来了?红额斑头狼和黑耳朵头狼都呜嗷呜嗷地嗥叫起来,明显表示出了对断尾头狼的狼群的愤怒和不满。这时领地狗群也看到了断尾头狼和它的狼群,显得异常平静,很无所谓的样子。对领地狗群来说,狼已经多得数不过来了,再多一群又有什么要紧?反正是一场力量悬殊的对抗,归根结底都是死,死在哪群狼的嘴下都一样。更何况父亲来了,值得庆祝的时刻到了，暂时也就顾不上狼了。

在见到恩人汉扎西的一刻，獒王冈日森格跳起来扑了过去，激动让它觉得它再也不需要节省力气，它已经有力气了，它的力气足以把父亲扑倒，而且还一口咬住了父亲的脖子。当然这是游戏，是感情浓烈到无以言表的流露。它旋即跳开，惊喜地看着站在二十步开外的大灰獒江秋帮穷，叫了一声，好像是说：过来呀。大灰獒江秋帮穷没有过去，它看到除了獒王没有哪只领地狗理睬它，就又一次意识到了作为败军之将的悲哀，它低低地叫着，像是说：獒王，我已经无脸见人哪，我辜负了你的期望，我让领地狗群打了败仗，我就不过去了，我就待在这里吧。

大力王徒钦甲保恶狠狠地叫起来，它永远忘不了江秋帮穷带给领地狗群的耻辱，永远都无法改变它对给集体带来灾难的无能的领导者的鄙视。它用吼叫驱赶着江秋帮穷：你滚吧，滚到远远的地方去，你怎么又回来了？江秋帮穷没有滚，摇晃着尾巴，似乎在乞求大力王徒钦甲保，也乞求獒王冈日森格：不要啊，不要让我滚，我离不开领地狗群，我已经离开你们很久很久，好不容易回来了，现在就是死也要跟你们死在一起。冈日森格走向了大灰獒江秋帮穷，想给它一些安慰，突然看到了从父亲怀里蹿出来的小母獒卓嘎和狼崽，顿时就被吸引住了。

2. 永远的大力王神

依然叼着那封信的小母獒卓嘎撒娇地扑向了阿爸，狠狠地在阿爸腿上撞了一下，好像是说：阿爸呀阿爸，你怎么不管我了？阿妈呢？阿妈到哪里去了，它怎么不在你身边？冈日森格温情地伸出大舌头，使劲舔了舔小卓嘎，然后就奇怪地盯上了狼崽。父亲赶紧从地上爬起来，指着趴在地上发抖的狼崽说："你可不要伤害它。"冈日森格摇了摇头，它的摇头就是点头，意思是说：不会的。然后就像舔小卓嘎那样，使劲舔了一下狼崽。

狼崽吓坏了，它从来没见过、更没有如此贴近地接触过这么多威风凛凛的天敌，它站起来就跑，跑到了小母獒卓嘎身边。小卓嘎便用肩膀撞了一下狼崽，然后就跑。它想重现它们一路走来时互相追逐着嬉戏玩耍的情形，以此消除大家对狼崽的疑虑。

大力王徒钦甲保首先发怒了，冲着狼崽大吼一声。狼崽跑得更快了，它必须挨着小母獒卓嘎，挨着是安全的，离开就是危险的。徒钦甲保哪能允许狼在它面前如此放肆地欺负一只小母獒？它轻蔑地哼了一声，横扑过去，咬住了狼崽。完了，狼崽完了。獒王冈日森格知道大力王徒钦甲保的大嘴只要轻轻一合，狼崽就会断成三截，它顾不上喊叫一声，纵身一跳，风卷而去。只听轰然一响，徒钦甲保被撞倒在地。冈日森格一只前爪摁住徒钦甲保的大吊嘴，一只前爪踩住它的脖子，迫使它松开牙齿，让狼崽从嘴边滑了下来。还好，只是有伤，而没有被牙刀拦腰割断，狼崽跑开了。

徒钦甲保没有起来，它已是伤痕累累、精疲力竭，被獒王猛力一撞，只觉得头晕腰疼、眼花耳鸣，似乎再也站不起来了。小母獒卓嘎扑了过来，想咬大力王徒钦甲保一口，意识到自己还叼着那封信，就用头在徒钦甲保脸上又撞又顶，似乎是埋怨徒钦甲保叔叔欺负它的朋友。徒钦甲保委屈地流着泪，用虚弱得连不起来的声音哀哀地叫着：对不起了小卓嘎，我真笨啊，没看出它是你的朋友，我以为它是要咬你的。这时突然听到狼崽一声惊叫，所有的领地狗都朝惊叫的地方望去。

跑开去的狼崽再也不敢靠近领地狗群了，但它又知道狼群也是充满了险恶的，就只好在领地狗群和狼群之间的空地上来回跑着，跑着跑着，就看到了断尾头狼。它惊叫一声，戛然止步，愣怔了片刻，扑通一声瘫软在地上，闭上了眼睛，等待着死亡。跳过来的断尾头狼似乎希望狼崽睁开眼睛，看到自己被咬死的情形，便戏弄地用嘴拨拉着，让狼崽来回打着滚，直到狼崽睁开眼睛流出了因恐怖而带血的眼泪。断尾头狼咆哮起来，然后一口咬住了狼崽。

獒王冈日森格发怒了，它跳起来就要扑过去，发现堵挡在前面两侧的红额斑狼群和黑耳朵狼群也都朝这边看着，兴奋得你拥我挤，便停了下来。它担心两股狼群会趁机扑过来，就转身把恩人汉扎西用头顶到了领地狗群的中央，再想着要去营救狼崽时，不禁大惊失色，它看到被断尾头狼咬住的，已不是狼崽，而是大力王徒钦甲保了。

谁也没有留意徒钦甲保，它居然站了起来，它在生死线上已经奔驰得太久太久，身心早已虚脱，加上獒王的猛力一撞，差不多就要死了，但它还是站了起来。它拖起沉重的身子扑了过去，这是它生命中的最后一扑，它扑翻了正准备咬死狼崽的断尾头狼，自己也轰然倒在了地上。

狼崽又一次脱险了，它从断尾头狼的牙齿之间掉下来，掉到了几乎和大力王徒钦甲保同时扑过来救它的小母獒卓嘎身上。狼崽尖叫着，一看是小卓嘎，顿时就闭嘴了。它站起来，求生似的靠上了小母獒卓嘎。小卓嘎朝领地狗群走去，狼崽跌跌撞撞地跟了过去。

被扑翻的断尾头狼很快站了起来，看到大力王徒钦甲保趴在地上，满嘴流血，就知道这只藏獒已经累得内脏喷血，再也没有打斗能力了。它扑过去，一口咬住了徒钦甲保的脖子。徒钦甲保浑身抽搐了一下，心有不甘地睁着眼睛，一直睁着眼睛，死了。等獒王冈日森格扑过去救它时，它的最后一缕气息已经被断尾头狼吸进了肚子。父亲看到，黑色的铜铸铁浇般的徒钦甲保，即使倒下，也保持着大力王神的风度，神情刚正威武，浑身黑光闪亮，在一地缟素的白雪中，耀出了半天的肃穆和骄傲。

断尾头狼扭身就跑，獒王冈日森格没有追，它趴在大力王徒钦甲保身上，呵呵呵地叫着，好像有无尽的感情需要抒发。父亲就站在冈日森格身边，呆痴地听着那如泣如诉的哭声，揣度着獒王的意思。父亲后来说，獒王的意思应该是这样的："徒钦甲保啊，你原谅我，是我让你戴罪立功的，我知道你会把自己拼死，早就知道啊，徒钦甲保。我不该一头撞倒你，你受委屈了呀徒钦甲保。徒钦甲保你原谅我，是我把你和你的妻子还有你的孩子分开的，我知道黑雪莲穆穆和小公獒摄命霹雳王也是好样的，它们要是来到了这里，也会跟你一起拼命一起去死，我不想让它们死，它们一个是母的，一个是小的，不能跟你一起死啊。"獒王冈日森格这个时候还不知道，大力王徒钦甲保的妻子和孩子已经死了，黑雪莲穆穆和小公獒摄命霹雳王已经在营救牧民的过程中以身殉职了。

　　所有的藏獒都跟着獒王冈日森格哭起来，它们不顾红额斑狼群和黑耳朵狼群的窥伺，不顾断尾头狼的狼群的觊觎，只让悲酸的泪水汹涌地糊住了眼睛，然后在无限迷茫的哀痛中失声地哑叫着。一个机会出现了，对所有的狼群来说，这都是一个难得的机会，它们可以扑向领地狗群，扑向它们恨之入骨、畏之如虎的獒王冈日森格，咬死它，咬死它们，一鼓作气全部咬死它们。但是狼群没有这样做，红额斑头狼呜呜地叫着，它的狼群也跟着它呜呜地叫着，好像是庆祝，更像是伤心，藏獒死了，狼们为什么要伤心？黑耳朵头狼和它的狼群丫杈着耳朵，谛听着藏獒的哭声凝然不动，似乎一个个都成了出土的狼俑。

　　断尾头狼不远不近地看着，它有些得意，毕竟这只雄壮的黑色藏獒是它咬死的，但它却再也没有勇气怂恿自己的狼群扑过去扩大战果。它当然一如既往地仇视着藏獒，也仇视着差点就要吞到肚子里去的狼崽，但有一个问题不期然而然地纠缠着它，让它不得不去收敛自己的残暴和强烈的复仇心理：藏獒居然也会营救狼崽，居然会为了营救狼崽而付出生命，为什么？

　　就在这时，一直和领地狗群保持着二十步距离的大灰獒江秋帮穷扑了过去，扑向了断尾头狼。它是要为大力王徒钦甲保报仇的，在它看来，它离断尾头狼最近，报仇的任务就只能由它来担当了，它忘了大力王徒钦甲保曾经那么轻蔑地对待过它，忘了就是这个徒钦甲保首先发难把它撵出了领地狗群，它只有一个意念：眼看着徒钦甲保被断尾头狼咬死而无所作为，那就是天大的耻辱。断尾头狼好像早有准备，没等大灰獒江秋帮穷跑到跟前，尖嗥一声，撒腿就跑。它的狼群跟上了它，转眼就把它裹到中间保护起来了。江秋帮穷紧追不舍，边追边咬，试图咬开所有阻挡它追上断尾头狼的狼。狼们纷纷让开，让出了一条通往狼群中心的通道。大灰獒江秋帮穷不顾一切地直插进去，通道转眼就被狼群从后面封死了。

獒王冈日森格远远地看着，叫了一声不好，打起精神就追，领地狗群呼啦啦地跟上了它，依然叼着那封信的小母獒卓嘎、跟着小卓嘎寸步不离的狼崽，还有父亲，也都跟着跑起来。

3. 再见了，小卓嘎

堵挡在前面两侧的红额斑狼群和黑耳朵狼群，给断尾头狼的狼群让开了路，也给领地狗群让开了路。十忿怒王地上，几股狼群共同围剿领地狗群的局面，突然演变成了领地狗群对一股狼群的追逐。而在三百米开外的一片积雪匀净的平地上，已经失去了头狼的上阿妈狼群，正在吆三喝四地运动着，它们走向了十忿怒王地的制高点，目标已经不是领地狗群，而是人群了。

人群正在从制高点的雪梁上走下来。他们看到领地狗群和狼群的对抗久拖不决,觉得已是黄昏,寒夜就要来临,再这样下去人和狗肯定都要吃大亏,便打算过来支援领地狗群,即使帮不了什么忙,也可以跟领地狗群待在一起互相壮胆。但是他们想不到,刚沿着雪梁的陡坡滑入平地,就碰到了上阿妈狼群。人们停下了。铁棒喇嘛藏扎西跑到前面,探动着铁棒威胁着狼群:"你们不要过来,过来我就打死你们。"上阿妈狼群不动了,互相观望着,好像不知道怎么办好,没有了头狼也就没有了命令,而狼群是习惯于有命令的。这时它们发现同样失去了头狼的多猕狼群,也朝着这边走来,从另一个方向堵住了人。多猕狼群很快停下了,和人的距离跟上阿妈狼群差不多,这就是说,它们不想靠近了冒险,也不想落后了吃亏。铁棒喇嘛又开始威胁:"打死你们,打死你们,敢过来我就打死你们。"

大概就是铁棒喇嘛的喊声引起了红额斑头狼和黑耳朵头狼的注意,它们远远地看了几眼,马上意识到自己应该怎么办。它们已经给断尾头狼的狼群让开了路,也给领地狗群让开了路,这就等于把最危险最难对付的存在,移交给了断尾头狼的狼群,而它们却可以像上阿妈狼群和多猕狼群那样,直扑垂涎了许久、追逐了许久的懦弱的人群。红额斑狼群和黑耳朵狼群跑起来,迅速来到了制高点下面的平地上,肆无忌惮地挤对着没有了头狼的上阿妈狼群和多猕狼群,给自己挤出了一片能攻能守、能扑能逃的宽敞之地,然后用贪婪而险恶的眼光,一个个打量着这些暂时还能用两条腿走路的鲜美的食物。眼看狼越来越多，藏扎西有点泄气了，收起铁棒说："狼怎么这么多啊。"

人们下意识地朝后退去，退了几步就发现已经没有退路了，他们为了迅速靠近领地狗群，选择了最近的也是最陡的一面雪坡，这面雪坡溜下来容易，爬上去就难了，一面三米高的冰壁斜立在身后，人必须攀上冰壁，才能沿着来时的路回到十忿怒王地的制高点。大家面面相觑，都用眼睛询问着对方：我们应该怎么办？丹增活佛平静地望着大家说："是我带头溜下来的，你们知道我为什么要溜下来吗？"大家一脸茫然。丹增活佛说："你们回头往上看，看了你们就知道了。"大家回过头去，不禁异口同声地惊叫起来："啊？"

大灰獒江秋帮穷插进狼群后跑了一会儿，才意识到自己已经陷入重围，它不仅不能咬死断尾头狼，反而很可能会被群狼咬死。它倏然停下，扑咬着那些拦路的壮狼和大狼，朝着獒王冈日森格吼叫的地方突围而去。一阵震天撼地的厮杀，从狼群的中心和狼群的边沿同时开始，搅得积雪升天，乌云铺地，狼尸横陈着，獒尸同样横陈着。

在数量上占绝对优势的狼群突然从两个方向来了一个回旋，把父亲和他怀里的小母獒卓嘎以及狼崽裹进了狼群。眨眼之间父亲和大灰獒江秋帮穷同样危险了。而獒王冈日森格和领地狗群不要命的厮杀，只能更多地让狼死伤，却无法攻破坚固而有序的狼阵。大灰獒江秋帮穷奋力来到了父亲身边，它已经放弃突围，把撕咬的目的锁定在了保护父亲上。与此同时，獒王冈日森格把最强悍的几只藏獒集中在了自己身边，正在杀出一条通往父亲和大灰獒江秋帮穷的血路。

就在这时，狼群的前边，那个不受藏獒攻击、薄弱得只有老狼和弱狼的地方，几乎是晴天霹雳般地冒出了一个一直跟踪监视着断尾头狼的狼群的恶魔。所有的狼都认识它，它就是那只脊背漆黑如墨、前胸火红如燃的穷凶极恶的藏獒，那个在寄宿学校的撕打中死而复生的名叫多吉来吧的饮血王党项罗刹。它是父亲的狗，只要父亲一遇到危险，它立刻就会出现。如同遭受了天兽的打击，那些老狼和弱狼争着抢着躺下了，仿佛死亡是一件值得争抢的事儿。断尾头狼紧急发出了一声尖厉如箭的嗥叫，这是逃跑的信号，狼群丢开几乎就要毙命的大灰獒江秋帮穷和父亲，纷纷转身，夺路而去。

父亲以及他怀里的小母獒卓嘎和狼崽回到了獒王冈日森格身边，大灰獒江秋帮穷也回到了安全的地方。冈日森格在他们身上闻着看着，没发现致命的创伤，就安慰地舔了舔他们，然后带着领地狗群追撵断尾头狼的狼群去了。它倒不是非要追上狼群，而是想看到多吉来吧，它已经闻出多吉来吧的味道了，而且感觉到断尾头狼的狼群走到哪里，多吉来吧就会跟到哪里。但是直到追撵着断尾头狼的狼群来到十忿怒王地的制高点，獒王冈日森格也没有看到多吉来吧。多吉来吧又一次消隐而去，不知道它是用什么办法把自己藏起来的，身影和味道一瞬间都没有了。

在异口同声的惊叫声中，人们看到，白昼渐逝的天色里，十忿怒正地的制高点上,那峭然挺起的雪梁顶端,已是狼影幢幢了。对人来说,那是更大的危险,你一旦上去,占领了制高点的断尾头狼的狼群很可能会俯冲而下,你也就很可能会顺着雪坡滚下来,滚下来就是死,不等狼咬死你,你就已经摔死了。丹增活佛说:"你们看见了狼,你们再看看,还有什么?"没等丹增活佛说完,大家都已经看到了:在坡度稍缓的雪梁南边,獒王冈日森格带着领地狗群正从缓坡上下来,慢腾腾地走向平地,走到这边来了。

　　朝着人群包围过去的几股狼群同时停了下来,紧张地望着领地狗群。离领地狗群最近的是红额斑头狼的狼群,狼群的一角正好横挡在领地狗和人群之间,红额斑头狼从靠近人群的这边蹦跳过去,站在了迎击领地狗群的最前面。獒王冈日森格似乎并不想招惹狼群,在五十步远的地方拐了弯,绕开狼群走了过来。它身后的领地狗们一个个都是怒发冲冠、瞋目而视的样子,但都紧跟獒王拐了弯,没有一个违背獒王的意志扑过来和狼厮打。

　　这时梅朵拉姆喊起来:"谁啊?那是谁啊?"人们这才看到,在黄昏接近尾声的朦胧里,领地狗群的中间居然还有一个人。班玛多吉主任往前跨了几步,又跨了几步,眯起眼睛看了半晌,才看清那人是谁,不禁吃惊地喊起来:"汉扎西,汉扎西,汉扎西是你吗?你怎么到这个地方来了?"班玛多吉的喊声引起了父亲的注意,也引起了所有领地狗的注意,其中一只领地狗是尤其注意的,那就是嘴上一直叼着那封信的小母獒卓嘎。

小母獒卓嘎刚刚被抱累了的父亲放到地上，听到喊声，突然跳起来，蹦到了领地狗群的前面，激动地冲着班玛多吉主任叫了一声，一叫信就掉到地上了，赶紧又叼起来，唰唰唰地使劲摇着尾巴。它太激动了，它这一路闯荡而来，不就是为了把这封信交给班玛多吉主任吗？小母獒卓嘎跑起来，它心里只有关于信的使命，眼睛里只有班玛多吉主任，它没有听懂阿爸冈日森格的吼叫和父亲的声音："回来，回来。"也没有注意到狼群的位置只允许它绕着弯儿奔跑，不允许它直线而去。它还是个孩子，想不了那么周全，就觉得阿爸正在鼓励它，所有的人都在赞赏它，它就应该以最快的速度、最直接的路线跑向信的主人、荣耀的主人班玛多吉。

　　狼群紧张地骚动起来，它们并不知道小母獒卓嘎不过是要擦过狼群的边沿，直达对面的人群，以为它是来撕开狼阵、冲进狼群的。真是初生牛犊不怕虎啊，这么一个小不点就敢于如此放肆地挑战狼群。红额斑头狼咆哮了一声，纵身跳向了小母獒卓嘎必然经过的地方，脚刚刚站稳，小卓嘎便飞奔而来。只听砰然一声碰撞，积雪哗地扬起来，掩埋了被撞翻在地的小卓嘎。小卓嘎想站起来，但是没有奏效，一只狼爪用力踩住了它柔软的肚子，一对狼牙奋然咬向了它还没有长粗的嫩脖子。信还在嘴上，小母獒卓嘎到死也没有松开叼着那封信的嘴。信是不能丢的，它要把信送给班玛多吉主任。它到死都想的是把信送给信的主人。

　　小母獒卓嘎不动了。鲜血转眼染红了信，谁也不知道哪是一封什么信，如果小卓嘎认识字，它会发现信封上写的并不是"班玛多吉收"而是"麦书记亲启"。当然如果它把信送给班玛多吉主任,也算送到了,班玛多吉一定会转交给麦书记,也一定会代替麦书记好好奖励它,毕竟班玛多吉主任是了解藏獒的,知道奖励小母獒卓嘎完成使命以及让它感到幸福和荣耀是多么的重要。一切都成了未知数,等到獒王冈日森格奔扑过来,营救自己的孩子,抢夺那封信时,信已经被红额斑头狼吞进了喉咙。奇怪的是,红额斑头狼只吞掉了信。而没有吞掉小母獒卓嘎,小卓嘎的尸体被一匹母狼叼进了狼群的中央,和另外几匹母狼一起,迅速地瓜分干净了。

獒王冈日森格怒气冲天,却无法冲进密集的狼群,夺回自己的孩子,只能一口咬住来不及逃走的红额斑头狼的喉咙。我们谁都知道红额斑头狼是必死无疑了,生怕厄运降临到自己身上,纷纷朝后退去,狼阵立刻乱了。领地狗群全部跑了过来,一个个带着切齿的痛恨扑向了狼群。父亲就像一只藏獒一样,来到了狼群的边沿,忽得又跳又喊:"小卓嘎,小卓嘎。"他脚边的狼崽也知道小母獒卓嘎已经被狼吃掉,自己已经没有依靠了,悲哀地哭起来。父亲爱怜地抱起了狼崽,好像这样心里就好受一些,毕竟狼崽是小母獒卓嘎的朋友,毕竟他在抱着小卓嘎的时候也抱着狼崽。

獒王冈日森格用一只爪子摁住红额斑头狼,牙齿离开了对方的喉咙,抬起头,悲痛地号哭着,泪水泉涌而出。片刻,它吼起来,是那种只属于獒王的威严而刚毅的吼叫,扑向狼群的领地狗们顿时停止了厮打,很快回到了獒王身边。獒王冈日森格看着自己听话的部属,想到刚才小母獒卓嘎还在它们中间蹦来跳去，禁不住又一次流下了两股悲酸哀戚的眼泪，眼泪还没有流尽，它就毅然放开了红额斑头狼。冈日森格冲着红额斑头狼严厉地叫着，好像是说：这是第三次，我放了你一马，你要记住，第一次是在屋脊宝瓶沟的沟口，第二次是在十忿怒王地的西边，第三次就是在这里，十忿怒王地制高点的下面。叫了几声，它就掉转身子，把深仇大恨掩埋在心里，带着哀哀不绝的哭声离去了。领地狗们跟上了自己的獒王，也和獒王一样悲愤地哭着叫着，却没有一只藏獒扑过去咬死红额斑头狼。大家都领会獒王冈日森格的意思：现在不是增加仇恨的时候，领地狗群在狼群这里引发的仇恨，必然会被狼群报复在人身上，而现在保护人是最最重要的。

父亲是最后一个离开的，他真想走到狼群里去，再找一找小母獒卓嘎，他不相信它死了，绝对不相信它死了。他哭着，悲痛欲绝地说："小卓嘎是我的恩人哪，你救过我的命，我说了我也希望救你一次命，可是我没有做到，我眼看着狼群撕碎了你，却没有扑过去把你救出来，我太无能了小卓嘎。"父亲滚烫的泪水滴落在怀中的狼崽身上，狼崽紧张而好奇地仰视着他。

红额斑头狼翻身站起，惊悸地望着獒王冈日森格和领地狗群离去的背影，半晌才回过神来：我都咬死了獒王的孩子，獒王怎么没有咬死我呀？三次都是这样，在可以要我的命的时候，獒王又放过了我，为什么？红额斑头狼感觉喉咙痛痛的，摇了摇头颅，知道不过是一点皮外伤，庆幸地长出一口气，赶紧回到了狼群里。

4. 回来吧，多吉来吧

在獒王冈日森格的带领下，领地狗群和父亲走向了雪原的暮色里影影绰绰的人群中。会合的一瞬间，人和藏獒都无法清晰地看到对方的表情，但声音代表了一切，所有的人都不止一次地呼喊着獒王和领地狗群中其他藏獒的名字。有些名字是再也听不到回音了，因为它们已经远远地离开人间世界，所有来到十忿怒王地的小喽啰藏狗全都战死了，许多健壮如牛的藏獒也已经战死了。藏獒和人都哭起来，那哭声竟然是一样的：人的哭声像藏獒的，藏獒的哭声像人的。他们哭着，互相拥抱在一起，连矜持的丹增活佛，连曾经怕狗的麦书记，也和藏獒紧紧地拥抱在一起。梅朵拉姆更是哭着拥抱了每一只藏獒，最后她抱住了獒王冈日森格，埋怨地说："你怎么才来啊，齐美管家被狼咬死了你知道吗？"冈日森格听懂了她的话，自责地垂下了硕大的獒头。其实梅朵拉姆也不是真心埋怨，已经非常不容易了，在大雪灾的时刻，在狼群泛滥、危机四伏的十忿怒王地，人和藏獒互相牵挂着，居然坚持到了现在。现在天黑了，没有星星的夜晚降临了，人和藏獒就更需要相依为命地厮守在一起了。

只有大灰獒江秋帮穷没有过来和人拥抱，它站在离人群和领地狗群二十步远的黑暗里，羞愧得都不敢朝这边看一眼。领地狗群能看见它却不想理睬它。只有獒王冈日森格时不时地用眼睛关照着它，很想过去安慰安慰它，又觉得现在情势危急，不是温情脉脉的时候，就转头不再看它了。

和大灰獒江秋帮穷同样被冷落的还有父亲。跟他主动打招呼的除了麦书记、班玛多吉主任和梅朵拉姆，再就没有人了，连关系一向亲密的铁棒喇嘛藏扎西和藏医喇嘛尕宇陀也不想跟他说话了。

夜色中的狼群突然动荡起来，眼睛的光亮朝前飘移着，明显地靠近了，密集了。藏獒们叫起来，威胁着狼群不要有任何狂妄之举。人们瞪视着前面，紧张得忘记了呼吸。父亲悄悄地离开了人群和领地狗群，沿着十忿怒王地制高点的山脚，一条暂时还没有狼群的通道，走了过去。他知道离开人群是危险的，但他觉得比起自己带给大家的恐惧来，任何危险都不应该成为他留存此地的理由。他必须尽快找到多吉来吧，一旦找到，就有理由说服所有的牧民，说服那些失去了孩子的家长，也说服作为寺院住持的丹增活佛：你们看，神已经原谅汉扎西了，他不能走。他也不想让人们看到他怀里还有一匹狼崽，狼崽会成为新的证据，证明他是护狼神瓦恰的化身。

狼崽更不想让别人知道它的存在，一声不吭，连呼吸都很小心。这会儿，它看到父亲离开了人群，不禁睁大了眼睛，吱吱地叫起来，然后放松地抖了抖浑身的毛，不安分地扭动着身子。父亲知道狼崽想下来，就把它放到了地上。它朝远处跑去，跑远了又停下来等着父亲，等父亲走近了，它又开始跑。父亲寻思，毕竟是狼，要是一直跟着我，对我不好，对它也不好。就从脖子上解下那条黄色经幡，拴在了狼崽身上，挥着手说："去吧去吧，找你的狼朋友去吧，经幡上的经文会保佑你的。记住我的话，不要轻易接近人，人是危险的。等你长大了，千万不要吃羊，更不要吃人。"但狼崽并不就此远去，身影总是出现在它能看到父亲，父亲也能看到它的地方。父亲追过去，狠着心踢了狼崽一脚，假装恼怒地呵斥了几句。狼崽愣了一下，赶紧逃跑。这一逃，就逃得很远，远得父亲再也看不见它了。

大灰獒江秋帮穷望着父亲，默默地跟了过去，它已经看出父亲受到了人群的冷落甚至抛弃，这一点跟自己一样，同病相怜的感觉让它在随着父亲走向孤独的时候，有了一种淡淡的兴奋。它猜测到父亲要去干什么,也知道父亲正在为什么忧郁发愁,它紧跑几步,跑到了父亲前面,好像是说:你不要发愁多吉来吧找不到,我给你带路啊。大灰獒江秋帮穷朝北跑去,越跑越快,边跑边叫着,好像多吉来吧就在前面,马上就要露面了。但接着就是失望,那儿没有多吉来吧,那儿不过是一个多吉来吧曾经待过的地方。它不相信似的用鼻子吹着气,回头歉疚地望着父亲。父亲走过去,拍了拍它的头说:"江秋帮穷你为什么要跟着我,是想保护我对吧?我已经是一个恶魔,是护狼神瓦恰的化身,我还害怕狼吃掉我吗?回去吧,回去吧,回到领地狗群里去吧,獒王需要你。"说着,使劲推了一把江秋帮穷。江秋帮穷犹豫着,望着父亲毅然走去的背影,跟了几步,又停下,磨磨蹭蹭地走向了领地狗群。

这时獒王冈日森格看到了父亲远去的背影,也似乎知道父亲的当务之急就是找到多吉来吧,便吼叫起来,它想告诉父亲,多吉来吧就在十忿怒王地制高点的附近,正在监视着狼群的一举一动。但是父亲和别的人都没有听懂它的话,以为獒王的吼声是对狼群的警告。

四面八方的狼群正在更加大胆地靠近着人,充满敌意的雪原、危机四伏的夜晚,显得更加冰冷而坚硬。领地狗群身边的人们望着狼群,不由得朝一处挤了挤。而父亲却倔强而孤独地走着,边走边粗声大气地喊起来:"多吉来吧,你回来吧多吉来吧,你不回来我就要离开西结古草原了。"

第十七章
Chapter 17

心如激雷而面如平湖者

1. 赤膊的父亲吓退了狼群

父亲边喊边走,没有喊出多吉来吧,却喊来了两具狼的尸体。父亲发现狼尸的周围全是狼的爪印,一看就知道是一群狼袭击了这两只孤独的狼。父亲心里愤愤的:狼啊狼,你们什么时候能不让我恨你们呢?他这样想的时候,好像死去的这两只狼已经不是狼,而是两只羊了。父亲不知道,他看到的是多猕头狼和尖嘴母狼。身材依然臃肿的尖嘴母狼和多猕头狼的尸体,横陈在原始血腥的雪原上。这一对为了爱情而放弃了群落、放弃了领地、放弃了头狼地位的痴情之狼,在孤魂野鬼般游荡了几个小时后,终于为它们一见钟情而又痴心守护的爱情献出了生命。多猕头狼和尖嘴母狼是被一直想咬死它们的多猕狼群咬死的,多猕狼群中那些试图成为新头狼的公狼和试图成为新王后的母狼为了群体的存活,不得不忘恩负义地咬死了它们的前首领和勾引了前首领的美丽动人的上阿妈母狼。

父亲站了一会儿，又朝前走去。一股狼群跟上了父亲，它们正是多猕狼群。多猕狼群一跟上，上阿妈狼群也不紧不慢地跟了过去。两股狼群都已经失去了各自的头狼，以狼阵、以战术、以团队的凶狠抗衡强敌，譬如面前的领地狗群和人群，已经不可能了，只能按照生存的本能扑咬弱的小的对它们不会造成伤害的，譬如此刻孤零零地行走在雪原上的父亲。父亲很快发现了身后的狼群，也像藏獒一样，发出了这样的疑问：怎么这么多的狼啊？今年到底怎么了？比往年冬天的狼多了好几倍。他停了下来，回头看着狼群的眼灯那诡秘恶毒的闪烁的眼灯，长叹一口气，再一次大声喊叫起来："多吉来吧，你回来吧多吉来吧，狼就要吃掉我了你怎么还不回来？"喊着，突然一阵心酸，眼泪流了下来。人群抛弃了他，多吉来吧也抛弃了他，整个西结古草原——他投入了所有感情的全部生活都在抛弃他，他活着还有什么意思啊？这么一想，父亲就不再呼喊多吉来吧了，心说它不出现自有不出现的道理，或者它已经死了。死也许并不是一件十分可怕的事情，就像现在，当我孤身一人面对狼群的时候，怎么一点紧张、一点害怕也没有呢？

紧张和害怕是没用的，父亲知道死是自己必然的归宿。他走过去，以藏獒的胆量、以无畏的姿态，走向了跟踪而来的狼群。狼群停下了，那些蓝幽幽的眼灯里透出警惕、疑惑。父亲走着，突然豪壮无比地喊道："狼，你们听着，我已经豁出去了，已经不怕狼了，你们想吃就吃吧！你们吃掉了十个孩子，再把我搭上也没什么，快来啊狼，快来吃掉我呀。"狼群听不懂父亲的话，但能看懂父亲的神情举止里不仅一点怕死的成分也没有，而且是大义凛然、岿然独存的。从狼的角度出发，它们不相信世界上还有不怕死的人，只相信在所有大胆后面都隐藏着深深的诡计。狼群后退着，后退的速度和父亲前进的速度一样，也就是说狼群希望和父亲保持十步远的距离，至少在它们识破诡计、想出对策之前这个距离始终是存在的。但是父亲不这么想，他不仅使劲缩短着距离，而且还想到，既然狼群要后退，就让它们退到离麦书记和丹增活佛他们越来越远的地方，也好给獒王冈日森格和领地狗群减轻压力。他沿着两股狼群的边沿迅速走过去，然后转身，再次豪壮无比地喊叫着，走向了狼群。

狼群后退的方向转变了，它们似乎也明白这样的后退等于被驱赶出了围攻人群和领地狗群的中心，但两股狼群没有了头狼的指挥，行动只能随大流，顺其自然，全然没有意识到它们后退的结果将是狼对狼的瓦解。父亲的胆子越来越大了，深一脚浅一脚地走着喊起来："来啊，来啊，吃啊，为什么不吃我？我已经不想活了，你们为什么不吃我？是嫌我的衣服太厚你们咬不动是不是？那我就脱掉了让你们吃。"他开始脱衣服，先脱掉了棉袄，扔向了狼群，狼群不知道他要干什么，哗地后退了一大截，又脱掉了棉裤，最后把自己脱得精光，就像真正的神那样赤条条地行走在雪原上，朝着狼群昂首向前："来啊，来啊，你们快来吃啊，我已经脱得只剩下肉了，你们为什么还不过来吃啊？"父亲忘记了寒冷，忘记了性命的可贵，他疯狂地走着，"啪啪啪"地又是拍胸脯又是拍大腿，还突然跑起来，朝着狼群"杀呀杀呀"地喊叫着走去。

狼群呆愣着，它们吃过人肉，却没有见过人在活着时那肉是什么样子的。它们吃惊地发现，人体是那么白亮，律动是那么富有节奏，而且在夜空下闪烁着十分刺眼的绿色荧光。那荧光是热力雷石发出来的。藏医喇嘛尕宇陀送给父亲的这块可以发出荧光、产生热量、具有法力的天然矿石，为的是让他在冬天不要患上十分难愈的虚寒病，没想到却在对付狼群时派上了用场。狼群当然不知道那是一块矿石，以为这个人的胸前睁开了一只凶残之光迸溅四射的巨大眼睛。它们哪里见过这样的人、这样的眼睛？先是吃惊，然后就是害怕，就加快了后退的速度，退着退着，近前的几匹狼突然转身跑起来，它们觉得强烈的荧光射进了它们的眼睛，恍惚以为这就是那只奇怪的眼睛和那个赤条条喊叫而来的人准备咬死它们的预兆。

近处的狼惊慌地跑起来，远处的狼不知道发生了什么，只觉得别的狼的惊慌也应该是自己的惊慌，就跟着跑起来。没有了头狼领导的多猕狼群和上阿妈狼群，就这样被脱光了衣服准备给狼群奉献肉体的父亲吓退了。它们跑离了十忿怒王地的制高点，跑离了围剿人群和领地狗群的地方，直到父亲看不见了那些诡秘恶毒的眼灯，狼群也看不见了父亲身上凶光四射的热力雷石。父亲莫名其妙地停下来，他当然不知道这两股狼群是没有头狼的狼群，更不知道他的裸体和胸前的热力雷石所产生的奇异的威力。他心说怎么狼是害怕我的，这么多的狼都是害怕我的？这时他听到身后传来一阵奔跑的声音，扭头一看，发现黑暗中一只头上长了翅膀的巨大怪兽朝他奔扑而来。他"啊"了一声，一屁股坐到雪地上，闭上眼睛，心说终于有野兽要来吃掉我了，那就吃吧，请你们快点吃吧，吃了我好去寻找孩子们，和他们一起转世。

2. 神鬼莫测的伏击

狼群已经变成了一片蓝幽幽的鬼火，飘溢在夜色下的雪原上，仿佛灿烂的星光倒映在了寂静的湖水中，那么壮丽、宽阔、汪洋恣肆。这是可怕的野性的壮丽，是肉宴的宽阔，是嗜杀者和暴食者的恣肆。最让人们惧怕和最让领地狗群担忧的，是十忿怒王地的制高点，断尾头狼的狼群亮开所有的眼灯鸟瞰着下面，就像高高在上的悬石，随时都会塌下来砸向人和狗。獒王冈日森格抬起头来，怒视着制高点上的狼眼，忐忑不安地吼叫着，发现雪原上蓝幽幽的鬼火突然有了一阵动荡，赶紧又把注意力集中在了前面。领地狗们狂叫起来，嗓子是疼痛的，声音是沙哑的，但越是这样它们越要声嘶力竭地叫嚣，警告狼群不要轻易走过来。

獒王冈日森格已经看出来了，外来的多猕狼群和上阿妈狼群正在离开这里，它奇怪它们的离开，一再用鼻子用耳朵用眼睛在无边的夜色里研究着：为什么？为什么它们要离开？人群和领地狗群早就处于劣势，眼看就要被咬死吃掉，它们却悄然离开了。难道是因为它们在失去头狼之后,不再把报复人类看得比生存更重要?或者对它们来说,当务之急是吃到更容易吃到的冻死饿死的牛羊,然后通过内部的比拼产生新的头狼?也许吧,也许吧。冈日森格收回了注意力,意识到现在对人和领地狗群真正具有威胁的,还是原本属于西结古草原野驴河流域的那几股狼群——黑耳朵头狼的狼群、断尾头狼的狼群和红额斑头狼的狼群。面对这三股穷凶极恶的大狼群,人和领地狗群只有收拾掉它们的头狼,才有可能保证自己不被吃掉,或者少被吃掉。

领地狗群继续狂叫着,似乎狂叫也是一种掩护,就像人跟人打仗,藏獒把声音当成了扫射的机枪和烟幕弹,一来吸引了狼群的注意,二来掩护了同伴的出击,就在领地狗群专注于狂叫的时候,獒正冈日森格走到了大灰獒江秋帮穷跟前,它们互相嗅着鼻子碰着头,用牙和舌头摩挲着,好像在商量着什么。江秋帮穷不停地首肯着:好啊,好啊,就这样。然后就分开了。片刻,趁着越来越有声威的藏獒的叫嚣,大灰獒江秋帮穷离开人群和领地狗群,悄没声地走向了狼群。

雪原上的狼群处在上风的地方,它们闻不到有藏獒正在悄悄靠近的气味。更重要的是,大灰獒江秋帮穷闭上了深藏在长毛中的眼睛,不让一丝光亮露向黑夜,仅凭着发达的嗅觉和四个爪子的探摸,判断着方向、道路、狼群的远近和头狼的位置,加上它的深灰色皮毛和夜色基本一致,当它低伏着身子,来到距离狼群仅十步远的雪丘后面时,狼群居然没有发现它。

黑夜里的狼群，以为猎逐对象已经衰弱的狼群，一般都会采取以攻为主的狼阵，这样的狼阵里，头狼必然会出现在最前面。大灰獒江秋帮穷就是冲着头狼而去的，这是獒王冈日森格的吩咐：咬死它，一定要咬死黑耳朵头狼，黑耳朵头狼和高高在上的断尾头狼，是我们最大的祸害。对藏獒来说，黑夜里找到头狼的位置，比白天更容易一些。一片蓝幽幽的光亮中，那两盏处在前排的最亮的移来移去的似蓝似绿的灯，就是头狼的眼睛。獒王冈日森格的叫声，似乎就是给大灰獒江秋帮穷的指令：往左，往右，照直走——诸如此类的。而闭着眼睛走路的江秋帮穷，还可以用超人的嗅觉捕捉到头狼的味道。因为整个狼群中，最勤于交配的就是头狼，那匹散发着异常浓烈的雄性的骚气和母狼臊气的狼，就一定是头狼。

　　现在，无论是獒王冈日森格的指令，还是大灰獒江秋帮穷自己的嗅觉，都把目标的位置锁定在了同一个地方，雪丘前面，十步远的狼群边沿，那匹位置突出的大狼，就是黑耳朵头狼。匍匐在地的江秋帮穷很快就要站起来了，紧闭的眼睛马上就要睁开了，一睁开眼睛它就要扑过去，结果只能是一个，那就是死——不是黑耳朵头狼被自己咬死，就是自己被狼群咬死。

　　突然得让人来不及反应，十忿怒王地的制高点上，一阵喧嚣哭叫奔泻而来。人们仰头观望着，都知道那里发生了战斗，却不知道为什么会这样？领地狗尤其是獒王冈日森格是知道的，它们通过自上而下的夜风，闻到了党项罗刹多吉来吧的雄壮之气，却无法通过语言告诉人，只能助威似的喊叫着：多吉来吧，多吉来吧。多吉来吧肯定意识到了这股高高在上的狼群对人和领地狗群造成的压力，也听懂了獒王冈日森格的吼声里有着对它的期待：咬死断尾头狼，赶走上面的狼群。它出动了，幽灵一般走出它的隐蔽地，屏住呼吸，闭着眼睛，脚步轻盈，曲折蛇行，空气一样不露形迹，突然又高速疾进，在同一秒钟，用前爪掏进了一匹狼的肚子，用牙刀划破了另一匹狼的喉咙，然后一闪即逝，以风的速度把自己变成了寂静的一部分、黑夜的一部分。

接着，几分钟之后，在狼群的另一面，又是一次诡秘恶毒的袭击。多吉来吧的战法是先袭击狼群的后面，再袭击左面，然后袭击右面。三次袭击之后，狼群就以为下一次一定是袭击正面了，断尾头狼从前锋线上缩了回去，把自己隐藏在了几匹大狼的后面。然而，来自正面的袭击并没有出现，多吉来吧又重复了一遍袭击的次序：先袭击狼群的后面，再袭击左面，然后袭击右面。三次袭击之后，狼群就以为对方是永远不敢袭击正面的。断尾头狼嗥叫着，调动壮狼和大狼严加防守左面、右面和后面，自己从狼群中走出来，大大咧咧地挺立在了正面，以鹫鹰观鼠的姿态，俯视着制高点下面的人群和领地狗群。

多吉来吧的袭击很快又出现了。这一次它潜行到了狼群的正面，它没有丝毫的犹豫，也没有匍匐在积雪高岩后面，等待一个最容易得手的时机，它认为只要自己来到狼群的正面，睁开眼睛看见了断尾头狼，咬死它的时机就已经到了。

它猛吼一声，吼声还没落地，身子就闪电般地来到了断尾头狼跟前。断尾头狼的第一个反应是转身就跑，第二个反应是迎头抗击。如果它坚持第一个反应的话，说不定还有存活的希望，多吉来吧很可能只会咬住它腰肋以后的部位，可是它突然觉得扑过来的黑影并不强大，因为朝它吹来的风很轻很轻，轻得就像一只兔子掀起的风。它回过头来张嘴便咬，这才看清这个轻捷如兔的敌手，原来是个重量级的大藏獒，它惊叫一声，转身再逃，但已经不可能逃脱了。多吉来吧在一爪子打倒它的同时，骑在了它身上，用四个爪子前后左右地牢牢控制了它。

断尾头狼悲惨地嗥叫着，像是在呼喊它的部下：救命啊，救命啊！部下们惊呆了，纷纷后退着，没有一个敢扑过来援救。已经稳操胜券的多吉来吧昂着头，似乎想了想：是用爪子掏出对方的肠子，还是用牙刀割断对方的喉咙？结果它既没有用爪子，也没有用牙刀，而是用如雷贯耳的咆哮轰炸着，一连轰炸了好几声，然后闻了闻狼的鼻子，跳下狼身，扬长而去，转眼消失得无影无踪。狼群围向了断尾头狼，闻着，看着，发现它们的头狼完好无损，哪儿也没有受伤，滴血都没有流失，但的确是死了，呼吸和心跳都没有了。它们惊讶得哓哓不休，好像在争吵：断尾头狼是被多吉来吧的咆哮震死的，还是被多吉来吧的高大魁伟、狞厉悍勇吓死的？有几匹狼齐声嗥叫起来，嗥叫凄厉哀婉，你长我短，悠悠地从高处往低处降落而去。

一定是上天安排了这场屠杀，如果不是从十忿怒王地的制高点上传来一阵狼群的喧嚣哭叫，黑耳朵头狼也许会发现十步之外的雪丘后面隐藏着一只骠勇凶猛的藏獒，那喧嚣哭叫一传来，所有的狼包括黑耳朵头狼都抬起了头，这几乎就等于送死送到了大灰獒江秋帮穷的血口之中。大灰獒江秋帮穷扑过去了，黑耳朵头狼一对黝黑的耳朵抖了一下，眼睛一沉，看清是一只伟岸的藏獒覆盖了自己，来不及做出任何反应，喉咙就被钢钳一样的獒牙捏住了。挣扎是徒劳的，无声的挣扎更是徒劳的，黑耳朵头狼就像被它许多次咬住的羊一样，无助地扑腾着，动作越来越小，渐渐不动了。

别的狼在这一刻显示了绝对的冷漠和独立，它们不远不近地看着，直到大灰獒江秋帮穷拖着黑耳朵头狼的尸体退了几步，转身离去，才呼啦啦地围向了自己的头狼。它们看到了狼血，看到了头狼死后的神情，顿时就显得躁动不安。有几匹狼大概和黑耳朵头狼有着或远或近的亲缘关系，蹲踞在地上，直起鼻子，忧愤悲痛地嗥叫起来。而更多的狼却毫不犹豫地把舌头伸向了狼血，把牙齿伸向了狼肉，抢食和打架开始了。这些争吵撕咬的抢食者似乎根本就来不及产生对藏獒的愤怒，也没有对头狼的伤感，有的只是饥饿和饥饿驱动下的最低限度的欲望，为了这欲望的暂时的少许的满足，它们似乎还在感谢这只咬死了头狼的藏獒呢。对它们来说，不管是谁的肉，吃到嘴里就是福。这天经地义的荒野原则，仿佛在回答这样一个问题：为什么狼是草原上生存能力最强、永远不会死尽的野兽？

大灰獒江秋帮穷回来了，仍然和领地狗群保持着二十步远的距离。獒王冈日森格走了过去，呼呼地吹着气，热情地问候着，不断用自己的鼻子碰着对方的鼻子，那意思是说：勇敢的江秋帮穷啊，你是一只伟大的藏獒，你干掉了黑耳朵头狼，就使我们突围的可能性增加了一半。江秋帮穷不好意思地低下了头，好像是说：是我让领地狗群受到了损失，是我助长了狼群的气焰，我就是干掉十匹头狼也还是一只丢尽了脸的藏獒。獒王继续用碰鼻子的方式安慰着它：你千万不要这样想，你咬死的虽然只是一匹头狼，但你战胜的是整个狼群，黑耳朵头狼的狼群已经不重要了，断尾头狼的狼群也已经不重要了。

大灰獒江秋帮穷朝上看了看，发现制高点的顶端漆黑一片，那些亮开的眼灯已经熄灭，鸟瞰着人和藏獒的狼影一个也没有了。獒王用低低的吠叫告诉它：你没听到从制高点传来的狼叫吗？那种凄厉哀婉、你长我短的声音，是只有头狼死了才会有的声音。现在,整个十忿怒王地就剩下一匹头狼了，那就是红额斑头狼。江秋帮穷抖了抖鬣毛，像是说：我立刻就去咬死它。獒王冈日森格庄严肃穆地昂起了头，眼含蔑视地望了望红额斑头狼的狼群，口气沉甸甸地说：还是我去吧，你去了不一定回得来，这个红额斑头狼，可不是一个等闲之辈。说罢，就要离开，又停下来，冲着江秋帮穷一连吹了好几口气，似乎是最后的叮嘱：万一我回不来，你首先要做的，就是打败所有敢挑战你的藏獒。在我之后,獒王的继承者,只能是你。但是现在，你必须离开这里，去和汉扎西待在一起。一是因为汉扎西需要保护，需要你指引他找到多吉来吧；二是因为你必须活着，这里的所有藏獒都必须拼到最后一口气，唯独你不能，因为你是我的继任，你死了，就没有谁再去组建新的领地狗群了。去吧去吧，江秋帮穷你赶紧去吧。

说罢，獒王冈日森格就走了，它躲开了人的视线，却没有躲开领地狗群的视线，领地狗们发现，它们的獒王悄悄地离开了，远远地离开了。它们叫起来，却没有追过去，冈日森格用自己的形体语言告诉部下：能一个人完成的任务，决不能有第二个人加入，第二个人一加入，很可能就会变成负数。领地狗们渐渐不叫了，一个个瞪起眼睛看着獒王信步走向了红额斑头狼的狼群。冈日森格既没有闭上眼睛，也没有伏下身子，就那么气宇轩昂、从容不迫地走了过去。狼群的眼睛海海漫漫、蓝幽幽地壮美着，随着獒王的靠近，璀璨而平静的亮光掀起了一层躁动的波浪。冈日森格就像一块石头掉进了海里，顿时被淹没在了乖张诡谲的波峰浪谷里。

但是没有哪一匹狼敢扑过来与这位单刀赴会的孤胆英雄交手，至少暂时没有。它们从獒王镇定自若的神态和低声轻吟的语言中，明白了獒王的意思：你们的头狼呢？我要见你们的头狼，见过了你们的头狼，你们再扑过来咬死我、吃掉我。它们咆哮着，躲闪着，渐渐让开了一条路。这条路是通往狼群中心的，红额斑头狼从前锋线上迅速退到了中心地带，心惊肉跳又杀性嚣张地等待着：獒王来了，决斗来了。是的，这是最后的决斗，包围了獒王冈日森格的狼群和远望着狼群的领地狗们都这么认为：这是最后的决斗，是死亡必然发生的时刻。

3. 生死对峙

　　大灰獒江秋帮穷离开了人群和领地狗群,走了几步就风驰电掣般跑起来。它知道父亲前去的方向和路线,追上去并不难,但追着追着,它就觉得有点不对劲了:怎么搞的,难道汉扎西已经死了?雪地上,除了凌乱的狼的爪印,再就是父亲的棉袄棉裤。江秋帮穷东一跑西一跑,围绕棉袄棉裤急速地转着圈,想找到父亲死去的痕迹,尸体或者血肉,没有,没有,怎么会没有呢?它仰起头颅,注视着两股狼群奔逸而去的远方,突然闻到了父亲的气息,是活着的发自肺腑的那种气息。它狂奔过去,突然又拐回来,叼起了父亲的棉袄和棉裤。

　　父亲等了半天,感觉到那怪兽就在眼前,却不来张嘴咬他,睁开眼睛一看,才发现哪里是什么头上长了翅膀的巨大怪兽,而是嘴上叼着他的棉袄棉裤的大灰獒江秋帮穷。父亲说:"你怎么又回来了?你不去帮助獒王冈日森格,你到我这里来干什么?我是一个被西结古草原抛弃的人,一个想死的人,已经不需要你保护了。"话虽这么说,但父亲还是感动得拥抱了江秋帮穷,眼眶里闪着泪花说,"江秋帮穷啊,只有你是不愿意舍弃我的,还有冈日森格,但是它现在顾不上我,它有更多的人需要保护,只好不管我了。"说着,他穿上了棉袄锦裤,拽着江秋帮穷的鬣毛说,"走吧,既然这儿的狼群不吃我,那我们就去寻找别处的狼群。"走着走着,父亲仿佛突然明白过来，望着远方说，"还是应该找到多吉来吧，找到了它，我就可以留在西结古草原了。江秋帮穷啊，你必须帮我找到多吉来吧，多吉来吧没有死，我感觉它好像就在离我不远的地方。"

这天晚上，父亲和大灰獒江秋帮穷一直在雪原上跋涉，什么收获也没有，焦灼的父亲不禁有些埋怨："江秋帮穷啊，你是怎么搞的？你是不是帮不了我的忙？"江秋帮穷惭愧地低着头，一声不吭。其实父亲知道，江秋帮穷已经尽了最大的努力，要是多吉来吧死了，不管它死在什么地方，肯定早就找到了。但是多吉来吧活着，它在跟他们捉迷藏，茫茫无边的草原上，一只比野兽机敏十倍的藏獒要躲藏人的追寻，就像天上一缕空气消失一样容易。天快亮时，父亲和大灰獒江秋帮穷来到了野驴河边环绕着寄宿学校的那片雪原。这片雪原是多吉来吧的老家，是多吉来吧过去每天奔跑、追逐、巡逻的地盘。父亲对江秋帮穷说："要是在这里仍然找不到多吉来吧，我就只好离开西结古草原了。"江秋帮穷听明白了，打起精神，呼哧呼哧地到处闻着，好像是说："你不会离开西结古草原的，我已经闻到多吉来吧的味道了。"但它马上意识到，它闻到的是多吉来吧过去遗留的味道，而不是现在的味道，现在的味道依然渺茫。更何况即使现在的味道浓烈到就在百米之外，它也很难找到多吉来吧，曾经是饮血王党项罗刹的多吉来吧，是进攻的神，也是躲藏的鬼。江秋帮穷顿时就有些沮丧，耷拉下沉重的脑袋，跟在父亲后面一摇三摆。

他们在这片熟悉的雪原上从北到南、从东到西，跋涉了很长时间，什么收获也没有。父亲停了下来，瞩望悲怆的四野，苦涩地长叹一声。风吹来，经幡吹来，经幡为什么会朝他们吹来？父亲愣了：哪里来的经幡啊，怎么这么熟悉？他弯腰捡了起来，看了看，不禁哎哟一声："狼崽？赶跑的狼崽又回来了。"话音未落，就见大灰獒江秋帮穷已经逆风冲了出去。

不是狼崽回来了，而是狼崽死了，经幡送来的是新的悲伤。随着江秋帮穷的一阵惊叫，父亲跑向了狼崽死去的现场。狼崽已经没有了，连骨头都没有了，只剩下一个血淋淋的小狼头，一地还没有长硬长粗的狼毛。谁啊，是谁让狼崽变成了这个样子？父亲愤怒地观察着四周。大灰獒江秋帮穷闻着小狼头周围的气味，突然昂起头，吼了一声，奔扑而去。它已经闻到了凶手的味道，谁是罪魁祸首几分钟之后就有分晓了。

父亲跟了过去，当他站到被大灰獒江秋帮穷咬死的一匹大狼跟前时，发现那是一匹像极了寺院里泥塑的命主敌鬼的狼。命主敌鬼的牙齿上沾染着狼毛，嘴边和额头上沾染着狼血，作为狼崽的同类，它吃掉了狼崽，而自己却又被江秋帮穷一口咬死了。父亲并不知道，命主敌鬼是咬死寄宿学校十个孩子的狼群中的一匹头狼，在和多吉来吧的对抗中，它屁股负伤了，胯骨断裂了，已经不能快速行动了，大雪纷飞的时候它就差一点吃掉狼崽，是小母獒卓嘎从它的利牙之下把狼崽救了出来。父亲后悔极了：我为什么要赶走狼崽呢？它要是一直跟着我，就一定不会遭此非命了。

大灰獒江秋帮穷同情地看了他一眼，找了一块低洼处，使劲刨起来，它知道父亲劳累了一夜，需要休息了，就想尽快替父亲挖出一个雪窝子来。父亲感动地望着江秋帮穷，悲伤地说:"看来我只能离开西结古草原,多吉来吧是找不到了,它已经从肉体到心灵离开了我,离开了所有的人。江秋帮穷你回去吧,回到领地狗群里去吧,告诉獒王冈日森格,我已经走了。"江秋帮穷知道分别在即,汪汪汪地答应着。父亲拥抱了江秋帮穷。江秋帮穷舔着父亲的脸,也舔着父亲的眼泪,当一股咸涩的味道进入它的味蕾、流入它的胸腔时,它的眼泪顿时汹涌而出,淹没了父亲的脸。

  然后就是分手。父亲发现大灰獒江秋帮穷孤独的身影朝着西边的云雾消失而去。为什么要走向西边?领地狗群不在西边而在东边呀。一丝凄凉渗透了父亲的感觉,这样的感觉是不祥的,有一种生离死别的意味。

  走进狼群的獒王冈日森格高昂着硕大的獒头,眼睛直视前方,一丝余光也没有留给两边,也就是说,它从心底里蔑视着狼群,昂首向前的姿态是完全彻底的不屑一顾。黑夜显得更黑,野风走到高处去了,头顶一片呜呜的哭啸,狼毛抖动着,就像无边的枯黄的草浪招惹着风的到来。冈日森格继续走着,浑身一抖,把金色的獒毛抖成了有声有色的旋涡,好像要借此证明,狼毛的抖动不过是小水涟漪,而它是大水喧嚣似的。

  獒王停下了,停在了离红额斑头狼二十步远的地方,石雕一样不动了,连浑身的獒毛也不再抖动了,用深藏在长毛里的大吊眼不改傲慢地盯着面前这个狼界中的雄霸之主。风突然停止了哭啸,悄悄的,悄悄的。红额斑头狼惊讶地望着獒王,凶暴阴毒的眼光里,掺进了一丝疑惑:你是我们的宿敌,你单枪匹马来我们中间干什么?你不要命了?对了,你就是不要命了,你是来送死的。红额斑头狼四下里看了看,看到的全是狼眼,幽幽然森森然的眼灯,爆发着欲望的蓝光,漫无边际地流淌着,近处的是自己的狼群,外围的是黑耳朵头狼的狼群和断尾头狼的狼群,声势这么浩大的狼群,是可以面对一切强手、一切打斗、一切变故的,用不着担心獒王孤胆深入的背后,会隐藏着什么诡计。

　　红额斑头狼放心坦然地收回了眼光,望着獒王狞笑一声,似乎是说:你已经出不去了,既然你胆敢进来,就只好留下,留下你的狗命,这是你胆大妄为、目中无狼的代价。继而又疑惑地用眼光问道:你一定知道你是非死不可的,既然如此,为什么还要走进来呢?你的领地狗群你不管了?你的人群你不保护了?獒王冈日森格的眼睛里,其实也充满了疑惑,那里面有它一直没有想通的问题:为什么?为什么今年你们变得如此穷凶极恶?为什么从来不联合围猎的几股狼群,突然纠集在了一起?本地的狼一向把外地狼的侵入看作是首要的提防目标,为什么今年突然改变了,今年你们宽容地没有跟多猕狼群和上阿妈狼群厮打起来?獒王的大吊眼突然闭上了,再次睁开的时候,变得更加疑惑:它从狼群暴烈的程度、愤怒的目光、坚持不懈的举动中,早就看出狼群对人群的围攻不仅仅是因为饥饿,更重要的是为了报复,人把狼怎么了,它们需要这样报复?

　　红额斑头狼看出獒王冈日森格正在疑惑,也似乎知道它正在疑惑什么,朝一边走了走,又朝另一边走了走,然后回到了原来的地方。好像这就是回答,是带领所有的狼做出的一个恰如其分的回答。四周的狼影波荡而起,蓝幽幽的眼灯唰唰唰地闪烁起来。獒王冈日森格撩起眼皮,漫不经心地晃了晃獒头,立刻意识到自己不是来解惑释疑的,而是来拼命,来抗衡,来和严阵以待的狼群对决最后的胜负。它朝前走了几步,用凶鸷的眼光横扫着狼群,最后把更加凶鸷的一瞥投射在了红额斑头狼身上。

红额斑头狼顿时很紧张,作为西结古草原最强悍、心理素质最好的狼,它紧张的表现不是后退,而是向前,威风凛凛地向前走了几步,然后翘起狼嘴,直指獒王。包围着獒王的所有的狼,都翘起了狼嘴,直指獒王。獒王冈日森格坐下了,把身子舒服地靠在了自己的双腿上,眼光依然是钢铁一般坚硬的凶鸷,姿势却悠闲得就像在无所事事的领地狗群里休息。

对峙开始了,獒王冈日森格和红额斑头狼以及三股大狼群的生死对峙,在深夜的静寂中开始了。首先是眼睛的对峙,一眼不眨,獒王冈日森格和红额斑头狼都是一眼不眨,仿佛眨一下就算是失败。紧接着所有的狼都开始一眼不眨,都把魔鬼一样凶恶的眼光,缠绕在了獒王蠕动的喉咙上:咬破它,咬破它,做梦都想咬破它。狼嘴张开了,所有的利牙都龇了出来,在眼光的照射下,变成了一把把幽蓝恐怖的匕首。红额斑头狼的心音时刻在叫嚣:扑过去,扑过去,立刻扑过去,让所有的狼都扑过去,就是压,也能把獒王压死,况且还有饥饿驱动下的利爪,还有仇恨鞭策下的狼牙。

獒王冈日森格知道红额斑头狼和狼群正在想什么,它盯着前方,仍然是一眼不眨,坐着的姿势却变了一下,变出了它的气高胆壮、冷静沉稳,就像人类所说的:心如激雷而面如平湖者,可拜上将军。就是这样一种临危不乱的风度让獒王在不经意中占了上风,暂时制止了红额斑头狼号令狼群扑过来的冲动。獒王冈日森格因此有了机会用神态和姿态表达自己的意愿,这样的意愿用父亲后来的猜度应该是这样的:作为必须对整个西结古草原和所有的草原人以及领地狗群的安危负责的獒王,它其实并不是来和任何一匹狼、任何一群狼决斗的,它来到红额斑头狼面前是为了谈判,最好是感化前提下的和平谈判,其次是牺牲前提下的血性谈判——獒王冈日森格已经做好了准备,打算和红额斑头狼以命相换,它用自己的形体语言告诉对方:我可以让你咬死我,让你成为亘古及今西结古草原唯一一个咬死了獒王的狼中英雄,但你必须撤退,你现在是十忿怒王地仅存的头狼,你带着你的狼群退了,所有的狼群也就退了。

　　红额斑头狼哪里会听从獒王冈日森格的劝告,它耸动着脸毛狞笑起来,似乎想用无声的阴冷告诉獒王:妄想吧你,你马上就要死了,怎么还能做梦让我们撤退?我们咬死了你,再去咬死所有的领地狗所有的人。一片声浪飞翔而起,仿佛所有的狼都狞笑起来,哼哼哼、呵呵呵的,充满了得意和狂妄。狼群的狞笑换来了獒王冈日森格的狞笑,但獒王的狞笑在心里,在深藏不露的胸襟里,面部的表情却更加庄严而肃穆,眼睛的光亮里突然多了一层内容,那就是比凶鸷还要可怕还要激切的逼问：你们狼群中难道就不会流传獒王冈日森格营救尖嘴母狼的故事？难道就不会流传大力王徒钦甲保为营救狼崽而献出生命的故事？难道就不会流传獒王冈日森格三次放过红额斑头狼的故事？而最后一次放过竟是在红额斑头狼咬死了獒王的孩子小母獒卓嘎之后。我看出来了，从你们的眼神里看出来了，你们一定在流传，一定知道这是救命这是恩德。但愿这样的故事，能让狼群在寒风料峭的黑夜里反躬自省，能让你们那报复的欲望、嗜血的念头、野性的凶馋，在故事的流传中悄然消解。

红额斑头狼耳朵剧烈地抖动了一下，似乎突然想起了自己三次被獒王冈日森格放过的情形，第一次是在屋脊宝瓶沟的沟口，第二次是在十忿怒王地的西边，第三次是在十忿怒王地制高点的下面。它当时惊奇地问着：我都咬死了獒王的孩子，獒王怎么没有咬死我呀？但是现在，优势和劣势已经颠倒，所有的安全都归了狼，所有的危险都归了獒王，红额斑头狼就不会再这样问了，它只能狞笑和得意，它必须狞笑和得意，多么不容易啊，狼在藏獒面前从来都是没有尊严缺少笑容的，像今天这样让整个狼群在狞笑和得意中获得一种胜利者的快感的日子，真是太少太少了。

獒王知道红额斑头狼并没有丝毫准备感恩和回报的意思，便朝前走了两步，依然是庄严而肃穆的表情，是比凶鸷还要可怕还要激动的逼问，仿佛只要它坚持不懈，就能逼问出狼的情义、狼的道德、狼的温柔来。再也没有变化，就这样冰冷而僵硬地对峙着，很长时间过去了，红额斑头狼突然眨巴了一下眼睛,奇怪地想:我这是怎么了?为什么耽搁了这么久而没有号令狼群扑上去?更加奇怪的是,它已经不再狞笑,所有的狼都已经不再狞笑,哼哼哼、呵呵呵的声音,变成了骨碌碌、嘎啦啦的声音,那不是得意和狂妄,而是饥饿催生出来的虚弱与怀疑。

獒王冈日森格又朝前走了几步,稳稳当当地坐下来,在一个更近的距离中,用一种更加恳切的姿态和语言,大胆而执着地传递着它的想法,极力想把红额斑头狼以及所有的狼从疯狂和盲动中唤醒过来:天正在转晴,积雪慢慢就会融化,那些冻死饿死的牛羊几天后都会从积雪下面露出来,昂拉雪山、党项雪山、脊宝雪山等等大大小小、远远近近的雪山里,那些数量大大超过了狼群的鹫隼鹰鸟,会在第一时同扑向这些现成的美味。狼群应该意识到,它们不能再在这里耽搁下去了,报复人类固然重要,但如果还有更便捷的充饥方法等待着它们,为什么不能尽快地避难就易呢?为什么不能抢在铺天盖地的飞禽到来之前,刨出那些雪埋冰盖的牛羊的尸体,美美地饱餐几顿呢?灵性啊,狼群的灵性啊,都到哪里去了?

对峙还在继续,有一个瞬间,红额斑头狼突然恢复了最初的胆力和勇气,嗥叫了一声,告诉自己的狼群:准备好啊准备好,马上就要扑过去了,咬死吃掉獒王的时刻已经来到了。但是它始终没有发出扑过去的指令,外表与内心被越来越沉厚的忧郁和伤感笼罩着,让它怎么也不能果敢勇武起来,不能无所顾忌地行动起来。

獒王冈日森格的眼睛咕咚咕咚的,仿佛是两眼深井,在严峻的外表之下，深深隐藏着古老的善心和为了人类安全的隐忍。它站起来，踱着步子，甚至打了一个长长的哈欠，伸了伸懒腰，让自己粗糙的生命在这个性命攸关的紧急时刻，充满了野性的舒展，然后再次靠前了一些，继续用姿态、动作和表情，朝着红额斑头狼无声地传达着自己的意愿：黑耳朵头狼死了，断尾头狼也死了，西结古草原野驴河流域只剩下你一个头狼了，你待在这里干什么？赶快去啊，去把三股大狼群变成一股由你领导的更大的狼群。你想一想吧，如果没有人的存在，没有我獒王冈日森格以及领地狗群的存在，没有我们对狼群的强有力的威胁，谁还会拥戴你红额斑头狼——獒狼之战中唯一幸存的头狼做大狼群的头狼呢？更何况是藏獒咬死了黑耳朵头狼和断尾头狼，藏獒帮助你成了野驴河流域唯一的头狼，帮助你红额斑头狼实现了你的野心，难道你不应该感激我们吗？怎么感激？撤退吧，放过这些人，他们并没有做对不起你们的事情。保护牛羊的是我们藏獒，咬死狼最多的是我獒王冈日森格，你就冲着我来吧，从今以后草原上就会流传这样的颂词：多么伟大啊，咬死獒王的红额斑头狼多么伟大。

似乎獒王冈日森格的苦口婆心并没有达到预期的目的，红额斑头狼警惕地后退了两步，因为它意识到獒王已经靠得太近了，太近的距离让它担忧，一口咬死它红额斑头狼的阴谋，说不定就会在渐渐缩短的距离中突然显露。獒王扭头舔着自己的腿毛，用一种安静至极、闲适到家的姿态表达着自己的意思：你不用紧张，我不会扑向你的，就是我死，也不能让你死。

因为我相信你红额斑头狼一定能做出撤退的决定,也只有你的决定,才会影响所有的狼,包括已经没有了主心骨的黑耳朵头狼的狼和断尾头狼的狼。

红额斑头狼晃了晃头,又晃了晃身子,翘起狼嘴,指着獒王,把利牙在嘴唇上磨了又磨。这就是说,它不希望獒王再啰唆下去,它有它的想法,狼群有狼群的规则,在狼群的规则里,当然也会有感恩和回报,也会让獒王逼问出情义、道德和温柔来,但似乎并不是现在,现在的规则是:消除饥饿第一,穷追猛打第一,把对抗进行到最后一刻第一。

依然是对峙,尖锐如离弦之箭、顽强似钢铁之山的对峙,就像天堂和地狱的抗衡,激烈而不起波澜。时间在紧张中滑翔,一点一点过去了,很慢,对獒王,对红额斑头狼,都显得太慢太慢。

安静,风、雪、獒、狼都很安静,很长时间都很安静。但是安静并不是狼的需要,属于狼的那种超凡脱俗的耐心只有在捕杀猎物时才具有价值,狼群显然已经不耐烦了,由近到远地动荡起来,洪水一样流淌的蓝幽幽的眼灯、阴险诡谲到令雪原疼痛的狼群之光、嗜杀贪血的兽性之欲,朝着红额斑头狼猛烈地集中着。红额斑头狼不由得亢奋起来、嚣张起来,对峙中的冷静正在崩溃,马上就要变成雷鸣电闪的进攻了。

獒王冈日森格站了起来,刹那间它感到了雷鸣电闪的存在,感到闪电正在燎去毛发,惊雷正在震碎心灵,狼群的怒火已经烫伤了它的眼睛,死神就要勾走它的灵魂了。它睁大了眼睛,从内心深处悲伤而愤怒地吼叫着,仿佛是说:那就来吧，来吧，既然我已经把性命交给了死亡，我就不怕把我的血肉一点一点奉献给你们。来吧，狼，固然我会死去，我以命守护的人和领地狗群都会死去，但我一定要让你们付出惨重的代价。

然而在表情和姿态上，獒王冈日森格一点悲伤和愤怒的样子也没有，甚至也不再一眼不眨地盯着红额斑头狼。它若无其事地站了一会儿，然后从容不迫地坐下来，接着又态度雍容地卧在了地上。它知道自己卧下和站着是一样的，如果需要出击，任何姿势都不影响它的速度和力量。獒王冈日森格就这么安卧着，用一种赴难就义的烈士的模样，傲对着浩浩荡荡的狼群，突然听到了红额斑头狼的一声嗥叫，立刻意识到，进攻开始了，狼群对獒王的进攻开始了。

4. 后会有期

直到黑夜将尽，领地狗们也没有看到獒王冈日森格回来，它干什么呢？是不是再也不回来了？焦急等待的时候，领地狗们都以为：獒王死了，已经死在了红额斑头狼的狼群里。它们哭起来，感染得人也哭起来。

天亮了，仿佛无边的白昼是一种巨大的抹杀，面前突然换了一个世界，蓝幽幽的狼眼、黑魆魆的鬼影、泛滥着肃杀之光的海洋消失了，明白的雪雾，清晰的晨岚，一片白浪起伏的原野，雪一如既往地洁白着、匀净着，原始的清透中、洪荒的单纯里，什么也没有，没有了星光灿烂的狼的眼睛，也没有了狼群，一匹狼也没有了，连狼的声音、狼的爪印、狼的粪便，也没有了。野风在清扫雪地，把狼的全部痕迹转眼扫净了。人们惊愕着，领地狗群惊愕着，突然都喊起来："狼呢？那么多狼呢？"好像是人们和领地狗群搞错了，本来这里就是一片古老的清白，什么兽迹人踪也没有。

不，不是什么也没有，有一只藏獒，它是来自神圣的阿尼玛卿雪山的英雄，是草原的灵魂，是金色的雪山狮子，是西结古草原的獒王冈日森格，它就在前面，在原本属于狼群的地方，站着，而不是卧着，站着的意思就是它没有死，它还活着，而且毫毛无损。獒王冈日森格朝着人群，朝着领地狗群，微笑着缓缓走来，那微笑散布在它浑身英姿勃勃的金色毛发和钢铁铸浇般的高大身躯里，散布在它气贯长虹的风度和高贵典雅的姿态中，如同雪后的阳光充满了温暖，充满了草原的自信。遥远的神性和伟大的獒性就在这一刻，完美融合于十忿怒王地天堂般的光明里。

领地狗群迎了过去，围绕着獒王冈日森格又跳又叫。看着它们激动的样子，人们互相询问着："狼退了，狼群消失了，难道是獒王冈日森格打退的？"獒王冈日森格和所有的藏獒碰着鼻子，似乎在告诉它们红额斑头狼的狼群为什么退了，天亮之前所有的狼群为什么都退了。不管冈日森格是怎么说的，父亲后来的解释是这样的：就在红额斑头狼和所有的狼准备扑向獒王冈日森格的时候，它们突然发现，多猕狼群不在了，上阿妈狼群也不在了。一个更加严峻的问题摆在了红额斑头狼面前：两股外来的狼群匆匆忙忙离开十忿怒王地干什么去了？是去抢夺新的领地，还是扑向了更容易吃到嘴的猎物？无论是哪种目的，作为野驴河流域唯一一股大狼群的首领，它决不允许两股外来的狼群在不经过它同意的情况下，就去占领野驴河流域的任何一个地方。

红额斑头狼带领着自己的狼群，也带领着原属于黑耳朵头狼的狼群和断尾头狼的狼群追撵而去，离开的时候，它没忘了用嗥叫告诉獒王：就算你的说服感化起作用了，就算你的谈判成功了，连我们狼都会尊敬的獒王啊，我们后会有期。

父亲就要离开西结古草原了，他向所有人告别。所有人都问道："多吉来吧还没有找到？"父亲沉重地摇摇头。他走过野驴河的冰盖，走向了已经不存在的寄宿学校。一片单纯而寂寥的原野，积雪把什么都掩埋了，仿佛也掩埋了历史，寄宿学校的牛毛帐房、活蹦乱跳的孩子们的身影、多吉来吧护法金刚一样沉默而威严的存在，都已经毫无踪迹了。这里只有空空荡荡的静默和实实在在的心痛，只有父亲无声的眼泪成了天地间唯一的说明。

同样处在悲怆之中的还有獒王冈日森格和它的领地狗群。它们来到父亲身边，用表情和动作询问着，安慰着。父亲说："冈日森格，我要走了，我要离开西结古草原回城里去了。"獒王冈日森格吐着舌头，用眼睛问他：为什么？为什么？父亲就唠唠叨叨地说起了被狼吃掉的孩子，说起了他是护狼神瓦恰的化身的传说，说起了丹增活佛给他的机会：找到多吉来吧，让神灵说服大家包括死者的家长把他留下来。父亲说："可是我找不到多吉来吧，怎么也找不到，就只好离开西结古草原了。"冈日森格茫然无措地看着父亲，突然甩了甩头，似乎要甩开令它费解的父亲的唠叨。它抛下父亲，转身走去，走着走着就跑起来。领地狗群望着獒王的身影，迅速跟了过去。

　　父亲跪下了，哭着，拜着，告别着：雪山、草原、碉房山、野驴河、神秘而温馨的西结古寺、畜群和经幡、嘛呢堆和桑烟，然后擦干眼泪站起来，转身走了。这是离开西结古草原的第一步，他不是用脚，而是用浩荡无极的失恋的心情，苦涩沉重地迈了出去。朝着东方的狼道峡口走了不到半个小时，父亲就碰到了很多人，都是来送行的。索朗旺堆头人牵来了一匹备好鞍鞯的大黑马，说："骑上吧，孩子们的老师，骏马是草原吉祥的风，无论你走到哪里，它都会忠实地陪伴着你。不要忘了我们啊，汉扎西。"父亲含着眼泪接受了这匹马，朝着索朗旺堆头人弯下了腰。许多牧民走来，把捧在手里的糌粑和酥油，放在了马屁股上的褡裢里。

　　父亲骑马走去。狼道峡遥遥在望，分手就在眼前了。父亲停下来，回望着送他的人群，无力地挥挥手，然后双腿一夹，加快了马速。这时，峡口一线，弯月形的地面上，突然一阵动荡，弥扬而起的雪粉里，一群动物密密麻麻地堵挡在了狼道峡口。狼？父亲愣了，等他听到一阵激切的吼叫时，才明白原来是獒王冈日森格和领地狗群。父亲想：冈日森格也来送我了。父亲身后，那些送别他的人互相看着，都显得有些紧张：是不是冈日森格不想让汉扎西走，带着领地狗群前来堵截了？父亲用双腿驱赶着大黑马，走了过去。獒王冈日森格迎他而来，迎了几步，停下了。

就在这时，从领地狗群的后面，响起了一阵粗壮雄浑的轰鸣声。轰鸣声还没落地，领地狗群便哗地一下豁开了一道口子。一只脊背和屁股漆黑如墨、前胸和四腿火红如燃的藏獒，风驰电掣般奔跑而来。父亲愣了：啊，多吉来吧。送别他的人都愣了：啊，多吉来吧。

多吉来吧扑向了父亲，凶猛得就像扑向了狼群或豹群，它扑翻了父亲胯下的大黑马，骑在了滚翻在地的父亲身上，用壮健的前腿摁住父亲的双肩，张开大嘴，唾沫飞溅地冲着父亲的脸，轰轰轰地炸叫着，好像是在愤怒地质问：你为什么要走啊？我的主人汉扎西，你为什么要离开西结古草原？叫着叫着，多吉来吧的眼泪夺眶而出，如溪如河地顺着脸颊流下来，漫溻在了父亲脸上。父亲哭了，他的眼泪混合着多吉来吧的眼泪。父亲想站起来，但多吉来吧壮健的前腿摁住父亲的双肩坚决不放，好像一放开父亲就会逃跑而去。

送别的人群里，丹增活佛念起了经。机灵的铁棒喇嘛藏扎西听了，立刻像宣布圣谕那样大声对大家说："多吉来吧找到了，寺院里的至尊大神、山野里的灵异小神都是要挽留汉扎西的，汉扎西可以不走了。"所有的领地狗，包括刚烈无比的獒王冈日森格，都如释重负地吐了一口气，孩子一样呜呜地哭了。父亲后来说，是獒王冈日森格和大黑獒果日在雪山深处找到多吉来吧的。不知道冈日森格和大黑獒果日用什么语言刺激了多吉来吧，反正多吉来吧一听它们的话，就义无反顾地跟着它们奔向了狼道峡口。这时候对多吉来吧来说，尊严和耻辱已经不重要了,唯一重要的,就是挽留主人。

藏历十二月的最后一日,也就是在月内四吉辰之一的无量光佛的吉日里,麦书记在西结古寺的十忿怒王殿里主持召开了一个动员大会。大会原来叫"除狼"动员大会,现在改为西结古草原"除四害"动员大会。会上,班玛多吉主任代表麦书记郑重宣布:"我们要把'除四害'当作目前的首要任务来完成,草原的'四害'是:苍蝇、蚊子、兔老鼠(鼠兔)、瞎老鼠(鼢鼠),我们要特别强调,西结古草原的'四害'里没有狼。"草原上的人们这才意识到,这场惊心动魄的獒狼大战的缘起,原来是那个时候大家都知道、人人都参与的"除四害"运动。在内地,"四害"是苍蝇、蚊子、老鼠、麻雀。在草原,因为不存在麻雀和人争吃粮食,就替换成了狼,进而演变成了一场单纯的"除狼"运动。在密不透风的"除狼"之下,多猕草原的狼群和上阿妈草原的狼群纷纷逃离自己的领地,进入还没有开始"除狼"的西结古草原,一方面强占生存的领地,一方面对人类进行疯狂的报复。

父亲后来还说,西结古草原的幸运不光是没有搞"除狼"运动,还在于小母獒卓嘎和红额斑头狼无意中参与了人的决策。大雪灾期间,省上空投救灾物资时,空投了一封十分重要的信,那封信的核心内容是两点:一是新近从军队退役下来一批枪支弹药,可以作为打狼的武器,青果阿妈州尤其是还没有开始"除狼"的西结古草原,可迅速派人去省会西宁领取;二是狼皮是制作裘衣被褥等用品的重要来源,草原牧区要把交售狼皮作为一项重要生产任务来抓,要制订计划,定人定额。庆幸的是,小母獒卓嘎从空投的羊皮大衣中叼走了这封信,千辛万苦地想送给班玛多吉主任,最终却把信送到了狼群面前。狼仿佛是知道信的内容的,西结古草原最强悍也最智慧的红额斑头狼冒着被獒王冈日森格咬死的危险,把这封预谋大肆杀害狼的信吞进了肚里。

几个月以后,草原上传来了大灰獒江秋帮穷的噩耗。大灰獒江秋帮穷和父亲分手后,一直在雪原上流浪。也许是它的孤独让它想起了群果扎西温泉湖中的浮冰,想起了在浮冰之上跳舞的白爪子狼,想起了白爪子狼送给它食物的情形,让它有了一种去看看白爪子狼的冲动,有人看到它跳进水里游向了湖中央的浮冰。谁也不知道江秋帮穷和白爪子狼在浮冰上共同度过的那些日子獒与狼之间发生了什么——反正不是仇恨相加,流血五步,而是亲和友善的曙光临照在头顶,让它们彼此的孤独不再是深重的灾难。

残冬的寒流依然凛冽,但已经挡不住群果扎西温泉湖的水温挣脱冰点,向暖水转移,浮冰迅速消融着,立足之地越来越小了。江秋帮穷和白爪子狼互相帮衬着游向岸边,回到了残雪斑斑的陆地上。不久,白爪子狼因为偷咬来湖边游牧的羊群,而被牧民家的藏獒理所当然地咬死。当天下午,有人看到在群果扎西温泉湖平静的水面上,漂起了大灰獒江秋帮穷的尸体。有人说江秋帮穷是因为思念獒王冈日森格和领地狗群忧郁而死,有人说它是因为无法阻拦白爪子狼袭击羊群更无法阻拦别的藏獒咬死白爪子狼悲愤而死,还有人说它是羞愧而死、无脸见人而死——可惜了，可惜了，藏獒的脸皮比起人来要薄得多，差不多就是一张纸，眼泪一泡就湿了、透了，就愧悔到心里去了，就要以死来拯救自己的声名了。

不久，多吉来吧要离开相依为命的父亲，远去他方了。青果阿妈州军分区看上了多吉来吧，要调它去看守刚刚建起来的监狱。父亲不想让它去，它也不想离开父亲，但是麦书记的恳求是不能忽视的。麦书记是州委的书记，同时也是军分区的政委，他亲自跑来对父亲说："军分区的人手不够，就需要多吉来吧这样一只具有极大震慑力的藏獒，能够以一当十啊。你放心，军分区会用最好的食物喂养它。"看父亲不吭声，麦书记又说："你就行行好帮我这个忙吧，等于我欠了你的，以后一定还你。"

多吉来吧就是有一万个不愿意，也只能服从使命的安排。在父亲给它套上铁链子的那一刻，它就像孩子一样哭了，是委屈的抽搐，更是依依不舍的哽咽。它没有反抗，即使父亲把它拉上卡车的车厢，推进了铁笼子，它也没有做出丝毫为难父亲的举动。它知道父亲是无奈的，父亲必须听从麦书记的。多吉来吧大张着嘴，吐出舌头，一眼不眨地望着父亲，任凭眼泪哗啦啦地流下来，流进了嘴里，流进了车厢。

许多喇嘛和牧民都来送行，他们都哭了。恢复不久的寄宿学校的孩子们更是悲泪涟涟，他们像多吉来吧一样，哭得隐忍而深沉。但是父亲没有哭，他满腹满腔都汹涌着酸楚的水，却咬紧牙关，没有让酸水变成眼泪流出来。他知道自己一哭，多吉来吧就会受不了，悲伤的阴影就会越来越厚地笼罩住它，让它在远离主人的时候心情郁闷、不吃不喝、自残自毁。父亲一再地告诫自己：不能哭，绝对不能哭，多吉来吧是一只心事很重的藏獒，不能再给它增加任何心理负担。

　　汽车开动了。多吉来吧从铁笼子里忽地跳了起来，扑了一下，又扑了一下，一连扑了七八下。父亲追逐着汽车，忍不住地喊了一声："多吉来吧，保重啊。"喊着，一声哽咽，满眶的眼泪泉涌而出。父亲再也控制不住了，他的哭声飞着，泪水飞着。令人心碎的声音带动着他身后的孩子们，这些多吉来吧日夜守护着的寄宿学校的学生突然喊起来："多吉来吧，多吉来吧！"一个个号啕大哭。

　　这时獒王冈日森格带着领地狗群跑来了，看到多吉来吧已经被汽车带走，就疯狂也咆哮着，追了过去。獒王是明智的，它知道领地狗群的追逐只能是送别，而不可以是拦截，所以它们没有跑到前面去，自始至终都跟在汽车后面，把对汽车的愤怒和撕咬，最终变成了悲伤的呼唤。只有一只藏獒一直在愤怒，在撕咬，那就是母性的大黑獒果日，它爱上了沉默而强大的多吉来吧，还没有来得及表示什么，人们就把多吉来吧带走了，带出了西结古草原，带到很远很远的地方去了。獒王冈日森格和领地狗群把多吉来吧一直送出了狼道峡口。

　　多吉来吧走后，父亲就陷入了深深的思念，就像多吉来吧在远方的青果阿妈州上思念着父亲一样。那样一种"海上生明月，天涯共此时"似的思念，让父亲一个月没有吃肉喝奶，人瘦了一圈，白头发也突然长出来了。我的年纪轻轻的父亲，在思念多吉来吧的日子里，他的头发花白了。而在远方，多吉来吧黑亮的毛发上，也出现了一大团白色，那是一只藏獒忠诚于主人的证明，是藏獒对人的感情深入骨血后的表现。白了，白了，在思念父亲的日子里，多吉来吧的毛发日复一日地花白了。